HEYNE <

W0327122

Das Buch

Nach einer verlorenen Schlacht gegen den dänischen König Knut kehrt König Olav im Jahr 1028 in seine Heimat Norwegen zurück. Er hat nur noch wenige Männer um sich, sein Königreich ist verloren. Er will es zurückerobern und muss neue Kämpfer um sich scharen.

Aus seinem jüngeren Bruder Harald soll ein ganzer Mann und Kämpfer werden. Ein langer, steiniger Weg liegt vor Harald, der alle Herausforderungen und Kämpfe meistert, bis er schließlich von Olav und dessen Getreuen respektiert wird.

Seite an Seite rüsten sich die Brüder gegen den feindlichen Kalv, der sich indessen mit König Knut verbündet hat. Unter seiner Führung versammelt sich ein gigantisches Heer gegen Harald und Olav …

Der Autor

Jan Ove Ekeberg lebt und arbeitet in Norwegen als Autor, Journalist und Nachrichtensprecher. Schon seit früher Jugend fasziniert ihn die Welt der Wikinger. Für seine Romane um die historische Figur von Harald dem Harten hat Ekeberg jahrelang recherchiert. In Norwegen wird seine Trilogie »Der König der Wikinger« von Publikum und Presse gefeiert.

· I ·

Königsbruder

Im Herbst 1028 muss Olav Haraldsson Norwegen aufgeben. Zum Jahreswechsel flieht der König durch Schweden und über die Ostsee in das russische Reich zu seinem Schwager, Fürst Jaroslaw.

Knut der Große von Dänemark und England übernimmt die Herrschaft über das Land und setzt Håkon Ladejarl als seinen Statthalter in Norwegen ein.

Olavs junger Halbbruder, Harald, bleibt in der Heimat zurück. Der Dreizehnjährige lebt bei seiner Mutter, Åsta, auf Hof Stein in Ringerike.

1

In jener Nacht errang der Winter den letzten und endgültigen Sieg über den Herbst. Im Morgengrauen schwebten kleine weiße Nebelschwaden über einer dünnen Schneeschicht. Sie erinnerten an feine Sommerwolken, die schnell an einem bleichen Himmel dahintrieben. An anderen Orten jedoch war der Nebel so dicht, dass er eins wurde mit dem Schnee, alles zu einem undeutlichen Weiß verschmelzen ließ und vom Sieg des Winters Zeugnis ablegte.

Harald Sigurdsson gefiel es, dass der Winter gekommen und das Eis unten auf dem Steinsfjord so dick geworden war, dass er darauf reiten konnte.

Er blickte über die Landschaft hinweg auf das eisbedeckte Wasser. Eine Wuhne war dort draußen ins Eis geschlagen worden, doch im morgendlichen Halbdunkel wurde das Loch, aus dem sie Wasser für das Vieh holten, erst sichtbar, wenn man ganz dicht herankam. Der Viehbrunnen war von einer dünnen Eisschicht bedeckt, auf die sich Schnee gelegt hatte, der die Öffnung verbarg.

Mit schnellen Schritten überquerte Harald den großen Hofplatz und trat auf den Stall zu. Ein paar dünne, verlorene Halme ragten steif und erfroren aus dem Schnee hervor, als wollten sie dem Winter trotzen.

Sein Herz schlug. Für gewöhnlich dachte er nie daran, dass sein Herz schlug. Heute allerdings tat er es, denn dieser Tag war nicht wie andere. Sollte es nötig sein, würde er an diesem Tag ein Leben auslöschen, ein menschliches Leben. Das erste. Wenn er müsste.

Zwei Tage waren vergangen, seit er auf Hof Bønsnes an der Tür gestanden hatte. Wie so oft war er dort hingeritten, um seinen zwei Jahre älteren Kameraden Ragnar zu besuchen. Doch gerade als er die Halle des Hofs betreten hatte, hörte er, wie jemand seinen Namen erwähnte. Er war wie angewurzelt im Halbdunkel stehen geblieben. Es war Ragnar, und der hatte im selben Moment hinzugefügt: »… dieser Sohn des Schweinemistbauern Sigurd Syr«.

Im Dunkeln verborgen, hatte er den ganzen niederträchtigen Plan über seine Ermordung und die seiner Brüder mit angehört, den Ragnar und dessen Vater geschmiedet hatten, um Hof Stein in ihre Gewalt zu bringen …

Harald setzte seinen Weg über den Hofplatz fort. Als er den Stall betrat, mistete Stallbursche Kårstein gerade die Boxen aus.

»Du siehst ja heute zeitig nach ihm, Harald.«

»Kümmer du dich um den Mist.«

»Wenn du willst, kann ich Steinsvarten holen.«

»Du sollst ausmisten, sag ich!«

Kårstein stützte sich auf die Mistgabel. Harald spürte den Blick des alten Knechts im Nacken, während er den Stall durchquerte. Kårstein konnte doch unmöglich wissen, was heute geschehen würde?

Die ganze Syr-Sippe stinke nach Schweinedreck, hatte Ragnar gesagt. Und dennoch wollte er sich mit Ingerid vermählen, denn wenn er sie erst zur Frau genommen hätte, könnte er den Reichtum und das Ackerland von Hof Stein übernehmen. Und wenn es so weit wäre, wollte er zum Speer greifen und Harald und seine Brüder töten.

Als Ragnars Vater, Sigvald, ihn daran erinnerte, dass die Syr-Sippe unter dem Schutz König Olavs stehe, hatte Ragnar erwidert, er habe keine Angst vor einem Feigling wie Olav. Der König habe sich zwar schon gegen einige der Häuptlinge gewandt, sowohl im Westen als auch in Trøndelag, aber niemals würde er es wagen, sich ihnen entgegenzustellen, die zur Sippe des Häuptlings Kalv Arnesson aus Trøndelag gehörten. Dann hatten Ragnar und Sigvald die Becher erhoben. Lange hatte Harald sie reden hören, bis sie einander schließlich schworen, dass Hof Stein ihnen zufallen sollte, noch bevor die ersten Triebe auf den Feldern sichtbar wären.

Harald ballte unwillkürlich die Fäuste. Ragnar würde ihn anflehen und die Worte zurücknehmen müssen. Wenn er es nicht tat, musste er sterben.

Das Pferd folgte gehorsam, als Harald es hinaus in den Stallgang führte. Er bürstete Rücken und Flanken ab. Nachdem er es gesattelt hatte, gab er dem Pferd eine Handvoll Hafer. Über fünfzig Pferde konnten sie auf Stein halten, aber nur der junge Hengst bekam Hafer. Ragnar hatte es ihm beigebracht. Im letzten Sommer waren sie viel zusammen gewesen. Ragnar hatte ihm gezeigt, wie er sein eigenes Pferd behandelte.

»Gib ihm etwas direkt aus der Hand, dann weiß das Pferd, wer es füttert«, hatte Ragnar gesagt, als sie auf Bønsnes im Stall standen. Damals hatte Ragnar sich eingeschmeichelt und ihn glauben lassen, sie seien Freunde.

Harald lenkte das Pferd auf den Hof und ließ es den Weg nach Bønsnes einschlagen. Im Galopp ritt er über die weite Ebene unterhalb der Siedlung. Unter den Hufen knirschte der hart gefrorene Schnee.

Vor zwei Tagen auf Bønsnes hatte er sich vorsichtig aus dem Langhaus geschlichen und das Pferd leise weggeführt, bis er außer Sichtweite war. Niemand hatte ihn gesehen, und niemand sollte erfahren, was er gehört hatte. Stattdessen hatte er darüber nachgedacht, wie er Ragnar und dessen Vater aufhalten könnte. Jetzt, da der Tag gekommen war, brannte der Gedanke in seinem Kopf. Kaum nahm er die kleinen Bauernhöfe wahr, die den vertrauten Weg über die Halbinsel nach Bønsnes säumten. Auch Menschen und Tiere nicht.

Bønsnes war nicht so groß wie Hof Stein. Doch der Hof lag auf einer hübschen Anhöhe, die Aussicht auf den breiten Tyrifjord bot. Nachdem Olav Bønsnes als seinen ersten Königshof in Norwegen übernommen hatte, war dort eine Kirche errichtet worden, ähnlich der auf Hof Stein.

Als Harald Bønsnes fast erreicht hatte, hielt er etwas oberhalb der Ansiedlung an. Dort unten sah er Ragnar aus dem Stall kommen. Er führte seinen grauen Hengst auf den Hofplatz, setzte die linke Stiefelspitze in den

Steigbügel, stieß sich fast unmerklich ab und schwang sich in den Sattel.

Harald war zweimal mit Ragnar um die Wette geritten und musste beide Male den grauen Hengst an sich vorbeiziehen lassen. Doch dieses Mal hatte er nicht die Absicht, zu verlieren. Sein Plan beruhte darauf, dass er das Wettrennen gewann. Er setzte den jungen Hengst in Bewegung und ritt zum Hof hinunter.

Ragnar blickte auf. Harald hob den Arm.

»Ich soll dich von Ingerid grüßen«, sagte er.

Ragnar antwortete nicht, lächelte aber.

Ragnar hatte Ingerid ein kleines Silberkreuz geschenkt, nachdem er im Jahr zuvor von einer Wikingfahrt zurückgekommen war. Harald hatte eine Münze mit eigenartigen Zeichen von Ragnar bekommen. Ragnar hatte gesagt, die Münze sei vom König in England geschlagen worden, eine Monatsreise entfernt. Die Zeichen stünden zur Ehre ihres Gottes darauf, Jesus Christus. Harald war stolz gewesen, jemanden wie Ragnar zu kennen, der über das Meer gesegelt war, sich wie ein erwachsener Mann in den Kampf begeben hatte und mit einem Silberschatz zurückgekehrt war.

Mit dem Silber und einer Geschichte über seine Großtaten hatte Ragnar Ingerids Gunst gewonnen und ihn selbst glauben lassen, sie seien Freunde.

Die Herrschaft über den Königshof Bønsnes sowie die meisten Einkünfte daraus hatte Olav einst Ragnars Vater, Sigvald Sigvaldsson, überlassen und diesen zu seinem Statthalter in Ringerike ernannt. Jetzt wollten Sigvald und Ragnar sich gegen den König und seine Sippe auf Stein wenden.

Harald war froh, dass er den Mund gehalten hatte. Nur er allein konnte Ragnar und dessen Vater aufhalten. Nur er konnte ihre niederträchtigen Pläne durchkreuzen und die Ehre seines eigenen Geschlechts retten.

Seite an Seite ritten sie jetzt im Schritttempo ein Stück des Wegs. Als die Pferde warmgeritten waren, trieb Ragnar seinen grauen Hengst zu einem leichten Trab an. Harald folgte seinem Beispiel. Sie ritten weiter. Der Weg von Bønsnes nach Stein führte über eine große Halbinsel mit mehreren Höfen. Als sie aus einem Waldstück kamen und eine kleine Anhöhe erreichten, lag die weite Ebene, hinter der Hof Stein lag, direkt unter ihnen.

»Steinsvarten zählt fünf Winter. Jetzt wagst du es wohl nicht mehr, mit mir um die Wette zu reiten?«, rief Harald.

Ragnar verzog den Mund zu einem höhnischen Grinsen, sagte aber weiterhin nichts.

Harald ritt dichter an ihn heran und stieß ihm den Ellbogen gegen die Schulter. Seine Stimme klang lauter als beabsichtigt:

»Ich hab ihn mit Hafer gefüttert und gut gepflegt. Genau wie du gesagt hast. Sieh nur, wie kräftig er geworden ist.«

Ragnar lachte, und Harald fuhr fort:

»Deshalb willst du kein Wettrennen mehr. Du hast Angst, zu verlieren.«

Ragnar drehte sich zu ihm. Da war etwas mit seinen Augen. Etwas, das Harald nie zuvor gesehen hatte. Wichen Ragnars Augen seinem Blick etwa aus?

»Dein Pferd ist ein verkrüppeltes Fohlen, deine Mutter wischt dir immer noch den Arsch ab, und du willst mit mir um die Wette reiten?«

Harald spürte, wie ihm die Röte in die Wangen stieg. Ragnar strich seinem Hengst über den Nacken.

»Nun denn, Zeit für einen Galopp. Meinetwegen kannst du auch einen kleinen Vorsprung bekommen.«

Inzwischen waren sie unten auf der Ebene angelangt. Harald stieß dem Hengst die Stiefel in die Flanken. Das Tier stürmte fröhlich los. Harald machte sich ganz leicht in den Steigbügeln und beugte sich flach nach vorn. Als er die nach Stein führende Anhöhe hinaufraste, drehte er sich um und sah, dass Ragnar einige Längen zurücklag. In scharfem Galopp ritt er über den Hofplatz und konnte gerade noch zwei Männern ausweichen, die ein Pferd an einem Schlitten führten. Der junge Hengst lief ungestüm über die Äcker auf den eisbedeckten Fjord zu. Hinter sich hörte Harald die Hufschläge von Ragnars Pferd näherkommen.

Ein Baumstamm lag am Rande des Viehbrunnens, damit man ihn besser erkennen konnte. Harald hob sich in die Steigbügel, das Pferd folgte willig und sprang. Auf der anderen Seite der Viehtränke landeten sie hart auf dem Eis. Gleich darauf hörte er hinter sich heftiges Platschen im Wasser. Die dünne Eisschicht war gebrochen, Ragnars Pferd schrie in Panik.

Als er sich umdrehte, sah Harald, dass der graue

Hengst in der eisigen Brühe verzweifelt nach Halt suchte. Ragnar klammerte sich an der Eiskante fest, doch ohne Hilfe würde er sich nicht retten können.

Harald stieg ab und zog das Pferd hinter sich her zum Viehbrunnen.

Ragnar rang nach Luft und rief stammelnd: »Zieh mich hoch! Ein Seil… schnell!«

»Ich habe dich und deinen Vater gehört! Was ihr euch ausgedacht habt, um Hof Stein zu bekommen… eure Mordpläne. Ich habe an der Tür gestanden und jedes Wort gehört!«

»Bist du verrückt geworden? Zieh mich hoch!«

Ragnar sank tiefer ins Wasser. Die Eiskante war glatt.

Harald trat einen Schritt vor, damit Ragnar ihn noch besser hören könnte: »Halt dich von Ingerid fern. Versprich mir, dass du sie in Frieden lässt. Schwöre es, dann ziehe ich dich hoch.«

Ragnar machte einen Versuch, sich aus dem eisigen Wasser zu hieven. Raureif überzog sein Haar. Wie lange würde es wohl dauern, bis er versank?

»Schwör es! Schwör es, und du rettest dein Leben! Den Hof wirst du ohnehin nie bekommen. Eher wird Olav dich in Stücke hauen.«

Trotzig blickte Ragnar zu ihm auf. Er öffnete den Mund, aber heraus kam nur ein unartikulierter Laut. Harald beugte sich vor.

»Was sagst du? Schwörst du es?«

Ragnar nickte, aber Harald schüttelte den Kopf.

»Sag es! Du musst es sagen!«

»Ich halt … mich von Ingerid fern. Ich halt mich von Stein fern … Ich schwöre … ich schwöre!«

Harald schwang sich auf seinen Hengst und warf Ragnar das am Sattelknauf befestigte Seil zu.

Er hatte gewonnen.

Ragnar zog sich aus dem Wasser und erhob sich mühsam. Das eisige Wasser troff von seinen Kleidern. Er hielt die Hände vors Gesicht. Harald hörte kaum, was er sagte:

»Wir müssen das Pferd rausholen.«

Der graue Hengst kämpfte noch immer im Eisloch, aber nicht mehr so wild wie zuvor.

Als Harald nicht reagierte, sah Ragnar ihn wütend an. »Hör zu, du dreckiger Schweinehirt, wenn Gråfaks stirbt …«

Daran hatte Harald nicht gedacht. Das Pferd. Er wollte dem Tier nichts Böses.

Ragnar trat einen Schritt auf ihn zu. Die feuchten schweren Kleider machten seine Bewegungen träge. Doch Harald wurde überrascht. Plötzlich ergriff Ragnar Steinsvartens Zügel und zerrte hart daran. Der junge Hengst erschrak und bäumte sich auf. Harald verlor den Halt und fiel vom Pferd. Er schlug mit dem Kopf hart aufs Eis. Dann spürte er Ragnars Gewicht auf sich.

»Sterben sollst du! Stirb, du Dreckskerl!«

Das Eis knackte. Harald hielt sich an Ragnars Gürtel fest. Ragnar hob den Arm. Seine Kleider waren schwer vom Wasser, es dauerte einen Augenblick, dann aber traf seine Faust mitten in Haralds Gesicht. Warmes Blut rann ihm aus der Nase.

»Lass meinen Gürtel los!«

Die Hände brannten vor Kälte. Die dünnen Handschuhe waren tropfnass. Ragnar versuchte, ihn wegzustoßen. Harald hielt sich weiter am Gürtel fest, spürte aber, dass seine Kräfte nachließen. Dann brach das Eis unter ihnen, und beide glitten ins Wasser.

Harald sank hinab und sah, wie das Licht die Eisbrühe über ihm verfärbte. Silber, schwarz, grün und ein helles klares Blau. In der Stille unter Wasser hörte er wieder sein Herz schlagen. Später dachte er, dass es sein Herz gewesen war, das ihn geweckt hatte. Er streckte die Arme aus und kämpfte sich mit kräftigen Zügen nach oben.

Als er die Oberfläche durchbrach, sah er als Erstes Ragnars Gesicht. Eine gute Armlänge trennte sie voneinander.

Würde er die Axt ziehen können, die an seiner Hüfte hing? Er tastete mit der Hand danach.

Wenn er sich nicht beeilte, würde die Eiseskälte ihn bald willenlos machen. Wie gelähmt würde er tiefer ins Wasser hinabsinken. Hinab zu dem grauen Hengst, der nicht mehr zu sehen war.

Jetzt sah er, wie sich Ragnar durch die zähe Eismasse auf ihn zubewegte. Sein Gesicht war feuerrot, als stünde es in Flammen. Er kam näher. War nur noch eine knappe Armlänge entfernt.

Harald hatte die Axt zu fassen bekommen und hieb sie jetzt in die Eiskante. Er versuchte sich hochzuziehen, merkte aber, dass Ragnar ihn am Stiefel festhielt. Er trat nach hinten aus und fühlte, dass er etwas traf.

Aber kein Laut war zu hören. Endlich war er frei und kämpfte sich aus dem Wasser.

Sein Körper zitterte so sehr, dass er ihm kaum noch gehorchen wollte. Er drehte sich zum Viehbrunnen um. Dort sah er, wie Ragnar sich aus dem Wasser zog.

Harald nahm alle Kraft zusammen und schwankte auf den Rand des Eislochs zu, wo Ragnar jetzt lag. Er hob die Axt, zitterte aber plötzlich so stark, dass er hinfiel. Noch immer bebend blieb er auf dem Eis liegen und schaffte es nicht, wieder auf die Füße zu kommen. Plötzlich war Ragnar da und zerrte an seinem Rock.

Der Blick. Das Leuchten in den Augen. Jetzt sah er es. Wie die Augen sich verändert hatten, und das Gesicht leuchtete so rot wie die innersten Flammen eines Feuers. Als Ragnar zu sprechen ansetzte, flossen seine Worte so zäh wie die Eisbrühe im Viehbrunnen.

»Schaffst du es nicht mal, einen wehrlosen Mann zu töten?«

Harald riss sich los und hob sich auf die Knie, um Kräfte zu sammeln. Sie waren beide erschöpft. Doch ein letzter Hieb sollte ihm wohl glücken. Er hob die Axt, konnte aber nichts weiter tun. Eine starke Hand hielt ihn zurück.

»Bist du so ehrlos geworden?«

Widerstand war zwecklos. Er hatte keine Kräfte mehr, um sich zu wehren. Halvdan, sein Bruder, zog ihn wie ein Kind hinter sich her. Ein Bauer stand mit Haralds Pferd ganz in der Nähe. Halvdan stieß den Bruder zu ihm hin.

Harald schwankte das kurze Stück über das Eis und

lehnte sich an das Pferd. Es trippelte auf der Stelle, gab ihm aber ein wenig von seiner Körperwärme ab. Zitternd verharrte er. Seine Kleidung klebte am Körper, der Frost drang beißend in die Haut.

Der Bruder hatte Ragnar aus dem Wasser gezogen, half ihm jetzt, den nassen Rock abzulegen, und gab ihm seinen eigenen Umhang. Harald starrte zu ihnen hinüber. Ragnar erwiderte seinen Blick mit grimmiger Miene. Halvdan war ganz ruhig.

»Du wirst dein Pferd hergeben, Harald. Steinsvarten gehört jetzt Ragnar.«

Ragnar schnitt eine triumphierende Grimasse.

»Steinsvarten gehört mir«, erwiderte Harald. »Ich werde ihn niemals hergeben. Dafür müsstest du mich erst erschlagen. Ragnar will uns alle betrügen. Er und…«

Der Schlag kam überraschend. Eine flache Hand, die einen heißen Schmerz auf der Wange hinterließ. Als Harald die Augen wieder öffnete, hielt der Bruder die Zügel des Pferdes. Verblüfft über den Schlag, hatte Harald sie losgelassen.

»Ich weiß, was passiert ist. Einer der Bauern hat alles gesehen«, sagte Halvdan.

Harald war unfähig, etwas zu erwidern. Trotzig blickte er den Bruder an.

»Deine Torheit wird dich eines Tages noch das Leben kosten, Harald.«

Der Bruder half Ragnar in den Sattel. Der Bauer hatte ein altes Schaffell über der Schulter liegen. Ragnar bekam es und legte es sich über die Schenkel. Vom

Rücken des Pferdes sah er auf Harald herunter. Seine Stimme war noch immer so zäh wie halbgefrorenes Eis.

»Glaub ja nicht, dass du nur mit dem Pferd davonkommst, Harald. Dein Bruder hat recht. Deine Torheit wird dich das Leben kosten, und ich werde derjenige sein, der es dir nimmt.«

Halvdan hielt immer noch die Zügel des schwarzen Hengstes in der Hand. Er sah zu Ragnar auf.

»Achte auf deine Worte, Ragnar Sigvaldsson«, sagte er kühl.

»Du sprichst mit den Brüdern des Königs. Nimm das Pferd. Steinsvarten wird schon bald genauso stark sein wie dein grauer Hengst. Jetzt reite nach Bønsnes und vergiss, was geschehen ist.«

Ragnar trieb das Pferd an und ritt dann ruhig über das Eis. In einiger Entfernung drehte er sich kurz um. Nach und nach wurde seine Gestalt vor dem weißen Hintergrund immer undeutlicher.

Eine schreckliche Wut hatte Harald erfasst. Er spürte sie wie ein Feuer in sich lodern. Ein Feuer, das ihm neue Kräfte verlieh.

»Du bist ein Dieb, Halvdan. Du stiehlst mir mein Pferd und gibst es Ragnar, der uns den Hof wegnehmen will. Ragnar will Ingerid zur Frau nehmen und uns alle töten. Ich habe es selbst gehört.«

Halvdan antwortete nicht, blickte ihn nur verwundert an. Glaubte er ihm etwa nicht? Harald umfasste seinen Ellbogen. Als Halvdan den Arm fortriss, war es, als würde er Harald zugleich die Fingernägel ausreißen. Obwohl er die Hände unter die Achselhöhlen schob, schwoll der Schmerz fast unerträglich an. Mit steifgefrorenen Beinen stolperte er auf das Langhaus zu. Als er hinfiel und sich mit den Armen abstützte, fuhr erneut ein stechender Schmerz durch seine Glieder. Er schrie, doch hauptsächlich vor Wut.

Keiner der Männer auf Stein machte den Versuch, ihm zu helfen.

Halvdan sprach kein weiteres Wort.

2

Das alte Königsschiff *Visund* stampfte schwer durch die Wellen. Dieses Schiff hatte Finn Arnesson schon in der Schlacht bei Nesjar gesteuert, als er und seine Brüder, Torberg und Kalv, für Olav gekämpft und Norwegen für ihn gewonnen hatten. Sie hatten viele Schiffe Sveins versenkt und somit die Herrschaft des Ladejarls über Norwegen beendet.

Immer tiefer sank die *Visund* ins Meer. Im Heer des Königs ging niemand widerstandlos in den Tod. Auch nicht die Schiffe. Nun jedoch war die *Visund* verloren. Durchweicht und von Würmern zerfressen, wurde das Schiff von der Dünung bezwungen, die vom großen Meer hereinrollte. Nichts half, egal, wie viel sie auch schöpften und über Bord kippten. Das winterkalte Meer war zwischen die Planken gedrungen und hielt das Schiff mit tödlichem Griff umfangen.

Finn signalisierte den Männern an Bord, Segel sowie alle Gerätschaften, Waffen und Vorräte zusammenzusuchen und auf die anderen Schiffe zu bringen. Sogleich begannen die Vorbereitungen zum Verlassen der *Visund*. Alle wussten, dass es der einzige Ausweg war.

Auch die anderen beiden Schiffe lagen schwer im Wasser. Trotz des günstigen Windes aus Südwest kamen sie nur langsam voran. Aber niemand verfolgte sie mehr.

Auch damit hatte Olav recht behalten. Die Männer von Erling Skjalgsson waren mit ihrem toten Häuptling in die Heimat aufgebrochen. Der Jæren-Häuptling wurde jetzt zum Hof in Sola gebracht. Dort würde er zu Grabe getragen werden, nach christlichem Brauch. Seine Männer sprachen sicher schon davon, Olav und dem Königsheer nachzusetzen, um Rache für Erling einzufordern. Angesichts von Olavs geschwächter Macht würden sie ihren Häuptling zehnfach rächen können.

Doch statt weiter darüber nachzudenken, war es besser, sich des günstigen Windes zu erfreuen. Schon früh am Nachmittag würden Olavs Männer Hof Borgund erreichen.

Finn lenkte die *Visund* dicht an das nächste Schiff heran. Alle kamen unbeschadet an Bord. Kurz danach versank die Visund in den Wellen. Zuletzt sahen sie nur noch den Achtersteven mit dem goldenen Adler aus den Fluten herausragen.

Im Fjord bei Borgund lagen viele kleine Schiffe und ein großes. Das große war Aslak Fitjaskalles Langschiff. Aslak, der seine Axt in Erling Skjalgssons Kopf geschlagen hatte, und dies, nachdem König Olav dem Jæren-Häuptling Gnade gewährt hatte.

An Land wurden sie willkommen geheißen. Doch Finn spürte sofort, dass etwas geschehen war – noch bevor der Borgundbauer berichtete, man habe Aslak erschlagen. Auch König Olav war an Land gekommen. Er wollte die Leiche sehen, und sie führten ihn zum Hof hinauf.

Der Tote lag aufgebahrt auf einer breiten Schiffsplanke. Der Schädel war zerschmettert. Aslaks Gesicht war nicht mehr zu erkennen. Olav bat Bischof Grimkjell, für den Ermordeten zu beten. Die Männer wichen zur Seite, als Grimkjell mit zwei jüngeren Priestern auf die verunstaltete Leiche zutrat.

Niemand verstand die seltsamen Worte, die der Bischof in seiner Priestersprache sagte. Der Gottesdienst dauerte lange. Doch alle standen still, viele falteten sogar die Hände. Als die Geistlichen geendet hatten, stieg der König neben den toten Aslak auf die Planke und wandte sich an die Männer auf dem Hof.

»Aslak war einer meiner besten Männer, und ihr wisst, dass ich ihm Hof Fitjar gab, damit er Erling Skjalgsson für mich im Zaum halten konnte. Aber ich habe ihn nicht darum gebeten, Erling zu töten. Ich habe es immer wieder erlebt, dass tote Feinde gefährlicher sind als lebende. Aslak ist nicht der Erste und wird nicht der Letzte sein, der mit einer Axt im Hinterkopf endet.«

Olav hielt die Hand hoch und spreizte die Finger.

»Fünf Söhne hat Erling in Sola, fünfzig enge Verwandte und fünfhundert treue Freunde. Sie werden uns jetzt verfolgen.«

Der König deutete in die Ferne.

»Im Süden liegt die Flotte von Knut dem Großen in Viken, und in Trøndelag wartet Jarl Håkon. Der Weg über das Meer ist uns versperrt.«

Kalv Arnesson trat einen Schritt vor. Finn sah dem Gesicht des Bruders an, dass er dem König widersprechen wollte. Es war nicht das erste Mal.

»Wir können nach Trøndelag segeln! Es gibt dort viele gute Männer im Landesinneren. Meine Brüder herrschen in Giske und haben hier in Møre viele Unterstützer. Wir können ein Heer versammeln, neue Schiffe beschaffen und Trøndelag einnehmen.«

Finn hoffte, der König würde Kalvs Rat beherzigen. Sein anderer Bruder, Torberg, und viele königliche Gefolgsmänner unterstützten Kalv.

Es dauerte eine Weile, bis der König antwortete.

»Ihr seid streitlustig. Das ist gut. Aber ich fürchte, wir sind zu schwach, um diesen Kampf aufzunehmen.«

Der König stieg von dem Brett und trat zu Kalv und den Männern, die den Häuptling aus Trøndelag umringten.

»Lasst die Männer essen und schlafen«, sagte er leise. »Heute Abend versammeln wir uns wieder. Dann werde ich euch sagen, wohin uns die Reise führt.«

Finn ging zurück zum Schiff. Wie immer würden sie Olav gehorchen.

Er nahm zwei Männer mit an Bord und bat sie, Rane Kongsfostre an Land zu tragen. Sie brachten ihn in die Schmiede. Seine linke Hand war abgeschlagen worden. Erling Skjalgsson war dafür verantwortlich.

Ein Schmiedeeisen wurde im Feuer erhitzt. Damit wurde die Wunde ausgebrannt. Es stank bestialisch. Weitere Männer kamen in die Schmiede. Finn erhob sich und ließ König Olav vortreten. Der König beugte sich über Rane. Hinter dem König stand Bischof Grimkjell und schlug das Kreuzzeichen.

»Die Männer sagen, ich sei schuld, dass du deine Hand verloren hast, weil ich dich vom Kampf gegen Erling zurückgehalten habe, Rane«, sagte Olav. »Und was hat es genützt, dass ich dir verboten haben, ihn mit deinem Speer zu durchbohren?«

Finn sah Olav plötzlich vor sich, zwölf oder dreizehn Winter alt, während er die Riemen an Ranes Stiefeln schnürte. Denn so war es einmal gewesen. Als Olav zum ersten Mal auf Wikingfahrt gegangen war, hatte er als Ranes Bursche in Dienst gestanden. Finn und Olav waren gleich alt, und Finn war einst Einar Tambarskjelves Bursche gewesen.

»Doch nun hat Aslak seinen Kopf verloren, und du bloß die Hand«, fuhr Olav fort. »Mögest du Trost in diesen Worten finden.«

Rane wandte den Kopf und musterte den König.

»Es wäre besser gewesen, wenn Erling mir den Kopf abgeschlagen hätte. Dann würde ich mich jetzt am Eber Særimne laben und Odins Bier trinken. Doch stattdessen liege ich hier im stinkenden Rauch meines eigenen verbrannten Fleisches, während mein Magen sich nach Speise und Trank verzehrt.«

»Verspotte nicht deinen König, indem du Odins Namen im Munde führst, Rane.«

Als Rane mit dem Armstumpf zuschlug, platzte die Wunde auf, und Blut spritzte hervor. Es geschah so plötzlich, dass Olav sich nicht schützen konnte.

»Siehst du nicht, dass die Hand ab ist?«, schrie Rane. »Du solltest deine Axt in meinen Schädel schlagen, Olav. Ich habe dir beigebracht, sie zu benutzen, und mit meiner Erziehung bin ich sehr zufrieden. Schlag die Axt in meinen Schädel, dann gehe ich auf direktem Weg zu Odin.«

König Olav zog sich zurück. Seine Stimme klang hart. Dieselbe Stimme, die befohlen hatte, Köpfe der Feinde abzuschlagen, Priester zu verstümmeln und Höfe und ganze Städte zu brandschatzen.

»Gebt Rane gekochtes Schweinefleisch und so viel Bier und Met, wie er vertragen kann. Dann werdet ihr seine Wunde säubern und abermals ausbrennen, damit sie zu bluten aufhört. Rane muss noch eine Weile auf den Tod warten, und wenn er kommt, wird er Jesus Christus begegnen und sehen, dass ich es war, sein König, der recht hatte.«

Olav ging. Finn setzte sich wieder neben Rane. Er packte den Armstumpf und hielt ihn fest. Ranes Arm war ohne jede Kraft. Finn sagte zu ihm, er sollte das Recht haben, zu sterben, wenn ihm selbst danach verlangte.

Zum zweiten Mal presste der Schmied das Eisen auf die Wunde. Dunkler, ekliger Qualm stieg auf. Es zischte und stank.

Rane erwiderte Finns Blick. Der Schweiß rann ihm übers Gesicht, die Falten in seinem Gesicht wurden zu kleinen Bächen.

Als der Schmied das Eisen wegziehen wollte, haftete es für einen Augenblick am Armstumpf. Doch Ranes

Blick wich nicht aus. Er starrte Finn weiter mit aufgerissenen Augen an. Finn dachte, dass er niemanden wie Rane Kongsfostre kannte. Und vielleicht war es gut, dass es nicht zu viele solcher Männer gab.

Auf Hof Borgund gab es eine kleine Kirche. Nachdem sie gegessen und getrunken hatten, wollte der König das Gotteshaus aufsuchen. Finn begleitete ihn zusammen mit den Brüdern und Olavs engstem Vertrauten, Bjørn Stallare. Olavs Sohn, Magnus, und Bischof Grimkjell kamen ebenfalls mit.

Ganz hinten in der halbdunklen Kirche stand ein Schnitzwerk, das Christus darstellte. Olav und Grimkjell knieten vor der Figur nieder. Der junge Magnus stand zwischen den beiden Männern. Am Altar war kein Platz für viele Menschen, sodass Finn und die anderen an der Tür stehen blieben.

Das Innere der Kirche roch nach geronnenem Schafsblut. Die Männer standen in einem alten heidnischen Tempel. Es konnte nicht allzu lange her sein, dass der Borgundbauer die Odin-Figur durch das Holzkreuz ersetzt hatte. Vermutlich hatte er Odin in der Scheune versteckt, als er bemerkt hatte, wer sich dem Hof näherte.

Während Grimkjell die Messe las, blieb Olav lange auf den Knien liegen. Jesus Christus würde ihm in der Kirche ein Zeichen geben. Olav hatte gesagt, sein Gott werde ihm verraten, ob er in Norwegen bleiben und für sein Reich kämpfen oder ob er das Land verlassen solle. Plötzlich erhob er sich, und alle folgten dem

König aus der Kirche. Finn begriff, dass Olav eine Entscheidung getroffen hatte.

Die Holzplanke mit der Leiche befand sich nicht mehr auf dem Hofplatz. Die Männer vom Hof hatten Aslak in die Scheune getragen, damit die Hunde nicht anfingen, an ihm zu nagen. Olav schritt durch die Reihe seiner Begleiter. Als er in der Mitte stand und etwas Platz um sich herum geschaffen hatte, sagte er: »Ich werde zu meiner Sippe nach Schweden und Russland fahren und dort Gefolgschaft auftreiben. Doch es kommt der Tag, an dem alle, die jetzt hier sind, mir dabei helfen werden, Knut den Großen aus dem Land zu vertreiben und alle seine Freunde zu töten, die in Norwegen von ihm gekauft wurden.«

Finn sah, dass sein Bruder Kalv ein wenig vom König abrückte. König Olav schien es ebenfalls bemerkt zu haben. Er trat zu ihm und legte ihm eine Hand auf die Schulter. Seine Stimme klang freundlich.

»Du, Kalv, wirst auf deinen Hof in Egge zurückkehren und dafür sorgen, dass die Menschen in Trøndelag nicht vergessen, wer ihr rechtmäßiger König ist.«

Als Kalv nicht antwortete, wandte sich der König Bjørn Stallare zu.

»Und du, Bjørn, gehst zu deinem Hof in Grenland und tust dort dasselbe.«

Bjørn nickte, sagte aber ebenfalls nichts. Schließlich ergriff Kalv das Wort.

»Du bist unser Herrscher, Olav, und wir gehorchen dir.« Kalv hielt inne, fuhr aber dann nach ein paar Augenblicken fort: »Aber ein König, der seinem

Land den Rücken zukehrt und es seinen Feinden überlässt, wird nicht darauf vertrauen können, dass seine Freunde tatenlos auf ihren Höfen sitzen und abwarten, bis er seine Rückkehr für sicher hält.«

Der Zorn stieg Olav ins Gesicht. Alle konnten es sehen. Doch als er Kalv mit strengem Ausdruck musterte, hielt der dem Blick des Königs stand. Auch als der König mit bebender Stimme sprach, sah er ihm weiter in die Augen.

»Drohst du mir, Kalv? Streckst du deine Finger schon nach den Silberkisten Knuts des Großen aus? Freust du dich schon auf den Tag, da du auf Knien vor dem Dänenkönig liegen und sein Schwert küssen darfst?«

Als der König einen Schritt auf ihn zutrat, senkte Kalv den Blick und erwiderte mit leiser Stimme: »Habe ich dir etwa nicht all die Jahre treu gedient, Olav? Schon seit ich in der Schlacht bei Nesjar neben dir stand, bin ich dir mit Mann und Schiff gefolgt.«

Olav ließ die Schultern sinken. Er lächelte wieder.

»Gewiss doch, Kalv. Du bist mein erster Mann in Trøndelag und nach Bjørn der nächste in meiner Gefolgschaft. Aber da ich jetzt gezwungen bin, mein Land zu verlassen, muss ich wissen, ob ich auf dich vertrauen kann, wenn ich zurückkomme, um es mir wieder zu nehmen.«

Kalv zögerte. Doch alle Söhne Arnes hatten dem König Treue geschworen, und somit nickte Kalv. Finn aber gefiel das nicht. Er hatte viele Männer nicken sehen, ohne dass dies etwas bedeutet hätte. Der König hätte Kalv auffordern sollen, ihm mit lauter Stimme die Treue zu schwören, sodass es alle hören konnten.

Stattdessen richtete der König seine Aufmerksamkeit auf ihn und Torberg, den anderen Bruder.

»Finn wird mich begleiten. Einer der Söhne Arnes soll dem König stets folgen. So ist es Brauch. Torberg soll zehn gute Männer auswählen und mit meinem Sohn Magnus zu König Anund nach Schweden gehen. Wir haben dort Verwandte und mächtige Freunde.«

Torberg verbeugte sich vor dem König. Olav schob ihm den Jungen zu, doch Magnus war unwillig und blickte zum Bischof hinüber. Olav musste es gesehen haben, deshalb sagte er, dass Torberg die beiden Priester und Grimkjell mit sich nehmen solle, sodass sie sich um den Jungen kümmern könnten. Dann hob Olav die Hand.

»Brich noch heute Abend auf, Torberg. Fahr zu deinem Hof in Giske und so schnell du kannst weiter zu König Anund. Dein Bruder Kalv wird dich begleiten.«

Kurz nachdem Olav geendet hatte, segelten Torberg und Kalv davon. Finn blickte ihnen nach. Es würde wohl eine Weile dauern, bis er Kalv wiedersah, überlegte er. Was dachte sein ältester Bruder jetzt? Welcher Schwur hatte wohl hinter dem Nicken verborgen gelegen?

Es war dunkel geworden, als der König und seine Männer an Hof Hellesylt vorbeiruderten. Kurze Zeit später passierten sie ein hohes Gebirge. Gezackt und düster lag es wie ein nachtschwarzer Riese im Norden, und Finn wusste, dass sie sich dem Ende des Fjordarms näherten, den die Menschen in der Gegend Sunnylvsfjord nannten. Am Ufer angekommen, gab er den Männern Anweisung, die Schiffe so weit wie möglich an Land zu ziehen. Dann sollten sie ein letztes Mal auf den Schiffen übernachten.

Als der Morgen kam, wurden alle Vorräte und Wertgegenstände aus den Schiffen geholt und am Ufer abgelegt. Die Männer aßen gut und lange, und schließlich ließ der König alle vor die beiden ausgeräumten Schiffe treten und bat Bjørn an seine Seite.

»Mein Sohn ist jetzt auf dem Weg nach Norden. In Giske bekommen sie Pferde und werden von Kalv bis an die Reichsgrenze begleitet. Die Söhne Arnes werden Magnus wohlbehalten zu unseren Verwandten und Freunden nach Schweden bringen.«

Olav deutete auf die Schiffe.

»Zwei Schiffe sind alles, was von der Königsflotte übrig geblieben ist. Aber wir werden sie nicht unseren Widersachern überlassen, wenn wir über das Gebirge nach Ottadalen und weiter nach Ostnorwegen gehen.«

Olav legte den Arm um Bjørns Schultern.

»Unsere Väter waren Brüder, und wir sind selbst wie Brüder, Bjørn und ich. Wir sind zusammen aufgewachsen und haben das gleiche Blut in uns. Jetzt werden wir zuerst zum Hof unserer Väter gehen. Von dort aus soll Bjørn weiterziehen und Männer um sich scharen, die mit uns gehen können, wenn der Tag der Rache kommt.«

Der König hielt inne und blickte sich um. Niemand

sagte etwas. Finn aber dachte, dass alle dasselbe sahen wie er: Die Gefolgschaft des Königs war nie kleiner gewesen, seit Olav zurückgekehrt war. Nur die Stimme des Königs war so kräftig wie zuvor.

»Sobald ich meinen Fuß auf das Land meiner Väter in Digernes gesetzt habe, werde ich meine Mutter und meine Familie in Ringerike aufsuchen. So wie es sich ziemt für Menschen, die ihr Land verlassen. Ich werde ihnen sagen, dass wir zurückkommen, und darauf könnt auch ihr euch verlassen.«

Finn Arnesson sah sich um. Mehrere Männer blickten zu Boden. Nach Wochen an den Ruderriemen und im Kampf gegen die Übermacht waren sie erschöpft. Mutlose Männer waren leicht als solche zu erkennen. Finn hob seinen Schild und schlug das Schwert dagegen. Dann brüllte er, dass er dem König folgen wolle, wohin er auch ging. Als er das Schwert zum zweiten Mal gegen den Schild schlug, tat es ihm sein Nebenmann nach. Schon bald lärmten alle mit ihren Waffen. Finn spürte das Blut in seinen Adern pulsieren.

Olav machte dem Treiben schnell ein Ende und sagte, dass sie ihre Kräfte nun für andere Dinge als einen Waffenzug benötigten. Finn dachte, dass Olav recht hatte. Mit nur einem Pferd mussten sie jetzt über das Gebirge gehen. Das Pferd würde einen Schlitten mit einem handlosen Krieger ziehen. Nachdem Olav ihm den Tod verweigert hatte, schien es, als ob Rane auch die Sprache verloren hätte.

Gleich vor ihnen erhob sich eine Geröllhalde. Es war ungewiss, wie sie dort hinaufkommen sollten, und noch größere Mühe würden sie mit dem Pferd haben. Und oberhalb der Halde sah Finn das schneebedeckte Gebirge, soweit sein Auge reichte.

Aber sie schafften es. Als sie die Schneekante erreicht hatten, blickte Finn zurück auf die brennenden Schiffe. Wie seltsam es doch war, dass die durchweichten Schiffe so gut brannten. Doch natürlich waren sie sorgfältig mit Pech bestrichen worden. Olav achtete sehr genau auf die Schiffe. Das hatte er immer getan. Funken und Flammen stiegen zum grauen Himmel empor. Draußen auf dem Fjord schmolz alles zu einer Masse zusammen: Berge, Fjord und Himmel. Bald kam Regen. Im Gebirge würde es schneien.

Am Tag zuvor hatte Grimkjell etwas gesagt. Der Bischof hatte seinen Stabkalender hervorgeholt. Darauf waren die wichtigsten Tage mit Silber markiert. Doch für einen Tag gab es einen roten Stein. Der funkelte im Sonnenlicht, und Finn dachte, dass er mehr wert sein müsse als alles Silber zusammen. Grimkjell hatte einen Finger auf den roten Stein gelegt und gesagt, er stehe für den Tag der Geburt Jesu Christi. Da hatte der König den Stab ergriffen und ins Licht gehalten.

Dann hatte er Grimkjell gefragt, wann der Tag kommen würde.

Und Grimkjell hatte erwidert, es sei der folgende Tag.

Im Himmel feierten sie den Geburtstag Jesu Christi, dem Sohn der Jungfrau Maria. Und hier stand Olav, der König, der Norwegen für den Mariensohn zurückerobern wollte, mit seiner kleinen Gefolgschaft und sah die letzten Königsschiffe brennen.

3

Als er erwachte, sah Harald als Erstes die Augen seiner Mutter. Åsta strich ihm über die Stirn. Er brachte es nicht über sich, sich ihr zu entziehen.

»Dank sei dem Mariensohn, dass du lebst.«

Sie hielt einen Becher in der Hand und half Harald mit der anderen, den Kopf zu heben. Kühl floss das Wasser durch seine trockene Kehle. Wieder öffnete er den Mund, und die Mutter gab ihm zu trinken. Harald hustete und stützte sich auf einen Ellbogen.

»Wie lange …?«

»Es ist jetzt der zweite Tag.«

Noch einmal legte sie die Hand auf seine Stirn. Als Harald den Arm hob, um die Hand wegzustoßen, fiel er kraftlos auf das Bett zurück. Er spürte die Schmerzen in den Fingern. Noch immer waren sie da. Doch nicht mehr so schlimm wie zuvor, als er ins Langhaus gekommen war. In der behaglichen Wärme des Feuers hatte das Blut unter seiner Haut pulsiert. Es war wie eine große, brennende Wunde gewesen – im Innern seines Körpers.

Harald steckte die Finger der rechten Hand in den Mund. Bis auf den Daumen fanden alle Platz. Das half ein wenig. Sein ältester Bruder trat ans Bett. Guttorm überragte die Mutter.

»Liegst du hier und leckst dir die Pfoten, kleiner Bruder?«, sagte er fröhlich.

Harald streckte die Zunge heraus und schnitt eine Fratze. Der Bruder beugte sich hinunter und zerzauste ihm das Haar.

»So! Jetzt bist du noch hübscher.«

Solange Harald zurückdenken konnte, hatten alle Guttorm den »Bauer auf Stein« genannt, obwohl die Menschen wussten, dass ein ganz anderer Mann über den Hof herrschte.

Die Mutter kam mit heißer Grütze. Da sie die Schale selbst trug, wusste Harald, dass sie mit ihm reden wollte. Mit dem kleinen Löffel stocherte er im Gerstenbrei herum. Er konnte nicht viel essen und sank bald wieder zurück auf die Kissen. Er spürte, dass sein Körper langsam zur Ruhe kam, doch immer noch durchfuhren ihn kalte Schauder. Er erwiderte den Blick der Mutter. Sie sah ihn sonderbar an, als wüsste sie nicht, wer er war, obwohl sie doch jeden Tag seines Lebens zusammen gewesen waren.

»Ragnar will Ingerid, um uns den Hof zu rauben. Er nennt Olav einen Feigling. Er und sein Vater.«

Noch immer ruhte ihr forschender Blick auf ihm. Weshalb glaubte sie ihm nicht? War sie wütend? Er richtete sich halbwegs auf.

»Hörst du nicht, was ich sage? Ragnar und sein Vater behaupten, Olav sei feige.« Ein Hustenanfall unterbrach ihn, doch sobald er die Stimme wiedergefunden hatte, fuhr er fort: »Ragnar meint es nicht ehrlich mit Ingerid. Er will uns den Hof wegnehmen.«

Er rang nach Atem.

»Olav wird sie bestrafen, wenn er zurückkommt.«

Auch weiterhin war in den Augen der Mutter keine Reaktion erkennbar. Behutsam nahm sie seine Hände. Er widerstand dem Drang, sich loszureißen.

»Geh nicht gleich vom Schlimmsten aus, Harald. Jetzt, da Krieg und Unruhe herrschen, gibt es viele, die nach Höfen und Silber streben. So ist es immer gewesen.«

Vorsichtig löste er die Hände aus dem Griff der Mutter, doch sie fasste erneut nach ihnen, tätschelte sie leicht und zog sie zu sich.

»Wir werden schon dafür sorgen, dass uns Stein niemand fortnimmt«, sagte die Mutter. Sie ließ den Blick durch den leeren Raum schweifen und auch etwas weiter, wie Harald glaubte.

»Aber nicht immer sind Schwert und Axt die stärksten Waffen.«

Jemand kam zur Tür herein. Seine Schwester. Harald konnte ihr ansehen, dass sie wusste, was geschehen war. Halvdan musste es ihr erzählt haben. Dennoch fragte sie, und Harald berichtete, dass Ragnar versucht habe, ihn umzubringen.

Ingerid legte ihm die Hand auf die Wange.

»Du bist ganz heiß, Harald. Ruh dich aus. Wir reden darüber, wenn es dir besser geht.«

Ihre Hand war weich und roch gut. So war es immer gewesen. Schon als er seine ersten Schritte gemacht hatte, war Ingerids Hand immer da gewesen. Sie hatte sie ausgestreckt, und er hatte sie genommen und sich selbst auf die Füße gezogen. Sanfte Hände, die gut rochen. Er sah zu seiner Schwester auf. Vorsichtig löste sie ihre Haube und zog sie ab. Das lange braune Haar fiel auf ihre Schultern.

»Ragnar ist nicht gut genug für dich. Er ist ...«

Sie unterbrach ihn mit einem Lächeln. Wie ein leichtes Zittern trat es auf ihre Lippen, ein Zittern, das an die Frostwehen in seinem Körper erinnerte. Die allerdings waren schwächer geworden. Nach der großen Kälte, die ihn fast getötet hatte, war nur noch ein leichtes Schaudern geblieben.

Ingerid nahm seine Hand. Eine Weile blieb sie neben ihm sitzen. So hatte sie es oft getan, als er noch klein war. Sie war immer die Einzige gewesen, die ihn trösten konnte. Er wollte erzählen, was Ragnar über sie gesagt hatte, über sie alle, über das Geschlecht auf Stein, aber die Schwester legte ihm einen Finger auf die Lippen.

»Schlaf jetzt, Harald. Ruh dich aus.«

Harald streckte den Arm nach ihr aus, doch sie war aufgestanden. Er blieb liegen und sah ihr nach.

Als er die Augen schloss, war Olav in seinen Gedanken – sein Bruder, *der König*. Mit dem Guttorm lautstark prahlte, wenn er zu viel trank. Und von dem die Mutter mit warmer Stimme sprach, wie sonst von niemandem.

4

Åsta wich nicht von Haralds Seite. Stundenlang saß sie an seinem Bett, während er schlief.

Sie wusste, weshalb er so sehr darunter litt, was er auf Bønsnes gehört hatte. Harald hatte zu Ragnar aufgesehen, so wie es Knaben gegenüber Älteren nun einmal tun. Harald war kein Lügner. Åsta glaubte ihm. Doch vielleicht wäre es besser gewesen, wenn er die Wahrheit für sich behalten hätte.

Ingerid mochte Ragnar. Nachdem sie das Silberkreuz von ihm bekommen hatte, war es noch deutlicher geworden. Åsta hatte mit ihr geredet und gesagt, dass eine Frau nur *eine* Ehre habe. Verlöre sie diese, könne sie niemals zurückgewonnen werden. Bei den Männern war es etwas anderes. Sie konnten die Ehre verlieren und dann später wiedererlangen.

Ingerid verstand, und Åsta wusste, dass die Tochter sich gut betragen würde – bevor sie ins Ehebett stieg.

Fünf Tage vergingen, bis Harald wieder auf die Beine kam. Als Erstes begab er sich in den Stall. Das hatte er immer getan. Seit er laufen konnte, war er immer im Stall gewesen, bei Kårstein.

Später am Tag saß Åsta an der langen Tafel, als eine der Mägde hereingelaufen kam. Sie war ganz außer Atem und konnte kaum sprechen:

»Da… sind Leute gekommen. Häuptling Sigvald… mit mehreren Männern.«

Als Åsta unter das Vordach trat, saßen die Männer noch auf den Pferden. Es war zu kalt, um sich lange draußen auf dem Hofplatz aufzuhalten. Sie bat die Männer ins Haus und schickte die Magd zu Guttorm, da sie ahnte, was Sigvald wollte. Er war mit Ragnar, seinem Sohn, und mehreren Männern von Bønsnes gekommen.

Åsta bat Sigvald, mit ihr zusammen am Tisch Platz zu nehmen. Die Magd brachte ihm warmes Bier. Ragnar und die anderen Männer bekamen nichts. Mit Mützen und Handschuhen in den Händen blieben sie neben dem Tisch stehen.

Sigvald nahm einen großen Schluck aus dem Becher, hielt die Hand vor den Mund und rülpste.

»Danke für das Bier«, sagte er. »Es schmeckt besser als unseres auf Bønsnes. Du hast dich schon immer auf die Braukunst verstanden, und nicht nur darauf.«

Åsta bedankte sich mit einem Lächeln.

»Vermutlich bist du aber nicht wegen meines Biers hergekommen?«

Der Bønsnes-Häuptling beugte sich vor. Er war ein dicker Mann, und sein Gesicht glühte jetzt, nachdem er in die Wärme gekommen war.

»Wir haben schon früher darüber gesprochen.«

Åsta sah ihn fragend an.

»Ja, es ist an der Zeit, dass Ragnar Ingerid zur Frau nimmt«, sagte er.

Åsta wusste wohl, dass sie darüber gesprochen hatten, aber eine Heirat mit Ragnar kam überhaupt nicht infrage. Ingerid sollte mit einem besseren Mann verheiratet werden. Zwar war Sigvald der wichtigste Häuptling in Ringerike und eng verwandt mit Kalv Arnesson. Aber Åsta glaubte, einen besseren Ehemann für die Tochter finden zu können. Mithilfe von Olav. Vielleicht einen Jarl oder einen Königssohn! Ingerid würde schließlich eine große Mitgift in die Ehe einbringen.

Åsta winkte der Magd, die kam und Sigvald Bier nachschenkte. Er nahm einen großen Schluck und fuhr fort: »Vermutlich ist dir zu Ohren gekommen, dass dein jüngster Sohn Ragnar beinahe umgebracht hätte. Ragnar hat sein Pferd verloren und wäre fast ertrunken, wenn nicht… Nun, er hat lange im Fieberschweiß gelegen, aber jetzt ist er wieder auf die Beine gekommen. Ragnar ist ein zäher Bursche. Genau wie sein Vater.«

Der Bønsnes-Häuptling hielt inne, als sich die Tür öffnete und Guttorm das Langhaus betrat. Åstas Zweitältester schälte sich aus einem weiten dunkelbraunen Rock und streifte Mütze und ein Paar dicke Arbeitshandschuhe ab. Die Magd hob alles vom Boden auf und legte es ans Feuer. Guttorm begrüßte Sigvald und fragte, was ihn nach Stein geführt habe.

Doch es war Åsta, die das Wort ergriff: »Sigvald glaubt, Harald wollte Ragnar umbringen, als sie hinaus zum Viehbrunnen ritten. Doch das war wohl eher ein dummer Jungenstreich.«

Sigvald räusperte sich.

»Ragnar hat sein Pferd verloren.«

Sigvalds Sohn trat an den Tisch und mischte sich unaufgefordert ein.

»Harald wusste, wo der Viehbrunnen lag. Er hat mich in eine Falle gelockt.«

Sigvald drehte sich zu Ragnar um, doch der Sohn hielt dem Blick des Vaters stand.

Guttorm legte die Hand auf Ragnars Schulter und sagte ruhig, aber bestimmt: »Es ist doch wohl so, dass Halvdan dich aus dem Eiswasser gezogen und dir Haralds Pferd überlassen hat?« Guttorm lächelte. »Und jetzt bist du hier. Allzu groß kann der Schaden nicht gewesen sein.«

Åsta richtete den Blick auf Guttorm. Er verstand es, das Wort zu führen. Sie selbst sagte nichts. Und dennoch blickte Sigvald sie an, als er fortfuhr:

»Meiner Meinung nach ist Harald zu alt, um sich noch hier auf Stein herumzutreiben. Er hätte im letzten Frühling gleich nach dem Pflügen auf Wikingfahrt geschickt werden sollen.«

Åsta wusste, dass er recht hatte. Aber es war nicht leicht, den jüngsten Sohn fortzuschicken. Haralds Geburt war ein später Segen gewesen. Sie hatte bereits über vierzig Winter gezählt und nicht geglaubt, noch weitere Kinder bekommen zu können. Als ihr Mann, Sigurd, kurz danach gestorben war, schien es, als ob Harald die Erinnerung an ihn lebendig hielt.

Åsta liebte alle ihre Kinder, doch Harald auf eine andere Art als Ingerid und die älteren Brüder. Guttorm hatte das Gemüt seines Vaters geerbt. Er mochte die Arbeit auf dem Hof und war froh, nicht auf Wikingfahrt gehen zu müssen. Halvdan kam ebenfalls sehr nach dem Vater, doch Harald war wie Olav, der älteste ihrer Söhne. Beide hatten ein großes Herz und ließen sich oft von ihren Gefühlen leiten, was ihnen manchmal zum Verhängnis wurde. In seiner Jugend war Olav aber auch sehr halsstarrig gewesen. Deswegen hatte sie ihn fortgeschickt, als er erst zwölf Winter zählte. Noch immer konnte sie ihn vor sich sehen, wie er neben Rane Kongsfostre zur Küste ritt. Ein langer Kerl, aber dünn wie eine Bohnenstange, genau wie Harald heute.

Als König war er zurückgekehrt.

Als erwachsener Mann war Olav ein anderer geworden. Er erinnerte sie an Harald Grenske, ihren ersten Mann und Olavs Vater. Sie beide vermochten es, sich Männer und Frauen allein mit ihrem Blick gefügig zu machen. Auch Harald würde einmal so sein, dachte Åsta, wenn er nur nicht vorher erschlagen würde. Angesichts seines Jähzorns, der ihn manchmal bis an den Rand des Abgrunds brachte, fürchtete sie nämlich, dass dies geschehen könne.

Sigvald tat sich weiter am Bier gütlich und rülpste erneut. Als er wieder das Wort ergriff, klang seine Stimme schärfer.

»Harald kann mit mir kommen, wenn es Frühling wird. Ragnar geht dann zum zweiten Mal auf Wikingfahrt, und ich kann Harald unter meine Fittiche nehmen, so wie ich es mit meinem eigenen Sohn getan habe.«

Åsta erwiderte Sigvalds Blick, der daraufhin die Aufmerksamkeit auf seinen Becher richtete.

»Ob und wann Harald auf Fahrt geht, bestimme immer noch ich«, gab Åsta zurück.

Sigvald wurde sanfter.

»Seit ich zusammen mit deinem ältesten Sohn in seinem Heer kämpfte, haben unsere Sippen einander nahegestanden. Die Söhne Arnes, meine Neffen, sind ebenfalls treue Männer des Königs. Wäre Olav nicht Reichskönig geworden, hätte ich mich mit Fug und Recht König über Ringerike und all das Land bis zum Meer hinunter nennen können.«

Sigvald streckte den Rücken durch und sah Åsta an.

»Wenn ich Harald im Frühling mitnehme und wir Ragnar und Ingerid die Ehe eingehen lassen, wird die Verbindung zwischen unseren ehrenhaften Sippen noch enger werden.«

Åsta spürte Zorn in sich aufsteigen. Doch sie wusste, dass es am klügsten war, ihre Gefühle zu verbergen. Sie schwieg einen Augenblick, bevor sie etwas entgegnete.

»Harald erzählt, er habe dich und Ragnar reden hören, über den König und über die Heirat«, sagte sie schließlich.

Sigvald hob den Becher. Doch er zögerte. Dann stellte er ihn mit einem lauten Krachen zurück auf den Tisch.

»Mit den Häuptlingen im Westen und in Trøndelag steht Olav nicht mehr auf so gutem Fuß wie einst. Und wenn König Knut sich gegen ihn wendet …«

Åsta lachte auf.

»König Knut ist so fett geworden, dass er in England kaum noch auf seinen Thron steigen kann, sagt Olav.«

Sigvald grinste und klopfte sich auf den Wanst.

»Auch ich bin viele Jahre zusammen mit Knut gesegelt. Wir alle haben es uns gut gehen lassen.«

Åsta winkte Ragnar an den Tisch. Er setzte sich neben seinen Vater und trank aus dem Becher. Auch Guttorm setzte sich zu ihnen.

»Ich sage das, damit ihr beide es hört«, sagte Åsta, »Vater und Sohn. Ich werde mit Olav reden und dafür sorgen, dass Ragnar eines Tages deinen Platz einnimmt, Sigvald. Solange ihr Olav treu dient, sollt ihr über Bønsnes herrschen und die Einkünfte des Hofs behalten. Doch auf eine Heirat mit der Schwester des Königs dürft ihr nicht hoffen.«

Guttorm legte beschützend einen Arm um seine Mutter. Er fuhr fort.

»Es ist bedauerlich, dass Ragnar einen Groll gegen Harald hegt. Seit mein Vater, Sigurd Syr, als König über Ringerike herrschte, war es Brauch, den Frieden zu bewahren. Und dieser Brauch war gut für uns alle. Nie zuvor hat auf den Höfen in Ringerike solcher Wohlstand geherrscht wie jetzt. Sowohl Bønsnes als auch Stein sind mächtiger geworden.«

Guttorm prostete Sigvald zu.

»Du, Sigvald, bist ein treuer Diener meines Bruders, König Olav, und unsere Sippen sind versöhnt.«

Guttorm hielt inne, als sich die Tür öffnete. Alle wandten sich um. Harald kam herein. Åsta wollte ihm entgegengehen, da sie fürchtete, der Zorn könnte ihn übermannen. Doch noch bevor sie aufstehen konnte, war Harald bei ihnen. Er stellte sich hinter seinen Bruder und betrachtete grimmig Sigvald.

Der Häuptling wich seinem Blick aus. Åsta dachte, dass Sigvald nur froh sein konnte, wenn er nicht mit ihrem jüngsten Sohn auf Wikingfahrt gehen musste.

»Hat Sigvald dir erzählt, wie er und Ragnar unseren Hof an sich reißen wollen?«, fragte Harald unnötig laut und sah seine Mutter an. »Hat er es dir erzählt? Wie sie uns verraten wollen? Nachdem wir ihnen immer beigestanden haben!«

Åsta versuchte es mit einem zaghaften Lachen und hob die Hand, wie um anzudeuten, dass der Junge nicht wisse, was er rede. Doch Guttorms Miene wurde ernst. Er drehte sich um und klopfte mit der Hand auf den Platz neben sich. Da Harald jedoch stehen blieb, musste er sich abermals umwenden.

»Du hast Ragnar dein Pferd gegeben, und das ist nur recht und billig…«

Harald fiel dem älteren Bruder ins Wort: »Nie im Leben würde ich Ragnar ein Pferd überlassen. Halvdan hat das getan, und ich will Steinsvarten zurückhaben!«

Guttorm sah den Bruder streng an, sprach aber weiterhin mit ruhiger Stimme, in der ein Lachen mitschwang.

»Du bist nicht derjenige, der das entscheidet. Du hast auf Stein gar nichts zu bestimmen, weder über Menschen noch über das Vieh. Und das ist auch gut so. Könntest du entscheiden, würden wir vermutlich alle zusammen ein Wettrennen auf den Feldern veranstalten, und du würdest verlangen, dass bei unserer Rückkehr Milch und warmer Brei bereitsteht.«

Åsta sah, dass Harald rot wurde. Sigvald und Ragnar lachten laut.

Abermals gab Guttorm dem Bruder ein Zeichen, sich hinzusetzen, aber trotzig blieb Harald stehen. Guttorm wandte sich Ragnar zu.

»Wenn du willst, Ragnar, können wir in den Stall gehen, und du nimmst dir das Pferd, das du haben willst. Dann kann Harald seines zurückbekommen.«

Ragnar erwiderte nichts. Freundlich fuhr Guttorm fort: »Steinsvarten ist doch kaum mehr als ein großes Fohlen und eignet sich besser für einen Jungen als für einen jungen Mann wie dich, der auf Wikingfahrt gegangen ist.«

Ragnar zuckte mit den Schultern. Er machte eine abschätzige Miene.

»Es mag sein«, sagte er schließlich, »dass das Pferd nicht mehr ist als ein großes Fohlen. Aber mir gefällt die Wut, die ich in Haralds Augen sehe, denn sie bedeutet, dass er eines Tages kommt, um sich das Pferd zurückzuholen.«

Für einen Moment war es ganz still. Sigvald richtete sich auf, sah seinen Sohn verwundert an. Auch Åsta hatte nicht gedacht, dass Ragnar es wagen würde, so zu reden. Doch der fuhr fort.

»Und dann wird er mich kennenlernen, denn jeder Mann hat das Recht, sich und sein Eigentum zu verteidigen, ob sein Gegner nun Bruder des Königs ist oder nicht.« Ragnar sah zu Harald hinüber. »Es hilft dir nichts, dich hinter deinem großen Bruder zu verstecken.«

Åsta sah, dass Haralds Zorn wieder aufzuflammen drohte. Sie berührte begütigend seinen Arm. »Harald, im Stall gibt es viele Pferde.«

Er schüttelte ihre Hand ab und trat einen Schritt auf Ragnar zu. Ragnar sprang auf, und fast sah es aus, als würden sie sich gegenseitig an die Gurgel gehen. Doch plötzlich war Ingerid bei ihnen und stellte sich vor ihren Bruder. Sie sagte nichts, sondern sah Ragnar nur an.

Er wagte es nicht, ihren Blick zu erwidern.

Einen Augenblick verharrten sie reglos. Dann drehte Ragnar sich um und verließ, gefolgt von seinem Vater, die große Halle.

5

Es war Nacht, als der König und sein Gefolge auf Stein eintrafen. Der große Hof zwischen dem Tyrifjord und dem Steinsfjord zeichnete sich als dunkle Silhouette vor dem Horizont ab. Feine, fast unsichtbare Streifen weißen Rauchs stiegen von vielen der Häuser empor, was es aussehen ließ, als bänden sie Himmel und Gebäude zusammen.

Nur mehr zehn Männer waren jetzt im Gefolge des Königs. Einer von ihnen lag auf einem Schlitten, und in regelmäßigen Abständen musste sie ihm eine Hand unter die Nase halten, um zu spüren, ob er noch lebte.

Sie hatten viele Männer verloren, als sie das Gebirge überquerten, denn dort oben hatte ein heftiger Sturm gewütet. Das Pferd war in einen Abgrund gestürzt, aber Olav hatte den Männern befohlen, den Schlitten zu nehmen. Er selbst hatte geholfen, ihn zu ziehen.

Nachdem sie über das Gebirge gekommen waren, hatte Olav gesagt, dass alle, die es wollten, zu ihren Höfen heimkehren könnten, und viele hatten es getan. Schon früh am selben Tag war Bjørn Stallare zu seinem Hof in Grenland aufgebrochen. Anders als geplant, hatte Olav ihn nicht dorthin begleitet. Weder Zeit noch schwindende Kräfte erlaubten jetzt einen

Umweg. Mehr als dreißig Tage waren vergangen, seit sie die Schiffe am Ufer des Sunnylvsfjords in Brand gesteckt hatten.

Auf den Höfen, wo sie frische Pferde bekommen und den Bauern Hammelfleisch und Gerstenmehl abgekauft hatten, hieß es, Olav sei für geächtet erklärt worden. König Knut würde Olavs Kopf in Silber aufwiegen. Aber niemand hatte die Waffen gegen sie gerichtet, und sowohl in Gudbrandsdalen als auch in Hadeland hatten sie ungehindert handeln und kaufen können. Viele Bauern hatten ihnen sogar freie Unterkunft und Verpflegung angeboten und geäußert, Olav beistehen zu wollen, wenn er zurückkäme.

Als sie jetzt auf den Hofplatz traten, war niemand zu sehen. Plötzlich kam eine krumm gebeugte Gestalt aus dem Stall. Der Mann trug keine Kopfbedeckung, sein dünnes weißes Haar hing ihm über die Schultern und sah aus wie die Flechte an einer alten Birke.

Finn wurde klar, dass Olav den Mann kannte, denn der König stieg vom Pferd und begrüßte ihn. Das Gesicht des Mannes verzog sich zu einem zahnlosen Grinsen.

»Kårstein war hier schon Knecht, als ich das erste Pferd von meinem Stiefvater, Sigurd Syr, bekam«, sagte Olav. Er klopfte dem alten Stallknecht auf die Schulter und erkundigte sich nach den Pferden, bevor er das Langhaus betrat.

Mit steifen Bewegungen glitt Finn vom Pferd. Ein Schmerz durchfuhr die steifen Glieder, als seine Füße den Boden berührten. Kårstein trat zu ihm und hielt die Zügel. Finn rieb sich ein paarmal über die Schenkel und sagte:

»Für ein paar Tage wird es jetzt eng im Stall, Kårstein. »Bring unsere Pferde hinein, damit sie sich aufwärmen können.«

Der Stallknecht nickte. »Lasst sie einfach hier stehen«, erwiderte Kårstein. »Die armen Tiere werden in dieser Eiseskälte schon nicht weglaufen. Ich finde einen guten Platz für sie.«

Finn bat die anderen Männer, Kårstein mit den Pferden und dem Sattelzeug zu helfen. Dann beugte er sich über den Schlitten.

Rane lag mit geschlossenen Augen da. Seit die Männer den Sunnylvsfjord verlassen hatten, hatte er kein Wort gesprochen. Niemand hatte ihn essen oder trinken gesehen. Nichts, was sie ihm anboten, nahm er an. Aber sie ließen etwas Essbares auf dem Schlitten zurück, damit er sich bedienen konnte. Es verschwand, aber ob er es nun gegessen oder weggeworfen hatte, wussten sie nicht. Was er trank, hatte auch niemand beobachten können. Finn glaubte, er stecke sich Schnee in den Mund. Und davon gab es genug.

Finn ließ sich von einem der Männer helfen, und gemeinsam trugen sie Rane in das Langhaus. Sie brachten ihn mitsamt dem Schlitten hinein, denn der war nicht groß. Olav und eine Frau saßen auf einer Bank neben der Feuerstelle. Die Frau war groß und stattlich. Finn fiel auf, wie sehr sie Olav ähnelte, und schloss, dass es seine Mutter sein musste.

Olav drehte sich zu ihm und winkte ihn mit einer

Handbewegung herein: »Stell den Schlitten ans Feuer, Finn. Damit Rane auftauen kann.«

Die Mutter blickte ihren Sohn fragend an. »Ist das wirklich Rane Kongsfostre? Gar nicht so leicht, ihn unter dem Bart zu erkennen. Und wie dünn er geworden ist.«

Olav antwortete mit einem breiten Grinsen.

Die Mutter sah erneut zu Rane und fuhr fort: »Er zählt schon mehr als siebzig Winter. So alt ist nicht einmal dein Stiefvater geworden, obwohl Sigurd doch hier auf dem Hof ein friedliches Leben führte.«

»Rane hat mehr Schlachten überlebt als jeder andere, den ich kenne«, sagte Olav. »Und mehr Feinde getötet.«

Finn blieb neben dem Schlitten stehen.

Die Mutter tätschelte Olavs Schenkel. »Rane … ja, es ist schon einige Jahre her, seit ich meinen jungen Sohn mit Rane auf Wikingfahrt geschickt habe. Und es fiel mir auch nicht schwer, dich in Ranes Obhut zu geben. Niemand im ganzen Land konnte sich im Kampf mit Rane messen. Niemand … Und als du als König zurückgekommen bist, war es Rane, der viele Männer für dich gewinnen konnte.«

Es wurden Speisen gebracht. Brot, Fleisch und warme Getränke. Die Dienstmägde trugen reichlich auf. Eines der jungen Mädchen war überaus hübsch. Olav streichelte ihre Wange, und Finn dachte, dass sie vielleicht seine Schwester war. Nie zuvor hatte er Olav eine Frau auf diese Weise berühren gesehen.

Zwischen zwei Bissen sagte Olav zu ihm, er solle die

Männer hereinholen. Es seien ja nicht mehr so viele, und alle könnten hier drinnen in der Wärme sitzen und essen. Das verdienten sie.

Finn schickte den Mann, der ihm mit dem Schlitten geholfen hatte, hinaus, um den anderen Bescheid zu geben. Er selbst setzte sich an den Tisch.

Olavs Mutter richtete lange die Felle, die man Rane umgelegt hatte. Dann nahm sie etwas Brot vom Tisch, tunkte es in warmes Bier und brachte Rane dazu, es zu essen. Finn hörte, dass Rane mehrmals ihren Namen nannte – »Åsta« –, aber mehr nicht.

Olav kümmerte sich nur wenig um das Geschehen. Er aß und trank und schien sich damit zu begnügen.

Nach einer Weile setzte sich Olavs Mutter wieder an den Tisch. Sie blickte Finn mit einem Lächeln an und schob einen Teller Fleisch in seine Richtung. Finn bedankte sich und nahm noch ein großes Stück. Es stimmte wohl, was gesagt wurde: Stein war der reichste Hof im Land.

Jetzt kamen weitere Männer herein und setzten sich an den Tisch. Die Menschen auf dem Hof wurden wohl gerade wach.

Ein großer Mann trat näher. Er ähnelte dem König, war aber jünger. Olav erhob sich und ließ alle wissen, dass der Mann sein Halbbruder sei, Guttorm. Dann erschien ein weiterer Halbbruder, der Halvdan genannt wurde. Finn erkannte deutlich, dass die Brüder sich über das Wiedersehen freuten.

Als sie alle gegessen und getrunken hatten, sagte Olav, man solle Rane hinauf zur Kirche bringen. Die

Männer waren satt und müde und hätten sich sicher gern auf den Boden gelegt, um zu schlafen, aber alle folgten dem Befehl des Königs.

Gerade als sie aus dem Langhaus traten, kam ihnen ein Junge entgegen, hochaufgeschossen und hager. Er spähte zu ihnen hinüber. Finn dachte, auch er sehe Olav ähnlich, aber es wurde kein Wort darüber verloren.

Sie zogen den Schlitten mit Rane einen Hügel hinauf. Die kleine Kirche stand ganz oben auf der Kuppe. Von dort aus konnten sie den berühmtesten aller Grabhügel in Ringerike erspähen. Er lag mitten auf einem Acker, nicht weit entfernt von den Häusern auf Stein. Alle, die Olav gefolgt waren, kannten diesen Grabhügel. Dort lag Halvdan Svarte, der Vater Harald Hårfrages, der über das ganze Westland geherrscht und auch im Osten über große Macht verfügt hatte. Finn, der Olav auf dem Rückweg von England gefolgt war, erinnerte sich noch daran, was der König gesagt hatte, als die Kirche errichtet wurde und Grimkjell den ersten Gottesdienst abhalten sollte. Er hatte gesagt, die Kirche sei zur Ehre aller seiner Vorfahren errichtet, auch zur Ehre derer, die gestorben waren, ohne den Glanz und die Größe des Mariensohns erlebt zu haben. Die Christianisierung beginne hier, hatte Olav gesagt, am Grab des ältesten seiner Vorfahren.

Im Innern der Kirche entzündete der Hofpriester eine Kerze auf dem Altar. In allen vier Ecken der winzigen Kirche standen Kerzenhalter, auch diese wurden mit brennenden Kerzen bestückt.

Olav trat an den Altar, schlug das Kreuzzeichen und wandte sich dann um. Der König wollte, dass der Schlitten mit Rane neben den Altar gestellt werde.

Die Männer folgten Olavs Befehl, breiteten die Felle im Schlitten aus und legten Rane darauf. Olavs Mutter hatte ein Seidenkissen und weiche Decken mitgebracht.

Der König wirkte zufrieden.

»Hol das Altarkreuz, Finn.«

Der Sack hatte im Schlitten neben Rane gelegen, schon seit sie vom Sunnylvsfjord aufgebrochen waren. Der König selbst hatte ihn dort hineingelegt. Finn holte ihn, und der König zog das silberne Kreuz daraus hervor.

Der König hatte es bekommen, nachdem er in Rouen getauft worden war.

Der Bischof von Rouen hatte es ihm gegeben, um zu verhindern, dass seine Kirche angezündet werden würde. Mehrere Tage hatte er ihnen seine Gastfreundschaft gewährt und ihnen auch sonst viel Silber gegeben, damit sie weiterziehen sollten.

Finn hatte geglaubt, der König werde sowohl das Kreuz nehmen als auch den Kopf des Bischofs abschlagen, sodass sie auch die übrigen Schätze rauben und die Kirche niederbrennen konnten. Dann aber sagte der Bischof, er könne ihnen etwas geben, das mehr wert sei als alles Silber, das sie tragen könnten.

Alle wurden neugierig und lauschten den Worten des Bischofs. Schon früher hatten sie einige Priester vom ewigen Leben erzählen gehört, aber der Bischof sagte noch etwas anderes. Er sagte, dass allein Jesus Christus darüber entscheide, wer König werden solle. Nur die Könige, die zum Sohn der Jungfrau Maria beteten, würden mächtig sein und lange Zeiten in ihrem Reich leben und herrschen.

An jenem Tag in Rouen war etwas mit Olav geschehen. Er ließ sich und die anderen vom Bischof taufen. Dann erzählte er von seinen trefflichen Vorfahren und dass er nach Hause fahren und in Norwegen den christlichen Glauben einführen wolle.

Finn erinnerte sich noch, wie Olav damals gestrahlt hatte.

Seit jenen Tagen führte er das Kreuz immer mit sich. Jetzt stellte er es auf den schlichten Altar.

Åsta, die Mutter, räusperte sich. »Wir werden uns gut um Rane kümmern. Ich werde seine Wunden pflegen, ihm Speise und Trank ...«

Olav fiel ihr ins Wort. »Das Wichtigste ist, dass ihr für ihn betet. Rane hat den Mariensohn nicht als seinen Gott angenommen, deshalb müssen wir anderen für ihn beten.«

Dann sank Olav auf die Knie und sprach das erste Gebet für Rane. Er betete dafür, dass Rane noch am Leben wäre, wenn er selbst zurückkehren und das Land in Besitz nehmen würde, das Jesus Christus ihm gegeben habe.

Denn wer Rane Kongsfostre auf seiner Seite habe, würde die Schlacht siegreich beenden.

6

Harald fuhr fort, das neue Pferd zu striegeln, das er ausgewählt hatte – einen dunkelbraunen, kräftigen Hengst. »Ich muss erst das Pferd versorgen.«

Sein Bruder Halvdan zerrte an seiner Schulter. »Du musst jetzt kommen! Olav ist nicht nur unser Halbbruder. Er ist der König. Du musst kommen, wenn er dich darum bittet.«

Harald steckte die Hände in eine Wassertonne, wusch sie gründlich und trocknete sie an den Hosenbeinen ab.

»Guttorm sagt, dass er Norwegen verlässt … dass er flieht.«

Halvdan schüttelte den Kopf. Er winkte Harald, ihm zu folgen, damit er selbst hören könnte, was Olav zu sagen hatte. Dann ging er.

Als Harald wenig später das Langhaus betrat, saß Olav mit der Mutter und mehreren seiner Männer am Tisch. Ingerid, die Schwester, hockte mit einigen der Dienstmägde am unteren Tischende.

Die Männer hatten gegessen und ließen ein Trinkhorn mit Met herumgehen. Olav winkte Harald zu sich. Guttorm und Halvdan saßen ebenfalls in Olavs Nähe.

Als Harald sich hinsetzen wollte, stieß Olav seinen Nebenmann an und sah zu Harald hinüber.

»Siehst du den da, Finn? Ist das nicht der größte Mann, der dir in Norwegen je begegnet ist?«

Der Mann namens Finn blickte lächelnd zu Harald.

»Ob er der größte ist, weiß ich nicht. Tore Hund ist vielleicht noch etwas länger geraten, aber auch wenn dein Bruder dich überragt, Olav, wiegt er nicht mal die Hälfte von dir.«

Mehrere Männer am Tisch lachten. Harald spürte das Blut in seine Wangen schießen, als er sich schräg gegenüber von Olav auf die Bank setzte.

Olav sprach weiter, jetzt mit lauter Stimme: »Ich erzähle euch jetzt etwas über meine Brüder hier auf Stein. Als ich das letzte Mal hier war, waren sie noch klein. Ich setzte mich zu ihnen und fragte, was für Männer sie werden wollten, was sie sich wünschten.«

Harald starrte die Tischplatte an. Seine Mutter hatte die Geschichte schon oft erzählt. Es war alles dummes Zeug. Für einen Augenblick überkam ihn der Drang, aufzustehen und zu gehen, aber er tat es nicht.

Olav fuhr fort: »Da er der Älteste war, fragte ich Guttorm zuerst. Ich sah ihn mit grimmiger Miene an. Nur widerwillig kam er auf meinen Schoß. Er sah ganz verschreckt aus.« Olav sah zu Guttorm, der sein Lächeln erwiderte. »Tja, wie ihr seht, ist er ein tüchtiger Kerl geworden und führt den reichsten Hof im Land. Deshalb wird es ihm auch nichts ausmachen, die alte Geschichte noch einmal zu hören.«

Der König nahm einen großen Schluck aus dem Methorn.

»Also, nachdem er endlich seine Sprache wiedergefunden hatte, sagte Guttorm, er wolle viele Höfe besitzen. Noch viel mehr Höfe, als sein Vater, Sigurd Syr, je besessen hatte. Dann setzte ich Halvdan auf meinen Schoß und fragte ihn dasselbe. Halvdan wirkte verängstigt, weil ich ihn so böse ansah. Doch er überwand sich schließlich und sagte, dass er ebenfalls ein reicher Bauer werden und viele Kühe haben wolle, mehr noch als sein Vater.«

Harald war drauf und dran aufzuspringen, fing aber den Blick seines Bruders auf und blieb sitzen. Ein Gefühl, als ob er auf der Bank festklebte, überkam ihn.

Sein Halbbruder redete jetzt leiser: »Und dann nahm ich ihn dort auf den Schoß«, sagte er und beugte sich über den Tisch zu Harald. »Ich schnitt die finsterste Grimasse, die ich zustande bringen konnte, aber der Kleine streckte bloß die Hand aus und zog mich am Bart.«

Harald entging nicht, dass der Mann, den der König Finn nannte, erst von Olav zu ihm und dann wieder zum König blickte. In seinen Augen blitzte ein Lachen auf.

Olav fuhr fort: »Nachdem der kleine Mann meinen Bart losgelassen hatte, fragte ich ihn, was er sich wünsche.« Olav ließ den Blick über seine Männer gleiten und lächelte wissend. Am Tisch war es ganz still. »Da sagte der Zwerg, er wolle ein furchtloser Krieger werden! Er wolle genügend Waffen und Männer sammeln, um alle Höfe Guttorms niederzubrennen und alle Kühe Halvdans aufzuessen.«

Olav schlug sich auf die Schenkel und brüllte vor

Lachen. Der Mann namens Finn beugte sich über den Tisch und lachte ebenso laut. Harald spürte seine Wangen so sehr erglühen, dass es fast schon wehtat.

Als das Gelächter verebbte, stand Olav auf. Er nahm einen Sack, der bislang zwischen seinen Beinen gestanden hatte, und legte ihn vor sich auf den Tisch. Ein großer Ernst überkam ihn.

»Ich habe an diese Geschichte gedacht, bevor ich hierherkam, und deshalb habe ich jetzt die Gaben bei mir, die sich meine Brüder damals gewünscht haben.«

Er zog zwei Lederbeutel aus dem Sack und legte sie auf den Tisch.

»Hier ist Silber. Vielleicht nicht so viel, wie ihr euch damals erhofft habt, aber genug für einen Hof und ein paar Kühe.«

Olav schob die beiden Beutel Halvdan und Guttorm zu.

»Es ist keine Schande, Bauer zu sein«, sagte er. »Ohne Bauern würden wir alle verhungern.«

Abermals schob Olav die Hand in den Sack. Dann legte er etwas, das wie ein Handgriff aussah, sowie einen Dolch vor sich auf den Tisch.

»Das hier soll Harald bekommen. Alle Heere entstehen auf diese Weise. Mit einem Schild und einem Schwert.«

Olav schob die Gegenstände über den Tisch. Harald glaubte, der Halbbruder wolle ihn verspotten. Was er einen Schild nannte, war nur ein kleiner Schildbuckel, und was er als Schwert bezeichnete, war ein halblanger Dolch der Sorte, die vornehme Männer benutzten, um damit zu essen. Harald spürte Zorn in sich aufsteigen und schob die Geschenke brüsk zurück. Olav hob die Augenbrauen und blickte ihn unverwandt an.

Harald hielt seinem Blick stand, merkte aber, dass seine Stimme weniger fest als üblich klang: »Das Küchenmesser und den Handgriff kannst du behalten.«

Der Bruder beugte sich tief über den Tisch.

»Was sagst du da? Willst du das Geschenk des Königs nicht annehmen? Es hätten vielleicht ein längeres Schwert und ein großer Schild sein können, aber ich wusste nicht, dass du seit unserer letzten Begegnung so sehr gewachsen bist. Ich sehe schon, deine Mutter hat dich gut gedüngt.«

Einige der Männer am Tisch lachten.

»Benutz sie doch selbst«, sagte Harald. »Bessere Waffen brauchst du ja nicht, schließlich fliehst du aus deinem eigenen Land.«

Harald fing den Blick der Mutter auf. Sie sah ihn streng an. Olav hingegen blieb ruhig.

»Mein furchtloser kleiner Bruder … Der Zorn steckt immer noch in dir, wie ich sehe.«

Olav wandte sich an die Mutter.

»Warum hast du den Jungen nicht auf Wikingfahrt geschickt? So entschlossen, wie er ist, hätte er längst König von England sein können!«

Der König lachte, und die Männer am Tisch grinsten Harald an.

»Er ist ein Wildfang, Olav«, sagte Guttorm. »Störrischer als jedes Rindvieh, das mir je begegnet ist. Er hat Ragnar Sigvaldsson von Bønsnes überlistet, sodass der mit seinem Pferd in den Viehbrunnen stürzte. Und während Ragnar im Eiswasser um sein Leben kämpfte, wollte Harald ihn mit der Axt erschlagen.«

Olav schüttelte den Kopf. »Dabei kam er sich vermutlich sehr heldenhaft vor.«

Guttorm lachte. Harald kämpfte gegen die Finsternis an, die sich in seinem Kopf ausbreitete.

Olav beugte sich wieder zu dem Bruder und reckte das Kinn vor.

»Und jetzt möchtest du deinen Bruder vielleicht abermals am Bart ziehen?«

Harald konnte sich nicht länger beherrschen. »Ich werde dir den Bart abreißen«, schrie er seinen Halbbruder an. »Dann siehst du aus wie das Weibsbild, das du in Wahrheit bist!«

Olav lächelte immer noch, doch jetzt ein wenig verkniffen. Er blickte reihum auf seine Männer und deutete dabei auf Harald.

»Wann habt ihr zuletzt jemanden gehört, der so mit seinem König spricht? Kann jemand einen Namen nennen – den Namen eines Mannes, der noch lebt?«

Die Mutter richtete ihren strengen Blick abermals auf Harald, doch der gab nicht nach. Griff den Bruder erneut an.

»Kein Wunder, dass du aus deinem Land fliehen musst, wenn du halbtote Tattergreise mit dir herumschleppst, wie den da oben in der Kirche.«

Harald hatte nicht damit gerechnet, dass sein großer Bruder so schnell sein würde. Bevor Harald zurückweichen konnte, hatte Olav seine Hand gepackt und drückte zu.

»Du kannst mich gern verspotten, wenn du glaubst, dass sich das für einen fast erwachsenen Mann wie dich ziemt«, zischte er ihn an. »Aber den besten Mann, der jemals in unserem Heer wandelte, den verspottest du nicht!«

Harald hörte, was sein Bruder sagte, doch obwohl er gerne geantwortet hätte, brachte er keinen Laut hervor. Die Hand schmerzte entsetzlich. Er hatte schon Füchse aus der Falle geholt. Und er hatte Füchse gesehen, denen eine Pfote fehlte. Er biss sich auf die Zunge und dachte, dass es besser sei, das Blut im Mund zu schmecken, als zu schreien.

»Wenn du irgendwann als Bursche für Rane Kongsfostre taugst, dann bist du ein Mann«, sagte Olav mit harter Stimme. »Dann kannst du kommen und wieder mit mir reden.«

Harald glaubte schon, der Bruder werde ihm die Hand vollends zerquetschen, als seine Mutter sich einmischte.

Åsta legte ihre Hand auf Olavs und blickte ihren ältesten Sohn an.

»Er ist jung, Olav. Eines Tages wird er dich besser verstehen.«

Der Griff um Haralds Hand löste sich so weit, dass er Atem holen konnte. Doch der Bruder umklammerte die Hand noch immer so fest, dass Harald einsah: Er würde sich nicht losreißen können. Auch dem Blick des Bruders konnte er nicht entkommen. Olavs Augen funkelten.

Åsta sah Olav flehend an.

Doch Olavs Augen blitzen auf, und der Griff um Haralds Hand verstärkte sich erneut. Langsam und gnadenlos. Als ob das Fuchseisen glühte. Harald konnte die Hand nicht mehr spüren. Spürte nur den Schmerz, der mit dem Blut durch seinen Kopf schoss. Er konnte den Schrei nicht länger unterdrücken.

Endlich ließ der Bruder von ihm ab. Die fühllose Hand an den Körper gepresst, stürmte Harald aus dem Langhaus. Die Hand pochte und hämmerte. Aber das Lachen des Bruders war schlimmer als der Schmerz. Noch lange hörte Harald es über den Hof schallen.

7

Im Stall war es dunkel. Ein Pferd rührte sich und schnaubte, sonst war es still. Jemand hatte eine Decke über ihn gebreitet. Sie roch nicht nach Stall, und er wusste, von wem die Decke kam.

Jetzt stampfte das Pferd in seinem Verschlag unruhig auf. Es gab Wasser in einer Tonne, ganz hinten im Stall. Harald stand auf, nahm einen Eimer und versorgte das Pferd. Als er dem Tier über den Hals strich, erinnerte ihn die Hand daran, was am Abend zuvor geschehen war.

Der Bruder. Der König, der aus seinem Land floh. Heute wollte er davonziehen. Sie würden unversöhnt auseinandergehen. Und Ingerid. Er musste ihr begreiflich machen, dass sie sich von Ragnar fernhalten sollte.

Durch einen Schlitz in der Stalltür sah er, dass es langsam hell wurde. Die Dunkelheit zog sich in den Wald zurück, in die Schatten hinter dem Haus, in die Talsenke unten am Wasser. Noch immer war es nächtlich kühl. Er zog das Wams fester um sich. Bald schon würden die ersten Hofbewohner aus dem Haus treten, Dienstleute, die in den Stall kämen, um zu melken, um Mehl aus dem Vorratshaus und Holz für die Feuerstelle zu holen, wo in Kürze Gerstenbrei gekocht werden würde.

Doch das Frühstück musste warten. Er wollte nicht ins Langhaus gehen, solange Olav sich darin aufhielt. Er wusste nicht, was er zu seinem Bruder sagen sollte. Ingerid war wichtiger. Obwohl sie es nicht musste, half sie gewöhnlich bei den morgendlichen Vorbereitungen.

Mit den Händen unter dem Hosensaum lief er hinunter zu einem kleinen Hain, der auf dem Weg zum eisbedeckten Fjord lag. Einer der Hofköter, ein Elchhund, den sie schon lange hatten, kam auf steifen Beinen aus dem Holzschuppen. Ansonsten war niemand zu sehen. Als Harald zu der Baumgruppe kam, schlug er die Arme übereinander und stampfte mit den Füßen auf, um sich warmzuhalten.

Zwei Frauen erschienen. Er sah, dass es seine Schwester und eine Dienstmagd waren. Sie folgten demselben Weg wie er. Ein kleiner Pfad im Schnee, der hinunter zum Bootshaus am Steinsfjord führte, wo sie Salz und Stockfisch aufbewahrten.

Er zog sich ein wenig zurück. Womöglich würden sie erschrocken weglaufen, wenn sie einen Mann in dem Hain entdeckten. Im schwachen Licht des Morgens war es durchaus nicht sicher, dass sie ihn erkannten.

Als sie an ihm vorbeikamen, rief er leise den Namen seiner Schwester. Sie drehte sich um und sah ihn überrascht an. Dann lächelte sie.

»Was machst du hier? So früh?«

»Ich wollte mich bedanken.«

»Für die Decke? Mutter wollte jemanden zu dir schicken, aber ich brauchte frische Luft. Letzte Nacht waren viele Menschen im Haus.«

»Danke.«

Ihr Lächeln wärmte ihn.

»Ich wollte mich nur vergewissern, dass deine Hand nicht gebrochen ist. Es sah schrecklich aus.«

Er gab keine Antwort. Sie verstand offenbar, dass er sich schämte, und ging weiter. Er lief durch den tiefen Schnee neben dem Pfad, blickte zu seiner Schwester und überlegte, wie er sich ausdrücken sollte.

»Was ich da auf Bønsnes gehört habe … was Ragnar gesagt hat …«

Noch immer lächelnd, drehte sie sich zu ihm um. Er kannte sie besser als jeden anderen Menschen auf der Welt und wusste, dass dieses Lächeln nicht aus tiefstem Herzen kam.

»Du hast es mir erzählt.«

»Aber, Ragnar …«

»Mag er mich etwa nicht?«

Er blieb stehen. Sie lief im selben Tempo weiter. Die Dienstmagd in ihrer Begleitung blickte zu Boden.

»Du stammst aus einem ehrwürdigen Geschlecht von Königen, Ingerid.«

»Und wenn ich ihn für gut genug halte?«

»Das entscheidet immer noch Mutter.«

Sie erwiderte nichts.

Plötzlich kam ihm ein Gedanke. »Wenn Mutter eines Tages eine Frau für mich findet, dann hoffe ich, dass sie dir ähnelt.«

Ingerid drehte sich um. Jetzt schenkte sie ihm ihr schönstes Lächeln.

Sie kamen zum Bootshaus. Er wartete draußen, und

als sie wieder hinaustraten, bot er sich an, den Eimer für sie zu tragen. Sie trug ihn selbst, und schweigend stiegen sie wieder zum Hof hinauf. Erst als sie auf die Tür zutrat, während er auf dem Hofplatz stehen blieb, drehte sie sich wieder zu ihm.

»Du musst dich mit Olav versöhnen«, sagte sie. »Geschwister müssen zusammenhalten. Und da er jetzt größere Feinde hat als je zuvor, braucht er uns, seine Familie, mehr denn je.

Er wollte etwas erwidern, doch sie verschwand ins Haus. Dahin konnte er ihr nicht folgen. Noch immer wusste er nicht, was er sagen sollte, wenn er seinem Bruder begegnete, und ging zurück zu den Pferden, in die Wärme des Stalls.

Wenig später kam Halvdan in den Stall. Harald musste gar nicht aufblicken. Er hörte, welchen Verschlag der Bruder betrat. Was hatte er vor?

Harald warf einen Blick in den Stallgang. Der Bruder holte Sattel und Zaumzeug hervor. Kårstein kümmerte sich derweil um ein paar Pferde, unter anderem um den großen blonden Hengst, den Olav ritt.

Halvdan wandte sich seinem Bruder zu. Sein Gesicht strahlte vor Freude, und er sprach ungewöhnlich laut.

»Ich werde Olav begleiten. Er hat mich gestern gefragt, ob ich mich seiner Gefolgschaft anschließen möchte. Und als auch Mutter einverstanden war, wurde ich als königlicher Gefolgsmann eingeschworen.«

Halvdan fuhr fort, das Pferd zu satteln.

»Willst du dich einer Horde anschließen, die aus dem Land flieht?«

Halvdans Blick verdüsterte sich.

»Olav flieht nicht. Er will zu unserer Sippe nach Schweden und Russland, um dort ein großes Heer aufzutreiben. Nicht nur ich reite mit ihm, auch viele andere Männer aus Ringerike schließen sich ihm an.«

Der Sattel lag, wie er sollte, und Halvdan zog die Sattelgurte unter dem Bauch des Pferdes fest. Seine Stimme klang wieder heiter.

»Vielleicht sind wir schon im Sommer wieder zurück. Dann kannst du auch mit uns kommen.«

Halvdan wartete die Antwort nicht ab und führte das Pferd aus dem Stall. Harald folgte, hielt sich aber ein Stück hinter dem Bruder.

Viele Menschen waren inzwischen auf dem Hof versammelt. Harald sah einige bekannte Gesichter. Junge Bauernsöhne, die schon zuvor auf Wikingfahrt gegangen waren und gehörig damit geprahlt hatten. Auch Ragnar war da. Er war in Begleitung seines Vaters und mehrerer Männer gekommen. Sie hatten Pferde und Ausrüstung mitgebracht. Auch von anderen Höfen waren Menschen eingetroffen. Die Männer standen in Gruppen beisammen und unterhielten sich. Ausrüstung und Verpflegung wurde Packpferden auf den Rücken geschnallt.

Harald folgte Halvdan über den Hofplatz. Der Bruder ging zu Finn, dem Mann, der so laut gelacht hatte.

Harald blieb etwas abseits stehen. Olav war nirgendwo zu sehen. Halvdan winkte den Bruder zu sich.

In der Stimme des Mannes, der Finn genannt wurde, lag ein freundliches Lachen, als er jetzt Harald ansprach.

»Ich muss immer noch lachen, wenn ich an gestern denke. Das war ein ziemlich kalter Guss für Olav. Wenn einer von uns so gesprochen hätte, würde ihm jetzt eine Axt im Schädel stecken.«

Ein paar weitere Männer traten zu ihnen. Finn erteilte Befehl, wer mit ihm und dem König vorausreiten sollte. Kurz danach sah Harald Olav und die Mutter, wie sie unterhalb der Kirche den Hügel herabkamen. Harald wurde klar, dass sie den Greis aufgesucht hatten, der bald sterben würde. Harald zögerte, den Blick auf Olav zu richten. Dann kam Kårstein mit dem großen hellen Hengst, und Olav nahm die Zügel. Das Pferd war sehr groß und passte gut zu Olav, wirkte aber ein wenig verschreckt.

Olav blickte ihn an. Es war deutlich, dass er sich um einen versöhnlichen Ton bemühte. »Wie ich sehe, ist die Hand noch dran.«

Harald versuchte, ruhig zu antworten. »Musst du wirklich fliehen, ich meine… fortgehen?« Olav sah ihn mit durchdringendem Blick an, doch Harald fuhr fort. »Ich kann deiner Gefolgschaft beitreten. Für dich in die Schlacht ziehen… wenn du willst… gegen deine Feinde kämpfen.«

Olav antwortete nicht. Er sah sich um. Alle Männer waren jetzt zum Aufbruch bereit. Olav stieg auf und ließ das Pferd zwei Schritte vorrücken, sodass es in der Mitte des Hofplatzes stand. Er räusperte sich, bevor er die Stimme erhob.

»Da ich das Land nun verlassen muss, seid ihr in größerer Gefahr als je zuvor. Deshalb werde ich es euch auch nicht vorwerfen, wenn ihr den Treueid einem anderen schwört, solange ihr dabei nicht vergesst, dass alles nur eine Lüge ist und ich auch weiter euer rechtmäßiger König bin. Euren Freunden gegenüber verhaltet euch treu und redlich, doch euren Feinden begegnet mit Klugheit und List, wie ihr es braucht.«

Sigvald stand neben dem König. Der Häuptling von Bønsnes sprach laut, sodass alle ihn hören konnten.

»Du kannst deinen Leuten in Ringerike vertrauen, Olav. Wir werden uns um dich scharen, sobald du zurückkehrst, und deinen Namen verteidigen, solange du fort bist.«

Olav tätschelte den Nacken des Pferdes und versuchte, es zu beruhigen. Er sprach langsam, um seinen Worten größeres Gewicht zu verleihen.

»Mein Bruder, der furchtlose Harald…«

Harald sah einige Männer grinsen, aber keiner lachte.

»… der furchtlose Harald meint, wir sollten bleiben, um unseren Feinden entgegenzutreten. Dann werde er sich uns anschließen. Er ist heute genauso mutig wie damals, als er mich am Bart gezogen hat. Aber wer ohne Klugheit handelt, gewinnt kein Königreich. Der Kopf ist eine Waffe, die gefährlicher ist als das Schwert.«

Wieder musste Olav das blonde Pferd beruhigen.

»Eine Sklave mit Freunden ist stärker als ein König ohne Freunde. Wer allein ist, lebt ein erbärmliches Leben, möge er auch noch so reich sein.«

Nach diesen Worten ritt der König vom Hofplatz.

Harald lief hinauf auf den Hügel, wo die Kirche stand. Solange sie sichtbar waren, folgte er den Männern mit seinem Blick. Finn ritt neben dem Bruder, dann folgten die anderen, jeweils zu zweit, Seite an Seite. Sie trugen gute Röcke aus festem Vadmaltuch, hohe Lederstiefel, und sie hatten Schaffelle dabei, die sie sich über die Beine legen konnten. Alle trugen Schild, Axt und Speer. Am Ende ritten die Jüngsten mit den Packpferden. Harald konnte Halvdan in der Menge erkennen.

Olav war mit leeren Händen und zehn Männern im Gefolge nach Stein gekommen. Nun ritt er mit einem halben Hundert weiter, alle ausgestattet mit Waffen, Pferden, Verpflegung und Ausrüstung für den kalten Winter.

Harald dachte daran, was der Bruder gesagt hatte. Dass der Kopf eine gefährlichere Waffe sei als das Schwert. Und dass ein Sklave mit Freunden stärker sei als ein König ohne Freunde.

Olav ritt in einen Wald hinein, und bald darauf verschwanden auch die restlichen Männer zwischen den Bäumen. Sollte er ihnen hinterherreiten?, überlegte Harald. In den Stall laufen und sich auf den Pferderücken werfen?

Der Gedanke ließ ihn freudig erbeben. Er könnte zusammen mit seinem Bruder reiten. Den königlichen Trupp begleiten.

Doch er blieb stehen und betrachtete nur den Weg, der nach Osten und in die großen Wälder führte. Dorthin, wo er nie gewesen war und wohin er vielleicht auch niemals kommen würde.

8

War es die Sonne, die dort auf dem Meer glitzerte? Es sah aus, als erhöbe sich das Licht zwischen winzigen Wellenkämmen und breitete sich weiter aus. Aber es herrschte kein Wind, und das war seltsam. Wenn das Meer nahe am Rande der Welt wie Silber schimmerte, gab es immer eine Brise, einen leichten Wind, der die Schiffe behutsam mit sich trieb. So einen Wind konnte er jetzt nicht spüren. Warum blies der Wind nicht?

Rane rieb sich den Schlaf aus den Augen und begriff, dass es nicht das Meer war, was er dort sah, sondern ein großes Silberkreuz. Die Sonne drang durch einen Spalt im Dach und erhellte die Figur des sterbenden Christus. Es war Olavs Kreuz aus Rouen. Rane erinnerte sich wieder, was geschehen war. Sie hatten ihn in die Kirche gelegt. Olav hatte gesagt, sie sollten zu Jesus Christus beten. Für ihn. Was für eine seltsame Idee.

Er zog den Arm aus dem dicken Pelz und betrachtete den Stumpf. Der Schmerz war nicht im Arm, sondern weiter unten, wo die Hand sein sollte. Aber wie konnte das sein, dass der Schmerz in einer Hand brannte, die nicht da war?

Er hob den Armstumpf zum Kreuz empor. Wenn Jesus Christus ihm eine neue Hand geben könnte, würde er ihn als seinen Gott annehmen. Eingehend musterte er die Christusfigur vor sich, wartete aber nicht allzu lange, da er wusste, dass so etwas nicht geschehen würde. Schon früher einmal hatte er diesen Gott um ein Zeichen gebeten.

Viele Male hatte er Männer an einem Kreuz gesehen. In Serkland war es üblich, Feinde auf diese Weise zu martern. Langsam vertrockneten sie, ihre Rufe wurden schwächer, ihr Flehen um Gnade wurde immer leiser. Ein Mann, der an einem Kreuz gehangen hatte, war kein Gott für Rane.

Sein Hals schmerzte wie eine Brandwunde. Er versuchte aufzustehen, schaffte es aber nur auf die Knie. So hockte er vor dem großen Kreuz, auf Knien, wie ein Priester.

Das Kreuz stand auf einem kleinen Altar. Er hielt sich daran fest, zog einen Fuß unter sich, dann den anderen. Dieser Jesus war also doch von Nutzen. Im Halbdunkel tastete er sich hinaus und setzte sich auf eine Bank neben der Tür.

Langsam gewöhnten sich die Augen an das Tageslicht. Ein paar neue Häuser waren dort unten hinzugekommen. Es waren große Gebäude, und obwohl er ein ganzes Stück entfernt saß, konnte er sehen, dass sie wohlgeraten waren.

Hof Stein.

Wie jung Olav doch gewesen war, als Rane zum ersten Mal hierherkam, um ihn abzuholen. Und wie stolz. Åsta hatte ihm eingeschärft, einen richtigen Mann aus ihm zu machen, aber auch dafür zu sorgen, dass er am

Leben blieb. Ein toter Sohn sei ebenso nutzlos wie ein feiger Sohn, hatte sie gesagt.

Sie war schön gewesen, schön wie keine andere. Obwohl sie ihrem neuen Mann, dem Häuptling Sigurd Syr, der, wie die Menschen sagten, über den reichsten aller Höfe herrschte, schon mehrere Kinder geboren hatte.

Rane knetete seinen Armstumpf. Er fühlte sich hart an, wie der polierte Schaft einer Axt. Er beugte sich vor und füllte die Hand mit Schnee. Er schmolz rasch, als er ihn in den Mund steckte. Abermals beugte er sich vor und drückte mit der gesunden Hand ein wenig Schnee zusammen.

Olav befand sich jetzt auf dem Weg durch Schweden. Vielleicht fuhr er auch schon über die Ostsee nach Holmgard.

Wie viele Tage hatte er in der Kirche gelegen? Nicht viele. Åsta hatte ihm etwas zu essen gebracht. In warmes Bier getunktes Brot. Und Wasser. Er hatte kein Wort hervorgebracht, hatte nur ihren Namen aussprechen können. Auch hatte er jemanden beten gehört, ihn aber nicht gesehen.

Rane lehnte sich an die Wand, stopfte sich noch mehr Schnee in den Mund und ließ das kalte Schmelzwasser durch die Kehle rinnen. Gerade, als er sich erneut hinunterbeugte, hörte er ein Geräusch.

Jemand stand hinter ihm. Gleich an der Wand der Kirche. Der Mann stand ganz still, doch Rane konnte seinen Atem hören. Er fasste nach dem Dolch in seinem Gürtel. Da er selbst mit dem Rücken zur Wand saß, musste der Mann ihm gegenübertreten, wenn er die Waffe benutzen wollte. Er musste nur abwarten.

Einige Zeit verging, dann trat die Gestalt in sein Blickfeld. Der Mann trug keine Waffe, aber auch wenn er es getan hätte, wäre er nicht sonderlich gefährlich gewesen. Es war bloß ein Junge. Hoch aufgeschossen wie ein Mann, von der Statur her aber ein Hänfling. Rane schob den Dolch zurück in die Scheide.

»Du solltest dich niemals von hinten an jemanden heranschleichen, wenn du ihm nicht den Dolch in den Rücken stoßen möchtest«, sagte er. Er musterte den Jungen. Sollte das etwa ein höhnisches Lächeln sein? »Schon viele wurden erstochen, ohne ihren Mörder auch nur zu sehen. Deshalb ist es üblich, die Waffe gegen solche Menschen zu erheben, bevor sie Schaden anrichten können. Hat dir das niemand gesagt?«

Noch immer erwiderte der Junge nichts. War er vielleicht schwachsinnig? Er hatte eine Verletzung im Gesicht. Die Spuren eines Kampfes, vielleicht auch eine Frostwunde.

Rane fragte, ob er nicht sprechen könne, und wollte wissen, woher er die Prügel bezogen habe. Da antwortete der Junge. Seine Stimme klang erstaunlich tief, als gehörte sie zu einem viel älteren und kräftigeren Körper.

»Das fragst *du*, der sich vom Feind die Hand hat abschlagen lassen? Aber vermutlich brauchst du sie ohnehin nicht, so alt und vertrocknet wie du bist.«

Rane hätte ihm eine Ohrfeige verpassen können. Aber er dachte an die Hand, wie seltsam weiß sie gewesen war, als sie auf dem Schiff vor ihm gelegen hatte. Als wäre niemals Blut darin geflossen.

Der Junge drehte sich um und lief den Hügel zum Hof hinunter.

Rane hob die Stimme. »Jemandem, der älter und klüger ist als du, solltest du nicht einfach den Rücken zukehren. Auch wenn du einer langen Reihe von Königen entstammst.«

Harald blieb stehen, wandte sich um. »Ich weiß, dass ich aus der Sippe Haralds stamme, dem ersten Reichskönig. Nach ihm wurde ich benannt.«

Das war also Harald, der jüngste Bruder Olavs. Rane hatte es sich schon gedacht. Die lange, dünne Gestalt. Die Ähnlichkeit mit seinem Bruder würde im Laufe der Zeit noch zunehmen.

Olav hatte ihn nach seinem Vater benannt. Wenn der Junge auch nur die Hälfte des Mannes werden würde, der Harald Grenske einst gewesen war, würde er dem Namen alle Ehre machen. Aber danach sah er bislang nicht aus. Sein langes Haar war gekämmt. Wie bei einem Weib fiel es in Locken auf seine dünnen Schultern. Auch sein Gesicht hatte weibliche Züge. Es erinnerte Rane an Åsta, als sie noch jung gewesen war und die Männer von weither angereist kamen, um sie zu bestaunen. Auch seine Augen waren die der Mutter. Klar und blau, ein scharfer Blick, der nicht auswich.

Rane erwiderte, es sei richtig, dass jener Harald, den sie Hårfrage nannten, der erste König gewesen war, der über das ganze Westland und große Teile des Ostens geherrscht hatte. Er sei auf Stein zur Welt gekommen und der Sohn Halvdan Svartes gewesen.

Neugierig blickte der Junge ihn an und kam ein paar Schritte näher.

Rane fuhr fort: »Aber nicht er ist es, nach dem du benannt wurdest.«

Der Junge trat noch einen Schritt näher heran. Ja, die Ähnlichkeit war unverkennbar.

»Du wurdest nach dem Vater unseres Königs benannt. Er hieß Harald Grenske und war mein Vetter.«

Rane erinnerte sich an Harald Grenske, der so laut lachen konnte, dass man es sogar inmitten einer Schlacht hören konnte oder wenn der Sturm mit ihren Schiffen spielte.

Der Junge starrte Rane an.

»Woher willst du wissen, nach wem ich benannt wurde?«, fragte er. Seine Miene verriet Skepsis.

»Weil ich hier war, als du geboren wurdest.«

Olavs jüngster Bruder veränderte seinen Gesichtsausdruck und blickte Rane aufmerksam an.

»Du wurdest in jenem Herbst geboren, als Olav nach Hause kam und die Herrschaft über Norwegen übernahm.« Rane stopfte sich erneut Schnee in den Mund. Vielleicht sollte er den Jungen bitten, etwas Wasser zu holen.

»Aber Mutter hat gesagt …«

Rane musste lächeln. Er spürte, wie trocken seine Lippen waren. »Aber natürlich. Deinem Vater, Sigurd, hat es nicht gefallen, dass Olav dir den Namen seines Vaters gab. Darüber darf man sich nicht wundern.

Aber Olav war König, und dein Vater musste sich damit abfinden.«

Harald sah Rane weiterhin skeptisch an.

Rane fragte: »Wieso hast du deinem Gegner erlaubt, dir ins Gesicht zu schlagen?«

»Ich hab ihm nicht erlaubt ...«

»Nein, aber er hat es trotzdem getan.«

Der Junge wurde rot und erzählte, er habe sich mit dem Sohn des Nachbarhofs geprügelt. Er habe Ragnar überlistet und in einen Viehbrunnen stürzen lassen, sagte er.

Rane dachte, dass der Junge vielleicht noch viel mehr Ähnlichkeit mit Olav hatte, als der erste Anschein vermuten ließ.

»Ich muss verhindern, dass er meine Schwester heiratet und den Hof übernimmt. Und ich muss mein Pferd zurückholen. Das verlangt die Ehre meines Geschlechts«, fügte er gewichtig hinzu.

Rane nickte. Er verstand nur allzu gut. Aber der Junge hatte etwas vergessen.

»Was du sagst, ist richtig. Die Ehre verlangt, dass du vor deinem Feind nicht im Staub kriechst und Schande bringst über deine Vorfahren. Aber bevor du ihn töten kannst, musst du etwas anderes tun.«

Harald blickte ihn fragend an.

Rane musterte den Jungen, um zu sehen, ob er verstand. Dann sagte er: »Du musst lernen, deine Waffe so gut zu gebrauchen, dass du ihn auch töten kannst. Sonst bist du derjenige, der stirbt. Und dann ist die Schande umso größer.«

9

Einige Tage sah Harald nichts von Rane. Was machte der Alte überhaupt? Hockte er in der Kirche und betete? Schlief er? Harald hätte gern mehr über diesen Harald Grenske erfahren, dessen Namen er trug, wie Rane behauptet hatte. Und über den Tag, an dem Olav ihm diesen Namen gegeben hatte.

Zweimal dachte er, er sollte zur Kirche gehen und nach Rane sehen, kehrte auf halbem Weg aber wieder um. Der Alte hielt sich dort wohl immer noch auf, denn die Mutter brachte ihm regelmäßig etwas zu essen. Schließlich nahm seine Neugier überhand.

Aber die Kirche war leer. Die Felle lagen noch immer vor dem Altar, auch die Decken und das prächtige Kissen der Mutter. Auf dem Altar stand ein Teller mit Resten, und ein Wolfspelz hing zum Trocknen über dem großen Silberkreuz.

Harald lächelte. Hatte Rane tatsächlich einen Wolfspelz über das große Heiligtum geworfen, mit dem der Bruder so gern prahlte?

Er trat dicht an das Fell heran. Obwohl es längst trocken war, roch es stark. Harald hob den Kopf. Fast schien es, als fletschte das Wolfsmaul die Zähne, als starrten ihn die schwarzen Löcher – wo die Augen gewesen waren – drohend an.

Weshalb hatte Rane den Schädel des Wolfs behalten, mit Zähnen und allem? Nie zuvor hatte Harald solch ein Fell gesehen.

Als er den Hügel wieder hinunterlief, entdeckte er einen Mann auf dem Acker, gleich unterhalb der Scheune. Er war beschäftigt, aber Harald konnte nicht sehen, womit. Als er näher herantrat, sah er, dass es Rane war.

Mit ruhigen Bewegungen focht der Alte mit einem Birkenast gegen einen unsichtbaren Gegner. Erst zur einen Seite, dann zur anderen. Dieselbe Bewegung, wieder und wieder.

Harald trat näher. Er wusste nicht, ob Rane ihn gesehen hatte. Ein wenig abseits blieb er stehen und schaute zu. Der Alte schwang den Ast jetzt von unten nach oben, dann von oben nach unten. Dann erfolgten weitere Bewegungen zur Seite hin, und schließlich wurde das Ganze in einer neuen Reihenfolge wiederholt.

Als sie noch Freunde gewesen waren, hatte Harald einmal Ragnar gefragt, ob er ihm zeigen könne, wie man mit Axt und Speer umging oder noch besser mit dem Schwert. Doch Ragnar hatte erwidert, dass Harald zu jung sei, und hatte ihn ausgelacht. Immerhin hatte Halvdan ihm ein paar Dinge gezeigt. Halvdan und Guttorm waren beide auf Wikingfahrt gewesen. Aber nie hatte Harald jemanden auf diese Weise üben sehen.

Der Alte steigerte das Tempo. Die Bewegungen waren dieselben, aber nun kamen die Schläge und Stöße viel schneller. Rane bewegte auch die Beine. Ein rascher Schritt nach vorn. Zwei zur Seite. Dann einer zurück. Erneut steigerte er das Tempo, rutschte aber aus und landete auf dem Rücken. Wie eine Staubwolke hüllte ihn der kalte, trockene Schnee ein.

Harald grinste und ging zu ihm. Rane setzte sich auf, doch es fiel ihm schwer, auf die Füße zu kommen. Es schien, als hätte er vergessen, dass eine seiner Hände nicht mehr da war.

Schließlich schaffte er es aufzustehen. Als er zu sprechen ansetzte, erinnerte es Harald an das Knurren des alten Hofhunds, dem Kårstein einst den Schädel eingeschlagen hatte, als er anfing, die Hühner zu reißen.

»Was stehst du da und lachst, du kleiner Teufel?«

Harald fiel es schwer, dem Blick des Alten standzuhalten.

»Ich … ich sehe nur zum ersten Mal, dass jemand so ein Spiel treibt.«

Das Knurren des Alten unterbrach ihn.

»Spiel? Los, schneid dir einen Ast ab, dann kannst du gern mitspielen.«

Harald fragte sich, was Rane damit meinte. Wollte er …?

»Steh nicht rum wie ein Hornochse! Schneid dir einen Ast ab, dann werden wir ja sehen, ob das ein Spiel ist.«

Harald lächelte. O ja, er würde sich einen Ast abschneiden. Einen ordentlich dicken und langen.

Als Harald zurückkam, lehnte Rane am Lattenzaun. Er war furchtbar blass und sah krank aus. Aber dennoch trat er wieder auf den Acker. Sie stellten sich einander gegenüber, so dicht, dass ihre Äste sich fast berührten.

»Welche Waffe soll der Ast darstellen? Schwert oder Axt?«, fragte Harald.

Rane hielt ihm seinen Ast entgegen.

»Wieso sollte das ein Unterschied sein? Schwert oder Axt oder Speer. Waffen sind Waffen. Auch wenn deine Hand sie führt, es kommt alles auf deinen Kopf an.«

»Mein Bruder ...«

»Hat Olav dir gezeigt, wie man eine Waffe führt?«

»Nein. Halvdan.«

Der Alte grinste spöttisch.

»Und der hat's wohl von seinem Vater gelernt, hm? Dem berühmten Schweinehirten, Sigurd Syr. Was dein Bruder dir beigebracht hat, kannst du allenfalls gebrauchen, wenn du die Mistgabel schwingst.«

Harald musste wieder an den bissigen Hofköter denken, als Rane ihn so anfuhr. Auch Harald hatte sich vor dem Tier gefürchtet. Aber der Mann vor ihm war einen Kopf kleiner als er selbst, und besonders kräftig war er auch nicht. Dieser Rane war vielleicht einmal ein berühmter Wikinger gewesen, aber jetzt war er alt. Ein vertrockneter Greis mit nur einer Hand.

Harald wog den Birkenast in seiner Hand. Der Alte hielt seinen leicht zur Seite geneigt. Mit aller Kraft ließ Harald den Ast niedersausen. Er hatte auf Ranes handlosen Arm gezielt. Doch der Alte trat nur leicht zur Seite und wehrte Haralds Schlag spielend ab. Es tat weh, als der Schlag auf Ranes Ast traf.

Harald wich erschrocken zwei Schritte zurück, doch der Gegenangriff blieb aus. Rane stand ganz still, hielt den Birkenast weiterhin zur Seite ausgestreckt.

»Gut, dass mich niemand sehen kann. Einen Jungen zu verprügeln, ist nicht gerade besonders ehrenvoll«, sagte er, mehr zu sich selbst.

Haralds Hand fühlte sich taub an. Der Alte konnte vielleicht gut mit dem Knüppel umgehen, hatte aber vermutlich nicht so viel Kraft.

»Aber noch schmachvoller ist es wohl, wenn du Prügel von einem Jungen beziehst«, sagte Harald.

Er bekam nur ein Grinsen zur Antwort. Dann schlug er abermals zu, tiefer als zuvor, doch der Alte wehrte seinen Ast erneut ab. Harald sprang auf Rane zu und hieb auf ihn ein, so fest er konnte. Aber dennoch traf er nur immer wieder Ranes Birkenast. Nach einer Weile wurde ihm heiß. Der Arm schmerzte. Gerade wollte er zwei Schritte zurückweichen, als Ranes Ast seine Hand traf. Haralds Waffe flog in den Schnee. Als er sich hinunterbeugte, um sie aufzuheben, trat Rane zu. Harald stürzte der Länge nach hin. Seine Wangen glühten vor Schamesröte. Er drehte sich herum. Rane stand über ihm.

»Du siehst bloß die Hand und die Waffe, aber nicht meine Füße.«

Harald begriff zu spät, was nun geschehen würde, und schrie, als Rane auf die Innenseite seiner Schenkel trat. Die Wut vertrieb den Schmerz, und er sprang auf. Er ging erneut auf den Alten los und schlug zu, nutzte seine Größe und die Länge seiner Arme aus. Rane wich zurück, und Harald verstärkte die Kraft seiner Hiebe ein weiteres Mal. Schon bald würde der Alte ermüden, dann würde er ihm alles zurückzahlen. Er würde ihm eine Abreibung verpassen, die er nicht so schnell vergessen sollte.

Der Alte wich Schritt für Schritt zurück. Immer nur ein kleines Stück, aber Harald ließ nicht nach. Er schlug zu, so fest es ging. Jetzt musste sich der Alte doch bald ergeben?

Gerade hob Harald den Ast, als der Alte auf die Knie sank. Gleich würde der Alte am Boden liegen. Harald plante einen letzten, kräftigen Hieb auf den Rücken seines Gegners. Der würde eine deutliche Spur hinterlassen.

Aber der Hieb verfehlte sein Ziel. Der Schmerz, der sich von der Leiste über den ganzen Körper ausbreitete, lähmte seine Arme. Er ließ den Ast fallen und fasste sich zwischen die Beine. Vergeblich versuchte er, ein Aufstöhnen zu unterdrücken, bevor er sich schließlich zusammenkrümmte und in den Schnee fiel. Seine Kehle war wie zugeschnürt vor Übelkeit.

Wieder stand Rane über ihm.

»Schon ganz andere Recken sind auf diese Weise gefällt worden«, sagte er. »Nirgendwo sonst blutet der Körper mehr als zwischen den Beinen.«

Harald wollte sich aufsetzen, doch Rane trat ihm in die Seite. Harald wand sich vor Schmerzen. Es fühlte sich an, als sei etwas gebrochen. War der Alte verrückt geworden?

Jetzt knurrte er wieder wie ein toller Hund.

»Du musst lernen, dein bisschen Verstand zu benutzen, wenn du lernen willst, wie man kämpft. Wenn du so breitbeinig und achtlos über einem Gegner stehst, musst du damit rechnen, dass er dir die Eier abschneidet.«

Wieder versuchte Harald aufzustehen, doch als er sich mit der Hand im Schnee abstützte, stieß Rane ihm mit einem Tritt den Arm weg. Er blieb liegen und sah zu dem Alten auf. Schon wartete er auf den nächsten Hieb, aber Rane hatte sich zum Lattenzaun umgewendet.

Mit schnellen Schritten kam die Mutter auf sie zu. Ein älteres Weib trottete hinter ihr her. Harald dachte, dass sie im Küchenhaus gewesen waren, um Essen zu holen, und sie von dort aus gesehen haben mussten. Noch bevor sie zu ihnen getreten war, erhob die Mutter ihre Stimme.

»Schlägst du meinen Sohn, Rane? Hat Erling dir neben der Hand auch den Verstand geraubt?«

Rane blickte die Mutter lächelnd an. »Dein Sohn ist zu mir gekommen, nicht umgekehrt. Und er hat förmlich um Prügel gebettelt. War offensichtlich höchste Zeit.«

Die Mutter riss die Augen auf. »Willst du andeuten, ich hätte meinen Jungen schon früher schlagen sollen?«

Rane lächelte, und die Mutter wurde rot. Es war das erste Mal, dass er sie so verlegen sah.

Rane lächelte noch immer. »Warum hängt er noch an deinem Rockzipfel, Åsta? Außerdem sieht er aus wie ein Mädchen, nicht so hübsch wie Ingerid, aber wie ein Mann wirkt er nicht. Was hast du mit dem Jungen vor?«

Was redete der Alte da? Er sah aus wie ein Mädchen? Harald spürte wieder den Zorn in sich aufsteigen. Aber er wagte es nicht aufzustehen. Rane deutete mit dem Birkenast auf ihn, und den wollte Harald nicht noch einmal spüren.

Die Mutter trat einen Schritt auf Rane zu, sagte aber nichts.

Rane fuhr fort: »Du kannst ihn weiterhin auf deine Weiberart verwöhnen, aber damit wirst du dem Jungen keinen Gefallen tun. Er ist Olavs Bruder, benannt nach Harald Grenske, und dennoch soll er aufwachsen, ohne zu lernen, sich wie ein Mann zu benehmen?«

Harald war erzürnt. Der Alte verspottete ihn wohl. Die Mutter blieb stumm. Dann schließlich sagte sie etwas, doch jetzt mit ihrer sanften Stimme, die sie benutzt hatte, als Olav nach Stein gekommen war.

»Vielleicht möchtest du ja einen Mann aus ihm machen?«

Ranes Grinsen verschwand. Er gab keine Antwort.

»Ich weiß zu schätzen, wie du Olav erzogen hast. Vielleicht willst du dasselbe mit meinem jüngsten Sohn tun?«

Harald hatte beabsichtigt, so schnell aufzuspringen, dass Rane ihn nicht aufhalten könnte. Jetzt aber schielte der Alte auf ihn herunter, und Harald besann sich.

Ranes Stimme glich wieder einem Knurren: »Ich vermag wohl kaum noch, meine Zeit in Jahren zu zählen, Åsta. Du musst dich nach jemand anderem umsehen.«

Die Mutter trat dicht an Rane heran und legte eine Hand auf seine runzlige Wange.

»Ich möchte gern, dass du ihn unter deine Fittiche nimmst. Wie du es mit Olav getan hast«, sagte sie mit leiser Stimme.

Harald setzte sich auf, verfolgte aufmerksam jede Bewegung des Alten.

Ein Funkeln trat in Ranes Augen. »Dann soll der Junge zum Acker kommen, wann er die nächste Tracht Prügel haben will. Meine Kräfte kehren langsam zurück. Ich denke, ich werde Olav nachfahren, sobald das Wetter milder wird und die See wieder befahrbar ist.« Er strich sich über den Armstumpf. »Falls Olav einen Mann mit einer Hand in seinem Heer duldet.«

Die Mutter lächelte. »Olav wird immer einen Platz für dich haben. Das weißt du. Ich gebe dir ein gutes Pferd und alles, was du brauchst, sobald du aufbrechen willst. Und bis die Zeit gekommen ist, kannst du meinem Sohn ein Lehrmeister sein.«

Harald war mittlerweile aufgestanden. Rane drehte sich zu ihm und musterte ihn von oben bis unten.

»Ich werde ihm beibringen, den Speer zu benutzen. Auch die Axt, wenn wir Zeit dafür finden. Den Umgang mit dem Schwert wird ihm ein anderer beibringen müssen. Nachdem ich ihn mit dem Birkenstab verprügelt habe, weiß ich nämlich, dass es lange dauern wird, um einen Schwertkämpfer aus dem Jungen zu machen.«

Die Mutter schob sich zwischen Rane und ihren Sohn. Aufmerksam blickte sie Harald an. »Da hörst du es, Harald! Du wirst tun, was Rane von dir verlangt.«

Harald wollte erwidern, dass ein alter Mann ihm kaum beibringen könne, zu kämpfen, doch dann schwieg er lieber. Rane hatte bewiesen, wie gut er mit einer Hiebwaffe umgehen konnte. Er würde schon noch etwas von ihm lernen können. Und wenn es ihm nur im Kampf gegen Ragnar von Nutzen wäre.

Er erwiderte den Blick der Mutter. Sie sah zufrieden aus. Der Alte starrte ihn weiter abschätzend an. »Er ist groß und wird noch stärker werden. Vielleicht so stark wie Olav, wobei Olav auch über Schnelligkeit verfügt. Aber die wichtigste Kraft eines Mannes steckt in seinem Schädel, und die kann ich ihm nicht beibringen. Diese Kraft muss er selbst finden.«

Rane richtete den Birkenstab auf Haralds Brust. Wieder ertönte seine knurrende Stimme.

»Doch ich halte es für unwahrscheinlich, dass er diese Kraft finden wird, denn er benimmt sich wie ein Kind. Viele Männer bleiben ihr Leben lang Kinder, auch wenn sie groß und stark sind, und solche Männer werden oft nicht alt«, sagte Rane. Damit wandte er sich ab und ging zur Kirche hinauf.

Harald blickte ihm nach. Rane würde ihm beibringen, wie er Ragnar töten konnte. Dafür wollte er gern etwas Prügel einstecken.

In der folgenden Zeit ging Harald zu Rane, wann immer der Alte sich auf dem Acker sehen ließ. Und er bezog weniger Prügel, als er befürchtet hatte.

Mit langsamen Bewegungen zeigte Rane ihm, wie er den Speer führen sollte. Er erklärte ihm alles Schritt für Schritt. Nach einer Weile konnte er auch geschickt mit dem Holzstab umgehen, sodass er für sich allein üben konnte, so, wie er es Rane am ersten Tag hatte tun gesehen. Rane blieb in der Nähe und beobachtete ihn. Er sparte nicht mit Kritik. Er schimpfte, Harald sei plump und ungeschickt, stehe unsicher auf den Beinen wie ein junges Kalb, das gerade auf die Welt gekommen war. In der Schlacht, sagte Rane, würde er einer der Ersten sein, die fielen. Denn er wäre dumm genug vorauszustürmen, aber zu schwach, um sich zu verteidigen.

Rane hatte ihn auch gezwungen, mit dem Messer herumzulaufen, das Olav als Schwert bezeichnet hatte. Und mit dem Handgriff des Schildes. Es sei eine Schande, die Gaben des Königs zu verschmähen, hatte der Alte gesagt. Harald hatte erwidert, dass Olav nicht länger der König sei, da er aus dem Land geflohen sei. Da hatte Rane mit seinem Armstumpf zugeschlagen, so schnell, dass Harald kaum wusste, wie ihm geschah, bevor er im Schnee landete.

Doch trotz aller Schläge und Beschimpfungen war es, als zöge ihn etwas zu dem Alten hin. Harald wusste nicht genau, woran es lag, aber jedes Mal, wenn er morgens erwachte, fragte er sich, ob Rane wohl auf dem Acker wartete. Dann lief er hin, um nach dem

Alten zu sehen. Wenn er nicht dort war, ging Harald zur Kirche hinauf. War Rane auch dort nicht, lief er zum Langhaus.

Immer öfter saßen die Mutter und Rane im Langhaus und unterhielten sich. Dann lachten sie und waren vergnügt. Manchmal waren auch Guttorm und Ingerid dabei.

Einmal hatte Harald sich an den Tisch gesetzt. Er wollte Rane fragen, ob er mit zum Acker käme. Da hatte Rane erwidert, Ingerid und die Mutter sollten zu ihrem neuen Gott beten, denn er allein sei in der Lage, einen Mann aus ihm zu machen. Dann brach er in Lachen aus.

Die Mutter lächelte nur sanft. Harald stand auf und ging.

10

Das Unwetter kam von Norden. Düster und bedrohlich braute es sich zusammen. Das Meer schäumte immer mehr. Noch war es nicht gefährlich, nur ein kräftiger Wellengang, aber bald würde der Sturm über ihnen toben. Das Eis auf der Ostsee war aufgebrochen. Noch immer trieben Eisschollen im Meer, doch sie waren dünn und ungefährlich.

Finn Arnesson hielt das Ruder. Sie hatten das Segel bis zur Hälfte des Mastes heruntergelassen, dennoch bewegte sich das Schiff mit großer Fahrt durch die Wellen. Das andere Schiff befand sich südlich von ihnen, nicht sehr weit entfernt. Finn konnte sehen, dass es ihrem Kurs folgte. Olav hatte seinen Sohn Magnus und Bischof Grimkjell auf dem anderen Schiff fahren lassen, damit sie nicht ohne König dastünden, falls er selbst untergehen sollte. Auch die Tochter, Ulvhild, und Königin Astrid fuhren mit dem zweiten Schiff. Olav hatte nur Magnus' Mutter, seine Kebsfrau Alvhild, mitgenommen, die sich für gewöhnlich um ihn kümmerte.

Finn sah, dass König Olav und sein Bruder Halvdan nach achtern kamen. Auch sie hatten das Unwetter entdeckt. Die beiden Brüder betraten das erhöhte Deck. Olav deutete mit einer Kopfbewegung auf die dunklen Wolken.

»Wie lange wird es dauern, bis der Sturm über uns ist?«

»Nicht mehr lange. Aber wir sind gut vorbereitet und können das Unwetter abreiten, wenn wir einen südlichen Kurs einschlagen. Dann trifft uns der Sturm von hinten.«

Der König nickte.

Er ließ alle zu sich an Deck kommen und rief: »Jesus Christus wird den Sturm für uns zähmen, wenn wir ihn darum bitten.« Der Wind blies dem König ins Gesicht, doch er sprach mit laut vernehmlicher Stimme. »Bischof Grimkjell hat mir erzählt, dass der Mariensohn schlief, als er einst in einen Sturm fuhr, wie wir es jetzt tun. Seine Jünger wurden ängstlich und weckten ihn. Da erwiderte er, sie sollten nichts fürchten, solange er an Bord sei. Dann hob unser neuer Gott die Hände dem Wind entgegen, und der Sturm legte sich.«

Olav hob die Hände, als wollte er demonstrieren, wie der Mariensohn den Sturm besänftigt hatte.

Finn spürte, dass die Böen stärker wurden. Er lenkte das Schiff gen Süden, sodass der Wind sie von achtern traf. Das Schiff erzitterte jedes Mal, wenn sie auf einen Wellenkamm schlugen.

Olav stemmte seine Füße dem Wellengang entgegen. »Unser Schiff ist bereit«, sagte er. »Es ist gut geteert, und einen besseren Steuermann als Finn gibt es nicht.« Er faltete die Hände. »Wir wollen beten. Wir wollen Jesus Christus bitten, uns durch die Wellen zu leiten, denn er ist der mächtigste Gott zu Wasser und zu Land.«

Immer schwieriger wurde es, sich auf den Beinen zu halten. Der König und sein Bruder Halvdan zogen sich vom Achterdeck zurück. Die Männer klammerten sich an die Ruderbänke. Der Sturm trieb mächtige Wogen vor sich her. Finn blickte nach Süden. Das andere Schiff war außer Sichtweite. Die Wellentäler waren jetzt so tief, dass es samt Segel und Mast in ihnen verschwand.

Es waren zwei gute Schiffe, die sie von König Anund bekommen hatten, wendig und dicht. Das war auch nötig, da der Sturm sie jetzt mit voller Kraft traf.

Finn hoffte, das Segel würde halten. Denn ihre einzige Rettung bestand darin, so schnell wie möglich mit dem Wind zu segeln. Riss das Segel oder brach der Mast, ließe es sich nicht mehr steuern. Dann würde das Schiff sich querlegen und untergehen, wenn die erste Welle es träfe.

Mit dem Wind kam der Regen. Finn trug gute Seemannskleidung aus Robbenfellen, die sorgfältig mit Fett eingeschmiert waren. Dennoch hielten sie das Wasser nicht lange ab. Rings um sie her türmten sich die Wassermassen wie steile Felswände. Es gab nur einen Ausweg. Folge den Wogen, reite sie und lass sie bestimmen.

Finn dachte, dass die Hölle vielleicht gar nicht aus Feuer gemacht sei. Vielleicht war die Hölle, die auf die Nordmänner wartete, ein Meer in ewigem Sturm! Ein Meer, wo Wind und Regen auf die Menschen niederpeitschten und sie in einem wilden und ewigen Tanz auf den Wellen in den Wahnsinn trieben. In dieser

Hölle lenkte Satan die Stürme, während Jesus Christus über die Sonne herrschte.

Eine neue Wasserwand baute sich vor ihnen auf, größer als alle vorangegangenen. Finn hatte das große Meer bis nach Island überquert, war in Herbststürmen und winterlichem Schneefall zwischen England und Norwegen gesegelt. Auf einem Meer mit tödlichem Wind, wo weder Schiffe noch Männer je gefunden wurden, wenn sie erst einmal verschwanden. Doch solche Wellen wie diese hatte er noch nie gesehen.

Der Wind trieb sie die steile Wand hinauf, auf einen hohen Wellenkamm zu, den Finn in dem heulenden Wind nur irgendwo erahnen konnte. Viel Wasser stand im Schiff. Er fürchtete, sie würden den Sturz nicht bewältigen, wenn sie die Spitze des Kamms überschritten hätten. Denn sogar diese Welle wuchs nicht in den Himmel.

Plötzlich waren sie am Scheitelpunkt. Wie ein Abgrund lag das Wellental unter ihnen. Einen Moment schien das Schiff still zu stehen, dann kippte es über und raste hinab in die Tiefe.

Der Sturz riss Finn von den Füßen. Wenn er sich nicht an die Ruderpinne gebunden hätte, wäre er über Bord gespült worden. Die Männer unten im Schiffsinneren trieben umher wie auf offener See. Ein Teil der Ladung hatte sich losgerissen und schlug gegen die Bordwand.

Doch als Finn wieder auf die Füße kam und das Ruder ergriff, wusste er, dass keine neue Wasserwand auf sie wartete. Es war nicht der ewige Sturm der Hölle, der sie heimgesucht hatte. Nicht dieses Mal. Noch immer blies der Wind aus Norden, aber die Böen waren nicht mehr so kräftig. Die Männer unten im Schiff standen auf und machten sich an die Arbeit. Einige fingen an, zu schöpfen, andere vertäuten die Ladung wieder richtig. Finn spürte, dass das Schiff gleich leichter zu steuern war. Bis Sonnenuntergang fuhren sie mit der Arbeit fort, und als der Abend kam, war der Sturm vorüber.

Sie lagen wieder gut im Wind und würden die Ostsee in einem Tag und einer Nacht durchqueren. Noch nie hatte Finn gehört, dass dies jemandem in so kurzer Zeit gelungen war.

Finn sah König Olav neben Halvdan, der noch immer im Gebet versunken kniete. Er hörte Olav sagen, dass der Bruder sich erheben könne. Aber Halvdan blieb auf den Knien. Olav sprach ruhig auf ihn ein, doch Halvdan schien nicht zu hören, was sein Bruder sagte. Olav drehte sich um und blickte zu Finn.

»Hab Dank für das sichere Geleit durch die Wellen, Finn. Wir haben nichts an das Meer verloren. Sogar Eimer und Schöpfkellen sind noch da.«

Finn lächelte. »Ja, solch ein schlimmes Unwetter habe ich noch nie zuvor erlebt. Vielleicht hast du ja recht, und Jesus Christus reist mit uns!«

Finns Lächeln erstarb, als er sah, dass Olavs Gesicht ernst aussah.

»Halvdan sagt dasselbe – dass uns der Mariensohn gerettet hat.«

Halvdan erhob sich und nahm Olav bei den Händen.

»Ich habe Jesus Christus versprochen, dass wir ihm unser Leben weihen, wenn wir unbeschadet durch den Sturm kommen.«

Olav nickte. »Es geschah, worum du Ihn gebeten hast.«

»Dann müssen wir das gegebene Versprechen auch einhalten«, fuhr Halvdan fort. »Ich habe gelobt, dass wir ihm unser Leben weihen. Wir beide.«

Olavs Augen verdüsterten sich. Finn bemerkte den Unmut des Königs.

»Willst du behaupten, dass ich mein Leben *nicht* Jesus Christus weihe? Ich, der aus dem Land gejagt wurde, weil ich Ihn verteidige?«

Halvdan ließ sich nicht beirren. »Du musst dich dem Mariensohn in Ehrfurcht und Gebet nähern.«

Olav sah den Bruder fragend an. »Was meinst du damit?«

»Du musst Jesus Christus in deinem Herzen wohnen lassen und Ihm dein Leben weihen. Nur Ihm.«

Der König wirkte noch erstaunter als zuvor.

Halvdan fuhr fort, bevor Olav antworten konnte. »Wir müssen der Kirche dienen, Olav. Leg die Waffen nieder und diene der Kirche in Ehrfurcht und Gebet. Wir beide. Das ist mein Gelöbnis.«

11

Ragnar Sigvaldsson saß auf dem Ehrenplatz auf Hof Bønsnes. Es war ein Hochstuhl aus glatt poliertem Holz. Eine rote Decke hing über dem Stuhlrücken, und die Armlehnen waren nach alter Sitte mit geschnitzten Drachenköpfen verziert.

Sigvald, sein Vater, saß ihm gegenüber am anderen Tischende. Seit er von Hof Stein zurückgekommen war, hatte er ohne Unterlass geredet.

»Der König kehrt niemals zurück«, wiederholte Sigvald. »Wir haben Olav zum letzten Mal gesehen. Niemand kann gegen den Willen Knuts des Großen über Norwegen herrschen.« Er schüttelte den Kopf und wiederholte mehrmals: »Niemand!« Er machte eine wegwerfende Handbewegung. »Und nachdem Olav geflohen ist, ist Ingerid nicht länger die Schwester eines Königs. Guttorm wird sich deinem starken Willen beugen. Halvdan ist mit seinem Bruder gegangen, und der jüngste …«

Ragnar fuhr leicht zusammen und fiel dem Vater ins Wort.

»Verschwende deine Gedanken nicht an Harald. Um ihn werde ich mich schon kümmern.«

»Die Rache sei dir vergönnt, aber warte, bis Ingerid dein ist.«

Der Alte trank von seinem Bier und nahm noch ein Stück gekochtes Hammelfleisch. Fett rann ihm über die Lippen und lief in seinen schütteren weißen Bart. Ragnar sah, dass sein Vater alt geworden war. Bald würde er, Ragnar, über Stein und Bønsnes herrschen, als mächtigster Häuptling in Ringerike.

Er war sicher, dass Ingerid ihn wollte. Noch hatte er sie nicht genommen, doch das nur, weil er behutsam vorgehen und sie nicht verschrecken wollte. Er erhob sich vom Hochsitz und trat zu seinem Vater.

»Ich werde gleich morgen mit ihr reden.«

Der Vater nickte kauend, und Ragnar fuhr fort.

»Åsta sagt sicher wieder Nein, aber der alten Hexe werden wir schon das Maul stopfen.«

Sigvald wischte sich mit dem Hemdsärmel den Mund. »Da ihr Vater tot ist, muss Guttorm der Eheschließung zustimmen. Aber die Mutter sitzt am Ruder. Das wissen alle. Der Bauer auf Stein steht unter ihrer Fuchtel, seit Åsta auf den Hof gekommen ist. Aber das war auch schon so, als ihr Mann noch lebte.«

Der Alte lachte, aber das Lachen ging in einen Hustenanfall über. Nachdem er sich wieder gefangen hatte, sagte er, sie müssten dem üblichen Brauch folgen, damit hinterher niemand behaupten könne, sie hätten die Sippe auf Stein zur Heirat gezwungen.

Ragnar nickte. »Ich werde zuerst mit Ingerid reden, und dann reiten wir alle nach Stein. Åsta muss jetzt nachgeben.«

Am folgenden Morgen stand Ragnar zeitig auf. Er kleidete sich an und warf sich den roten Umhang über, den er aus England mitgebracht hatte. Das Schwert und der breite Gürtel lagen in einer Seekiste. Jetzt holte er beides hervor. Den Helm ließ er liegen. Er wollte ihr in seinem feinsten Aufzug entgegentreten, mit dem Schwert – wie es sich für einen Herrn geziemte. Doch als Krieger wollte er nicht vor ihr erscheinen.

Als er bereit war, bestieg er sein Pferd und machte sich auf den Weg zum Bootshaus, das zum Hof Stein gehörte. Schon früher hatte Ragnar dort gewartet, um sich mit Ingerid zu treffen. Vielleicht kam sie ja deshalb immer allein? Um zu sehen, ob er dort stand und auf sie wartete? Beim letzten Mal hatte er gesagt, dass er sie gut leiden könne. Sie hatte nichts erwidert, hatte nur gelächelt.

Das junge Pferd trabte gemächlich zum Wald unterhalb von Stein. Dort stieg er ab und führte das Tier zwischen die Bäume. Es dauerte nicht lange, bis er zum Bootshaus kam. Er zog den Umhang enger um sich. Es war kalt, wenn er sich nicht bewegte. Aber im Eiswasser war es noch kälter gewesen.

Er würde Harald mit seinem Schwert durchbohren. Und zwar schon bald. Dieser Gedanke wärmte ihn wie ein Feuer. Rache.

Doch der Vater hatte recht. Es wäre töricht, Haralds Leben auszulöschen, ehe er die Schwester geheiratet hatte.

Er sehnte sich nach dem Tag, an dem sie ihm gehören würde. Bislang führte sie sich auf, als sei sie eine Königin und er ihr Bursche. Ingerid hielt sich selbst und ihre Sippe für etwas Besseres. Zwar wurde es nie ausgesprochen, aber er war davon überzeugt, dass sie es so sah. Wenn er erst ihr Ehemann wäre, würde sie schon zu spüren bekommen, wer das Sagen hatte, sowohl auf dem Hof als auch im Bett.

In dem kleinen Hain waren jetzt Schritte zu hören, dann konnte er sie sehen. Sie war in Begleitung einer Frau, einer älteren Dienstmagd. Ragnar trat hervor.

»Ingerid.«

Sie wandte sich um. Ihr Blick war nicht unfreundlich. Sie sagte, sie seien gekommen, um Fisch zu holen. Er sagte, dass er dies wisse und dass er gern mit ihr reden wolle.

Die Dienstmagd sah ihre Herrin mit großen Augen an.

»Allein, Ingerid«, fügte Ragnar hinzu.

Ingerid ließ ihn stehen und betrat das Bootshaus. Als sie wieder herauskam, stellte sie einen Fischeimer im Schnee ab. Die ältere Dienstmagd lief wieder zu den Häusern hinauf. Ragnars Blick folgte ihr. Ingerid sagte nichts. Stand nur ruhig da und wartete.

Ragnar trat vor sie hin, nahm vorsichtig ihren Arm. Sie entzog sich ihm nicht.

»Du weißt, dass ich dich mehr mag als jede andere«, begann er schließlich. Er hielt ihren Arm, spürte, wie er leicht zuckte. »Wollen wir ins Bootshaus gehen? Hier draußen ist es kalt.«

Jetzt löste sie sich aus seinem Griff, doch ihre Stimme klang immer noch freundlich. »Ich weiß nicht, Ragnar. Ich kann nicht lange bleiben … der Fisch …«

Er lächelte. »Dann bleiben wir hier stehen. Hier kann ich nämlich sehen, wie hübsch du bist. Im Haus ist es dafür viel zu dunkel.«

Ingerid lächelte wieder. Alle Mädchen wurden fügsam, wenn sie zu hören bekamen, wie hübsch sie seien. Das hatte er auch der jungen Sklavin auf Bønsnes gesagt, obwohl die ohnehin tun musste, was er ihr befahl.

»Ich mag dich lieber als sonst irgendwen, Ingerid. Und ich glaube, dass ich keine bessere Frau finden kann als dich.«

Sie schloss die Augen. Nahm sie jetzt alle Kraft zusammen, um ihm zu sagen, dass sie ihn nicht wollte? Er umfasste wieder ihren Arm. Sie schien nach Worten zu suchen. Er wollte gern noch mehr sagen, wartete aber ab.

»Mutter will nicht. Sie sagt, ich soll einen anderen zum Mann nehmen. Aber das muss warten. Wenn Olav zurückkommt, will Mutter …«

Ragnar spürte, wie seine Wangen zu glühen anfingen, aber er unterdrückte den Zorn, der in ihm aufstieg.

Jetzt wich sie seinem Blick aus. »Ich muss gehen.«

Er verstärkte den Griff um ihren Arm und versuchte, ihren Blick aufzufangen. Als sie den Arm zurückziehen wollte, hielt er ihn fest.

»Ingerid, hör mich an!«

Sie musste einen Schritt zurückweichen, bevor er sie schließlich losließ. Er wollte vortreten und abermals ihren Arm nehmen. Sie an sich reißen und küssen. Doch er hielt erschrocken inne. Dort stand ein Mann im Wald und beobachtete sie. Ragnar sah, wer es war. Er knirschte mit den Zähnen vor Wut.

Harald kam auf das Bootshaus zugelaufen, mit einer Axt in der Hand, einer Spaltaxt, wie es schien.

»Rührst du Ingerid noch einmal an, bekommst du die hier zu spüren«, sagte Harald und hob die Axt.

Ragnar konnte ein Grinsen nicht unterdrücken. Ingerid stand zwischen ihnen, doch beide blickten über sie hinweg.

»Du willst damit auf mich losgehen? Bitte, nur zu. Ich warte, denn wenn ein Mann sich verteidigen muss, hat er das Recht, seinen Angreifer zu töten. So steht es in unseren Gesetzen.«

Ingerid stieß ihn weg. Nicht fest, doch er wich einen Schritt zurück. So hatte Ragnar sie noch nie erlebt. Er sah sie verwundert an.

»Reite nach Hause, Ragnar!«, sagte sie.

Mit einer schnellen Bewegung wandte Ingerid sich ihrem Bruder zu.

»Du bleibst, wo du bist, Harald! Ragnar reitet nach Bønsnes, und wir gehen zurück zum Hof.«

Ragnar kämpfte gegen die Wut an, die in ihm schäumte. Er musste Ingerid beweisen, dass er es ernst meinte, und das ging nur, wenn er sich mit ihrem Bruder versöhnte.

Er wandte sich mit lauter Stimme an Harald: »Du kannst dein Pferd zurückhaben. Wenn ich deine Schwester heirate, sind wir Verwandte. Und dann müssen wir friedlich miteinander auskommen.«

Harald sah Ingerid an. »Du wirst doch nicht … Du

weißt, dass er dich nur will, um an den Hof heranzukommen. Ich habe gehört, was er gesagt hat… er und sein Vater!«

Ragnar lachte auf und sagte, dass das eine Lüge sei. Ingerid blieb stumm. Sie streckte die Hand aus, um den Arm ihres Bruders zu nehmen. Aber dazu kam es nicht. Mit zwei langen Schritten war Harald an ihr vorbei und stürzte sich auf Ragnar.

Der Axthieb traf seinen Arm. Ragnar spürte, wie der Schmerz sich ausbreitete. Doch seine Wut war größer.

Wieder hob Harald die Axt, aber nun war Ragnar auf den Angriff vorbereitet. Er hatte das Schwert gezogen und wehrte den Schlag ab. Er hörte Ingerid schreien, es klang eher wie ein Heulen. Ihr verrückter Bruder hatte ihn mit der Axt angegriffen.

Harald hielt die Axt zur Seite ausgestreckt. Ragnar zielte direkt auf Haralds Bauch und stieß zu, aber Harald wehrte den Stoß mit einer Eisenplatte ab. Ragnar brauchte einen Augenblick, um zu begreifen, dass es der Griff eines Schildes war. Hatte er einen Schildbuckel bei sich? Glaubte der Narr etwa, er könnte damit sein Leben retten?

Ragnar versuchte, seine maßlose Wut zu zügeln. Auf Wikingfahrt hatte er einmal einen Mann getötet. Oder zwei, wenn er den Bauern mitrechnete, den er erschlagen hatte, bevor sein Hof niedergebrannt wurde.

Harald wich zurück. Er hatte zwar lange Arme, aber der Axtschaft war kurz. Ragnar setzte ihm nach und nutzte die Reichweite seines Schwertes aus. Er bedrängte Harald von links und von rechts und scherte sich nicht um Ingerids Schreie. Jetzt musste Harald die Axt etwas vorstrecken, und Ragnar sah die Gelegenheit gekommen. Er trat zur Seite, ließ Harald angreifen und zielte auf die Hand, welche die Axt hielt. Ob er Hand, Arm oder Axt traf, war egal. Er traf die Axt. Der Schaft zersplitterte, und die Axt fiel zu Boden. Aber auch ohne Axt griff Harald weiter an. Erst als Harald stolperte und fiel, konnte Ragnar einen erneuten Schwerthieb landen.

Er stand über seinem Feind. Die Worte brachen aus ihm hervor: »Eigentlich wollte ich dich leben lassen, bis Ingerid mein ist. Jetzt aber glaube ich, dass dieser Tag so gut wie jeder andere ist, um dich zu töten. Viel länger hättest du ohnehin nicht überlebt.«

Ingerid schrie gellend auf. Ragnar hob das Schwert, doch bevor er es in den Körper unter sich rammen konnte, durchzuckte ihn ein glühender Schmerz zwischen den Beinen. Harald hatte mit einem Dolch zugestoßen! Das Blut rann an seinen Schenkeln hinab.

Ragnar sackte zu Boden. Die Beine versagten ihm den Dienst. Er fiel auf den Rücken. Harald hatte sich unterdessen aufgerappelt und stürzte sich auf ihn. Er setzte sich auf Ragnars Brustkorb. Ragnar konnte noch im letzten Moment Haralds dolchbewehrte Hand packen und drückte sie von sich weg. Haralds Kräfte waren größer, als Ragnar vermutet hatte. Mit einer plötzlichen Bewegung seiner Hüften stieß er Harald von sich herunter. Harald fiel zur Seite und verlor den Dolch. Jetzt lagen sie Seite an Seite. Ragnar schlug zu.

Er traf nur schlecht, kam aber auf die Füße und trat Harald hart in die Seite.

Ingerid war bei ihm, ergriff seinen Arm und versuchte, ihn fortzuziehen. Er hörte sie rufen.

»Schluss, Ragnar! Hör sofort auf!«

Aber er war wie von Sinnen. Riss sich von ihr los und trat abermals zu. Gegen den Kopf. Harald krümmte sich. Dann zog auch Ragnar seinen Dolch.

Ingerid schrie erneut. Griff seinen Arm. Doch er schüttelte sie ab.

Mit seinem ganzen Gewicht setzte er sich auf Harald. Ihre Blicke trafen sich. Er hob den Dolch.

Ingerid umfasste seinen Hals und versuchte mit letzter Kraft, Ragnar von ihrem Bruder wegzuzerren. Jetzt erst hörte er ihre Worte, und sie ließen ihn zur Besinnung kommen:

»Wenn du ihn tötest, kann ich dich nicht heiraten! Ich kann niemals deine Frau werden, wenn du mir meinen Bruder nimmst!«

Ragnar spürte das Gewicht ihres Körpers auf seinem Rücken. Harald versuchte, sich zu entwinden. Dieser Mistkerl würde niemals aufgeben.

Ragnar packte Harald an den Haaren und riss seinen Kopf in die Höhe. Dann stieß er ihn hart auf den Boden zurück und ließ seine Faust, die in einem groben Handschuh steckte, auf sein Gesicht niedersausen. Blut tropfte aus Haralds Nase und aus dem Mund. Haralds Körper wurde schlaff.

Ragnar beugte sich über ihn und fauchte: »Beim nächsten Mal schneide ich dir die Eier ab und werfe dich in die Mistgrube. Da kannst du dann liegen und verbluten, denn da ist dein Platz – als Leiche im Schweinedreck.«

Harald blickte ihn an, sagte aber nichts. Ingerid weinte. Ragnar stand auf und nahm sie in den Arm. Sie leistete keinen Widerstand. Er strich ihr behutsam über den Rücken.

»Du siehst, ich habe ihn verschont, Ingerid. Nun steh auch zu deinem Wort.«

Als er sie küssen wollte, wandte sie das Gesicht ab. Dann riss sie sich los und hockte sich neben ihren Bruder. Aber nun hatte sie es gesagt.

Die Wunden am Arm und in der Leiste bluteten stark. Der Schmerz dröhnte in seinem Körper. Doch Ragnar lächelte. Dank Harald hatte er sein Ziel erreicht. Aber sterben würde er trotzdem. Dieses Leben auszulöschen, würde Ragnar nicht schwerfallen. Ohne einen König als Bruder war Harald Sigurdsson nur ein tollwütiger Hund, den man erschlagen konnte.

Er sah zu Ingerid. Sie hockte neben ihrem Bruder. Harald blutete aus Mund und Nase. Ragnar wandte sich ab und führte das Pferd tiefer in den Wald. Jetzt konnte er alles bekommen. Ingerids nackten Körper in seinem Bett und Haralds dummen Kopf auf einem Pfahl.

12

Harald versuchte, sich aufzusetzen, doch es gelang ihm nicht. Er sagte kein Wort. Spürte jedoch, dass Ingerid bei ihm war. Sie strich ihm übers Haar.

»Du darfst nicht sterben!«, flehte sie. »Bleib ruhig liegen, ich hole Hilfe. Ich beeile mich, lieber Harald.«

Er hörte Schritte im Schnee. Ingerid ging weg.

Was hatte Rane gesagt? *Du musst lernen, deine Waffe so gut zu gebrauchen, dass du ihn auch töten kannst. Sonst bist du derjenige, der stirbt. Und dann ist die Schande umso größer.*

Aber er starb nicht. Ihm war warm. Er lag bequem. Er konnte nur nicht aufstehen.

Der Schlaf übermannte ihn. Im Schlaf kam der Bruder auf ihn zu. Der große Mann mit den funkelnden Augen. Der Bruder griff nach Haralds Hand und riss sie ab. Mit Haralds Hand deutete Olav auf die Sonne.

»Kommt einmal ein Tag, an dem die Sonne nicht aufgeht? Glaubst du das, Harald?«, fragte er.

Harald nickte. Er wollte so gern, dass sein Bruder lächelte oder besser noch laut lachte. Doch an Olavs Wangen liefen Tränen herab.

»Ja, Harald. Du hast recht. Jesus Christus nimmt uns die Sonne. Nirgendwo wird es Erlösung geben. Erst am Tag des Gerichts wird er die Sonne wieder an den

Himmel stellen, aber wir werden sie nicht sehen. Auf uns wartet die ewige Finsternis.«

Harald wollte fragen, wann der Tag des Gerichts kommen werde. Aber der Bruder verschwand, und er hörte eine andere Stimme.

»Harald! Du erfrierst, wenn du hier liegen bleibst.«

Ingerid sprach zu ihm. Sie hatte ein paar Männer mitgebracht, die ihn jetzt aufhoben. Er bat die Schwester, nach dem Dolch zu suchen. Den hatte er von seinem Bruder bekommen. Aber er wusste nicht, ob sie ihn gehört hatte, denn kurz darauf schlief er wieder ein.

Harald hütete zwei Tage das Bett. Dann stand er auf und ging als Erstes zum Acker hinunter, um nach Rane zu sehen. Der Alte schwang wieder den Birkenstab. Seine Bewegungen waren viel geschmeidiger als noch vor wenigen Tagen. Er wirkte geradezu verjüngt.

Haralds Körper schmerzte. Es fühlte sich an wie damals, als er vom Pferd gefallen war. Der Schorf auf den Wunden im Gesicht juckte, und sein rechtes Auge war geschwollen. Allerdings hatte er seinen Dolch wiederbekommen. Kårstein war zum Bootshaus hinuntergegangen und hatte ihn gefunden.

Eine Weile fuhr Rane mit seinen Übungen fort. Als er eine Verschnaufpause machte, sah er zu Harald herüber.

Harald hatte schon mit Schelte gerechnet, doch was Rane sagte, überraschte ihn: »Du bist dumm wie ein Schaf. Aber Mut hast du, das muss man dir lassen.«

Harald spürte, dass Rane noch etwas sagen wollte, aber in diesem Moment kam eine große Reiterschar auf Stein zu. Es musste sich um Männer von mehreren Höfen handeln. Rane wies Harald an, Åsta zu holen.

Harald lief los. Die Mutter kam ihm schon auf halber Strecke entgegen. Auch sie hatte gesehen, dass Männer zum Hof geritten kamen. Die Bewohner von Stein versammelten sich auf dem großen Hofplatz. Auch Guttorm erschien. Harald entdeckte Ingerid. Sie stand unter dem Vordach vor dem Langhaus. Er hielt Ausschau nach Rane, konnte ihn aber nicht sehen. War er wieder zur Kirche hinaufgegangen?

Sigvald von Bønsnes führte den Trupp an. Ragnar ritt neben ihm. Auch Männer von weiter entfernten Höfen wie Viul und Ask waren gekommen.

Die Mutter und Guttorm begrüßten die Männer und fragten nach ihrem Begehr.

Sigvald antwortete mit lauter Stimme, sodass alle ihn hören konnten. »Dies ist eine Brautwerbung, Åsta. Wir sind gekommen, um die Ehe zwischen deiner Tochter Ingerid und meinem Sohn Ragnar zu erbitten. Sie selbst hat ihm ihr Jawort gegeben.«

Åstas Miene verfinsterte sich. »Du hast deine Verwandten und Freunde umsonst nach Stein geführt, Sigvald Sigvaldsson. Ich habe dir schon einmal gesagt, dass eine Heirat von Ingerid und Ragnar nicht infrage kommt. Ich werde abwarten, bis Olav kommt.«

Sigvald ließ sich nicht beirren. »Åsta Gudbrandsdatter, Witwe von Sigurd Syr, Witwe von Harald Grenske. Dein Sohn beschützt dich nicht länger. Håkon Ladejarl lenkt nun die Geschicke des Landes, und Olav kommt niemals zurück.«

Åsta funkelte den Mann hoch zu Ross zornig an. »Sigvald Sigvaldsson. Hierherzukommen und mit Waffen zu drohen, gereicht dir nicht zur Ehre. Wenn zwischen Nachbarn erst die Waffen sprechen, verklingen Kampfgeräusche nicht so bald. Das wissen wir beide nur zu gut. Für lange Zeit herrschten Fehden zwischen den Vorvätern vieler, die heute hier auf Stein versammelt sind. Aber niemand kann sich erinnern, dass je etwas Gutes daraus entstanden ist. Im Gegenteil. Verbrannte Höfe, geschändete Frauen, verwaiste Kinder.«

Sigvald schien nicht zu hören, was gesagt wurde. Er grinste breit und sagte: »Wir sind auch noch aus einem anderen Grund gekommen. Der wird dir ebenso wenig gefallen. Harald, dein Sohn, wird mit uns reiten. Du brauchst dir also keine Sorgen mehr um ihn zu machen, der so viel Schande über dich und die deinen gebracht hat.«

Haralds Bauch fühlte sich plötzlich wie ein Eisklumpen an. Was sagte Sigvald da? Er sah die Mutter zusammenzucken und hörte, dass ihre Stimme bebte.

»Du wirst doch nicht … Hör zu, Sigvald, Harald wurde von deinem Sohn zusammengeschlagen. Hätte Ingerid sich nicht dazwischengestellt, wäre er getötet worden. Für das, was geschehen ist, kann niemand Strafe oder Blutrache fordern.«

Sigvald nickte. »Dass mein Sohn besser mit der Waffe umzugehen versteht, kann ihm wohl niemand vorwerfen. Es war Harald, der angegriffen hat. In der

Absicht, zu töten. Genauso wie er es tat, als er Ragnar zum Viehbrunnen lockte.«

Der Häuptling von Bønsnes hielt inne und blickte zu Harald.

»Die Axt ist scharf, und ich selbst werde es tun.«

Die Mutter antwortete mit lauter Stimme. Nie zuvor hatte Harald sie so erlebt. »Hast du vergessen, dass er ein Nachfahre Haralds, des ersten Reichskönigs, ist?«

Sigvald Sigvaldsson grinste erneut. »Sigurd, sein Vater, war vor allem dafür bekannt, im Schweinekoben herumzukriechen. Selbst wenn das Blut des Kriegerkönigs in ihm floss, davon war nicht viel zu spüren.«

Harald blickte umher. Er würde sich nicht freiwillig ergeben. Die Mutter sah zu Boden.

Da trat Guttorm vor und antwortete mit versöhnlicher Stimme: »Wir werden doch gewiss einen Vergleich schließen können, Sigvald. Es gibt dort draußen ein paar Höfe, die genauso gut unter der Herrschaft von Bønsnes stehen können, und Silber haben wir auch.«

Ragnar trat vor. Harald starrte ihn an, aber Ragnar wich seinem Blick aus und wandte sich an Guttorm.

»Hier auf Stein habt ihr euch den Frieden immer *erkauft*. Keiner von euch wagt es, zu kämpfen. Bis auf Harald, aber nur, weil er töricht ist, denn in ihm steckt nicht mehr Kraft als in einer Dienstmagd.«

Einige Männer lachten. Ragnar stieg vom Pferd. Ein paar der jüngeren Männer folgten seinem Beispiel. Alle trugen Speere. Ragnar trat in die Mitte des Hofplatzes und blieb zwischen seinen Leuten und denen von Stein stehen.

Harald wusste genau, was Ragnar wollte, aber er würde nicht fliehen. Diesen Gefallen würde er ihnen nicht tun. Lieber würde er sich von Ragnar den Speer in die Brust rammen lassen.

»Man braucht nur zu zählen, wie viele von uns gekommen sind«, sagte Ragnar. »Und alle werden wissen, wer heute seinen Willen durchsetzt.«

Die Männer traten näher auf Harald zu. Er versuchte, Ragnars Blick aufzufangen.

Die Bewohner von Stein wichen zurück. Nur Guttorm blieb stehen und hob die Hand.

»Ihr könnt nehmen, was immer euch gefällt«, sagte er mit fester Stimme. »Es soll für immer euch gehören. Aber Harald werdet ihr nicht mitnehmen, denn ihn können wir niemals ersetzen.«

Einer der Männer, die neben Ragnar standen, versetzte Guttorm einen Schlag mit dem Speerschaft. Er fiel hin und bekam noch einen weiteren Hieb verpasst. Als er aufstehen wollte, hielt ihm der Mann die Klinge des Speers entgegen, und er blieb liegen.

Harald sah die Mutter an. Er glaubte, sie wolle ihm etwas zurufen, begriff dann aber, dass sie auf etwas hinter ihm blickte. Dann hörte auch er, dass jemand sich näherte.

Rane stellte sich neben ihn und trat dann einen Schritt auf die Männer zu. Seine Stimme klang fröhlich.

»Hier sind wohl viele, die das Speerspiel spielen wollen, da möchte ich auch gern mittun. Der, den ihr verspottet und den ich weiterhin für den rechtmäßigen König von Norwegen halte, hat mich beim letzten Mal davon abgehalten, in Odins Walhall zu treten. Wenn einer von euch es schafft, mich dorthin zu schicken, werde ich nur gute Worte über ihn verlieren, während ich Odins Bier trinke und mich mit alten Freunden am Schweinefleisch labe.«

Ragnar und die anderen Männer hielten inne. Sie zögerten, doch nur kurz.

»Und wer bist du? Ein Greis, der des Lebens müde ist?«, fragte Ragnar höhnisch.

Er sah sich um, und seine Begleiter grinsten.

Rane trat einen Schritt auf sie zu und sagte: »Als ich Olav einst mit mir nahm, wurde ich Rane genannt. Nachdem Olav König geworden war, erhielt ich den Beinamen Kongsfostre. Ich kannte deinen Vater gut zu der Zeit. Er ging mit uns auf Wikingfahrt, machte uns aber keine große Ehre. Wenn du nicht besser als dein Vater bist, solltest du dich lieber gleich in meinen Speer stürzen. Dann kann deine Sippe zumindest sagen, dass du durch Rane Kongsfostre gefallen bist.«

Sigvald ließ sein Pferd einen Schritt vortreten.

»Rane, du? Du lebst also noch«, sagte er, sprach aber so leise, dass er kaum zu verstehen war.

»Ja, und du ebenfalls, Sigvald Saufkopf. Aber dein Kopf ist wohl noch genauso leer, wie er immer gewesen ist. Denn du scheinst vergessen zu haben, wer dir Bønsnes einst gab und dich zum Häuptling in Ringerike machte. Wenn ich unseren König richtig einschätze, so will er bestimmt, dass ich dir hier und jetzt ein Ende bereite.«

»*Wer* ist das?«, fragte Ragnar und sah zu seinem Vater.

Sigvald blickte Rane mit starrem Ausdruck an. »Rane Kongsfostre«, sagte er. »Nicht viele haben sich ihm freiwillig entgegengestellt.«

Mit einem höhnischen Grinsen sah Ragnar die Männer um sich herum an.

»Wollen wir dem armen Kerl geben, worum er bittet? Wollen wir ihn nach Walhall schicken, damit er mit seiner letzten verbliebenen Hand Odins Bier trinken kann?«

Ragnar rührte sich nicht von der Stelle, aber drei der Männer in seiner Schar hoben den Speer und stürzten auf Rane zu.

Harald zog seinen Dolch, konnte aber weiter nichts ausrichten. Rane trat vor, zwischen ihn und die Männer, die auf sie losstürmten. Er hielt seinen Speer am Ende des Schafts und schwang ihn wie eine Sense. Einer der Männer wurde getroffen und stürzte. Er schrie und hielt sich den Fuß. Der zweite wurde am Schenkel getroffen und warf sich heulend zur Seite. Das Blut spritze aus seinem Bein hervor. Der dritte Mann lief direkt in Ranes Speer. Harald sah, wie er Rane anstarrte, als könne er nicht glauben, was gerade geschehen war. Dann sackte er zu Boden.

Rane pflanzte den Fuß auf die Brust des Mannes und zog den Speer heraus. Die beiden Verletzten rappelten sich auf und zogen sich eilig zurück.

Ragnar rührte sich noch immer nicht vom Fleck. Starr hielt er den Speer vor sich und winkte weitere Männer heran. Ein paar von ihnen kamen näher.

Rane lachte laut. »Sieh an. Das hat wohl geholfen. Kommt, alle zusammen. Vielleicht ziehe ich heute ja doch zu Odin. Und wenn das geschieht, dann ziehe ich mit einer großen Schar. Das sehe ich schon allein an der Art, wie ihr eure Waffen haltet.«

Harald trat zu Rane und hob den Dolch. Rane sah zu ihm herüber.

»Bleib ganz dicht bei mir und nimm den Speer des Ersten, den ich töte. Das wird derjenige sein, der dich am stärksten bedrängt. Wenn du heute sterben solltest, ist es besser, ein paar von ihnen mitzunehmen.«

Die feindlichen Männer verteilten sich. Harald sah die Angst in ihren Augen.

Sigvald von Bønsnes blieb in einiger Entfernung auf dem Pferd sitzen, doch einige der anderen Bauern schlossen sich der Schar um Ragnar an.

An die zwanzig Speere, vielleicht noch mehr, richteten sich gegen Rane und Harald. Harald dachte, dass es auf Stein noch nie zuvor so still gewesen war. Als hätte die Zeit angehalten. Er hörte wieder sein Herz schlagen, das mit dem Atem um die Wette zu laufen schien.

Die Männer kamen auf sie zu. Ernste Gesichter. Angespannte Muskeln.

Plötzlich erklang ein Ruf: »Haltet ein!«

Es war Ingerid. Sie trat auf den Hofplatz hinaus. Sie sah zu Rane.

»Es stimmt, was Ragnar sagt. Ich werde ihn heiraten. Aber dann muss er sein Wort halten. Er hat versprochen, Harald in Frieden zu lassen.«

Harald sah die Mutter vortreten. Guttorm war wieder aufgestanden. Ingerid stand jetzt dicht hinter Ragnar. Sie fasste seinen Arm und drehte Ragnar zu sich herum.

»Hörst du, Ragnar Sigvaldsson? Wenn du mich haben willst, musst du von meinem Bruder ablassen. Du musst laut schwören, damit alle es hören können.«

Ragnar stand noch immer mit finsterer Miene da. Ingerid legte eine Hand auf seine Wange.

»Hörst du, Ragnar? Wenn du mich haben willst, dann …«

Harald wollte rufen, dass man Ragnar lieber umbringen solle. Aber die Worte blieben ihm in der Kehle stecken. Später. Er würde es später tun.

Ragnar umfasste Ingerids Hüfte. Jetzt grinste er.

Ingerid schob ihn etwas von sich weg. »Schwörst du?«, fragte sie.

Ragnar richtete den Blick auf Harald. »Harald soll in Frieden leben«, sagte er laut.

»Für immer und ewig?«

Ragnar umfasste Ingerid abermals und zog sie an sich. »Solange ich lebe.«

Harald wollte auf Ragnar losstürmen und ihn zu Boden werfen. Als er jedoch einen Schritt vorwärts machte, spürte er, dass Rane seinen Arm berührte. Nur sehr behutsam. Er wandte sich ihm zu, doch Rane sah ihn nicht an. Er hatte nur Augen für die Männer auf dem Hofplatz.

So blieben sie nebeneinander stehen, während Ragnar und seine Männer die Pferde bestiegen. Der Tote war einer der Burschen von Bønsnes. Sie nahmen ihn mit sich.

13

Der Schreck saß Åsta noch in den Gliedern, als die Männer fortgezogen waren. Sie hätte Harald verlieren können, hier, auf dem eigenen Hof, und dabei völlig machtlos zusehen müssen. Da Ingerid und Ragnar jetzt heiraten würden, hatten Ragnar und sein Vater gelobt, Harald nicht anzurühren. Aber darauf konnte sie nicht vertrauen. Sigvald Sigvaldsson war voller Lügen, und Ragnar, sein Sohn, hatte erkennen lassen, wie blutdürstig er war. Aber Åsta wusste, was zu tun war.

Die Sonne schien noch, aber es war frisch geworden. Sie ging zur Kirche hinauf. Als sie den kleinen, dämmrigen Raum betrat, saß Rane auf einem Schemel vor dem Altar. Er hatte die Kleidung abgelegt. Sein magerer Körper war bleich – bis auf den Armstumpf, der aussah wie ein verdorrter brauner Ast in der roten Herbstsonne. Es war kein schöner Anblick.

Als Rane sie bemerkte, legte er sich eine Decke über die Schultern. Er sah zu Boden.

»Du hast Harald heute das Leben gerettet, Rane. Dafür will ich dir danken. Wenn du einen Wunsch hast, musst du ihn nur äußern.«

Er hob den Kopf und lächelte sie an. Schon immer hatte sie sein Lächeln gemocht. Es war, als könnte sie seine Seele darin erkennen, seine sanfte, warme Seele, die so wenig mit dem zu tun hatte, was über ihn gesagt wurde.

»Was ich haben möchte, Åsta, das hast du schon zwei anderen Männern geschenkt.«

Sie trat dicht vor ihn und streichelte seine Wange.

»Wenn es anders gekommen wäre, Rane, dann wärst du heute nicht der berühmteste Wikinger Norwegens, sondern ein namenloser Bauer. Meine beiden Männer sind tot. Harald verbrannte, während er schlief, und Sigurd starb im Ehebett. Aber du, Rane, du bist hier. So lebendig und stark wie eh und je.«

Rane lachte und hob den Armstumpf. »Wie eh und je?«

Åsta nickte. »Wie eh und je. Und deswegen komme ich zu dir, Rane. Wieder einmal.«

Er wandte den Blick ab. Vermutlich wusste er, was jetzt kommen würde.

»Du musst Olav helfen, das Reich zurückzugewinnen.«

Rane sah zu ihr auf. »Ich denke an nichts anderes, als Olav nachzufolgen«, sagte er.

»Aber damit allein ist Olav nicht geholfen, Rane. Deshalb möchte ich dich um etwas bitten.«

Rane sah sie fragend an.

»Ich möchte, dass du nach Digernes gehst, zu Bjørn«, sagte sie. »Er hat genügend Silber, um ein Königsheer zu vereinen. Auch von mir sollst du alles Silber bekommen. Denn niemand wird sich Knut und seinem Ladejarl entgegenstellen, ohne dafür gebührend bezahlt zu werden.«

Rane erhob sich und zog sein Hemd über. Åsta ließ ihm Zeit zum Nachdenken.

»Bjørn … Ja, er hat Silber gescheffelt, solange ich zurückdenken kann«, sagte Rane schließlich und setzte sich wieder.

Åsta wandte sich ab, machte einige Schritte in dem kleinen Kirchenschiff.

»Ich war mit einem Mann verheiratet, der Silber liebte«, sagte sie schließlich, »aber in Sigurds Herz gab es auch Platz für Treue. Auch Bjørn ist treu, und du sollst ihn daran erinnern, was er Olav schuldet.«

Rane rückte unruhig auf seinem Schemel hin und her. Es war deutlich, dass ihm Åstas Gedanke nicht gefiel. Aber er sagte nichts.

»Wenn er auf jemanden hört, dann auf dich«, fuhr Åsta fort. »Wenn ihr genügend Unterstützung gefunden habt, könnt ihr nach Holmgard ziehen und Olav bitten zurückzukommen. Dann wirst du deinen König wiedersehen und ihm eine frohe Botschaft überbringen können.«

Rane blickte sie weiterhin schweigend an. Aber er musste nicht sprechen. Åsta wusste auch so, dass er tun würde, worum sie ihn bat. Allerdings gab es noch etwas.

»Ich möchte, dass du mir noch einen anderen Dienst erweist.«

Rane sah sie entschlossen an. »Wenn du willst, dass ich Sigvald den Kopf abschlage, dann werde ich es tun. Auch seinem Sohn. Ingerid ist viel zu …«

Åsta hob die Hand. »Nein, die Ehe müssen wir erlauben. Solange Olav fort ist, wird das den Frieden in Ringerike sichern. Nein, es gibt etwas, das wichtiger ist.«

Einen Augenblick hielt sie inne.

»Ich möchte, dass du Harald mit dir nimmst. Er kann hier nicht länger bleiben. Er ist hier nicht sicher.«

Rane stieß ein bitteres Lachen aus. »Wenn ich diesen Dickschädel mit mir herumschleppe, bekomme ich niemals ein Heer zusammen. Dann bin ich die ganze Zeit mit Aufpassen beschäftigt.«

Åsta sah ihn aufmunternd an. »Hast du vergessen, wie Olav früher war? Und Harald, dein Vetter? Der Mann, den ich geheiratet habe und den du am meisten von allen geschätzt hast?«

Rane gab keine Antwort.

»Nimm Harald unter deine Fittiche«, fuhr Åsta fort. »Nur denke daran, was ich dir bereits bei Olav sagte. Ich will einen tüchtigen Sohn, der seinem Geschlecht Ehre macht. Ein toter Sohn nützt mir nichts.«

Rane sah sie nur schweigend an, doch Åsta brauchte keine Antwort von ihm. Sie wandte sich ab, verließ die Kirche und lief zurück zu Haus und Stall.

Dort begegnete sie Kårstein, der ihr mitteilte, dass Harald sich missmutig sein Pferd geschnappt habe und davongeritten sei.

Drinnen im Langhaus saß Guttorm. Er betrank sich am Bier. Sein Stolz war verletzt, das war mehr als deutlich zu spüren.

Ingerid saß am Tisch und nähte einen Ärmel an ein Hemd. Åsta setzte sich zu ihr. Die Tochter blickte nicht auf. Åsta spürte die Verzweiflung ihrer Tochter, die Angst vor dem, was sie erwartete. Ragnars Blutdurst auf dem Hof war in der Tat erschrecken gewesen. Aber ihr blieb keine Wahl. Åsta konnte nur versuchen, ihr so gut wie möglich zu helfen. Sie fing den Blick der Tochter auf.

»Du hast heute eine mutige Wahl getroffen und vielen Menschen das Leben gerettet.«

Ingerid fuhr mit der Arbeit fort. Åsta konnte nicht viel sagen, um sie zu trösten. Sie würde Zeit brauchen. Dasselbe galt für Olav. Zeit. Er würde zurückkommen. Er *musste* zurückkommen.

Die Tür wurde geöffnet. Haralds Gesicht war schweißüberströmt. Åsta winkte der Magd zu, die neben dem Feuer saß. Sie brachte Harald eine Schale warmer Grütze.

Haralds Miene war finster. Als er sich gesetzt hatte, legte Åsta ihre Hand auf seine. Er zog sie zurück und blickte sie grimmig an.

Sie sprach mit betont ruhiger Stimme: »Hör zu, Harald. Du bist hier auf Stein nicht mehr sicher.«

Er erwiderte ihren Blick. »Ragnar kann gern zurückkommen. Allein.«

Sie nahm seine Hand und drückte sie. »Harald! Hör, was ich dir zu sagen habe. Du musst fort von Stein. Zu deiner eigenen Sicherheit.«

»Jagst du mich fort?«

Er zog die Hand zurück und stieß beim Aufstehen die Schale um. Guttorm hob den Kopf.

»Nichts würde mich mehr freuen, als wenn du diesen Dickkopf fortschickst«, sagte er. »Denn wenn er so weiter macht, verlieren wir den Hof. Wir verlieren alles, was unsere Vorväter aufgebaut haben.« Er nahm einen großen Schluck Bier. »Harald und seine Ingerid! Seit er laufen kann, hängt er an ihren Rockzipfeln. Vielleicht erträgt er es deshalb nicht, dass ein anderer sie bekommt! Will er etwa auch noch Blutschande über uns bringen?«

Haralds Gesicht wurde feuerrot. Schon fürchtete Åsta, dass die Brüder aufeinander losgingen.

»Schweig still!«, fuhr sie Guttorm an. »Wir haben schon genug Schwierigkeiten. Wollt ihr euch auch noch entzweien?«

Ingerid hatte die Worte ihres Bruders mit wachsendem Zorn vernommen. Jetzt warf sie ihr Nähzeug beiseite.

»Ihr seid auch nicht besser als Ragnar! Du bist so blutrünstig wie jeder andere, Harald. Und du, Guttorm? Wer sich von einem Speerschaft niederstrecken lässt, sollte keinen anderen bezichtigen, Schande über uns zu bringen.«

Åsta sah die Tochter an. Sie besaß einen eisernen Willen. Das war schon immer so gewesen.

Ingerid beruhigte sich wieder. Die Brüder schwiegen und starrten die Tischplatte an. Åsta richtete das Wort an die beiden:

»Ich will, dass ihr in Frieden scheidet. Harald bricht noch heute auf. Ich habe Kårstein gebeten, die besten Pferde zu satteln und das Packpferd mit Ausrüstung und Vorräten zu beladen.«

Harald blickte auf. »Zwei? Was soll ich mit zwei Pferden?«

Gerade, als Åsta etwas erwidern wollte, kam Rane ins Langhaus. Er hatte den Wolfspelz umgelegt. Der Wolfsschädel bedeckte seinen Kopf. Rane hatte ihn sich tief in die Stirn gezogen. Das Maul gähnte direkt über seinen blaugrauen Augen.

Åsta betrachtete Harald, der den Mann an der Tür mit offenem Mund anstarrte. Der Ausdruck des Wolfsschädels schien sich in seinem Gesicht zu spiegeln. Genauso hatte sie selbst gestaunt, als sie Rane zum ersten Mal in seinem Pelz gesehen hatte.

Regungslos saß Harald da und blickte zur Tür. Åsta berührte seine Schulter.

»Es ist Zeit.«

Harald war immer noch wie erstarrt und ließ Rane nicht aus den Augen.

Åsta fuhr mit ruhiger Stimme fort. »Ihr reitet noch heute Nacht. Rane will es so.«

· II ·

Land ohne Herrscher

Im Herbst 1029 erleidet Håkon Ladejarl auf der Heimreise von England Schiffbruch. Niemand überlebt. Für einige Monate ist Norwegen ohne Herrscher.

Die norwegischen Häuptlinge sind zerstritten. Viele haben wertvolle Gaben von König Knut erhalten und heißen die Herrschaft der Dänen gut. Andere hingegen fordern, Olav, ihr norwegischer König, solle in das Land zurückkehren.

Zu dieser Zeit beginnt Harald, der junge Bruder des Königs, eine Reise, die ihn nach Stiklestad und in die größte Schlacht führt, die sich je in Norwegen ereignet hat.

14

Die Handschellen scheuerten an den Gelenken und waren kalt. Harald hielt die Hände an den Nacken des Pferdes. Das half ein wenig, konnte aber nicht die quälenden Gedanken vertreiben.

Als Guttorm ihn mit aller Kraft festgehalten und Rane ihm die Handschellen angelegt hatte, war die Mutter zur Kirche hinaufgegangen. Wie einen Gefangenen, wie einen Sklaven, hatte seine eigene Mutter ihn fortgeschickt. Jetzt war er ein Knecht wie Kårstein. Er hatte von den Sklavenmärkten gehört, wo die Wikinger ihre Gefangenen verkauften. Gefesselte Sklaven, wie er einer war.

Sie überquerten den Tyrifjord und schlugen den Weg ein, der südwärts nach Åmot führte. Es war ein schmaler Weg, kaum mehr als ein Ziegenpfad. Einmal hatte Harald seinen Bruder Guttorm zu einem Hof namens Knive begleitet, wo sie eine Tonne Korn und zwei Schafe abgeholt hatten, mit denen der Bauer die Pacht für das Ackerland bezahlte. Jetzt konnten sie nicht weit von dem Hof entfernt sein. Vielleicht würden sie ja auf Knive rasten? Die Eiseskälte hatte inzwischen seinen ganzen Körper erfasst. Es war eigenartig, dass der Frost wie ein Feuer brennen konnte. Genauso war es gewesen, als er mit Ragnar im Eiswasser gekämpft hatte. Aber Harald wollte seine Schmerzen nicht zeigen. Rane sollte sehen, dass er sowohl die Kälte als auch die Handschellen ertragen konnte.

Als die Sonne über dem Waldrand im Osten erschien, wurde die Kälte ein wenig erträglicher. Harald sah ein flaches Bauernhaus mit einem großen Hofbaum davor. Das war der Hof Knive. Dicker Rauch aus dem Schornstein stieg träge in den Morgenhimmel. Im Haus wurde anscheinend kräftig gefeuert.

Aber sie kehrten nicht auf Knive ein, und Harald wusste, dass es nichts nützen würde, wenn er Rane fragte, ob sie sich ein wenig ausruhen und aufwärmen könnten. Der Alte saß so still und ruhig auf seinem Pferd, dass es beinahe so aussah, als ob er schlief.

Eine Weile ritten sie weiter, durch einen dichten Wald, wo es wieder beißend kalt wurde. Schließlich kamen sie zu einer Bergkuppe. Dort gab es einen Felsüberhang, wo offenbar schon früher Menschen ihr Lager aufgeschlagen hatten. Doch auch hier hielt Rane nicht an. Sie ritten weiter, bis der Weg an einer steilen Felswand entlangführte. Plötzlich glaubte Harald, eine Stimme zu hören. Vielleicht auch ein Pferd?

Am Ende der Felswand floss ein Bach. Er war nur teilweise zugefroren.

Rane stieg vom Pferd, und zum ersten Mal seit ihrem Aufbruch von Hof Stein richtete er das Wort an Harald. Die Sonne hatte den Morgendunst vertrieben. Sie waren die ganze Nacht geritten. So weit wie jetzt war Harald noch niemals von Stein entfernt gewesen.

»Steig vom Pferd«, sagte Rane.

Harald hielt ihm die gefesselten Hände entgegen.

»Kannst du die abnehmen?«

Rane wandte sich um und zerrte Harald aus dem Sattel. Mit gefesselten Händen war Harald nicht sehr beweglich. Er fiel und stieß sich die Schulter an einem Eisbuckel. Rane stand über ihm.

»Ich habe schon Soldatensklaven gesehen, die mit Handschellen in den Krieg zogen. Jeder von denen hätte dir den Kopf abgeschlagen, bevor du seine Axt auch nur bemerkt hättest.«

Harald rappelte sich auf. Jetzt war er sicher, dass er Stimmen und Pferde hörte. Das Geräusch klang vom Weg herüber. Die Männer konnten nicht weit weg sein.

Rane führte sein Pferd und das Packtier in den Bachlauf. Harald verstand nicht, wie er das mit nur einer Hand tun konnte. Er selbst versuchte, nicht allzu nass zu werden, aber das war nicht leicht. Das Pferd suchte nach festem Grund, und er musste dem Tier folgen.

Nachdem sie ein Stück den Bachlauf hinaufgegangen waren, hielt Rane an. Er beruhigte die Pferde, und Harald tat es ihm gleich.

Eine große Reiterschar näherte sich auf dem Pfad unterhalb der Felswand. Harald fing Ranes Blick auf. Waren die Reiter hinter ihnen her? Hinter ihm?

Die Männer unten auf dem Weg unterhielten sich laut, aber es war nicht einfach, die Worte zu verstehen. Harald konnte dennoch eine Stimme von den anderen unterscheiden. Er war sich sicher. Dann wurden die Stimmen leiser. Die Gruppe war weitergeritten.

Rane sagte immer noch nichts und setzte den Weg fort. Jetzt war es einfacher. Das waldige Terrain stieg sanft an, und sie führten die Pferde auf eine kleine Lichtung.

Die Sonne wärmte ein wenig.

Das Packpferd war mit einem dicken Fell und Vorratsranzen beladen. Harald half Rane dabei, alles abzuladen und unter eine große Fichte zu legen. Die Pferde wurden von Sattel und Kopfzaum befreit. Als das getan war, befahl Rane Harald, den Pferden Wasser zu geben.

Harald sah ihn verdutzt an.

»Woher soll ich Wasser nehmen?«

Rane lachte. »Aber scheißen kannst du allein?«

Harald spürte, dass er rot wurde. Er nahm die Führstricke und zog die Pferde mit sich durch den Wald. Wo verlief der Bach, dem sie über den Felshügel gefolgt waren? War hier irgendwo eine Mulde im Boden, in der sich Wasser sammelte? Könnte er Wasser unter dem Schnee plätschern hören?

Noch war nicht viel Schnee gefallen, an einigen Stellen jedoch hatten sich Wälle gebildet, durch die er stapfen musste. Bei einem umgestürzten Baum hielt er an. Das Packpferd warf in diesem Moment den Kopf zurück, riss ihm den Strick aus der Hand und trabte davon. Die anderen Pferde folgten dem ersten. Harald hätte sie zurückhalten können, doch er ahnte, wohin die Tiere liefen.

Er verfolgte die Pferde durch den Wald, und bald darauf stand er an einem Bach. Die Pferde hatten die dünne Eisschicht durchbrochen und hielten das Maul ins Wasser.

Es war kalt, doch er trank es gierig, genau wie die Pferde.

Als er zurückkam, hielt Rane ihm ein Stück gepökelten Schinken und einen Becher Bier entgegen. Als Harald es nehmen wollte, sagte Rane, dass er sich von nun an das Essen verdienen müsse.

»Wenn du nicht tust, was ich sage, oder dummes Zeug redest, gibt's an dem Tag nichts zu essen.«

Harald nickte. Er nahm ein paar Bissen des trockenen Fleisches und trank etwas Bier, obwohl er beides eigentlich nicht mochte.

Rane schien es zu bemerken und sah ihn skeptisch an. Der Alte ließ sich Schinken und Bier schmecken.

Es war eigenartig, dass er kein Wort über die Reiterschar verlor, die ihnen gefolgt war. Harald nahm noch einen Schluck Bier und räusperte sich. »Woher wusstest du, dass wir verfolgt wurden?«

Rane hatte sich auf ein dickes Fell gelegt. Er grinste.

»Åsta hat uns Ausrüstung und Vorräte für ein ganzes Heer mitgegeben.«

»Ich habe Ragnar gehört. Es waren Männer von Bønsnes.«

Rane streckte sich und gähnte. Er schloss die Augen, schien schlafen zu wollen.

»Du musst lernen, Augen und Ohren zu gebrauchen, Junge.«

Wieso konnte der übellaunige Alte ihm keine vernünftige Antwort geben? War er vielleicht schon eingeschlafen? Wenn er wüsste, dass Rane schlief, könnte er die Pferde nehmen und sich wieder hinunter zum Weg schleichen. Dann könnte er so weit fortreiten, dass der Alte ihn niemals finden würde. Er könnte einen Schmied bitten, die Fesseln zu öffnen, dann an Bord eines Schiffes gelangen und auf Wikingfahrt gehen.

In diesem Moment traf ihn ein Seilende im Gesicht wie ein Peitschenhieb.

Rane hatte sich aufgesetzt und starrte ihn an. »Binde das an deine Handringe!«

Harald starrte ihn ungläubig an.

»Glaubst du etwa, ich weiß nicht, was du vorhast?«, fuhr der Alte fort. »Alle Gefangenen wollen fliehen. In den ersten Tagen träumen sie von nichts anderem. Aber nach einer Weile werden Wasser und Nahrung wichtiger. Ich hab keine Lust, dir hinterherzulaufen und dir noch eine Tracht Prügel zu verpassen. Jetzt bind das Seil fest!«

Mit gefesselten Händen war es gar nicht so einfach, das Seil zu verknoten. Ungeduldig sah Rane zu. Als Harald fertig war, nahm Rane das andere Ende und wickelte es sich um die Hand.

Harald funkelte ihn wütend an. »Hast du meinen Bruder auch so angebunden?«

Rane hatte sich wieder hingelegt. »Ich hab ihn nicht festgebunden. Aber ich hab ihm einen Ruderriemen in die Hand gedrückt, damit er ein paar Muskeln bekommt«, erwiderte er. Der Alte gähnte. »Und die hat er bekommen.«

»Du hast gesagt, ich würde meinen Bruder wiedersehen. Gehen wir zu ihm?«

Rane umfasste das Seil und zog einmal daran, um zu überprüfen, ob es auch fest war. Dann schloss er erneut die Augen.

»Wenn du mich grundlos weckst, gibt es für eine Weile nichts zu essen«, sagte er.

Harald erwiderte nichts und stellte auch keine weiteren Fragen. Bald war Rane eingeschlafen. Harald dachte an Olav, der ein Wikingerschiff gerudert hatte und dadurch stark geworden war. Deswegen hatte es sich auch wie ein Fuchseisen angefühlt, als Olav seine Hand fast zerquetscht hatte.

Als Harald erwachte, wollte die Sonne bereits untergehen. Sie hatten den ganzen Tag geschlafen. Harald fror. Seine Glieder waren ganz steif. Er hauchte in die Fäuste, um die Finger zu wärmen.

Rane hatte ihn losgebunden und wühlte in dem Sack mit den Vorräten.

Harald stand auf, ging zu seinem Pferd hinüber und lehnte sich an den Tierleib. Das Pferd dampfte, und Harald spürte, wie die Wärme sich auf seinen Körper übertrug. Rane sagte, er solle den Pferden Sattel und Zaumzeug anlegen. Bevor sie weiterzogen, würden sie aber noch eine Mahlzeit zu sich nehmen.

Er tat, wie ihm befohlen. Als er fertig war, saß der Alte schon beim Essen. Er schien jetzt besserer Laune zu sein, und daher wagte Harald, ihm eine Frage zu stellen: »Wohin reiten wir?«

Rane kaute zu Ende.

»Das musst du nicht wissen«, sagte er schließlich. »Es reicht, wenn ich weiß, wohin wir gehen.«

»Zum Hof von Harald Grenske? Der Mann, dessen Namen ich trage, wie du gesagt hast?«

Rane schien zu einem Punkt am Horizont zu blicken.

»Harald, mein Vetter, war der größte aller Fürsten in Norwegen«, erwiderte Rane. »Und er hätte ein noch größerer Fürst werden können, wenn er …« Er schloss die Augen.

»Ist er gestorben?«, fuhr Harald fort. »Wie starb er? Im Kampf? Gegen wen?«

Harald war erstaunt, als Rane zu lachen anfing. Er mochte die Frage wohl, dachte Harald, was sich bestätigte, als Rane antwortete: »Mein Vetter hat gekämpft, allerdings. Aber nicht gegen einen Krieger, sondern gegen ein Weib. Sie hieß Sigrid Storråde. Das widerborstigste Weib, das je gelebt hat. Harald ging nach Schweden. Sigrid hatte dort große Besitztümer und herrschte über viele Menschen. Harald wollte sie heiraten.«

»Aber war er nicht schon verheiratet … mit Mutter?«, fragte Harald erstaunt.

»Doch, das war er«, gab Rane lachend zurück. »Aber Harald war Manns genug für zwei Weiber.«

»Er wollte zwei Frauen haben?«

»Das hat dein Bruder Olav auch. Und mit beiden hat er Kinder gezeugt, sowohl mit Alvhild als auch mit Astrid.«

Harald konnte nicht glauben, was er da hörte. Sein

Bruder war mit zwei Frauen verheiratet? Doch dann fiel ihm ein, dass er immer noch nicht wusste, wie sein Namensgeber gestorben war, und fragte erneut.

Rane wurde plötzlich unruhig und stand auf. »Wir müssen weiter. Hol die Pferde.«

Harald ließ nicht locker. »Wie ist er gestorben? Erzähl mir, wie mein Namensgeber starb.«

Mürrisch blickte Rane ihn an. »Sigrid hat ihn verbrannt. Sie ließ das Haus anzünden, in dem Harald und seine Männer schliefen. Ich hoffe, Odin sorgt dafür, dass der Fenriswolf sie bei lebendigem Leib auffrisst, wenn der Tag gekommen ist.«

Es war kalt, als sie wenig später durch den Schnee stapften, aber Harald fragte nicht, wieso sie die Pferde durch den Wald führten. Erst nachdem die Nacht schon hereingebrochen war, stießen sie auf einen schmalen Weg, wo der Schnee von Mensch und Tier festgetreten war. Dort stiegen sie auf die Pferde. Harald spürte kaum noch seine Füße. Wohin sie ritten, wusste er nicht. Doch als nach einer quälend langen Zeit endlich die ersten Sonnenstrahlen hinter ihnen durch die Äste brachen, begriff er, dass sie nach Westen ritten. Bald konnte er auch seine Füße wieder spüren.

15

Rane tastete den Armstumpf ab. Die Wunde war an einer Stellte geplatzt und eiterte. Nur ein wenig, aber Rane hatte schon oft mitangesehen, was aus solchen Wunden wurde. Es würde noch schlimmer werden. Irgendwann würde das Fleisch so weit zurückweichen, dass der Knochen hervorstach.

Vorsichtig wusch er den Arm im Fluss. Die kleine Vertiefung im Flussbett war ruhig und still, doch etwas weiter entfernt floss das Wasser stürmisch und wild.

Im Laufe der Nacht hatten sie das Numedal erreicht und sich am Ufer des Numedalslågen schlafen gelegt, als der Tag anbrach. Der Junge schlief wie ein Murmeltier. Rane war erstaunt, wie gut er die Reise überstanden hatte. Trotz der Handschellen ging er geschickt mit dem Pferd um.

Rane öffnete den Beutel, den er von Åsta bekommen hatte. Darin befanden sich ein Tiegel mit Fett sowie Streifen aus Leinzeug. Der Stoff war so dünn, dass man hindurchblicken konnte.

Åsta hatte ihm gezeigt, wie er vorgehen musste. Er verteilte eine dünne Fettschicht über den Armstumpf. Da, wo die Wunde eiterte, trug er etwas mehr auf. Dann umwickelte er den Stumpf mit dem feinen Stoff, zog vorsichtig das Hemd über und überprüfte, dass alles stramm saß. Der Arm selbst schmerzte nicht, es tat sonderbarerweise nur dort weh, wo die Hand gewesen war. Der Körper hatte die Hand noch nicht vergessen.

Er schöpfte etwas Wasser aus dem Fluss und trank. Dann nahm er noch eine Handvoll und wusch sich das Gesicht. Das tat gut.

Seine Tage waren gezählt. Er spürte es. Schon mehrmals hatte er sich auf den Tod vorbereitet. Zuletzt in Bokn. Er hätte nichts dagegen gehabt, von Erling Skjalgsson erschlagen zu werden. Viele treffliche Dinge wurden von dem Jæren-Häuptling berichtet. Er wäre ein würdiger Vollstrecker gewesen. Aber es war anders gekommen.

Am Flussufer lag eine umgestürzte Fichte. War der Baum von Wind und schwerem Schnee gefällt worden? Es musste in diesem Winter passiert sein, vielleicht auch im Spätherbst des vorangegangenen Jahres. Noch immer wies der Stamm kräftige Farben auf, die Nadeln waren grün und fest. Die Fichte war zwischen zwei anderen hindurchgestürzt und lag auf dem felsigen Uferstreifen. Die Baumkrone ragte ein Stück ins Wasser hinein. Der Baum würde verfaulen und wieder in die Erde sinken, aus der er gekommen war. Im Frühjahr würden neue Triebe an der Stelle hervorsprießen, wo der Baum gestanden hatte. Etwas Neues würde dort wachsen.

Männer, die im Kampf starben, stürzten inmitten ihrer besten Freunde zu Boden. Sie fielen wie gefällte Bäume, umgeben von anderen. So wie die Fichte vor ihm.

Rane erhob sich und streckte den Armstumpf. Der Ellbogen schmerzte, funktionierte aber wenigstens noch. Rane lief am Flussufer entlang zurück zu ihrem Lager. Sie mussten den Fluss überqueren, solange es noch hell war.

Er zog dem Jungen das Fell weg, das er über ihn gelegt hatte. Harald schüttelte sich und streckte die langen Beine. Rane bohrte ihm die Stiefelspitze in den Rücken. Der Junge sprang auf.

Am Hof Skollenborg hatte es immer eine gute Furt gegeben. Der Weg zu den Dörfern in Telemark kreuzte an dieser Stelle den Fluss, aber die Furt war nicht mehr da. Vielleicht war sie von einer Flutwelle fortgespült worden?

Rane ritt am Ufer entlang, bis er eine Stelle fand, wo das Wasser ruhiger floss. Der Fluss war dort zwar breiter, aber auch flacher. Vom Ufer aus wirkte es so, als würden die Pferde den größten Teil der Strecke Boden unter den Hufen haben. Er drehte sich zu dem Jungen um.

»Du zuerst. Ich bleibe dicht hinter dir und führe das Packpferd. Du wartest auf der anderen Seite.«

Der Junge sah zum Fluss. »Wenn du willst, kann ich das Packpferd nehmen.«

»Streck die Hände vor.«

Rane schloss die Handschellen auf. Es war schon schwer genug, so über den Fluss zu kommen. Harald rieb sich die Handgelenke.

»Tu, was ich dir sage. Los jetzt!«

Haralds Pferd gefiel das Vorhaben nicht. Es versuchte umzukehren, aber Harald bohrte die Stiefelspitzen in die Flanken des Tieres und trieb das Pferd weiter.

Auch Rane lenkte sein Pferd ins Wasser. Er hatte das Packpferd am Sattelknauf festgebunden, doch plötzlich sträubte es sich so sehr, dass Rane es hinter sich herzerren musste. Er wickelte sich das Seil um den Armstumpf und zog. Jetzt folgte das Tier, und beide Pferde stapften langsam weiter.

Rane sah, dass Harald auf der anderen Seite des Flusses festen Grund erreicht hatte. Er selbst war so weit gekommen, dass die Pferde jetzt schwimmen mussten. Das Packpferd sträubte sich wieder. Rane zerrte fester an dem Seil. Plötzlich wandte sich das Packpferd um und stürmte so kraftvoll davon, dass Rane das Gleichgewicht verlor. Als sein eigenes Pferd ausbrach, fiel er aus dem Sattel.

Die Strömung trieb sie fort. Rane war halb unter das Pferd geraten, bekam aber den Sattelknauf zu fassen und hielt sich daran fest. Das Pferd war in Panik und schwamm mit dem Strom. Rane versuchte, in den Sattel zu kommen und Kontrolle über das Tier zu gewinnen, konnte aber in dem schnell dahinfließenden Wasser nichts ausrichten. Schnell trieben sie weiter. Das Pferd suchte verzweifelt nach festem Grund, schnaubte und wieherte. Rane konnte nichts anderes tun, als sich festzuhalten. Früher oder später würden sie auf festen Grund treffen.

Doch plötzlich war Harald bei ihm. Der Junge hatte

sein Pferd in den Fluss getrieben und ergriff die Zügel des panischen Tiers. Ranes Blick traf den des Jungen, aber keiner sagte etwas. Er hielt sich nach wie vor am Sattelknauf fest, während der Junge das Pferd zu beruhigen versuchte. Nach einer Weile erreichten sie das Ufer. Rane war erschöpft. Sein gesunder Arm schmerzte. Er atmete schwer und legte sich auf den Boden.

Wie hatte er nur vom Pferd fallen können? Von einem Packpferd aus dem Sattel gerissen! Er, der er sein ganzes Leben lang geritten war. Der Pferde gezähmt hatte. Wilde Pferde. Und dann war er gestürzt, weil eine alte Schindmähre ein bisschen am Seil gezogen hatte!

In seiner Brust brannte es. Alt und kraftlos, das war er.

Der Junge saß immer noch auf dem Pferd. Rane stützte sich auf den gesunden Ellbogen. Noch immer konnte er nicht sprechen. Der Junge führte das Pferd unterdessen wieder ins Wasser. Rane war klar, dass Harald erneut den Fluss überqueren wollte, um das Packpferd zu suchen. Ein Stück flussabwärts erreichte der Junge das andere Ufer. Dann verschwanden Pferd und Reiter im Wald.

Es war viel zu kalt, um auf den Felsen liegen zu bleiben. Ranes Pferd schritt am Fluss entlang und suchte nach einer geschützten Stelle. Rane stöhnte auf vor Schmerz, als er aufstand und dem Tier folgte.

Das Silber, das Åsta ihm mitgegeben hatte, war auf dem Packpferd. Würde der Junge zurückkommen? Rane beschloss, eine Weile zu warten, bevor er ihm nachreiten würde. Wenn Harald glaubte, entkommen zu können, dann hatte er sich getäuscht. Rane dachte daran, was er Åsta versprochen hatte, aber wenn der Junge sich jetzt davonmachte, konnte man ohnehin nichts auf ihn geben. Dann würde er der Mutter niemals Ehre bereiten.

Rane zog das Pferd mit sich und fand etwas entfernt vom Flussufer eine geeignete Stelle, hinter einem Dickicht in einer kleinen Senke. Dort war es geschützter, und wenn er aufrecht stand, konnte er den Fluss noch immer sehen. Rane brach ein paar kleine Zweige ab und entfachte ein Feuer. Es dauerte eine Weile, da das Holz feucht und kalt war. Als es schließlich brannte, richtet er ein Lager her und ging los, um Holz zu suchen. Und ein paar trockene Fichtenzweige, auf die er sich legen könnte. Es würde eine Weile dauern, bis Kleider und Felle getrocknet waren.

Als er zurückkam, hatte die Dunkelheit eingesetzt. Er konnte den Fluss nicht mehr sehen. Er blieb ruhig stehen und lauschte, doch es war nicht leicht, neben dem Rauschen des Flusses etwas anderes auszumachen. Erst, als er die Geräusche von Steinen und Eis hörte, wurde ihm klar, dass Harald zurückkam. Rane trat aus der Senke hervor. Der Junge kam ihm am Ufer entgegen. Er führte beide Pferde mit sich.

Rane ging zurück zum Feuer und legte sich auf die Fichtenzweige. Harald folgte ihm. Der Junge wollte sich am Feuer aufwärmen. Er lächelte, als hätte er eine Heldentat vollbracht. Doch statt ihn zu loben, trug Rane ihm auf, die Pferde abzusatteln.

Harald sah ihn erstaunt an.

»Die Pferde erfrieren, wenn du ihnen nicht Sattel und Ladung abnimmst.«

»Ich hab das Packpferd gefunden und bin gerade erst zurückgekommen.«

Rane sah ihn drohend an.

Harald seufzte und erhob sich. Er sattelte sein Pferd ab und befreite auch das Packpferd von seiner Last. Mit bloßen Händen rieb er Wasser und Eisklumpen aus dem Fell der Tiere.

Rane rief ihm zu: »Du musst sie bewegen.«

»Sie bewegen?«

»Ja, bewegen. Hier gibt es weder einen Kårstein noch einen Stall.«

Der Junge schüttelte den Kopf, dann ging er mit den beiden Pferden zum Flussufer. Es dauerte eine Weile, bis er zurückkam.

Rane legte noch mehr Holz aufs Feuer. Es wärmte gut. Als Harald bei ihm war, sah er ihn an.

»Meins auch. Du musst auch meins bewegen.«

Harald rührte sich nicht.

»Hörst du nicht, was ich sage?«

Der Junge wandte sich um und lief mit dem Pferd am Ufer auf und ab, auf und ab. Rane zählte nicht, wie oft. Er hatte sich selbst schon um das Pferd gekümmert. Es würde die Nacht überstehen.

Schließlich kam der Junge wieder zum Lager.

»Ist dir klar, dass die Decken und die Säcke morgen früh Eisklumpen sind?«, fragte Rane. »Alles muss so dicht wie möglich ans Feuer gelegt werden.«

Der Junge wirkte erschöpft. Rane hob einen kleinen Stein auf und schnellte ihn in seine Richtung. Harald sprang wieder auf und fing an, die Pferdedecken über das Gebüsch am Feuer zu legen. Rane beobachtete ihn. Der Junge machte sich langsam. Und das Wichtigste: Er war zurückgekommen. Vielleicht würde ja doch noch etwas aus ihm werden?

Als Harald fertig war, streckte Rane den Arm aus, um anzudeuten, dass er sich setzen könne. Harald setzte sich so dicht ans Feuer, dass seine Kleider zu dampfen anfingen.

»Jetzt musst du dich um dich selbst kümmern. Zieh die Stiefel aus und halt sie übers Feuer. Die Hose lässt du am Körper trocknen.«

»Ich brauche erst etwas zu essen.«

»Du stopfst doch die ganze Zeit schon Essen in dich hinein. Jetzt zieh die Stiefel aus! Neben einer scharfen Waffe sind gute Stiefel das Wichtigste für einen Mann.«

Harald zog die Stiefel aus und stellte sie ans Feuer. Rane warf dem Jungen eine trockene Decke zu. Er zog sie über die Schultern.

»Da ist ein Brot in dem Beutel am Feuer. Das kannst du nehmen.«

Harald holte den Lederbeutel und wrang ihn aus. Das Brot war vom Flusswasser völlig durchweicht und klebte in Brocken am Leder. Der Junge kratzte es ab und schaufelte es in sich hinein. Als er fertig war, sah er noch genauso hungrig aus wie zuvor. Der missmutige Gesichtsausdruck brachte Rane zum Lachen.

»Du meinst wohl, du solltest gelobt werden, und hättest jetzt ein Anrecht auf ein Festmahl?«

Harald erwiderte Ranes Blick. »Nicht auf ein Festmahl, aber etwas mehr als aufgeweichtes Brot könnte ich schon vertragen. Ich hab dich aus dem Wasser gefischt und das Packpferd gefunden.« Er zögerte einen Augenblick, fuhr aber dann fort: »Ich bin zurückgekommen.«

»Und das hat dein Leben gerettet.«

»Mein Leben gerettet?«

Harald nickte. »Seinen Häuptling nicht zu retten, wird immer mit dem Tod bestraft. Von dieser Regel gibt es keine Ausnahme. Aber du bist vermutlich neugierig zu erfahren, was die Belohnung ist?«

»Ich hätte gern etwas gekochtes Fleisch und vielleicht …«

»Du bist wohl nicht recht bei Verstand! Die Belohnung, die ich dir geben werde, ist mehr wert, als alles gekochte Fleisch in ganz Norwegen.« Rane sah ihn mit gönnerhaftem Grinsen an, als er fortfuhr: »Du brauchst heute Nacht keine Handschellen zu tragen. Die bleiben erst mal in meinem Gepäck.«

Harald lächelte erfreut.

Rane fuhr fort: »Aber bei der kleinsten Unbotmäßigkeit werden sie wieder hervorgeholt. Dass das klar ist.«

Harald nickte.

»Danke. Könnte ich vielleicht außerdem etwas Schinken bekommen?«

»Iss so viel Schinken, wie du willst. Er liegt dort drüben.«

Harald lief um das Feuer herum und holte die Satteltasche. Er zog ein großes Stück Schinken hervor und fing an, darauf herumzukauen.

»Und, bist du jetzt zufrieden? Von den Handschellen befreit und ein Stück Schinken in der Hand?« Rane schüttelte den Kopf. »Du bist nicht besser als ein Sklave. Wenn du ihnen die Fesseln abnimmst und ihnen etwas zu essen gibst, küssen sie dir die Füße, wenn du sie nur darum bittest.«

Der Junge hörte auf zu kauen und sah Rane mit ernster Miene an.

»Wenn du wie ein Sklave denkst, wirst du auch als Sklave enden. Überleg, was du jetzt gewonnen hast, und wie leicht ich es dir wieder wegnehmen kann.«

Der Junge starrte ihn weiterhin an.

»Eine Belohnung, die dir wieder genommen werden kann, ist nur wenig wert. Erstrebenswert ist nur das, was dir keiner wieder fortnehmen kann.«

»Und was ist dann eine Belohnung?«, fragte der Junge mit leiser Stimme.

Rane betrachtete den Gesichtsausdruck des Jungen. »In wenigen Tagen wirst du den Grund und Boden deiner trefflichsten Vorfahren betreten. Das ist eine Belohnung.«

Rane gefiel es sehr, dass der Junge lächelte. Vielleicht begriff er ja trotz allem, dass das Blut, das in ihm floss, ihn weit bringen konnte.

16

Olav saß mit geschlossenen Augen auf seinem Hochsitz. Schon eine ganze Weile saß er so regungslos. Es sah aus, als ob er schlief. Finn dachte, er sollte den König daran erinnern, dass Sonntag war. Aber er tat es nicht. Olav wusste es sicher selbst, auch wenn er sich immer häufiger in sein Inneres zurückzog. Manchmal saß er inmitten seiner Männer, hörte aber nicht, was sie sagten. Finn sah wenig Sinn darin, derart in Gedanken zu versinken.

Besonders nachdenklich wurde Olav immer dann, wenn er seinen Bruder besucht hatte. Halvdan hatte sich bei dem Schweden Peter, einem Gelehrten, eingerichtet. Dieser Peter hatte einst dem Papst in Rom gedient und war nach Holmgard gekommen, um die Menschen zu bekehren.

Fürst Jaroslaw hatte seinen Segen dazu gegeben, obwohl er der Ansicht war, dass der Patriarch in Miklagard über dem Papst stehe. Doch auch Jaroslaw hörte gern zu, wenn Peter vom Mariensohn erzählte und all den Wundern, die er vollbracht hatte. Allerdings wollte er sich nicht von seinen Kebsweibern trennen, wollte sich nicht nur mit einer Frau begnügen, und ebenso wenig war er bereit, die Sitte aufzugeben, dass halbnackte Frauen an seinem Hof für ihn tanzten.

Zu Olav hatte Peter gesagt, dass er weder Priester noch Mönch sei, sondern Missionar. Das Buch, aus dem er vorlas, enthielt Gleichnisse und Erzählungen über die Taten des Mariensohns. Finn hatte weder von Missionaren noch von Gleichnissen je etwas gehört. Auch Halvdan und Olav war es so ergangen, bevor sie nach Holmgard gekommen waren. Jetzt aber saßen sie die ganze Zeit mit Peter zusammen, um ihm zuzuhören.

Finn fing den Blick des Königs auf. Olav war aus seinen Grübeleien erwacht.

»Weißt du, Finn, was Jesus sagte, als die Römer ihn ans Kreuz schlugen?«

»Nein. Hat Peter das erzählt?«

»Er sagte, dass sein Vater im Himmel ihn verlassen habe.« Olav starrte vor sich hin. »Und nun hat Jesus mich verlassen. Ich bin König ohne Land. Das Erbe meines Stammes ist verloren. Knut der Große hat mir das Odalsrecht genommen.«

»Du bist von guten Männern umgeben und hast in Norwegen viele Freunde. Wir werden das Land zurückerobern«, erwiderte Finn.

Olav schien ihn nicht zu hören.

»Peter sagt, das ewige Leben sei mehr wert als jedes Königreich auf Erden.«

Finn war redlich bemüht, den König aufzumuntern. »Du betest jeden Tag, Olav. Spendest der Kirche Silber. Du dienst dem Mariensohn so gut es geht.«

In diesem Moment ging die Tür auf. Bischof Grimkjell und Magnus betraten den Raum. Olav streckte seinem Sohn die Hand entgegen. Magnus folgte dem Bischof und ergriff die Hand des Vaters.

Der Bischof sagte, Olav werde vom Fürsten erwartet. Er wolle ihn sprechen.

Jaroslaw saß am Tisch, als Olav mit seinem Gefolge hereinkam. Die Tafel war so lang wie das Schiff, mit dem sie über die Ostsee gesegelt waren, und die Halle so groß wie die größten Langhäuser in Norwegen. Große Teppiche und prächtige Schilde hingen an den Wänden. In Jaroslaws Halle aßen alle mit silbernen Messern. Da aber Sonntag war, stand nur einfache Bauernkost auf dem Tisch, Rotkohlsuppe und ungesäuertes Roggenbrot, zu trinken gab es Wasser. Die großen Weihrauchschalen, die immer so wohligen Duft verbreiteten, waren kalt. Keines der großen Talglichter war entzündet. An den Wänden hingen nur brennende Fackeln, die einen beißenden Geruch verbreiteten.

Viele der engsten Vertrauten Jaroslaws waren anwesend. Finn kannte einige von ihnen. Die beiden, die dem Fürsten am nächsten standen und seinen Becher füllten, waren mächtiger als andernorts so manche Könige.

Auch einige Frauen standen in der Nähe, darunter Astrid, Olavs Königin. Auch Ingegerd, Astrids Schwester, die mit Jaroslaw verheiratet war, befand sich unter ihnen.

Finn und Grimkjell blieben etwas abseits stehen, während Olav seinen Sohn zu Jaroslaw führte und ihn begrüßte. Am oberen Ende des Tisches wurde Platz für sie geschaffen. Olav und sein Sohn setzten sich.

Jaroslaw schob den Teller von sich weg.

»Ich habe dich kommen lassen, um dir ein prächtiges Geschenk zu machen. Du sollst endlich wieder über ein Land herrschen.«

Jaroslaw war alt genug, um Olavs Vater sein zu können, und Finn dachte, dass er sich gegenüber Olaf auch wie ein Vater verhielt.

»In dem Land, das ich dir geben will, leben überwiegend Heiden«, fuhr der Fürst fort. »Dort kannst du ein großes Werk vollbringen, indem du sie bekehrst.«

Olav schien überhaupt nicht zuzuhören, und Finn fürchtete schon, dass Jaroslaw wütend werden könnte.

»Und welches Land bietest du mir an?«, fragte Olav endlich.

»Es heißt Bulgarien.«

Olav nickte wissend. »Das ist ein großes Land. Ein wertvolleres Geschenk wurde mir nie gemacht. Aber auf mich wartet schon ein anderes Bekehrungswerk, und das befindet sich in meinem Herzen.«

Jaroslaw streckte den Arm über den Tisch. Er konnte Olav nicht erreichen, dafür war der Tisch zu breit, aber die Geste war deutlich.

»Du strafst dich selbst zu hart, Olav. Es war recht von dir hierherzukommen. Hättest du dich gegen den Dänenkönig gewendet, stünde der junge Magnus jetzt ohne Vater da. Geh nach Bulgarien und führe das Land in meinem Namen. Ich gebe dir viele Männer und Waffen mit.«

Olav lächelte. »Weißt du, was Peter, der Missionar, sagt? Er sagt, der Himmel sei das einzig wahre Königreich. Christen müssten darum kämpfen, dort hinzugelangen und am selben Tisch wie der Mariensohn und sein Vater zu sitzen.«

Jaroslaw zog seinen Arm zurück.

»Du dienst dem Mariensohn als König, Olav. Er hat dich dafür bestimmt, genauso, wie er Peter erwählt hat, zu beten und uns von dem zu berichten, was in der Schrift steht.«

»Was auf der Reise hierher geschehen ist, dass Jesus uns vor dem Sturm gerettet hat, das war ein Zeichen. Er hat uns gezeigt, dass wir siegen können, indem wir beten. Dann steht er uns bei.« Olav sah in Astrids Richtung. »Ich werde keine Kebsfrau mehr dulden. Sogar Alvhild, Magnus' Mutter, habe ich fortgeschickt. Auch esse und trinke ich nicht mehr als nötig und halte Bet- und Fastenzeiten ein.«

»Du bist ein guter Christ, Olav. Niemand behauptet etwas anderes.«

»Es hilft uns nicht viel, andere zu bekehren, solange unser eigenes Herz leer ist, sagt Peter. Mir ist klar geworden, dass dies mein Weg ist. Ich will mich selbst bekehren und ein heiliger Mann werden.«

Finn merkte, dass Jaroslaw ungeduldig wurde. Er war es gewohnt, dass Männer taten, was er von ihnen verlangte. Die Geduld, die er Olav stets entgegenbrachte, erstaunte Finn.

Nun aber hob Jaroslaw die Hand, und die Männer, die neben ihm am Tisch gestanden hatten, richteten sich auf. Seine beiden engsten Vertrauten traten zu ihm.

Jaroslaw stand vom Tisch auf und verneigte sich vor den Frauen und vor den Männern und schließlich auch vor Olav und Magnus.

»Der Mariensohn erhört deine Gebete, Olav«, sagte er. »Das weiß ich. Bete für mich und mein Volk.«

Als der Fürst gegangen war, erhoben sich alle vom Tisch.

Finn folgte Olav zu dem Haus, in dem sie seit ihrer Ankunft wohnten. Nachdem die älteren Männer in der Halle am Tisch Platz genommen hatten und die jüngeren, die in Gruppen zusammenstanden, aufgehört hatten, miteinander zu reden, ergriff der König das Wort.

»Ihr seid meine besten Männer und seid mir weit gefolgt. Nun will ich, dass ihr wieder nach Hause fahrt.«

Ein paar Männer setzten an, Olav zu widersprechen, aber der König hob die Hand.

»Zahlt es diesen dänischen Hunden heim«, fuhr er fort. »Ihr sollt eure Höfe zurückerobern und begangenes Unrecht rächen.«

Finn dachte, der König sage dies nur, um sie auf die Probe zu stellen, weil er erwartete, dass keiner seinen König verlassen werde. Doch Olav fügte hinzu, dass sie ihm dorthin, wo er hinginge, nicht folgen könnten. Und sein Blick war dabei in die Ferne gerichtet, als könne er das Ziel seiner Reise bereits erblicken.

»Ich werde zu Peter und Halvdan gehen. Dort bleibe ich so lange, bis ich die ganze Schrift kenne. Danach werde ich nach Jerusalem reisen, um auf dem Hügel Golgatha zu beten, wo der Mariensohn starb.«

Finn sagte, dass die Männer dem König folgen würden, wohin er auch ginge. Wenn Olav nach Jerusalem ginge, würden sie ihm auch dahin folgen.

Olav sah Finn an. »Ich gehe nicht als dein König dorthin, Finn. Ich gehe dorthin als heiliger Mann.«

Finn wusste, dass er seine Worte mit Bedacht wählen musste, doch andererseits hatte er nichts zu verlieren, wenn er jetzt widersprach.

»Hast du vergessen, wer dich einst bei der Taufe segnete«, begann er, »zu Hause auf Hof Stein? Willst du das Königreich aufgeben, das dieser große Mann bis zu seinem Tod in der Seeschlacht von Svold gegen die Dänen verteidigte?«

»Es trifft zu, dass der Olav, dessen Namen ich trage, einst für mich den Schwur leistete, als ich noch zu klein war, um ihn selbst abzulegen. Aber auch dem Bischof von Rouen habe ich etwas geschworen. Als ich die Taufe nahm, habe ich gelobt, als Christ zu leben und der Botschaft Christi zu folgen.«

Der König hatte Magnus mit zu sich nach Hause genommen. Normalerweise lebte sein Sohn am Hof von Jaroslaw. Nun legte er die Arme um den Jungen.

»Ich will meinem Sohn den rechten Weg weisen«, sprach der König.

Finn konnte sich nicht zurückhalten. »Würde Magnus selbst bestimmen können, hielte er das königliche Erbe vermutlich für bedeutender als die Lehre Gottes. Dessen bin ich mir sicher.«

Finn war sich bewusst, dass er den König beleidigt hatte. Doch Olav, der in seinem früheren Leben oft wie ein Berserker gewütet hatte, lächelte nur.

»Das mag sein. Aber ich bin sein Vater und muss für ihn sprechen.«

Finn spürte Zorn in sich aufsteigen. Seine Stimme klang hart: »Du wirst doch wohl nicht plötzlich Angst vor dem Kampf bekommen haben, Olav? Früher gingst du als Erster in die Schlacht. Heute lässt du deine Gegner über Norwegen herrschen.«

»Finn!«

Der König sah ihn mit finsterer Miene an. Auch seine Stimme war nicht mehr so mild wie die eines Priesters.

»Angst vor dem Tod habe ich niemals verspürt, und erst recht nicht jetzt, da ich weiß, dass einen Christen das ewige Leben erwartet. Aber ich habe viel zu büßen. Ich habe gemordet, habe so viel Leid und Verderben über die Menschen gebracht. Selbst wenn ich bis an mein Lebensende bete ...«

Olav drückte Magnus an sich.

»Wenn ich Norwegen zurückerobere, werden viele Getreue fallen, und ich selbst muss erneut töten.«

Der Blick des Königs richtete sich wie zuvor in die Ferne.

»Was ich fürchte, Finn, ist, das Jenseits zu verlieren, wenn ich kämpfe, um das Diesseits zu gewinnen.«

17

Bis zu dem Augenblick, als er das Packpferd schließlich fand, hatte Harald mit dem Gedanken gespielt, vor Rane davonzulaufen. Doch als er die Zügel des geflohenen Pferdes in der Hand hielt, geschah etwas mit ihm. Er wusste nicht, welche Kraft es war, die ihn wieder zu Rane zurücklenkte. Aber so fühlte es sich an: Eine Kraft hatte sich seines Innern bemächtigt. Als ob Rane in seinem Kopf säße. Die Worte, die er hörte, hatten Ranes Stimme. Und er konnte Ranes Gesicht sehen.

Hätte Rane ihn vielleicht einholen können? Der Alte hatte gesagt, dass Harald sein eigenes Leben gerettet habe, indem er zurückgekommen sei. Hätte Rane ihn getötet, oder hatte er damit gemeint, dass Harald getötet werden würde, wenn Rane ihm nicht beibringen könnte, sich selbst zu verteidigen?

Wenn es den alten Krieger nicht gegeben hätte, wäre Harald ohnehin schon tot.

Aber das war es auch nicht. Es war keine Furcht, die ihn zu Rane zurückgetrieben hatte.

Es war etwas anderes. Vielleicht Neugier auf das Leben, dass der Alte geführt hatte? Neugier auf das, was Rane über König Olav erzählen konnte? Über jenen König Harald, dessen Namen er trug, oder über andere verdiente Männer? Neugier auf Ranes Fähigkeit, mit Waffen umzugehen? Wenn er sich diese Fähigkeiten aneignete und von Rane lernte, könnte er selbst einmal ein großer Krieger werden.

Aber auch das war nicht die Antwort, die Harald suchte. Es war etwas, das sein Bruder gesagt hatte, kurz bevor er von Stein fortgeritten war: »Wer allein ist, lebt ein erbärmliches Leben, möge er auch noch so reich sein. Ein Sklave mit Freunden ist stärker als ein König ohne Freunde.«

Das war es. Zum ersten Mal hatte Harald einen Freund, dem er vertrauen konnte. Zugegeben: ein Freund, der sein Großvater hätte sein können. Ein Freund mit nur einer Hand. Ein Freund, der ihn verspottete und wie einen Sklaven behandelte.

Und dennoch ein Freund. So fühlte es sich jedenfalls an.

In der folgenden Nacht überquerten sie einen weiteren Fluss. Sie konnten ihn ungehindert durchreiten, und Rane gab Harald das Packpferd. Dann folgten sie dem Flusslauf. Nach einer Weile führte der Weg über einen Hügel, und dahinter sah Harald ein großes Gewässer. Sie ritten näher, verließen bald den Weg und kamen zum Ufer hinunter. Das Gewässer erstreckte sich weiter als der Steinsfjord oder der Tyrifjord. Es war schmal, aber so lang, dass das Ende nicht zu erkennen war. Dichter Wald zog sich bis zum Ufer hinunter, mächtige Fichten krönten die Hügelkämme. Harald fragte, wie der See heiße, und Rane antwortete: »Norsjø.«

Auf einem Bauernhof am Fluss hatten sie einen Sack

Heu gekauft. Harald streute etwas davon auf den Boden, und die Pferde kamen angelaufen.

Harald stellte die Frage, die ihm schon die ganze Zeit unter den Nägeln brannte: »Sind wir jetzt da, wo meine Vorväter herkommen?«

»Wir sind ganz nahe.«

»Und wohin gehen wir?«

»Am Ende dieses Sees liegt ein großer Hof, auf einer Landzunge. Das ist der Hof des Lehnsmanns in Grenland. Wir gehen zu ihm.«

»Wie heißt er?«

Rane antwortet nicht. Stattdessen sah er Harald streng an. »Zieh deine Sachen aus«, wies er ihn an.

»Was?«

»Zieh deine Sachen aus. Alles.«

Harald verstand nicht. Was wollte Rane jetzt schon wieder von ihm? Der Alte trat drohend einen Schritt näher. Harald fing an, sich auszuziehen. Er streifte alle Kleider ab, bis auf die Hose. Rane blickte ihn zornig an.

»Die Hose auch.«

Widerstrebend zog Harald sie aus.

»Was für ein Knochengerüst du doch bist! So etwas habe ich noch nicht gesehen.«

Rane nahm ein Bündel vom Packpferd und warf es Harald vor die Füße. Es war Kleidung, jedoch solche, die von Sklaven getragen wurde. Die Sachen rochen streng. Er blickte Rane an.

»Wieso?«

»Begreifst du nicht?«

Harald schüttelte den Kopf.

»Ich hab dir doch von dem trefflichen Geschlecht erzählt, von dem du abstammst. Und welcher Mann aus diesem Geschlecht ist der edelste und weilt noch unter den Lebenden?«

»Olav?«

»Ja, und du bist sein Bruder. Nur Magnus steht in der Thronfolge vor dir und deinen Brüdern.«

Daran hatte Harald nicht gedacht.

Während er die Sklavenkleidung anzog, suchte Rane nach etwas in seinem Gepäck.

»Jetzt die Hände.«

Harald streckte die Hände aus, und Rane legte ihm die Eisenschellen an.

»Ein Krieger führt das gleiche Leben wie ein Sklave«, sagte er. »Du tust, was dir gesagt wird, ohne Fragen zu stellen. Du musst schlaflose Nächte ertragen und tagelang ohne Essen auskommen. Du musst all deine Kräfte aufbringen und dich gleichwohl auf den Beinen halten. Es wird dir eine Lehre sein, wenn du eine Weile wie ein Sklave lebst. Dann weißt du nämlich, wie es deinen Männern ergeht, wenn du eines Tages ihr Hauptmann wirst.«

Harald fasste Mut und erwiderte: »Olav sagt, dass Klugheit die wichtigste Waffe ist und dass ein Sklave mit Freunden stärker ist als ein König ohne Freunde.«

Rane lächelte.

»Und wer, glaubst du wohl, hat ihm das beigebracht?«

Harald zuckte zusammen, als Rane den Dolch hervorzog.

»Dreh dich um.«

»Was hast du vor?«

»Dreh dich um, hab ich gesagt! Sklaven haben keine langen Haare.«

Harald drehte sich um. Im selben Moment packte Rane seine Haare. Der Alte schnitt sie in großen Büscheln ab. Es zwickte.

»Steh still! Ich will nicht den ganzen Tag damit vergeuden, meinem Burschen die Haare zu schneiden.«

Harald dachte, dass er jetzt wohl wie einer der Sklaven auf Hof Stein aussah.

Rane lachte auf. »Nicht mal Åsta würde dich jetzt wiedererkennen. Und das ist gut so.«

Als der Alte fertig war, drehte er Harald herum und musterte ihn lange. Harald hatte den Eindruck, dass Rane angefangen hatte, ihn zu mögen. Aber dann wurde der Alte wieder ganz er selbst.

»Ich werde Bjørn erst gar nicht sagen, wer du bist«, knurrte er. »Nicht ehe ich weiß, wem ich vertrauen kann. Du hältst deinen Mund. Wenn du nicht tust, was ich dir sage, gibt's ein paar heftige Ohrfeigen.«

Der Alte verstaute den Dolch und stieg aufs Pferd. Im nächsten Moment ritt er los. Er war schon ein Stück geritten, als er sich zu Harald umdrehte.

»Nun klettre schon auf den Gaul, dann kriegst du auch deine Belohnung.«

Es dauerte nicht lange, bis sie den großen Hof erreichten. Auf dem Hofplatz waren viele Menschen bei der

Arbeit. Rane stieg ab und trug einem der Männer auf, Bjørn holen zu lassen. Kurze Zeit später trat ein kräftiger Kerl aus dem Langhaus. Harald dachte, dass er Olav ähnlich sehe, aber er war noch viel dicker, und sein Bart reichte ihm bis zum Gürtel. Lächelnd hob er die Hände, als er Rane entdeckte.

»Erling hat dir also doch nicht das Leben genommen.«

»Nein, es blieb bei der Hand«, erwiderte Rane.

Der kräftige Mann trat zu Rane und legte ihm eine Hand auf die Schulter.

»Du wirst ewig leben, Rane. Du und der Mariensohn seid die Einzigen, die ewig leben. Davon bin ich überzeugt.«

Der Mann, den Rane Bjørn genannt hatte, lächelte und wandte sich Harald zu.

»Dein Bursche?«

»Ja, da mein alter Bursche auf die Idee gekommen ist, König zu werden, musste ich mir einen neuen suchen.«

Beide Männer lachten. Bjørn musterte Harald.

»Er ähnelt ihm sogar ein bisschen«, sagte er. Er strich sich über den Wanst. »Olav und ich waren dünn wie Strohhalme, als wir das erste Mal von hier aufbrachen.«

Wieder gab Bjørn ein dröhnendes Lachen von sich. Dann wandte er sich an einen der Männer, die neben ihm standen.

»Gunnar! Du hilfst dem Burschen, Platz für die Pferde zu schaffen.«

Dann traten Bjørn und Rane auf das Langhaus zu. Harald fragte sich, ob er mit Bjørn verwandt war. Rane hatte gesagt, seine Vorväter hätten hier gelebt. Die Trefflichsten von allen. Und Bjørn war Häuptling und Truchsess.

»Sklave!«

Harald brauchte einen Moment, bis er begriff, dass er gemeint war. Er wandte sich dem Mann zu, den Bjørn Gunnar genannt hatte.

»Ja, ich rede mit dir. Du bist anscheinend ein widerspenstiger Köter, anderenfalls hätte dich dein Herr wohl nicht gefesselt. Mach mir bloß keinen Ärger, sonst gibt es Prügel.«

Einer der anderen Männer, die in der Nähe standen, fragte, ob sie ihn nicht gleich verprügeln könnten.

Der Mann, der Gunnar genannt wurde, schüttelte den Kopf.

»Nein, Bjørn mag es nicht, wenn ich die Sklaven zu oft schlage. Wir warten ab, bis der Köter zu bellen anfängt, dann nehmen wir ihn uns vor. Dagegen hat Bjørn nämlich nichts einzuwenden. Aufsässige Sklaven werden gezüchtigt.«

Gunnar packte Haralds Wange und drückte fest zu. Harald fasste nach der Hand und zog sie weg.

»Das machst du besser nicht«, knurrte er.

»Ach, nein? Und wieso nicht?«

»Damit kommst du nicht ungestraft davon … ich stamme aus einer Sippe, die über mich wacht.«

»Oho, und wer soll das sein?«

Harald spürte, wie sich ihm die Kehle zusammenschnürte. Er hatte Rane versprochen, den Mund zu halten. Sie waren Verbündete. Er und Rane.

Harald zuckte mit den Schultern. »Einerlei. Ihr kennt sie nicht.«

Gunnar musterte ihn. »Wenn ich dich so ansehe, sehe ich bloß einen Sklaven«, sagte er höhnisch. »Und meine Nase sagt mir, dass du auch wie ein Sklave riechst. Und wenn ich dir eine Ohrfeige verpasse, dann schreist du bestimmt auch wie ein Sklave. Und einer, der aussieht wie ein Sklave, riecht wie ein Sklave und schreit wie ein Sklave, was wird der wohl sein?«

Die Umstehenden lachten. Harald richtete den Blick auf die Menschen auf dem Hofplatz. Zwischen all den Männern und Weibern befand sich ein Mädchen. Etwas älter als er, ungefähr in Ingerids Alter. Sie lachte nicht, sondern sah ihn mit ernster Miene an.

Gunnar kam jetzt näher, und Harald fürchtete schon, er wollte ihn schlagen. Instinktiv hielt er seine gefesselten Hände vor sich, um sich zu schützen. Doch der Mann schlug ihn nicht. Er machte Harald Zeichen, ihm zu folgen. Gemeinsam holten sie die Pferde und versorgten sie. Dann gingen die beiden zum Schweinestall.

»Hier schläfst du«, sagte Gunnar.

Harald sah ihn ungläubig an. »Im Stall?«

»Du stinkst. Die Pferde mögen den Geruch von Schweinedreck nicht.«

Einer der Männer, die Gunnar gefolgt waren, lachte laut. Vermutlich war der Mann selbst ein Sklave.

Harald lag lange wach. Er dachte an etwas, das der Alte erzählt hatte. Olav hatte beim Angriff auf die größte Burg Englands teilgenommen. Sie hieß London, lag an einem Fluss namens Themse, und der einzige Weg dorthin führte über eine befestigte Brücke. Die Burg gehörte König Adalråd, aber er war aus ihr verjagt worden. Der König verlangte seine Burg zurück und versprach denjenigen, die sie für ihn einnehmen könnten, viel Silber. Seine eigenen Männer hatten versucht, über die Brücke zu kommen und in die Burg einzudringen. Allerdings war das niemandem geglückt, da die Burg von dänischen Wikingern gehalten wurde, die gute Waffen besaßen und sich zu wehren verstanden.

Da hatte Olav vorgeschlagen, dass man ein paar Schiffe nehmen und sie unter die Brücke rudern sollte. Dort könnten sie dicke Taue an den Brückenpfeilern befestigen und die ganze Brücke in den Fluss hinabreißen. Sein Rat wurde befolgt, aber die Dänen warfen große Steine auf die Schiffe hinunter, und Olavs Männer zogen sich wieder zurück.

Nur Olav blieb. Er fuhr mit seinem Schiff unter die Brücke. Rane selbst war ebenfalls an Bord gewesen. Dann hatten sie dicke Taue aus Walrosshaut um die Pfeiler gewickelt, hatten sie schlieren lassen und waren dann aus allen Kräften stromabwärts gerudert.

Als sie ein gutes Stück außer Reichweite der dänischen Steine gekommen waren, spannten sich die Taue, das Schiff hatte Fahrt aufgenommen, und die Brückenpfeiler wurden aus ihren Verankerungen gerissen. Die

Dänen stürzten in den Fluss und wurden von ihren eigenen Steinen erschlagen.

Am folgenden Tag wurde die Burg eingenommen, König Adalråd hielt sein Versprechen und belohnte sie mit reichlich Silber.

Rane hatte gesagt, an diesem Tag sei ihm klar geworden, dass Olav genauso gut zum König taugte wie sein Vater, Harald Grenske. An jenem Tag, so hatte Rane hinzugefügt, habe er den Burschen Olav als seinen König anerkannt.

Eines Tages würde auch Harald eine große Tat vollbringen, die Rane dazu bringen würde, ihm zu gehorchen. Eine große Tat, von der die Menschen noch lange erzählen würden.

Eine Weile dachte Harald darüber nach, welch große Tat dies sein könnte, aber das Letzte, woran er vor dem Einschlafen dachte, war das Mädchen, das er auf dem Hofplatz gesehen hatte. Wer war sie?

18

Der ganze Hof war voller Reiter, und noch weitere waren auf dem Weg, wie Åsta erkennen konnte. Sie entdeckte auch ihren Schwiegersohn und dessen Vater. Im Zentrum der Gruppe stand ein Mann in bunten Kleidern. Neben ihm wurde ein Banner hochgehalten. Ein schwarzer Falke auf rotem Grund.

Aber nicht der Mann in den bunten Kleidern führte das Wort. Es war ein anderer Mann, der einen langen roten Bart hatte. Åsta dachte, dass er trotz des Bartes noch recht jung sein musste.

»Das ist also der Hof, auf dem Olav aufgewachsen ist.« Der Mann sprach mit lauter Stimme. »Wir wollen mit dem Bauern reden.«

Åsta blickte sich um. Guttorm war nicht zu sehen.

»Ich lasse nach meinem Sohn schicken. Wer begehrt ihn zu sprechen?«

Der junge Mann sah Åsta mit einem abschätzigen Grinsen an.

»Ich bin Lodin Erlingsson, Sohn von Erling Skjalgsson. Wir reiten mit Ritter Edmund, um die Feinde Knuts des Großen zu bekämpfen.«

Åsta bemühte sich, ruhig zu bleiben. Wenn die Fremden den Hof anzünden und alle töten wollten, hätten sie es wohl schon getan.

Viele waren von den Pferden gestiegen, darunter der Mann, der Ritter Edmund genannt wurde. Er sagte etwas, das Åsta nicht verstand.

»Er fragt, ob du Olavs Mutter bist«, sagte der junge Mann mit dem roten Bart.

»Das bin ich. Aber Olav ist nicht hier.«

»Das wissen wir. Und das ist ein Jammer, denn ich soll ihn töten, sobald ich ihm begegne.«

Åsta schlug die Augen nieder, weil sie seinen stechenden Blick nicht aushielt.

Jetzt sprach wieder Edmund.

Der Rotbärtige nickte und übersetzte: »Er bittet mich, dir zu sagen, dass du weder um den Hof noch um dein Leben fürchten sollst.«

Er blickte sich auf dem Hofplatz um. »Doch Ritter Edmund weiß, dass Olav meinen Vater töten ließ, ohne dass dieser sich verteidigen konnte.«

Dann wandte er sich an Ragnar.

»Du hast gesagt, Olav habe einen Bruder, der auf diesem Hof lebt?«

»Das stimmt. Aber ich kann ihn nicht entdecken.«

Åsta lief es kalt über den Rücken. Sie sah Ragnar mit ernster Miene an. »Hast du deinen Friedensschwur etwa vergessen?«

Ragnar gab keine Antwort, und Lodin Erlingsson fuhr fort: »Holt Olavs Bruder her. Ich verlange Rache.«

Åsta richtete den Blick auf Ragnars Vater.

»Sigvald! Das kannst du doch nicht zulasen.«

Doch auch der Bønsnes-Häuptling saß auf seinem Pferd und schwieg.

Åsta sah wieder zu dem Rotbärtigen. »Ich bin eine alte Frau und habe nur noch den einen Sohn. Guttorm betreibt den Hof. Er ähnelt seinem Vater und fühlt sich mit Rechen und Mistgabel wohler als mit Axt und Schwert.«

»Das ist bedauerlich zu hören«, erwiderte Lodin Erlingsson. »Ich und meine Brüder hatten gehofft, dieser Guttorm wäre ein würdiger Krieger, sodass sein Tod sich auch ein wenig lohnt.«

Åsta warf Sigvald einen flehenden Blick zu. »Sigvald! Du weißt, dass ich zu alt bin, um den Hof zu führen. Nehmt mir nicht Guttorm!«

Sigvald sah sie an, aber sein Blick verriet kein Mitleid.

»Ich will dir sagen, wie du den Hof weiterführen kannst, Åsta«, sagte er. »Lass Ragnar es tun. Übergib die Schlüssel deiner Tochter. Es ist an der Zeit.«

Åsta ging näher zu ihm, sie konnte nicht glauben, dass er so kaltherzig war. Tatsächlich beugte Sigvald sich jetzt zu ihr herunter.

»Ich weiß auch nicht, ob ich die Söhne Erlings aufhalten kann«, sagte er leise. »Denn was Lodin sagt, ist richtig. Sie haben das Recht auf Rache.«

»Das Recht auf Blutrache wurde abgeschafft, als wir den Mariensohn als unseren neuen Gott anerkannten«, sagte Åsta aufgebracht.

Lodin Erlingsson hatte die letzten Wort mit angehört. Er riss Åsta von Sigvald fort.

»Halt deinen Mund, Weib!«, fuhr er sie an. »Jesus Christus ist der größte aller Rächer. Er fordert Blut für gute, christliche Männer wie meinen Vater!«

Åsta löste sich aus seinem Griff, und der Rotbärtige beruhigte sich wieder.

»Hol jetzt deinen Sohn«, sagte er. »Er hat sich sicher in der Mistgrube versteckt und scheißt sich die Hosen voll.«

Åsta verlor allen Mut. Sie hoffte, dass Guttorm die Männer gesehen hätte und geflohen wäre. Diese Feigheit würde sie ihm verzeihen. Doch als sie Pferdegetrappel hörte, wurde ihr klar, dass Guttorm gerade mit ein paar Männern zum Hof zurückgeritten kam. Sie hatten Heu aus einer Scheune in Norderhov geholt.

Nie zuvor hatte er sie so sehr an Olav erinnert. Zwölf Winter lagen zwischen den Söhnen, und nun sah Guttorm aus, wie Olav ausgesehen hatte, als er als König nach Norwegen zurückgekehrt war. Guttorm stieg vom Pferd und sah die Mutter an.

Lodin Erlingsson trat einen Schritt auf Guttorm zu und musterte ihn.

»Du ähnelst deinem Bruder, und jetzt musst du für ihn sterben.«

Åsta wandte sich an Lodin Erlingsson. »Du kannst alles nehmen, mein ganzes Hab und Gut. Deinem Vater wird dieses Sühnegeld mehr Nutzen bringen als ein Leben.«

Lodin hörte nicht auf sie. Er sah Guttorm an.

»Hol dein Schwert«, sagte Lodin. »Wenn du keins besitzt, kannst du das Schwert meines Bruders Aslak nehmen. Es ist so gut wie mein eigenes.«

Åsta war erleichtert, als sie Guttorms feste Stimme vernahm.

»Sigurd, mein Vater, war kein Mann der Waffen, und das bin auch ich nicht. Auch schäme ich mich dessen nicht, denn ein Land zu bebauen verdient größere Ehre, als es niederzubrennen. Aber mein Vater gab mir ein Schwert. Es ist Teil meines Erbes.«

»Dann hol es.«

Guttorm machte Anstalten, zu gehen. Åsta wollte etwas sagen, wollte ihn aufhalten. Doch Guttorm hob nur die Hand.

»Ich hole das Schwert«, sagte er. »Denn mein Vater hat auch gesagt, ein Mann soll nicht nur ehrenvoll leben. Er soll auch ehrenvoll sterben.«

Er sah Lodin Erlingsson an.

»Ich habe viel zu büßen. Wenn ich also sterben soll, will ich erst beten«, sagte er leise.

Lodin Erlingsson lachte. »Mein Vater wurde hinterrücks erschlagen. Hol jetzt dein Schwert. Und wenn du das nicht willst, erschlage ich dich gleich hier auf der Stelle.«

Guttorm nickte und trat auf das Langhaus zu. Das Schwert seines Vaters lag dort in einer Kiste. Åsta wollte zur Kirche hinaufgehen, aber Lodin Erlingsson hielt sie zurück.

»Du wirst hierbleiben und deinen Sohn sterben sehen.«

Dann wandte er sich an seine Männer. »Setzt die Kirche in Brand.«

Åsta fiel auf die Knie. Sie faltete die Hände und bat den Mariensohn, er möge der Seele ihres Sohnes gnädig sein. Dann hörte sie das erste Knistern der Flammen und hob den Kopf. Åsta schlug das Kreuzzeichen und sah die Männer an, die im Halbkreis um sie standen. Dort war Ragnar, und auch sein Vater Sigvald. Keiner von ihnen erwiderte ihren Blick.

Lodin Erlingsson hatte sein Schwert gezogen. Er sah zum Langhaus. Åsta wandte sich um.

Guttorm trat mit dem Schwert und dem Schild seines Vaters auf den Hofplatz. Doch er sah Lodin nicht an. Guttorm blickte zu der brennenden Kirche.

19

Der Schnee war geschmolzen. Seit fast zwei Monaten war Harald jetzt in Digernes.

Wenn das Wetter milde war, wurden die Schweine auf die Wiese unterhalb der Scheune hinausgelassen, wo sie im Boden nach Nahrung suchten. So auch heute. Harald verstand nicht, was sie in der durchweichten Erde finden konnten, aber die Tiere durchpflügten den Boden mit ihren Schnauzen und grunzten zufrieden. Die Hofhunde lagen etwas weiter entfernt im Gras und beobachteten mit wachen Augen, was die Schweine aus der Erde holten. Als eine kräftige Sau aus der Schar ausbrach, waren die Hunde schnell auf den Beinen, aber Harald kam ihnen zuvor und trieb die Sau zurück zu den anderen Schweinen.

Er setzte sich auf einen Baumstumpf und blickte über die Landzunge auf den schmalen, länglichen See, dessen Ende er immer noch nicht gesehen hatte. Es roch nach Mist, den die Bauern auf die Äcker gekarrt hatten, als der Boden noch mit Schnee bedeckt gewesen war. Auch zu Hause wurden jetzt wohl die Felder bestellt.

Harald hob die gefesselten Hände und rieb sich die wunden Gelenke. Rane hatte keine Anstalten gemacht, ihm die Handschellen wieder abzunehmen, und er hatte auch nicht danach gefragt.

Während er seine Handgelenke massierte, sah er, dass jemand über das Feld lief. Es war das Mädchen, das er am Tag seiner Ankunft gesehen hatte. Er fragte sich, ob sie näherkommen würde. Sollte er ihr etwas zurufen? Schon einige Male waren sie sich auf dem Hof begegnet, doch da das Mädchen nie allein war, hatte er sich nicht getraut, sie anzusprechen.

Harald erhob sich. Sie war zu weit entfernt, um ihn zu bemerken. Das Mädchen lief auf die andere Seite der Scheune zu. Würde er die Schweine dort hinübertreiben können?

Er wagte einen Versuch. Er nahm seine Birkengerte und scheuchte die Schweine aus der Suhle. Sie rannten los, und Harald gab mit der Rute die Richtung vor. Jetzt war das Mädchen ganz in der Nähe. Sie trug keine Kopfbedeckung, ihr blondes Haar glänzte im Sonnenlicht.

Harald lächelte und grüßte sie. Sie verlangsamte ihre Schritte und drehte sich zu ihm.

»Wohin gehst du?«, fragte er.

Sie erwiderte seinen Blick, blieb aber nicht stehen.

»Ich wollte … ich war im Bootshaus.«

Das Mädchen lief weiter zum Hof hinauf.

»Ich heiße Harald.«

Jetzt blieb sie stehen.

»Baura.«

»Was für ein sonderbarer Name.«

»Meine Mutter kommt von den Färöern.«

»Lebt sie hier auf dem Hof?«

»Nein, ich hab sie nicht mehr gesehen, seit ich noch ganz klein war.«

Harald trat einen Schritt näher. Das Mädchen wich nicht zurück.

»Du siehst nicht aus wie ein Sklave«, sagte sie. »Deine Zähne und dein Haar …«

Harald fuhr sich über den Kopf. Sein Haar war ein gutes Stück nachgewachsen, seit Rane es abgeschnitten hatte.

»Du auch nicht. Du hast langes Haar.«

Baura antwortete nicht darauf, fragte stattdessen aber, wieso er mit Handschellen herumlaufen müsse.

Sie war etwas kleiner und schlanker als Ingerid, ihr Haar war so hellblond, dass es fast weiß wirkte, und dennoch ähnelte sie seiner Schwester. Da war auch noch etwas anderes, ein Gefühl, als kannte er sie schon lange. Aber das sagte er nicht. Und nichts darüber, wer er war. Schließlich fiel ihm eine passende Antwort auf ihre Frage ein: »Rane hat mir die Handschellen angelegt, nachdem ich einmal getürmt bin.«

»Du bist weggelaufen?«

Sie schaute ihn an. Glaubte sie ihm nicht?

»Aber ich bin zurückgekommen.«

Sie sagte, dass Bjørn niemandem Handschellen anlege, dass Gunnar die Sklaven nicht grundlos schlagen dürfe, und dass Bjørn ein guter Mensch sei.

Sie zögerte ein wenig bei der letzten Bemerkung, sodass er fragte: »Aber?«

»Nicht alle sind gut. Du musst aufpassen. Am besten ist es, wenn du gehorsam bist und tust, was man dir sagt. Dann schlägt dich auch niemand.«

Harald wollte gerade etwas erwidern, als die Hunde

anfingen, zu kläffen. Die Sau war ihnen zu nahe gekommen, und jetzt gingen die Hunde auf sie los.

Mit der Gerte in der Hand stürzte Harald auf die Tiere zu.

»Verzieht euch, ihr dummen Köter!«

Einer der Hunde hatte nach dem Ohr der Sau geschnappt. Die Sau biss ihn in die Vorderpfote. Winselnd hinkte er davon. Harald sah, dass er blutete.

Einer der anderen Hunde setzte zum Angriff auf die Sau an. Harald zog ihm die Gerte über den Rücken. Der Hund heulte auf und wich zurück. Ein paar der Hunde fletschten die Zähne und knurrten ihn an, aber die Birkengerte hielt sie auf Abstand.

Harald versetzte der eigensinnigen Sau einen Klaps und führte sie zurück zu den anderen Schweinen. Baura hatte sie bereits zusammengetrieben. Harald bedankte sich.

»Weißt du, wer deine Mutter ist?«, fragte sie.

Harald zögerte.

»Ja.«

»Und deine Sippe? Deine Geschwister?«

Harald schob seinen Kittel hoch und zog den Dolch, den er von Olav bekommen hatte, aus der Scheide. Rane hatte ihm die Waffe gelassen. Von Anfang an hatte er ihm befohlen, Dolch und Schildbuckel zu tragen.

»Den hab ich von meinem Bruder bekommen.«

Neugierig betrachtete Baura den Dolch. Ein feiner goldener Draht schlängelte sich um den Schaft. Er sollte eine Schlange darstellen. Rane hatte gesagt, das sei die Midgardschlange, die Schwester des Fenriswolfs.

Harald erzählte Baura, was der Alte gesagt hatte. Dass die Midgardschlange die mächtigste aller bösen Gottheiten sei, aber von Thor getötet werden würde, wenn die Welt in der Götterdämmerung unterginge.

Baura hörte zu und schaute ihn verwundert an, dann fuhr sie mit der Fingerspitze über den Schaft.

»Gold. Du hast einen mit Gold verzierten Dolch«, sagte sie. »Dein Bruder muss reich sein.«

Harald gab keine Antwort.

»Vermisst du ihn?«, fragte sie.

In diesem Augenblick wurde Harald klar, dass er Olav tatsächlich vermisste. Er nickte. Ein kleiner Windstoß blies Baura eine Locke ins Gesicht, und sie strich sie sich hinters Ohr.

»Vielleicht kauft er dich frei? Bjørn sagt, dass alle Sklaven in die Freiheit entlassen werden können, wenn sie sich gut benehmen.«

Harald fragte sich, wie es wohl wäre, wenn er und Rane Olav wiederträfen. Würde Rane sagen, er hätte sich als Bursche bewährt? So wie Olav einst?«

Baura warf einen Blick über seine Schulter. Es kam jemand. Es war Gunnar.

»Lässt du die Hunde unsere Schweine fressen?«, rief er schon von Weitem.

Harald steckte den Dolch weg.

Baura wandte den Blick ab.

»Du siehst doch, dass die Sau allein zurechtkommt«, erwiderte Harald.

»Allein zurechtkommt?«

Jetzt war Gunnar bei den Tieren. »Die Hunde haben ihr das halbe Ohr abgebissen«, sagte er wütend.

»Sie wird schon nicht daran sterben.«

Der Hofverwalter hob drohend die Hand.

»Hast du noch Widerworte? Na warte, Bürschchen.«

Er wandte sich an Baura.

»Du gehst nach oben in den Stall und wartest da auf mich. Los, beeil dich.«

Baura lief den Hügel hinauf.

Gunnar funkelte Harald hasserfüllt an. Harald hielt seinem Blick stand.

»Hab ich dich da eben mit einem Messer rumfuchteln sehen?«, fragte Gunnar streng. »Lass sehen!«

Gunnar trat dicht an ihn heran. Harald holte die Waffe hervor und gab sie Gunnar. Der wog sie in der Hand und betrachtete sie eingehend.

»Ein Dolch. Und guter Stahl. Woher hast du den?«

»Geschenkt bekommen.«

Gunnar lachte. »Weißt du, was wir mit Dieben machen?«

Gunnar musterte ihn mit feinem Lächeln, bevor er fortfuhr: »Wir schlagen ihnen die Hände ab. Vielleicht ist ja Rane auch ein Dieb? Der berühmte Wikinger und sein Bursche sind anscheinend beide Diebe.«

Harald sah Gunnar unverwandt an. »Du kannst Rane ja fragen, ob er ein Dieb ist.«

»Maul halten!«

Gunnar betrachtete wieder den Dolch.

»Was kratzt es mich, wem du den gestohlen hast. Jedenfalls entscheide ich hier, welcher Sklave mit einem Messer herumläuft.«

»Nimm mir ja nicht den Dolch weg!«

»Und wer soll mich davon abhalten?«

Gunnar hielt ihm die Waffe vors Gesicht.

»Du hast mich angegriffen. Ich hatte keine Ahnung, dass du unter deinem Kittel einen Dolch versteckt hattest. Am Ende musste ich dich leider umbringen.«

Der Stahl blitzte. Gunnar stand so dicht vor ihm, dass Harald seinen stinkenden Atem riechen konnte.

»Nimm den Gürtel ab und gib mir die Scheide!«

Harald tat, was ihm befohlen wurde.

Gunnar grinste. »Hast du da einen Schildbuckel am Gürtel?«

Gunnar nahm die Scheide an sich und gab Harald den Gürtel mit dem Schildbuckel zurück. Noch immer hielt er den Dolch vor sich.

»Schaff die Schweine zurück in den Koben und sei froh, dass ich keine Zeit habe, um dich zu verprügeln.«

Gunnar ging zum Stall. Im Gehen befestigte er den Dolch an seinem Gürtel. Harald sah ihm nach. Der Tag würde kommen, an dem er sich den Dolch zurückholen würde. Und wenn er dafür töten müsste.

Harald schaufelte gerade Mist aus dem Schweinekoben, als er Reiter kommen hörte. Er trat auf den Hofplatz hinaus. Es war die größte Kriegerschar, die er je gesehen hatte. Größer als Olavs Truppe, als der Bruder von Stein fortgeritten war.

Die Reiter saßen noch auf den Pferden, als Bjørn aus dem Langhaus trat. Auch Gunnar, der Hofverwalter, und ein paar andere Männer kamen herbei. Rane war nirgendwo zu sehen. Bjørn wurde von vielen Menschen umringt. Die Sonne schien Harald ins Gesicht. Er kniff die Augen zusammen und erkannte jetzt ein Banner. Ein schwarzer Falke auf rotem Grund.

20

Rane kannte das Banner. Er kannte es aus der Zeit, da er König Knut in England gedient hatte. Der schwarze Falke war das Wappentier des Jarls von Northumbria, einer der engsten Vertrauten Knuts. Rane wusste genau, weshalb die Männer nach Digernes gekommen waren: König Knut wollte Bjørn und seine Männer den Treueeid schwören lassen. Jetzt stiegen allen von den Pferden, und Bjørn trat auf den Hofplatz hinaus, um sie willkommen zu heißen. Was sonst sollte er tun?

Der Mann, der die Reiterschar anführte, schien Engländer zu sein. Rane schloss es von dem Pferd des Mannes. Die Engländer hatten größere Pferde als alle anderen und führten sie auch auf allen ihren Seereisen mit sich. Der Mann, der direkt neben dem Anführer stand, war ebenfalls nicht zu übersehen. Sein Vater, Erling Skjalgsson, hatte einen ebenso roten Bart getragen. Rane kannte den eigenartigen Dialekt des Anführers, eine Mischung aus englischer und dänischer Sprache. Rane hatte schon gegen diese Leute gekämpft. Der Anführer wandte sich unterdessen an Bjørn und richtete Grüße von König Knut und dem Jarl von Northumbria aus. Bjørn nickte. Der Anführer sagte, er sei Ritter Edmund.

»Der König will, dass du diesen Teil Norwegens für

ihn regierst, wie du und deine Sippe es für seine Vorgänger getan habt«, fuhr der Ritter fort. »Willst du ihm diesen Dienst erweisen, sollst du reichlich mit Silber belohnt werden.«

»Dass ich über die Küste hier im Süden und das meiste des Landesinneren herrsche, ist nichts, worüber Knut sich Sorgen machen muss. Es wird so sein, wie es immer gewesen ist. Aber meine Treue habe ich einem anderen König geschworen.«

Der Sohn Erlings ergriff das Wort. »Es gibt auch eine andere Möglichkeit«, sagte er drohend. »Du kannst dich weigern, den Eid abzulegen, aber dann schlagen wir dir den Kopf ab, und zwar sofort. Soweit ich weiß, hast du dabei zugesehen, wie mein Vater erschlagen wurde.«

Bjørn musterte den jungen Mann. »Ich kann meine Waffe gern holen. Dann werden wir ja sehen, welcher Kopf übrig bleibt, wenn wir fertig sind«, sagte er.

Lodin Erlingsson sah ihn ruhig an. »Hol nur dein Schwert, dann erschlage ich dich, wie ich Olavs Bruder Guttorm erschlagen habe.« Er hob das Schwert und rief so laut, dass alle es hören konnten: »Mit diesem Schwert habe ich Guttorm auf Hof Stein getötet. Aber erst, wenn es das Blut Olavs und aller seiner Brüder gekostet hat, wird mein Vater gerächt sein.«

Ritter Edmund hob die Hand, um das Wort an Bjørn zu richten. Er sprach langsam, um sich verständlich zu machen: »Wie du siehst, Bjørn von Grenland, könnten wir dir hier und jetzt den Kopf abschlagen. Aber wir möchten dich lieber als Freund in unseren Reihen wissen.« Der englische Ritter legte seine Hand auf die Schulter des Rotbarts. »Lodin Erlingsson will seinen Vater rächen. Das verstehen wir. Aber nicht er ist es, der über dein Schicksal entscheidet, Bjørn. Ich tue das, auf Befehl König Knuts. Und Knut meint, wenn wir dich töten, würde dies hier im Süden genauso schlecht aufgenommen werden, wie die Ermordung Erling Skjalgssons die Menschen im Westen noch immer in Aufuhr versetzt.« Ritter Edmund hielt inne und deutete eine Verbeugung vor Bjørn an. »Du selbst hast mit Knut gekämpft, und er schätzt dich sehr. Du tätest gut daran einzuwilligen, wenn er dir seine Freundschaft aufs Neue anbietet. Und du behältst die Hälfte aller Steuern, die du für den König eintreibst.«

Bjørn nickte bedächtig. »So ist es immer gewesen. Auch Olav gewährte mir die Hälfte.«

Rane dachte, dass Bjørn sich von dem Engländer schon hatte kaufen lassen. Er selbst hatte nicht übel Lust, seinen Speer in den englischen Ritter zu bohren. Dann könnte Lodin Erlingsson die Leiche nach England zurückbringen – ein Gruß von Rane Kongsfostre an König Knut.

Knut selbst hatte Olav aufgefordert, Norwegen einzunehmen. Auf seinen Befehl und in seinem Namen sollte Olav das Land regieren. Rane war Zeuge gewesen. Doch jetzt riss Knut wieder an sich, was er einst gegeben hatte. Knut der Geizige. Knut der Verräter.

Rane blickte zu dem Engländer hinüber. Nur wenige Männer standen zwischen ihm und dem Ritter. Rane hatte keinen Speer. Keiner von Bjørns Männern war bewaffnet. Bjørn hatte befohlen, keine Waffen zu holen, als er sah, wer zum Hof geritten kam. Dennoch würde Rane leicht an einen Speer herankommen können, denn der Ritter war von vielen bewaffneten Männern umringt.

Doch welchen Nutzen hätte es für Olav, wenn Rane womöglich hier in Digernes stürbe? Er könnte dem König bestimmt einen besseren Dienst erweisen. Åsta hatte recht. Nur er allein konnte ein Heer für Olav zusammenführen. Mit Bjørns Silber würden sie Waffen und Krieger kaufen können. Je mehr Silber Bjørn für den Verkauf seiner Ehre bekam, desto besser für ihre Sache.

Als Edmund mit lauter Stimme zu reden fortfuhr, wurde Rane aus seinen Gedanken gerissen.

»Håkon Ladejarl ist jetzt in England, um zu heiraten. Håkon wird die jüngste Tochter König Knuts zur Frau nehmen. So wird Norwegen einen Schwiegersohn König Knuts als Regenten bekommen.« Ritter Edmund lächelte. »Wenn die Hochzeitsfeier für Knuts Tochter und Håkon Ladejarl ausgerichtet wird, hoffen wir auf deinen Besuch, Bjørn.«

Rane konnte Bjørn ansehen, dass ihm der Gedanke gefiel. König Knut war bekannt für die Geschenke, die er seinen Gästen während eines Festmahls überreichte.

Bjørn nickte. »Du und deine Männer seid willkommen in meinem Haus, Ritter Edmund«, sagte er schließlich. Er grinste den rotbärtigen Sohn Erling Skjalgssons an. »Jetzt werden wir essen und trinken und über alles Weitere reden. Wir sind schließlich keine Barbaren, die nichts kennen als Blutrache.«

Während die Männer am Tisch saßen, speisten und tranken, wurde eine mit Silber gefüllte Kiste hereingebracht. Sogar für Bjørns Verhältnisse war dies ein großzügiges Geschenk, und er sagte, er wolle den Eid draußen auf dem Hofplatz ablegen, damit so viele Leute wie möglich es bezeugen könnten. Die Truppen des Ritters hatten ihr Lager auf den Feldern und Wiesen von Digernes aufgeschlagen. Bjørn hatte ihnen Bier bringen lassen sowie ein paar Schweine, die sie über dem Feuer brieten.

Am Nachmittag trat Bjørn auf den Hofplatz hinaus. Er trug einen roten Umhang, der ihm bis zu den Knien reichte und an den Schultern mit weißem Hermelin besetzt war. Er hatte außerdem einen silberdurchwirkten Gürtel angelegt, den er, wie Rane wusste, von König Knut bekommen hatte. Es sah aus, als hätte Bjørn den Gürtel ein wenig verlängert, um ihn um seinen dicken Bauch schnallen zu können.

Ritter Edmund erwartete Bjørn bereits, seine engsten Vertrauten standen in einem Halbkreis um ihn. Einer von ihnen hielt das Banner mit dem schwarzen Falken.

Der Ritter reichte Bjørn ein Schwert, das der Digernes-Häuptling ergriff. Edmund sprach den Eid Wort für Wort vor, und Bjørn sprach nach. Landvolk und Hofgesinde drängten sich, um besser sehen zu können. Kinder waren auf die Dächer der Schuppen und Scheunen geklettert.

Während sich die Aufmerksamkeit aller auf Bjørn richtete, bemerkte Rane im Gedränge Harald. Er bahnte sich einen Weg durch die Menge und strebte auf Bjørn und den Ritter zu. Als Harald sein Ziel fast erreicht hatte, stellte Rane sich ihm in den Weg. In den Augen des Jungen loderte der Zorn. Er zitterte.

Bjørn hielt immer noch das Schwert und sprach die Eidesformel. Lodin Erlingsson drehte sich zu Rane und Harald um. Mehrere Menschen schienen die beiden bemerkt zu haben.

Rane packte Harald am Arm. Der Junge wehrte sich.

»Was soll das werden? Soll ich dir den Hintern versohlen wie einem dummen Jungen? Hier vor allen Leuten?«

Rane zog Harald mit sich fort. Die Menschen traten beiseite. Harald folgte Rane widerwillig. Beim Schweinekoben hielt Rane an. Dort war ein Eisenring befestigt. Daran wurden für gewöhnlich die Säue gekettet, die anfingen, ihre eigenen Jungen aufzufressen. Rane zog Haralds Handschellen durch den Ring.

Harald leistete keinen Widerstand.

»Wir müssen Guttorm rächen«, sagte er und blickte starr vor sich hin. »Guttorm … Hast du nicht gehört, was gesagt wurde?«

»Glaubst du etwa, dein Bruder wäre einer Übermacht wie dieser entgegengetreten?«

Harald gab keine Antwort.

»Ein mutiger Mann ohne Klugheit ist im Kampf genauso wenig wert wie ein feiger Mann. Beide gehören zu den Ersten, die fallen«, sagte Rane.

»Aber Bjørn legt den Eid ab. Er hat sich gegen Olav entschieden.«

Rane lachte bitter auf.

»Du meinst König Olav, den du selbst einen Feigling nennst, weil er sein Land verlassen hat?«

Harald wurde rot und sah Rane trotzig an.

Der Alte verschloss die Handschellen.

»Wenn Bjørn sich gegen deinen Bruder wendet, ist er der Erste, der getötet wird, wenn Olav zurückkommt. Falls ich meinen Speer nicht schon früher in ihn bohre.«

Harald streckte sich, um den Druck auf die Handgelenke zu verringern.

Ranes Blick fiel auf Haralds Gürtel. »Wo ist dein Dolch?«

Harald wandte sich ab. »Gunnar hat ihn mir genommen.«

»Dann hast du also das Geschenk deines Königs verloren? Wie schändlich. Jetzt wirst du ohne Waffe gegen …«

Rane brach ab, als ihm aufging, was er zu sagen im Begriff stand. Waren sie einander so ähnlich, er und der Junge?

»Auf dich wartet eine größere Aufgabe«, sagte er stattdessen.

Harald sah ihn fragend an.

»Frag jetzt nicht. Du wirst es noch früh genug erfahren«, sagte Rane. »Wenn du lernst, dich zu beherrschen, und tust, was ich dir sage, verrate ich es dir.«

Harald sah ihn unverwandt an. Jetzt hatte der Junge etwas, worüber er nachdenken konnte. Schließlich war er ein Grübler, genau wie sein Bruder.

Als Rane zum Hofplatz zurückkam, standen immer noch viele Menschen herum, doch Bjørn und die anderen Anführer waren wieder ins Langhaus gegangen. Rane ging ebenfalls hinein.

Im Innern empfing ihn ohrenbetäubender Lärm. Die Männer saßen an langen Tafeln und unterhielten sich lauthals. Trinksprüche und Glückwünsche wurden ausgesprochen. Rane entdeckte Bjørn. Als er sich näherte, winkte Bjørn ihn zu sich an den Tisch. Rane nahm Platz. Unweit saß auch Lodin Erlingsson. Er warf Rane einen hasserfüllten Blick zu.

Bjørn reichte Rane einen Becher.

»Trink, Rane! Trink auf den Ritter Edmund, auf den Jarl von Northumbria und auf Knut den Reichen!«

Rane nahm den Becher nicht entgegen, trank aber aus einem anderen, der direkt vor ihm stand.

Lodin Erlingsson richtete das Wort an ihn. »Es heißt, du seist Rane Kongsfostre, der Mann, der Olav aufzog. Hast du ihm auch beigebracht, wehrlose Häuptlinge zu erschlagen?«

Rane sah den anderen gleichmütig an. »Ich habe ihm beigebracht, die Häuptlinge zu schützen, die seinen Respekt verdienen, und gegen alle anderen die Axt zu erheben.«

Die Miene des rotbärtigen Mannes verfinsterte sich besorgniserregend, als er rief: »Wo standst du, als mein Vater fiel?«

»Ich stand neben Olav, der immer noch mein König ist«, erwiderte Rane.

»Hast du etwa meinen Vater getötet?«

Rane lächelte und hielt Lodin Erlingsson seinen Armstumpf entgegen. »Ich habe es versucht, doch stattdessen nahm er mir meine Hand.«

»Mein Vater hat an diesem Tag wohl mehr getan, als nur Hände abzuschlagen.«

»Das tat er. Viele starben durch Erlings Waffe. Ich habe nicht viele gekannt, die das Schwert besser führten als er. Er hat sich gut verteidigt.«

Lodin Erlingsson schlug mit der Faust auf den Tisch. »Also hat Olav ihn erschlagen, als er das Schwert ablegte und nicht länger kämpfen konnte.«

»So war es keineswegs. Olav wollte Erling schonen. Er wollte wieder sein Freund sein. So, wie sie zuvor Freunde gewesen waren. Und dem hat dein Vater zugestimmt, bevor Aslak Fitjaskalle ihn erschlug.«

»Für einen großen Mann wie meinen Vater ist Aslaks Tod nicht genug der Rache. Er war kaum mehr wert als der Schweinehirt Guttorm. Und deine Hand ist erst recht nicht genug. Dein Kopf wäre schon besser.«

Rane bemerkte, wie Bjørn und der Ritter Edmund sie beobachteten. Obwohl am Tisch laute Gespräche geführt wurden, war Lodin Erlingssons Stimme gut zu verstehen gewesen.

»Ich stelle mir deinen Vater lieber als Mörder vor«, erwiderte Rane. »Und du? Du siehst ihm zwar ähnlich, hörst dich aber nicht mal wie die Hälfte des Mannes an, der er gewesen ist. Und dennoch gibt es wohl Schlimmeres, als von einem Sohn Erlings getötet zu werden.« Rane rieb seinen Armstumpf. »Wenn ich

Glück habe und mein guter Arm mir nicht die Dienste versagt, kann ich den Speer in dich bohren und die Hand rächen, die mir dein Vater nahm.«

Rane stand auf und schickte sich an hinauszugehen.

Da wandte sich Bjørn an Lodin: »Du weißt jetzt, wer der Mann ist, gegen den du die Waffe erheben willst. Er ist deinem Vater im Kampf begegnet. Dafür kann niemand Rache fordern. Außerdem darfst du nicht vergessen, dass dein Vater Jesus Christus als seinen Gott angenommen hat. Es wird gesagt, er habe aus reiner Güte viele seiner Sklaven in die Freiheit entlassen. Nur die alten Götter rufen nach Blutrache.« Bjørn lächelte verschlagen. »Aber ich verstehe es, wenn du der Mann sein möchtest, der Rane Kongsfostre im Kampf besiegt hat. Gelingt es dir, wirst du dir einen großen Namen machen.«

Lodin Erlingsson blieb sitzen. Er blickte am Tisch umher. Rane wartete.

Ritter Edmund erhob das Wort: »Jetzt wollen wir feiern, Lodin Erlingsson. Wir haben Bjørn für unsere Sache gewonnen.« Er richtete den Blick auf Rane. »Auch ich habe von Rane gehört, dem Lehrmeister Olavs. Viele ehrenvolle Worte werden über ihn gesagt, aber du siehst selbst, wie alt er geworden ist. Schon bald ist er Staub, der vom Wind davongetragen wird.«

Lodin Erlingsson lächelte. Er trank aus dem Becher und ließ seine Arme auf dem Tisch ruhen. Rane warf ihm einen grimmigen Blick zu, aber der Sohn Erlings sah weg.

21

Zwei Tage vergingen, bis Rane zum Schweinestall herunterkam und Harald von dem Eisenring löste. Auch die Handschellen nahm er ihm ab. Der Alte sagte nichts, aber Harald wusste, dass der Rotbärtige und der Engländer weitergezogen waren.

Baura hatte es ihm erzählt. Sie war mit einer Kanne Wasser zu ihm gekommen, während er bei den Schweinen ausharren musste. Sie hatte auch seine Handgelenke massieren wollen, aber er hatte erwidert, dass es nicht wehtue. Darauf hatte sie gesagt, dass Gunnar jetzt seinen Dolch trage. Der Hofverwalter habe ihn einigen anderen auf dem Hof gezeigt und gesagt, es handele sich um Diebesgut, das er dem neuen Sklaven abgenommen habe. Harald hatte ihr versichert, dass der Dolch wirklich sein Eigentum war, und sie hatte ihm geglaubt. »Wieso glaubst du mir?«, hatte er gefragt, und sie hatte erwidert, dass jede Lüge in den Augen eines Menschen erkennbar sei.

Jetzt trat er aus dem Schweinestall und setzte sich draußen hin. Er drehte die Handgelenke. Es war eine Wohltat, endlich die Fesseln loszusein.

Es war noch früh am Morgen, nur wenige Menschen liefen auf dem Hofplatz umher. Einer der älteren Sklaven, der die Schweine versorgt hatte, während Harald an den Eisenring gefesselt war, kam zu ihm und sagte, dass er den Koben nun selbst ausmisten müsse.

Harald reagierte nicht, und der Mann ging wieder.

Als er aufstehen wollte, entdeckte er Baura. Sie lief über den Hofplatz und schlüpfte in den Kuhstall. Er fand es seltsam, dass sie jetzt dort hineinging. Die Kühe waren doch schon gemolken. Sie waren hinunter zu den Wiesen am See getrieben worden, wo gelbes, totes Gras vom Vorjahr aus der Erde ragte.

Harald lief zu ihr hin. Er wollte mit ihr reden. Doch bevor er den Kuhstall erreichte, tauchte Gunnar auf.

»Wo willst du hin, du Wurm?«

Mit einer schnellen Bewegung trat er auf Harald zu. Der Junge wich erschrocken zurück. Gunnar lachte.

»Keine Angst, ich hab jetzt keine Zeit, um dich zu verprügeln.«

Gunnar ging weiter und betrat den Stall. Was wollte er dort?

Harald wartete einen Augenblick, schlich dann zur Stalltür und zog sie vorsichtig ein Stück auf. Ein langer Gang mit Verschlägen zu beiden Seiten führte bis ans Ende des Stalls. Dort hinten lagerte das Heu. Licht drang durch schmale Ritzen in der Wand. Auch die Dachluken waren geöffnet. Dennoch lagen die meisten Teile des Stalls im Dunkeln.

Vorsichtig trat Harald ein. Am hinteren Ende des Gangs waren leise Stimmen zu hören. Harald spähte in die Richtung. Langsam gewöhnten sich seine Augen an das dämmrige Licht. Baura und der Hofverwalter sprachen miteinander. Aber sie standen so weit weg, dass Harald nicht hören konnte, was gesagt wurde.

Er trat etwas näher heran. Jetzt wurde nicht mehr gesprochen. Vorsichtig schlich er an den leeren Verschlägen entlang. Am Ende des Gangs konnte er in den großen Raum mit dem Heu hineinsehen.

Baura stand mit dem Gesicht zur Wand und beugte sich vor. Ihr Rock war bis zur Hüfte hochgezogen. Ihr Hintern leuchtete weiß. Der Stallmeister stand hinter ihr. Seine Hose hing über die Stiefel herunter. Mit der Hand fummelte er zwischen ihren Schenkeln herum. Dann nahm er seinen Schwanz und presste sich an Bauras Hinterteil.

Harald spürte, wie die Wut ihn erfasste. Er sah sich nach etwas um, womit er zuschlagen könnte – etwas Schweres. Hatte er womöglich ein Geräusch gemacht? Denn plötzlich drehte Gunnar sich um und rief: »Das Schwein steht da und glotzt uns an!«

Gunnar zog die Hose hoch und kam auf ihn zugelaufen. Harald sah noch immer Bauras weißen Hintern. Sie ließ ihren Rock wieder herunter. Er starrte sie immer noch an, als Gunnars harte Faust ihn im Gesicht traf. Dann versetzte Gunnar ihm einen Tritt, der Harald von den Füßen riss. Im nächsten Moment lag er auf dem Boden, und Gunnar saß auf ihm. Baura rief etwas. Gunnar wandte sich zu ihr um. Diesen Moment nutzte Harald, um sich zu befreien. Er sprang auf und stürzte davon. Gunnar folgte ihm nach. Doch er war zu sehr außer Atem. Unvermittelt blieb er stehen und stützte die Hände auf die Knie, um sich auszuruhen. Harald hatte schon die Tür erreicht. Doch jetzt kam er noch einmal zurück. Er trat mit aller Kraft zu und verfehlte sein Ziel nicht. Der Hofverwalter presste sich die Hand aufs Gesicht. Zwischen seinen Fingern drang Blut hervor. Harald wollte noch einmal zutreten. Doch diesmal ging es schief. Gunnar hatte die Bewegung wahrgenommen und packte Haralds Fuß. Er drehte ihn zur Seite. Harald fiel auf den Bauch und blieb liegen. Plötzlich spürte er etwas Kaltes an der Kehle. Gunnar konnte kaum atmen, aber Harald hörte, was er sagte. Jedes Wort.

»Ich hatte erst vor, dich zu kastrieren, doch jetzt muss ich dich leider töten.«

Harald spürte den Stahl an seinem Hals und begriff, dass es sein eigener Dolch war. Gleich würde die straffe Haut aufreißen. Plötzlich jedoch ließ der Druck der Klinge nach. Harald riss die Augen auf. Jemand war zu ihnen getreten. Harald sah bloß die Stiefel. Stiefel, die er selbst gebunden hatte. Dann hörte er die knurrende Stimme: »Nur zu, benutz das Messer ruhig.«

Der Druck der Klinge verstärkte sich wieder. Harald konnte kaum noch atmen. Abermals ließ Rane sich hören: »Es vergeht kein Tag, ohne dass er mir Ärger macht.«

»Dann hast du wohl nichts dagegen, dass ich ihm die Kehle aufschlitze?«, fragte Gunnar.

Harald schloss die Augen. Der Druck auf seinen Hals nahm zu. Er sah sich bereits tot auf dem Hofplatz liegen. Der Sklave Harald, mit durchschnittener Kehle. Vielleicht würden Baura, Gunnar, Bjørn und die anderen niemals erfahren, wer er war. Der Name würde mit ihm sterben.

Jetzt sprach wieder Rane, wie aus einiger Entfernung, als ob er sich umgedreht hätte und gegangen wäre.

»Nein, ich sag doch, du tust mir einen Gefallen … Aber es kostet dich zwei Silbermünzen. So viel hat mir der Bauer abgeknöpft, als ich ihn kaufte.«

Das Messer löste sich von Haralds Hals. Gunnar richtete sich auf, steckte die Waffe weg. Harald wollte schon aufatmen, als ihn ein letzter fürchterlicher Schlag ins Gesicht traf.

Als er wieder zu sich kam, konnte er sich kaum rühren vor Schmerzen. Vage erinnerte er sich, dass ihn jemand gestützt und zum Schweinestall gebracht hatte, wo er auf einen Heuballen gesunken war. Irgendwer hatte eine Kanne Wasser neben ihn gestellt.

Er richtete sich halb auf und trank einen Schluck. Er sank wieder auf sein Lager. Dann döste er vor sich hin, aber jedes Mal, wenn er einschlafen wollte, wurde er von den Schmerzen wieder geweckt.

Es war spät und schon dunkel, als Baura kam. Sie saß nur da und schwieg. Auch Harald wusste nicht, was er sagen sollte. Irgendwann musste er schließlich eingeschlafen sein. Als er die Augen wieder öffnete, dämmerte es bereits. In dem Zwielicht sah Harald ihr Gesicht. Mehr als je zuvor erinnerte Baura ihn an seine Schwester Ingerid.

»Gunnar hat früher schon Sklaven getötet«, flüsterte sie.

»Er hat dich mit Gewalt genommen. Sollte ich da etwa zusehen?«, erwiderte Harald.

»Magst du mich? Bist du deshalb …?«

Harald spürte, dass seine Lippen geschwollen waren. Es störte beim Sprechen.

»Ich … Du erinnerst mich an meiner Schwester. Ingerid.«

»Ist sie hübsch?«

»Ja.«

Baura lächelte. Harald gefiel dieses Lächeln. Auch das ließ ihn an Ingerid denken.

Schließlich fragte Baura: »Soll ich dir das Blut aus dem Gesicht waschen?«

Harald setzte sich auf. Er nickte. Jede Bewegung schmerzte.

Baura sah, wie er das Gesicht verzog. »Ich bin ganz vorsichtig«, sagte sie.

Er sah sie an. Sie lächelte wieder. Er spürte ihre warme Hand auf seinem Bein. Dann zog Baura ihren Kittel über den Kopf. Darunter trug sie ein dünnes Leibchen. Sie steckte einen Zipfel des Kittels in den Mund, um ihn anzufeuchten. Dann drückte sie den Stoff auf seine schmerzende Wange. Es tat gar nicht so weh, wie Harald befürchtet hatte.

»Besser so?«

Harald nickte und schluckte. Er sah sie an. Das weißblonde Haar, das schmale Gesicht, und diese Lippen, rot und leicht geschwungen.

»Konntest du nicht fortlaufen, als Gunnar zu dir gekommen ist?«

Baura gab keine Antwort, und Harald versuchte, ihren Gesichtsausdruck zu deuten.

»Manchmal will er mich. Das kann ich ihm nicht verweigern. Er ist der Hofverwalter.«

»Bjørn ist dein Herr. Du kannst jederzeit zu Bjørn gehen und ihm sagen, dass Gunnar dich in Ruhe lassen soll.«

Baura schwieg. Dann lachte sie.

»Bjørn mag mich. Er schaut mich gern an, sagt er. Deshalb habe ich auch so langes Haar. Ich bade mit ihm. Er will meine Brüste sehen und sagt, ich solle ihn melken.«

»Ihn *melken*?«

Harald zuckte zusammen, als Baura eine Hand zwischen seine Beine legte. Überrascht blickte er sie im Halbdunkel an. Sie erwiderte seinen Blick nicht, schob aber die Hand tiefer in seine Hose.

»So … Er will, dass ich ihn so melke … Er will auch, dass ich mit ihm im Zuber sitze. Nicht alle Sklaven dürfen sich am Badetag waschen.«

Harald schloss die Augen. Baura hatte ihm die Hose ein Stück heruntergezogen. Sie schob die Haut an seinem Glied zurück. Harald schien es, als ob all seine Kraft in diesem steifen Körperteil gebündelt sei. Wieder feuchtete sie den Hemdzipfel im Mund an und strich damit über die Spitze seines Glieds. Sie blickte zu Harald auf.

»Manchmal will Bjørn, dass ich an ihm lutsche. Ich kann das auch bei dir machen, aber nur, weil ich dich mag.«

Sie schloss den Mund um sein Glied. Harald stockte der Atem. Bauras Mund fuhr auf und ab. Er spürte, wie sich etwas in ihm zusammenzog. Sein Atem kam stoßweise. Er kniff die Augen zusammen und stieß den Unterleib gegen Bauras Mund. Dann zog sie sich zurück, und er spritzte seinen Samen auf den Boden.

Harald sank kraftlos in sich zusammen. Der Schmerz schlich wieder in seinen Körper. Aber jetzt war es anders.

Er zog Baura zu sich.

»Du …«

Sie legte den Kopf vorsichtig auf seine Brust.

»Ja?«

»Hör zu, du musst mit mir kommen, wenn ich von hier fortgehe.«

»Willst du wieder ausreißen?«

Behutsam hob er den Kopf und blickte sie an.

»Rane hat da etwas über meinen Bruder gesagt. Wir werden ihn wiedertreffen. Bald.«

22

Åsta konnte es ihrer Tochter ansehen, dass es bald so weit sein würde. Ingerid ließ sich vom Pferd herunter helfen, kam auf die Mutter zu und lehnte sich schwerfällig an sie. Eine Weile blieben sie so stehen.

Es war harte Arbeit, ein Kind auszutragen. Verbunden mit Schmerzen und Mühen. Viele Frauen starben bei der Entbindung. Dennoch verspürte eine Frau in erster Linie Freude, wenn sie Mutter wurde. Wenngleich Åsta bereits ein wenig zu alt gewesen war, als sie Harald in sich trug, hatte die Freude darauf, ihn zum ersten Mal zu sehen, Schmerzen und Furcht vertrieben.

Ragnar trat zu den beiden Frauen. Er begrüßte Åsta nicht, sondern sagte nur: »Deine Tochter will hier auf Stein gebären. Und da sie es nun einmal gewohnt ist, ihren Willen stets durchzusetzen, bin ich mit ihr gekommen.«

Åsta nickte. »Du hättest ihr kein größeres Geschenk machen können.«

Ingerid richtete sich auf und sah ihren Mann an.

Ragnar fuhr fort: »Du solltest ihr die Schlüssel für den Hof geben. Ingerid ist jetzt die Herrin auf Stein.«

Åsta lächelte. »Vielleicht ist es besser, dass sie erst ihr Kind gebärt und dann die Schlüssel an sich nimmt.«

Ingerid wollte gerade etwas sagen, als sie plötzlich zu würgen begann und sich erbrach. Åsta umfasste ihre Schultern und wollte sie ins Haus begleiten.

Ragnar legte eine Hand auf ihren Arm, und Åsta blieb stehen.

»Nicht so schnell. Warte, bis ich sage, dass ihr hineingehen könnt.«

Von allen Seiten traten in diesem Moment Menschen auf den Hofplatz. Ragnars Männer hatten das Gesinde aufgefordert zu erscheinen, auch diejenigen, die unten am Steinsfjord damit beschäftigt waren, die Äcker für den Frühling zu bestellen.

Ingerid erbrach sich ein weiteres Mal. Åsta wischte ihr den Mund mit einem Zipfel ihrer Schürze ab. Als alle auf dem Hofplatz versammelt waren, wandte sich Ragnar der Menge zu.

»Hier ist eure neue Herrin. Ingerid, die ihr alle kennt, wird von heute an die Schlüssel tragen.«

Er wandte sich Åsta zu.

»Gib jetzt die Schlüssel ab. Es ist an der Zeit.«

Åsta sah ihn ernst an. »Ingerid erhält die Schlüssel, wenn der Tag gekommen ist.«

»Jetzt gib ihr gefälligst die Schlüssel, du störrisches Weib!«

»Nenn mich wie du willst, aber ich gebe ihr die Schlüssel erst, wenn meine Tochter bereit ist, sie entgegenzunehmen.«

Ragnar packte Åsta am Gürtel und zog sie an sich. Dann beugte er sich zu ihr vor und zischte leise: »Hast du gar kein Ehrgefühl?«

»Das solltest du dich selbst fragen, anstatt Ingerid und mich zu beschämen.«

Ragnar riss Åsta die Schlüssel vom Gürtel und stieß die alte Frau von sich weg. Dann hob er die Schlüssel in die Höhe und sagte: »Hier sind die Schlüssel zum Hof. Von heute an wird Ingerid sie tragen.«

Er wollte die Schlüssel am Gürtel seiner Frau befestigen, aber Ingerid erbrach sich erneut. Ragnar konnte dem Schwall nicht rechtzeitig ausweichen. Åsta nahm Ingerids Hand und führte sie zügigen Schritts zum Langhaus.

Als Åsta später am oberen Ende der langen Tafel saß und dem gleichmäßigen Atem ihrer schlafenden Tochter lauschte, geschah es, dass sie Guttorm am Tisch sitzen sah. Er wirkte so lebendig, dass sie ihn ansprach und fragte, worüber am Tisch des Mariensohns gesprochen wurde. Denn saß er jetzt nicht dort?

Der Mariensohn sei stolz darauf, dass er in einem Stall zur Welt gekommen war, erzählte Guttorm, denn von allen schätze er die Bauern am meisten. Die Bauern kümmerten sich um Tiere und Pflanzen und verbesserten auf diese Weise die Schöpfung, habe der Mariensohn gesagt. Guttorm erzählte weiter, er habe mit dem Herrn darüber gesprochen, wie er den Mutterschafen beim Werfen der Lämmer am besten helfen könne, und sei dafür gelobt worden.

Åsta fragte, ob er den Mariensohn bitten könne, dafür zu sorgen, dass Ingerid die Geburt unbeschadet überstehen würde. Das wolle er gern für seine Schwester tun, erwiderte Guttorm.

Es war schon Abend, als Ingerid erwachte. Åsta hörte sie in ihrem Bett husten. Sie nahm einen Becher kaltes Wasser und ging zu ihr. Ingerids Gesicht war ganz heiß.

»Ist er noch da?«, fragte die Tochter.

»Nein, er ist zurück nach Bønsnes geritten.«

Åsta trocknete die Stirn ihrer Tochter mit der Schürze.

»Er ist zurück zu ihr geritten«, sagte Ingerid.

»Zu ihr?«

»Er hat ein Kebsweib auf dem Hof. Er schläft bei ihr, seit ich ein Kind erwarte.«

Åsta wischte der Tochter erneut über die Stirn.

Ingerid blickte sie an. »Er schlägt sie – wie uns alle. Das hätte ich nicht gedacht.«

Åsta half ihr, aus dem Becher zu trinken. Ingerid ließ sich wieder zurücksinken.

»Du bist jetzt zu Hause. Ich helfe dir, wenn das Kleine kommt.«

Ingerid weinte still in sich hinein.

»Ich zeige dir, wie du den Hof führen musst«, sagte Åsta und ergriff Ingerids Hand. »Und wenn der rechte Zeitpunkt gekommen ist, werden wir uns um deinen Ehemann kümmern. Männer wie er bringen uns wenig Nutzen.«

23

Das Wasser schäumte auf den Wellenkämmen. Ein sanfter Wind wehte von Süden. In den letzten Tagen hatte es viel geregnet, und an den Laubbäumen hinter dem Schweinestall hatte Harald schon die ersten gelben Blätter entdeckt.

Der Sommer war schnell vergangen. Rane hatte wieder auf den Feldern gestanden und mit einem langen Stab geübt. Harald hatte jedes Mal die Stiefel für den Alten geschnürt, durfte aber nicht bei ihm bleiben. Sobald die Schweine im Stall versorgt waren, war Gunnar gekommen und hatte ihm weitere Arbeit aufgetragen.

Jetzt saß Harald in der Mitte des Bootes auf der Ruderbank. Jomar stand hinter ihm und zog ein Netz ein. Schon sein ganzes Leben hatte Jomar in Digernes verbracht und kümmerte sich dort um den Fischfang. Eines Tages war er in den Schweinestall gekommen und hatte gesagt, dass Harald ihm beim Einholen der Netze helfen solle. Die frische Luft würde ihm guttun. Von diesem Tag an war Harald oft mit Jomar auf den See hinausgerudert, sobald die Schweine versorgt waren und Rane keine Verwendung für ihn hatte.

Jomar warf Harald ein paar Fische vor die Füße. Er schnitt die glänzenden Bäuche auf, warf die Eingeweide in den See und wusch die Fische in einem Bottich. Der Wind frischte auf und trug den feuchten, süßlichen Geruch des Herbstlaubes zu ihnen.

Jomar hatte das Netz gereinigt und um einen Holzstab gewickelt. Harald nahm es und legte es zu zwei anderen Netzen, die sie bereits eingeholt hatten. Jomar wies ihn an, weiter am Ufer entlangzurudern.

»Erinnerst du dich an die Birke, die über das Wasser ragt? Ich habe letzte Nacht dort ein Netz ausgelegt. Du hast da schon längst geträumt, alte Schlafmütze.«

Harald tauchte die Riemen ins Wasser und zog kräftig. Sie fuhren südwärts über den See. Er ruderte mit ganzer Kraft und spürte, wie Arme und Beine sich spannten. Das tat gut. Was hatte Rane gesagt? Dass er Olav auf die Ruderbank gesetzt hatte, bis er Muskeln bekommen hatte? Vor seinem geistigen Auge sah Harald den Bruder auf die Stadt zurudern, die Miklagard genannt wurde und die größte Stadt der Welt war, wie Rane behauptete. Dort gab es angeblich so viele Kirchen, Häuser und Marktbuden, dass man sich in den Gassen für immer verlaufen konnte.

Jomars Stimme riss ihn aus seinem Tagtraum.

»Da ist der Baum!«, rief er. »Und da ist auch der Bach. Das Essen kommt mit dem Bach. Der Fisch schwimmt in die Bachmündung und öffnet das Maul. Gar nicht schlecht, ein Fisch zu sein. Aber warte nur, bis Jomar mit dem Netz kommt.«

Harald ruderte so dicht wie möglich an den Baum heran. Jomar sah ihn an und grinste.

»Muss ich?«

Jomar nickte, und Harald sprang über Bord. Das

Wasser war nicht tief, aber man versank doch leicht bis zu den Hüften. Harald löste das Netz und reichte Jomar das eine Ende, bevor er zurück ins Boot kletterte. Das Netz war genauso voll wie das letzte. Fette, prächtige Fische. Das Wasser trat über den Rand des Holzbottichs. Der war bald bis obenhin gefüllt, und immer noch war ein Netz übrig, das eingeholt werden musste.

Harald ruderte das Boot wieder hinaus auf den See. Jomar hielt Ausschau nach dem im Wasser treibenden Baumstamm, woran das Netz befestigt war. Plötzlich wies Jomar vor sich. Harald wandte sich um. In weiter Ferne war ein rotes Segel zu erkennen.

»Was ist das?«

Der Fischer sah zurück zum Ufer. »Los! Wende! Rudere, so schnell du kannst. Wir müssen Bjørn warnen.«

»Was ist denn?«

»Du siehst doch. Ein Langschiff. Ein großes noch dazu.«

Harald stutzte. »Aber hier ist doch kein Meer. Wie kommen die mit solchen Schiffen auf den See?«

»Sie haben es den Fluss heraufgezogen. Und wie es aussieht, kommen sie von weit her.« Jomar funkelte ihn an. »Jetzt mach schon, Junge. Leg dich in die Riemen!«

Rane lief zum Ufer hinunter. Harald musste sich anstrengen, um mit dem Alten Schritt zu halten. Als sie zur Spitze der Landzunge kamen und auf den See hinausblicken konnten, blieb der Alte stehen. Das Schiff war inzwischen deutlich nähergekommen.

»Der Jarl von Orkney«, murmelte Rane.

Dann lief er weiter hinunter zur Anlegestelle. Harald folgte ihm auf den Fersen.

Immer mehr Menschen vom Hof versammelten sich am Ufer, als bekannt wurde, dass ein Langschiff über den See gerudert kam.

Als Bjørn erschien, sagte Rane: »Das ist Ragnvald Brusasons Wappen. Siehst du es?«

Bjørn richtete den Blick auf das Schiff. Am Mast flatterte ein braunes Banner. Darauf war ein schwarzes Zeichen zu sehen – eine gewellte Linie.

»Du hast recht«, sagte Bjørn. »Der Jarl von Orkney kommt zu Besuch.«

Bjørn lief wieder zum Hof hinauf. Gunnar, der Hofverwalter, gab dem Gesinde Anweisungen, um den Empfang vorzubereiten. Harald, der Rane gefolgt war, wurde überraschenderweise in Ruhe gelassen. Also blieb er am Ufer stehen.

Kurze Zeit später wurden Taue von dem Langschiff ans Ufer geworfen. Harald half dabei, dass Schiff dicht an Land zu ziehen und es zu vertäuen.

Noch bevor die Taue festgezurrt waren, sprangen zwei Männer an Land. Beide trugen lange braune Hemden. Die Farbe war die gleiche wie die des Banners am Mast. Die Männer ähnelten einander auch sehr. Nur ihre Körpergröße war unterschiedlich. Beide waren recht groß, doch der eine war geradezu ein Riese. Er war noch größer als Bjørn und Olav. Dass sie Brüder waren, war unverkennbar, vielleicht handelte es sich sogar um Zwillinge. Sie gesellten sich zu Rane.

Die Männer an Bord luden unterdessen Zelte, Ausrüstung und Felle zum Schlafen aus. Harald wollte Rane fragen, was das alles zu bedeuten habe, traute sich aber nicht.

Schon seit einiger Zeit ließ ihn der Alte ohne die Handschellen gehen.

An diesem Abend versammelten sich viele Menschen in der großen Halle des Langhauses. Alle durften so viel gekochtes Fleisch essen, wie sie wollten, und bekamen Bier und Met. Am oberen Tischende, neben Bjørn, saß Ragnvald Brusason, König Olavs Jarl auf den Orkney-Inseln. Auch Rane und die beiden Brüder saßen in der Nähe. Sie hießen Grim und Gorm, aber Harald wusste nicht, wer der eine und wer der andere war.

Harald kauerte sich nahe der Tür auf den Boden. Viele Knechte und Mägde liefen hin und her, auch ein paar Sklaven. Im Halbdunkel konnte Harald Baura erkennen.

Der Orkneyjarl trug so langes Haar, wie Harald es noch nie bei einem Mann gesehen hatte. Es war aschgrau wie sein Bart. Er war kein kräftiger Mann, aber seine Stimme war laut und durchdringend. Ragnvald Brusason erzählte, dass Håkon Eiriksson, der Ladejarl, den König Knut als Nachfolger Olavs für die Herrschaft über Norwegen eingesetzt hatte, gestorben sei. Bei diesen Worten wurde es ganz still.

Der Orkneyjarl fuhr fort: »Was ich sage, ist gewiss. Håkon Eiriksson ist auf der Heimreise von England ertrunken. Dort hatte er Knuts Tochter abgeholt. Sie wollten nach Lade, um Hochzeit zu feiern.«

Bjørn und viele der Männer nickten. Sie hatten Ritter Edmund davon berichten hören, dass der Ladejarl eine der Töchter Knuts zur Frau nehmen wollte.

»Es waren mehrere Schiffe. Keines davon ist über das Meer gekommen.«

Eine Weile sprach niemand. Dann sagte Bjørn: »Er war der letzte …«

Ragnvald nickte. »Ja, Håkon war der letzte Ladejarl. Mit ihm stirbt das Geschlecht der Håloyg aus.«

Bjørn räusperte sich, seine Stimme klang belegt, als er fortfuhr. »Jetzt sind nur noch Olav und sein Geschlecht übrig. Das Geschlecht der Hårfagre ist das einzige, das noch einen Herrscher hervorbringen kann.« Er hob die Arme und ließ sie resigniert wieder sinken. »Und Olav hat das Land verlassen. Norwegen steht ohne Herrscher da.«

Harald hörte nicht weiter zu. Auch die vielen Gäste im Langhaus hatten sich wieder dem Essen und den Getränken zugewandt. Der Lärm schwoll erneut an. Doch Harald gingen die Worte Bjørns nicht aus dem Kopf:

Norwegen steht ohne Herrscher da … Das Geschlecht der Hårfagre ist das einzige, das jetzt noch einen Herrscher hervorbringen kann …

Jemand setzte sich neben ihn. Es war Baura. Sie hielt ihm einen Becher hin.

Harald schüttelte den Kopf. Sie zuckte mit den Schultern und trank selbst.

Ragnvald Brusason hatte jetzt seinen Becher erhoben, als wollte er eine Ansprache halten.

»Ich habe mit Olav in England gekämpft, und er hat

mich zu seinem Statthalter auf den Orkney-Inseln ernannt. Ein besserer Mann als er ist nicht zu finden. Doch die Rückkehr wird nicht einfach für ihn. Viele werden sich gegen ihn stellen, und Knut wird sicher einen neuen Reichsverweser einsetzen. Er kann zwischen vielen Söhnen und Edelleuten wählen.«

Auch Bjørn hob seinen Becher, und bald taten alle es ihm nach. Obwohl er geflohen war, wurde Olav von allen gepriesen. Harald dachte, es müsse einen Grund dafür geben, dass alle seinen Bruder für den trefflichsten Mann hielten.

»Ich nahm König Knuts Silber an, weil ich keine andere Wahl hatte«, sagte Bjørn. Er lachte auf. »Wenn ein Mann wählen soll, ob er seinen Kopf hergibt oder Silber erhält, muss er nicht lange nachdenken. Und sollte Olav …«

Rane unterbrach ihn unwirsch. »Ihr wischt euch das Hammelfett aus dem Bart und schüttet Bier in eure fetten Wänste, während unser König mit den letzten seiner Getreuen fern der Heimat weilt.«

Rane trug wieder sein Wolfsfell, wie an jenem Abend auf Stein, mit dem Wolfsmaul tief in der Stirn. Selbst seine Stimme war wie das Knurren eines Wolfes. Jetzt wandte er sich Bjørn zu.

»Du, einer seiner engsten Vertrauten, hast Knuts Silber angenommen. Jetzt ist es an der Zeit, dass du deinen fetten Arsch in Bewegung setzt und das Silber nimmst, um es für Olav einzusetzen.«

Dann sah er den Orkneyjarl an. »Und du, Ragnvald. Er hat dich zum Jarl gemacht, obwohl niemand weiß, ob dein Vater ein Mann oder ein Ziegenbock war. Jetzt ist die Zeit gekommen, dem König das Seine zurückzugeben.«

Alle am Tisch starrten Rane an.

Bjørn war feuerrot angelaufen. »Aber wie sollen wir das tun?«

»Nicht, indem wir hier hocken bleiben!«

»Was stellst du dir denn vor?«

»Wir sollten Olav zurückholen und auf den Thron setzen, der dem Geschlecht der Hårfagre rechtmäßig zusteht.«

Rane sah von Bjørn zu Ragnvald.

»Und jeder, der etwas anderes will, soll meinen Speer kennenlernen.«

Bjørn richtete sich auf und sah Rane lange an. Dann sagte er: »Mir sollte es eigentlich egal sein, wer von euch beiden mich tötet. Wenn Olav zu Ohren kommt, dass ich Knut Treue geschworen habe, bin ich so gut wie tot.«

»Du hast ihn verraten«, sagte Rane. »Wirf dich Olav zu Füßen und hoffe auf seine Gnade.«

»Er hat schon viele getötet, die König Knuts Ringe trugen.«

»Und er hat seine ärgsten Feinde verschont, wenn es ihm weislich erschien.«

Bjørn nahm einen Schluck aus seinem Becher, erhob sich und blickte Rane an.

»So sei es! Ich werde Olav nach Hause holen.«

Der Orkneyjarl stand ebenfalls auf.

»Wir gehen dorthin, wo Olav …«

Rane fiel ihm ins Wort: »Trinkt und esst heute Abend so viel ihr könnt, denn es wird lange dauern, bevor wir Männer Olavs wieder ruhen können.«

Bjørn reichte Rane seinen großen Becher. Rane nahm ihn und trank lange daraus. Dann setzten die Gespräche in der großen Halle wieder ein.

Jetzt trank auch Harald von dem Bier, das Baura ihm mitgebracht hatte.

Sie sah ihn an. »Dann gibt es also Krieg, wenn Olav zurückkommt?«, fragte sie leise.

Harald stutzte. Daran hatte er gar nicht gedacht. Er wollte ihr gerade antworten, als das Gespräch an der langen Tafel wieder lauter wurde. Bjørn war erneut aufgestanden. Er war inzwischen offensichtlich betrunken und sprach mit donnernder Stimme.

»Ragnvald und ich gehen nach Holmgard. Es wird eine Freude sein, meinen Vetter wiederzusehen. Verlangt er meinen Kopf für den Verrat, dann werde ich mich freudig in sein Schwert stürzen.« Er wandte sich an Rane. »Und der beste von Olavs Männern soll hier zu Hause Krieger zusammentreiben. So wie beim letzten Mal, als wir Norwegen den Ladejarls abgenommen haben. Niemand sagt einfach Nein, wenn Rane kommt und fragt. Ein großes Heer wird daher auf uns warten, wenn wir mit dem König aus Holmgard zurückkehren.«

Rane erhob sich ebenfalls. Seine Stimme klang jetzt nicht mehr so grimmig. »Das will ich gern tun, Bjørn. Und noch einfacher lassen sich die Menschen überzeugen, wenn ich mit Silber in der Hand um ihre Gefolgschaft bitte.«

Bjørn lachte. »Du sollst das Silber nehmen, das ich von Knut bekommen habe. Soll er doch selbst für das Heer bezahlen, das seine Freunde in Norwegen besiegen wird.« Er trank einen weiteren Schluck. »Und nimm so viele Männer und Pferde, wie du brauchst, wenn du zu den Höfen reitest, um dein Heer zu versammeln.«

Rane machte eine wegwerfende Handbewegung. »Du kennst mich, Bjørn. Ich brauche nicht viel. Mir reichen fünf gute Männer mit guten Pferden und Waffen. Und mein Bursche.«

Harald zuckte zusammen, als Rane ihm einen Blick zuwarf.

Bjørn lachte. »Nicht zum ersten Mal nimmst du einen Burschen mit in den Kampf, Rane. Damals war es Olav, der dir die Stiefel schnüren musste.«

Harald spürte, dass er rot wurde, als Bjørn nach ihm Ausschau hielt. Hatte Bjørn ihn erkannt? Wusste er, wer er war?

Rane stellte den Metbecher weg. »Auch den neuen werde ich lehren, den Speer zu benutzen. Er soll die Hand ersetzen, die Erling Skjalgsson mir genommen hat«, sagte er.

24

Harald erwachte von einem derben Tritt in die Seite. Rane stand über ihm. Der Alte sagte nichts, aber Harald begriff, dass er aufstehen und ihm folgen sollte. Er zog sich die Mütze über den Kopf und nahm seine Fäustlinge.

Draußen war es kalt. Es hatte die ganze Nacht geregnet, nasses Herbstlaub bedeckte den Boden. Es musste sehr früh sein, noch war kein Lichtschein im Osten zu sehen.

Rane stieg auf sein Pferd. Zwei Speere, ein Schild und weitere Ausrüstung waren am Sattel befestigt. Harald ging zu Fuß. Seit sie nach Digernes gekommen waren, hatte er nicht mehr auf einem Pferd gesessen.

Sie folgten dem Weg nach Norden, der entlang der Landzunge zu der alten Wehrburg führte. Dort wollte der Alte mit Harald den Umgang mit Speer und Schild üben. In aller Abgeschiedenheit, geschützt vor den Blicken der anderen. Schon früher war Harald einmal dort gewesen. Die Burg war vor vielen hundert Jahren errichtet worden, als fremde Völker das Land auf der Suche nach Nahrung durchstreift hatten. Jetzt waren nur noch die Grundmauern übrig. Aus der Entfernung jedoch sah die Burg wie ein Riese aus. Ein Riese, der nach Feinden in der weiten Ebene spähte.

Rane stieg vom Pferd und führte es den steilen Hügel hinauf. Das Tier schnaubte und mühte sich ab, den letzten Abschnitt zu überwinden. Im Innern der alten Burg war es windgeschützt, der Untergrund war flach.

Der Alte sah sich zufrieden um.

»Unsere Vorväter wussten sich zu verteidigen. Es war nicht leicht für ihre Feinde, hier heraufzukommen und Tiere und Frauen zu rauben.«

Harald sah ihn fragend an. Rane sagte nichts und fing an, das Pferd abzuladen. Er reichte Harald einen Speer.

»Nimm!«

Harald nahm die Waffe entgegen. Der Speer war anderthalbmal so lang wie er selbst. Die Speerspitze selbst maß etwa eine Elle, und sie war aus so dünnem Stahl geschmiedet, dass sie federleicht wirkte. Diesen Speer hatte Rane auf Stein benutzt. Harald wog ihn in der Hand und betrachtete ihn. Die Klinge blitzte im Licht des anbrechenden Morgens. An der Spitze der Klinge befanden sich kleine Widerhaken.

Rane hatte inzwischen einen Schild hervorgeholt.

»In der Schlacht geht der Teil des Heeres voran, der den Speer am besten zu führen weiß. Wenn sie Glück haben, treffen die Krieger auf Feinde mit Axt und Schild.«

Der Alte befestigte den Schild an seinem intakten Arm und schwang ihn in einem Bogen vor sich.

»An einem starken Arm ist ein Schild eine ebenso gute Waffe wie ein Speer. Stoß zu, dann wirst du schon sehen.«

Harald zögerte.

»Hast du nicht gehört? Stoß zu!«

Harald stieß zu. Er nutzte seine ganze Körpergröße aus und warf sich mit dem Speer voran auf Rane.

Rane wich zur Seite. Der Speer glitt am Schild vorbei. Im selben Moment stieß Rane Harald mit dem Schild in die Seite. Harald stolperte über seine Waffe und fiel der Länge nach hin.

»Jetzt wärst du tot«, sagte Rane und sah auf Harald herab.

»Los, auf die Beine! Noch mal von vorn!«

Harald stand auf. Ihm taten die Rippen weh.

»Du setzt einen Fuß vor. Pass auf, dass du so fest wie möglich stehst. Dann stoß zu, aber nicht zu weit nach vorn.«

Harald tat, was Rane verlangte.

»Schneller. Ein kurzer Stoß, dann ziehst du den Speer wieder zurück. Hast du alles vergessen, was ich dir zu Hause gezeigt habe?«

Harald führte die schnelle Bewegung aus. Rane trat einen kleinen Schritt zur Seite.

»Jetzt hast du gesehen, wohin ich mich bewege. Du machst einen kurzen Stoß und achtest darauf, wo dein Gegner hintritt. Dann rammst du ihm den Speer in den Leib.«

Rane sah Harald an.

»Versuch's. So schnell du …«

Harald wartete nicht ab, sondern ging direkt zum Angriff über. Rane wich aus. Harald stieß mit aller Kraft zu. Nutzte seine langen Arme und den langen Speerschaft.

»Tot. Schon wieder tot.«

Harald lag wieder auf dem Boden.

Rane nahm ihm den Speer weg und reichte ihm den Schild.

»Nimm den. Ich nehm zur Abwechslung den Speer.«

Haralds Mund war trocken, doch er packte den Schildbuckel und spannte den Arm an. Ranes Angriff folgte sogleich. Harald sprang zur Seite. Doch bevor er das Gleichgewicht wiederfand, hatte Rane die Widerhaken an der Speerspitze über den Rand des Schildes geschoben und riss Harald zu Boden. Er lag auf dem Rücken. Rane hielt ihm die Speerspitze dicht vors Gesicht.

»Wieder tot!«

Harald setzte sich auf. »Du hast gesagt, ein Krieger mit einem Speer hätte Glück, wenn er auf einen Gegner mit Schild und Axt trifft. Aber was, wenn er kein Glück hat? Auf wen trifft er dann?«

Rane lachte.

»Auf andere Männer mit Speeren. Und am schlimmsten trifft es diejenigen, die Speerkämpfern wie mir begegnen.«

»Aber du benutzt doch auch die Axt.«

»Den Speer benutzt du, solange die Schlachtordnung eingehalten wird. Dann stehst du Schulter an Schulter neben deinen Freunden, und die Axt hängt an deinem Gürtel. Aber wenn der Schildwall aufbricht und du allein inmitten deiner Feinde stehst, ist die Axt die bessere Waffe.«

»Und das Schwert? Ist das Schwert nicht die trefflichste Waffe?«

Rane sah ihn streng an. »Vergiss das Schwert. Das ist etwas für erfahrene Könige und Fürsten. Es dauert Jahre, die Kunst des Schwertkampfes zu erlernen. Sei froh, wenn ich es schaffe, dir den Gebrauch von Speer und Axt beizubringen.«

Rane holte den anderen Speer, den er mitgenommen hatte. Er war kürzer als der, den Harald probiert hatte. Die Klinge war oval und erinnerte Harald an eine Pfeilspitze, die man bei der Jagd auf Elche und Bären verwendete. Nur viel größer.

Rane drehte den Speer in der Hand.

»Ein Wurfspeer taugt nicht viel zum Kämpfen. Aber er reicht völlig aus, um Kindsköpfe wie dich zu töten«, sagte er.

Er richtete die Klinge auf Harald.

»Jetzt hast du Pech. Du gehst in der ersten Reihe. Die Schlacht beginnt, und ein Mann mit einem Speer kommt auf dich zu. Erst viel zu spät erkennst du, dass es Rane Kongsfostre ist …«

Die kommenden Tage und Wochen vergingen schnell für Harald. Er wachte früh auf und war stets bereit, wenn Rane kam. Nach einiger Zeit errichteten sie kleine Gerüste aus Stöcken und hängten Säcke darüber, was feindliche Angreifer darstellen sollte. Oft trug Harald die eine oder andere kleine Verletzung davon. Seine Muskeln schmerzten, er war hungrig und durstig und stolperte erschöpft nach Hause in den Schweinestall, wenn die Dunkelheit einsetzte.

Doch es gefiel ihm. Er mochte das Gewicht des

Speers in der Hand, und er mochte Ranes Axt, eine Axt, die so schwer war, dass Harald beide Hände nehmen musste, um sie schwingen zu können. Rane lachte ihn aus und sagte, dass Olav die Axt mit nur einer Hand führte.

Harald dachte an den Tag zurück, als der Bruder seine Hand ergriffen und beinahe zerquetscht hatte.

Die Erinnerung spornte ihn an. Eines Tages würde er auch so kräftige Arme haben wie Olav.

Eines Morgens, als der Winter nicht mehr so kalt war und die Tage heller wurden, hatte Rane weder Pferd noch Waffen dabei.

»Wir brechen heute auf. Die Zeit ist gekommen, um Männer für das Heer zu gewinnen.«

Er drehte sich um und ging. Harald stand auf, legte den Gürtel mit dem Schildbuckel an und lief zum Langhaus.

Rane stand mit ein paar Männern auf dem Hofplatz. Auch Gunnar und Jomar waren darunter.

Rane musterte die kleine Gruppe. »Holt eure Waffen und Proviant und sattelt die Pferde. Wir reiten, wenn es Abend wird.«

Dann ging Rane zum Langhaus.

Gunnar spähte zu Harald hinüber. »Du kannst die Sau holen und die satteln.«

Der Hofverwalter lachte. Harald erwiderte nichts. Er war jetzt stärker, konnte mit Waffen umgehen. Aber noch war der Tag nicht gekommen, an dem er sich seinen Dolch zurückholen würde.

Er betrat den Schweinestall, wo es warm war, und

wartete dort. Es besaß weder eine Waffe noch ein Pferd. An Kleidern hatte er nur, was er am Leibe trug. Und dennoch fühlte er sich stolz und glücklich. Er würde vielleicht seinen Bruder wiedersehen. Ob auch Halvdan bei ihm war?

Ein Geräusch bei der Tür ließ ihn herumfahren. Baura schlüpfte in den Stall. Sie war außer Atem.

»Ihr brecht auf? Auch Gunnar?«

Harald nickte. »Gunnar auch. Aber er wird nicht mehr nach Digernes zurückkommen. Er wird dich nie wieder quälen.«

»Du darfst nicht …«

»Ich habe mit Rane an den Waffen geübt. Ich kann ihn mit Speer oder Axt erledigen. Wenn's sein muss auch mit bloßen Händen.«

»Nein, ich will nicht, dass einer von euch stirbt. Ihr müsst zurückkommen. Alle beide.«

Harald legte einen Arm um sie. Er hatte gesagt, sie solle mitkommen, wenn er aufbräche, um seinen Bruder wiederzusehen. Jetzt war er froh, dass sie ihn nicht an seine Worte erinnerte.

Stattdessen würde er als Bruder des Königs zu ihr zurückkehren. Dann würde er sie kaufen und ihr die Freiheit schenken können.

25

Finn Arnesson saß in Fürst Jaroslaws großer Halle, als Bjørn Stallare mit einem kleinen Gefolge nach Holmgard kam. Es war mitten im kältesten Winter. Sogar im Haus trugen die Menschen dicke Kleidung, und bereits wenige Schritte abseits der Feuerstellen bedeckte Eis die Fußböden.

Bjørn berichtete, es sei ihnen gelungen, die Ostsee zu überqueren, so lange sie noch befahrbar war, und dass die Reise von der Küste nach Holmgard einen Monat gedauert habe. Im Laufe der letzten Tage seien mehrere Pferde erfroren, und auch einen Mann hätten sie zurücklassen müssen.

Finn erkannte Ragnvald, den Orkneyjarl, und auch viele andere, mit denen er gekämpft hatte, als König Knut England erobert hatte. Viele der Männer hatten Frostbeulen im Gesicht. Finn lud sie ein, an der großen Feuerstelle Platz zu nehmen. Dann würde er nach warmer Grütze schicken lassen, die die Russen aus Buchweizen bereiteten. Auch Salz und Butter versprach er ihnen. Es könnte vielleicht eine Weile dauern, bis sie dem Fürsten und Olav begegnen würden.

Bjørn wollte Olav unverzüglich sprechen, aber Finn wandte ein, der König bete und dürfe nicht gestört werden.

Bjørn riss die Augen auf.»Er betet?«

»Ja, er ist bei einem Priester, der viele Menschen um sich geschart hat.«

»Lass uns zu ihm gehen!«

»Manchmal will er nicht reden.«

Bjørn schüttelte verständnislos den Kopf.

Finn fuhr fort: »Er redet viel mit Grimkjell und mit seinem Sohn. Aber kaum mit anderen.«

»Dann sollen Grimkjell und Magnus ebenfalls dabei sein. Ich komme mit einer Botschaft zu ihm.«

Finn fragte, was für eine Botschaft dies sei, und Bjørn berichtete, dass Håkon Eiriksson Ladejarl ertrunken sei und Rane Kongsfostre ein Heer zusammentreibe.

Finn dachte daran, was sein Bruder Kalv gesagt hatte, bevor Olav aus dem Land geflohen war. Erst wenn es so weit wäre, würden sie erfahren, wie viel Männer Olav um sich scharen könnte. Finn hatte einen seiner engsten Vertrauten zu Kalv gesandt, aber keine Antwort erhalten. Kalv würde sich wohl erst entscheiden, wenn er sähe, wie stark das Heer geworden war.

Finn sorgte dafür, dass alle etwas zu essen und einen Platz zum Schlafen bekamen. Dann begleitete er Bjørn zum Haus des Missionars Peter. Auch Grimkjell war dabei, aber der Bischof wollte den jungen Sohn des Königs nicht der beißenden Kälte aussetzen.

Ein reicher Handelsmann hatte Peter einen großen Hof in Holmgard überlassen. Stets hielten sich dort viele Menschen auf, die Peters Erzählungen lauschen wollten, und Finn war unsicher, ob Olav herauskommen würde, um mit ihnen zu reden.

Aber Olav kam heraus, und Finn bemerkte Bjørns Erstaunen, als der auf seinen Vetter traf. Olav war abgemagert. Er hatte sich den Schädel rasiert und trug eine lange braune Kutte.

Bjørn neigte den Kopf vor dem König. Olav lächelte.

»Du brauchst dich nicht vor mir zu verbeugen, Bjørn«, sagte er. »Nur vor dem Mariensohn sollst du dich verneigen.«

»Ich beuge mein Haupt, damit du leichter herankommst, wenn du es mir abschlagen willst.«

Olav sah ihn verwundert an.

Bjørn fuhr fort: »Ich habe Knut die Treue geschworen. Ich hielt sein Schwert und nahm dankbar das Silber entgegen, das er mir angeboten hat.«

»Heb deinen Kopf, Bjørn, damit ich dein Gesicht sehen kann.«

Bjørn richtete sich auf, und Olav legte eine Hand auf seine Schulter.

»Niemand hat mir je nähergestanden als du«, sagte er. »Wir sind wie Brüder.«

Bjørn wirkte verlegen.

Finn kam ihm zu Hilfe. »Bjørn berichtet, dass Håkon Eiriksson ertrunken ist und dass Knut für die Führung des Landes noch keinen neuen Mann eingesetzt hat.«

Olav bekreuzigte sich. »Dann sitzt der Ladejarl jetzt an Jesu Christi Tisch. Håkon hat einst die Taufe empfangen.«

»Bjørn sagt auch, dass viele Männer in der Heimat

auf ihren König warten. Deine alten Häuptlinge sind die Herrschaft der Dänen leid.«

Jetzt ergiff Bjørn das Wort: »Dein Bruder wurde getötet.«

»Harald?«

»Nein, Guttorm. Einer von Erlings Söhnen hat ihn ermordet.«

»Guttorm wurde von Grimkjell getauft, ich selbst hielt seinen Kopf. Das ewige Leben wartet auf ihn«, sagte Olav.

»Sie haben auch die Kirche niedergebrannt, die deine Mutter bauen ließ. Wo dein Namenspatron Olav Tryggvason dich einst segnete.«

Olavs Miene verhärtete sich. »Wer hat die Kirche in Brand gesetzt?«

»Es heißt, dass Lodin Erlingsson sie niederbrennen ließ.«

Wieder bekreuzigte sich Olav.

»Das hätte sein Vater nie zugelassen. Erling war ein guter Christ. Der Tag, an dem Aslak ihn erschlug, ist einer der dunkelsten in meinem Leben.«

Olav verfiel in Schweigen. Niemand sagte etwas, während der König nachdachte.

»Eine Kirche niederzubrennen, ist eine schwere Sünde«, sagte er schließlich. »Die Kirche auf Stein wurde für mich gebaut, und für mich war sie die wichtigste aller Kirchen in Norwegen.«

Wieder schwieg der König und dachte nach. Dann schien er einen Entschluss gefasst zu haben.

»Peter hat dem Papst gedient«, sagte er, »er ist ein

heiliger Mann. Peter sagt, Jesus Christus ist die Vergebung, und die Rache ist von Übel. Es ist wichtiger zu geben, als zu nehmen. Das war mir schon bewusst, als ich noch König war, doch lebte ich nicht danach.«

Er schloss für einen Moment die Augen, bevor er fortfuhr.

»Geht zurück zu Jaroslaw«, sagte er. »Er wird gut für euch sorgen. Zusammen mit Halvdan werde ich jetzt für Guttorm beten. Und danach will ich Peters Meinung anhören und ihn fragen, welche Pläne der Mariensohn mit mir haben mag.«

Zehn Tage vergingen, bis Olav in der großen Halle Jaroslaws erschien. Obwohl es immer noch bitterkalt war, trug er nur seine einfache Kutte und Sandalen aus Birkenrinde. Er setzte sich an die Tafel und trank von dem warmen Bier, das ihm sogleich gebracht wurde.

Schließlich sagte er: »Letzte Nacht stand ein Mann an meinem Bett. Er brachte mir eine Botschaft, die deiner ganz ähnlich war, Bjørn.«

Bjørn richtete sich auf. »Wie sah er aus?«, fragte er.

»Er hatte langes blondes Haar, das ihm über die Schultern fiel. Es sah aus wie meines, bevor ich es abschnitt.«

»Und sein Umhang?«

»Weiß und rot, wie Flammen im Herzen eines Feuers.«

Bjørn grinste breit. »Dann hast du Olav Tryggvason gesehen. Dein Namenspatron ist vom Himmel herabgestiegen, um mit dir zu reden. Was hat er gesagt?«

»Er sagte, es sei seltsam, dass ich auf ein Königreich verzichten wolle, das Gott mir gegeben habe. Es sei seltsam, dass ich mich von meinen Untertanen erschrecken ließe.«

Olav ließ den Blick über seine Männer schweifen. Finn dachte, dass er nun wieder einem König ähnelte, dem man jederzeit in eine Schlacht gefolgt wäre.

Olav fuhr fort. »Dass ich mich von Untertanen erschrecken ließe, die Feuer an jene Kirche legten, in der ich zum ersten Mal vor Jesus Christus trat und gesegnet wurde.« Der König nahm einen Schluck von dem warmen Bier, bevor er weitersprach. »Der Mann, bei dem es sich nach Bjørns Ansicht um Olav Tryggvason gehandelt hat, sagte auch, es gereiche einem König zur Ehre, seine Widersacher zu besiegen. Und dass es ein ehrenvoller Tod sei, mit seinen Männern im Kampf zu fallen.«

Grimkjell räusperte sich.

»Das sagt auch der Herr«, warf er ein. »Ein König ist ein König, bis der Herr ihn zu sich nimmt. Vielleicht war es ja der Mariensohn, der Olav Tryggvason gebeten hat, dich daran zu erinnern.«

Olav nickte. »Und schließlich sagte er noch, ich könne diese Wahrheit nicht länger vor mir selbst verbergen. Ich solle meinen Mut zusammennehmen und nach Norwegen gehen, denn Gott selbst sei Zeuge, dass das Land mein Eigentum ist.«

Bjørn erhob sich. Wenngleich viele nicht verstanden, worüber die Norweger redeten, sprach er so laut, dass alle in der Halle ihn ansahen.

»Wir, die von Norwegen hierherkamen, sind nur die Ersten von vielen, die dir folgen werden, sei es zum Sieg oder in den Tod.«

Finn Arnesson erhob sich und verließ den Saal. Er dachte, dass Olav die Kleider und Waffen benötigen würde, die er abgelegt hatte, als er zu Peter gegangen war, um bei ihm zu leben. Als er zurückkam, saß Olav noch immer am Tisch. Er hatte eine Schale warme Grütze bekommen und aß begierig. Als Finn wieder an den Tisch trat, schob der König die Schale weg.

Er sah Finn an und sagte: »Erinnerst du dich, als ich sagte, du solltest mit meinen Männern zurück nach Norwegen fahren? Du hast meinen Wunsch nicht befolgt.«

Finn legte die Sachen, die er geholt hatte, vor dem König auf den Tisch.

»Niemand will seinen König zurücklassen, Olav«, sagte er. »Und nach Hause tragen konnte ich dich schließlich auch nicht.«

Olav lächelte und blickte auf die Dinge, die vor ihm auf dem Tisch ausgebreitet wurden. Finn legte das Schwert des Königs, Bæsing, als Letztes auf den Tisch.

Eine Weile betrachtete Olav seine Waffe. Dann legte er eine Hand darauf und sagte: »Aber erst werden wir Weihnachten feiern, Finn. Wir wollen hier in der Halle sitzen und den Freudentag feiern, an dem Maria ihren Sohn gebar. Und danach gehen wir nach Norwegen.«

Bjørn, der neben dem König saß, sagte, er wolle eine Nachricht an Rane Kongsfostre senden und ihm mitteilen, dass Olav zurückkäme. Rane befinde sich in

Borg und habe Männer um sich geschart, die auf eine Botschaft warteten.

Doch Olav unterbrach ihn und sagte: »Alle sollen Weihnachten auf christliche Weise feiern, auch die Boten, die uns vorausreiten werden.«

Olav nahm einen Schluck Bier.

»Bei dieser Kälte liegt dickes Eis auf der Ostsee, und ich will niemanden zu Fuß über das Meer schicken. Wir brechen auf, wenn das Eis schmilzt. Dann segeln wir hinauf zu dem See, der Mälaren genannt wird, und gehen bei Åros an Land. Dort werden wir uns mit König Anund treffen. Åros ist einer seiner prächtigsten Höfe.«

Alle blickten auf, als Fürst Jaroslaw, umgeben von vielen Männern, die Halle betrat. Der Fürst erkannte Olav nicht und setzte sich wortlos ans obere Ende der Tafel. Schnell wurde dunkles, warmes Bier gebracht, das Jaroslaw zu schmecken schien. Schon bald würden große Teller mit dunklem Brot und gebratenem Fisch aus dem Fluss auf den Tisch gestellt werden.

Olav sah zum anderen Tischende, wo die edlen Herren Platz genommen hatten und zu trinken begannen. Dann wandte er sich lächelnd Finn zu und sagte mit gedämpfter Stimme, der Schwager beachte wohl keine einfachen Christenleute wie ihn. Aber schon bald würde er mit Bæsing vor Jaroslaw treten und ihn fragen, wie viele Männer er ihm nach Norwegen mitgeben könne.

An Bjørn gewandt fuhr er fort: »Ich werde meinem Schwager auch sagen, dass ich nächstes Jahr um diese

Zeit entweder König von Norwegen bin oder im Himmel sitze und das Weihnachtsfest zusammen mit dem Mariensohn feiere.«

26

Am Nachmittag erreichten sie den Bauernhof, der Toke genannt wurde. Vier Wochen waren vergangen, seit Rane und sein kleiner Reitertrupp Digernes verlassen hatten. Der Winter war dem Frühling gewichen, und das erste zarte Grün spross an Büschen und Bäumen.

Auf Toke wurden sie von bewaffneten Männern empfangen, und für einen Moment befürchtete Harald, es würde zum Kampf kommen. Er ritt wieder sein altes Pferd, doch jetzt trug er einen kurzen Wurfspeer, den Rane ihm gegeben hatte. Der ritt unterdessen direkt auf den Hofplatz und stieg vom Pferd. Niemand sagte etwas, aber offensichtlich war man ihnen auch nicht feindlich gesinnt.

Harald dachte, dass leicht zu erkennen sei, welcher von den Männern der Hofbauer war. Er trug einen roten Schild, auf dem ein silbernes Zeichen prangte, das im Sonnenlicht glitzerte.

Rane fragte, woher der Bauer den Schild habe. Der Mann hielt den Schild schützend vor sich, ließ den Speerschaft aber auf den Boden sinken und erwiderte: »Den nahm ich einem Ritter in Mercia ab. Er brauchte ihn nicht mehr.«

Rane nickte. »Und dein Name?«

»Toke wie der Hof. Toke von Toke.«

Der Alte rieb seinen Armstumpf. »Hab ich deinen Namen vielleicht schon einmal gehört, als ich für König Knut in England kämpfte? Aber das ist lange her.«

Der Bauer Toke nickte.

Rane fuhr fort: »Willst du immer noch für König Knut kämpfen?«

Der Bauer gab keine Antwort.

Rane hob seinen Armstumpf, sodass Toke und alle anderen ihn sehen konnten.

»Als ich König Olav nach Bokn folgte, verlor ich meine Hand an Erling Skjalgsson. Jetzt kämpfe ich für Olav mit der anderen Hand, denn er kehrt bald zurück.«

Der Bauer hob die Augenbrauen. »Woher weißt du, dass unser alter König zurückkommt?«

»Weil ich Rane Kongsfostre bin.«

Der Bauer schwieg. Dann legte er Schild und Speer auf den Boden und reichte Rane die Hand.

»Ich sah dich zusammen mit Olav in Mercia. In der Festung am Fluss, die ihr gebaut hattet. Du trugst einen Wolfspelz.«

»Den Tag werde ich nie vergessen. Die Leichen der Feinde bedeckten das ganze Schlachtfeld.«

Der Bauer nickte mit verträumter Miene. »Und jetzt treibst du wieder Männer für Olav zusammen?«

»Das tue ich, denn der König kehrt im Sommer zurück.«

»Hast du Silber bei dir?«

»Silber von Bjørn Stallare.«

Der Bauer Toke fuhr sich mit der Hand durch das graue Haar. Er schwitzte, wie Harald jetzt bemerkte.

»Ich schlachte ein Schaf, wenn ich die Saat ausbringe, und schenke Thor das Blut. Wenn er mir reiche Ernte beschert, bekommt er im Herbst das Blut eines weiteren Schafs. Als ich damals auf Wikingfahrt ging, opferte ich auch ein Schaf für das Kriegsglück.«

Rane nickte. »Daran hast du wohlgetan. Deine Hände sind beide unversehrt.«

»Der König, dem du dienst… er hat ein reizbares Gemüt.«

»Olav ist älter und klüger geworden.«

»Hier in den Tälern sehen wir nicht viel von den Dänen. Aber wir reden mit anderen, deren Höfe an der Küste liegen. König Knut fordert hohe Steuern.«

Rane drehte sich zu Harald herum und machte ihm Zeichen, das Lastenpferd zu bringen. Es befand sich Silber in den Satteltaschen. Harald stieg ab und führte das Pferd zu Rane. Der griff in eine der Taschen und holte eine Handvoll Münzen hervor. Der Bauer machte große Augen.

»Bestell du deine Äcker, und danach komm nach Hellevann am Skiensfjord«, sagte Rane. »Bjørn hat dort zwei Langschiffe liegen, und wir werden noch weitere beschaffen.«

»Alle hier wissen, wo Bjørns Langschiffe liegen.«

Rane sah sich um. Neben dem Bauern gab es sechs Männer auf dem Hof.

»Bring alle mit, die ich jetzt bei dir sehe. Lass nur

einen hier, der den Weibern helfen soll, den Hof durch den Sommer zu bringen. Ihr alle seid zurück, bevor die Ernte eingebracht wird.«

Der Bauer deutete mit dem Kopf auf die Silbermünzen.

»Und wie viel …?«

»Zwei jetzt, und eine für jeden Mann, den du mitbringst, wenn wir uns wiedersehen.«

Der Bauer nickte. Harald dachte, dass er mit dem Handel zufrieden schien.

Toke fuhr fort: »Wir müssen auch noch zwei Zäune aufstellen, bevor wir das Vieh nach draußen lassen.«

Rane nickte. »Bringt eure Schilde und Speere mit, und auch eine gute Axt. Und Vorräte für einen Monat. Wir setzen nach Borg über und treffen uns mit dem König in Schweden.«

Rane gab Toke zwei Silbermünzen. Der Bauer betrachtete sie eingehend und prüfte eine mit den Zähnen. Als beide Münzen irgendwo in seinen Kleidern verschwunden waren, sagte Rane: »Du bist jetzt ein Mann König Olavs, Toke von Toke. Dein erster Auftrag lautet, unsere Pferde mit Wasser zu versorgen. Dann befiehl den Weibern, uns Bier und Essen zu bringen. Wir bleiben heute Nacht bei dir.«

Überall in den Dörfern verbreitete sich die Nachricht, dass Rane Kongsfostre ein Heer für Olav zusammenstellte. Da Olav sich nicht im Land befand, konnte er von den Bauern keinen Kriegsdienst einfordern. Dieser musste mit reichlich Silbermünzen bezahlt werden.

Immer mehr Männer kamen hinzu und wollten dabei sein. Darunter viele Bauernsöhne ohne Erbrecht und viele Kleinbauern, die nur eine Kuh und ein paar Schafe besaßen. Einige gesellten sich sofort zu ihnen, andere versprachen, nach Hellevann zu kommen, sobald alles gepflanzt und gesät wäre.

Die Zeit verging, und sie näherten sich bereits vertrauten Orten in Ringerike. Eines Abends schlug Rane das Lager an einer Stelle auf, wo sie über den Tyrifjord blicken konnten. Ganz in der Nähe gab es eine kleine Anhöhe. Harald stieg hinauf, setzte sich auf einen Felsvorsprung und ließ den Blick über das ausgedehnte Gewässer schweifen.

Nach einer Weile kam Rane zu ihm. Harald glaubte, der Alte wollte ihm irgendetwas auftragen, aber Rane setzte sich zu ihm.

»Denkst du an dein Zuhause?«, fragte er.

Harald nickte.

Rane fuhr fort: »Åsta ist die wichtigste Frau in meinem Leben, obwohl sie mir niemals gehörte.«

Harald sah ihn an. »Du kennst sie lange.«

»Seit sie geboren wurde.«

»Auch Olav, meinen Bruder?«

»Ihn auch, seit Åsta ihn gebar. Ich musste ihr einen Gürtel um den Leib schnallen und ihn zuziehen, um Olav herauszubekommen. Schon damals war er ziemlich widerspenstig.«

Harald sah Rane an. Er dachte, er wollte dem Alten gern für alles danken, was der ihm beigebracht hatte. Den Umgang mit Axt und Speer, und noch anderes.

Sogar für die Handschellen, sogar für die Prügel, die er so oft bezogen hatte. Aber er wusste nicht, wie er sich ausdrücken sollte.

Unterdessen fuhr Rane fort: »Åsta ist jetzt geschwächt, aber du wirst ihr helfen, bevor wir weiterziehen.«

Harald spürte Kälte in sich aufsteigen. Er hatte keine Lust, seine Mutter wiederzusehen. Sie hatte ihn fortgejagt. Vielleicht zu seinem eigenen Besten? Dennoch lastete die Erinnerung an jenen Abend, als er wie ein Sklave weggebracht worden war, noch immer schwer auf ihm.

»Ich will nicht nach Stein.«

»Du gehst nicht sofort zum Hof deines Vaters. Dahin gehst du erst, wenn wir wissen, ob Olav Norwegen zurückgewinnt oder nicht. Åsta wird dich dann brauchen. Was immer geschehen mag.«

Rane stand auf.

»Heute Abend wirst du nach Bønsnes gehen und mit Sigvald Sigvaldsson reden.«

Harald blickte Rane nach. Der Alte ging den Hügel hinunter. Harald folgte ihm. Bei ihrem Lager angekommen, legte Rane alle Waffen zusammen und warf sich den Wolfspelz über die Schultern. Harald nahm den Wurfspeer und stieg aufs Pferd.

Sie ritten über vertraute Wege und erreichten Bønsnes kurz nach Sonnenuntergang. Draußen war niemand zu sehen. Sie betraten das Langhaus.

Sigvald saß mit einigen seiner Männer am Tisch. Außerhalb des Kerzenscheins saßen ein paar Frauen.

Rane und Harald blieben in der Mitte des Raums stehen. Die Männer am Tisch sagten nichts. Häuptling Sigvald erhob sich. Er trat an die Wand und nahm eine Axt, die dort hing. Auch die anderen Männer zogen ihre Waffen, aber keiner hatte einen Speer bei sich.

»Hier sitzt du also, Sigvald, und trinkst Olavs Bier und isst seine Hammel.«

Sigvald beugte sich vor und spähte in das Halbdunkel.

»Rane? Dachte ich's mir doch.«

Rane deutete auf Harald. »Kennst du den Mann, der mich begleitet?«

»Harald? Harald Sigurdsson?«

»Harald Sigurdsson, ja. Er ist gekommen, um sich deinen Kopf zu holen. Den Kopf, den du uns für Guttorms Tod schuldest.«

Sigvald starrte Rane an.

»Guttorm durfte eine Waffe tragen. Lodin Erlingsson tötete ihn im Schwertkampf.«

»Du darfst auch eine Waffe tragen, wenn Harald dir deinen Kopf nimmt. Deine Axt trägst du schon in der Hand.«

Harald dachte, dass er Sigvald mit dem Speer töten würde, wenn Rane es verlangte. Aber wo war Ragnar? Er konnte ihn nirgendwo entdecken. War er vielleicht auf Hof Stein?

Sigvald stand immer noch am Tisch und rührte sich nicht. Er blickte einen der Männer an, die ihm gegenübersaßen. Harald hatte diesen Mann noch nie zuvor gesehen. Er musste neu in Bønsnes sein.

Sigvald stützte sich mit der freien Hand auf den Tisch.

»Solange ich dich kenne, warst du der beste Speerkämpfer, Rane. Aber wenn ich dich jetzt so anschaue, siehst du alt und müde aus. Und die Hand, die Erling dir nahm, bekommst du nicht zurück.«

Jetzt erhob sich der Unbekannte. Er hielt eine schwere Axt in der Hand.

»Der Mann, den du hier siehst, ist Kelte. Er hat sich meinem Sohn angeschlossen«, fuhr Sigvald mit stolzgeschwellter Brust fort. »Er ist heute Abend nach Bønsnes gekommen, weil er hier eine Frau gefunden hat. Du musst erst an ihm vorbei, wenn du zu mir kommen willst.«

Rane rührte sich nicht. »Schick ihn lieber zu mir«, erwiderte er kühl. »Ich habe keine Lust, an deinen Tisch zu treten, um das Leben eines Kelten auszulöschen. Solche wie er stürzen sich gern selbst in ein Schwert.«

Sigvald antwortete nichts darauf. Er griff nach seinem Becher auf dem Tisch und trank.

Der Kelte kam langsam auf Harald und Rane zu. Rane ließ den Speer auf den Boden fallen, rührte seine Axt aber nicht an. Harald stand dicht hinter dem Alten. Wollte Rane sich denn nicht verteidigen? Harald spürte, wie Panik in ihm aufstieg. Wie oft hatte Rane ihn ausgeschimpft, wenn er seine Waffe nicht schnell genug zog?

»Ein feiner Kelte, den du mir da schickst, Sigvald«, sagte Rane mit seiner knurrenden Stimme. »Wie groß und fett er ist! Aber wegen ihm die Axt zu ziehen, lohnt sich kaum. Das sehe ich schon daran, wie er sich bewegt.«

Der Kelte stand jetzt direkt vor Rane, und Harald dachte, er würde jeden Augenblick zuschlagen. Doch bevor der Mann die Hand heben konnte, stürzte Rane sich auf ihn und bohrte ihm einen Finger ins Auge.

Alles passierte so schnell, dass Harald erst begriff, was geschehen war, als er das blutige Auge in Ranes Hand entdeckte. Der Mann ließ die Axt fallen und brüllte wie ein frisch kastrierter Ochse.

Rane versetzte dem Mann einen Tritt und riss ihn von den Füßen. Dann beugte er sich über ihn und pflückte ihm auch das andere Auge aus dem Kopf. Das Blut spritzte aus den Augenhöhlen. Harald schluckte.

Dann sagte Rane: »Immer noch groß und fett, aber jetzt muss dein Sohn einen blinden Kelten durchfüttern.«

Er hob seinen Speer auf und trat an den Tisch heran. Die Männer um Sigvald wichen zurück. Keiner von ihnen ließ seine Waffe sehen.

Rane stand jetzt dicht vor Sigvald.

»Willst du hier deine Zeit vergeuden und in die Leere starren, oder willst du deine Axt schwingen und Odin sagen, dass du einen Platz an seinem Tisch verdienst?«

Der Bønsnes-Häuptling war vor Schreck noch immer wie gelähmt. Der blinde Kelte kroch jammernd über den Fußboden. Als ob er nach seinen Augen suchen würde, dachte Harald.

Schließlich fand Sigvald die Sprache wieder. »Wenn Ragnar zurückkommt, wird er Rache …«

Er schrie auf, als Rane ihn packte und zu Boden stieß. Sigvald hielt sich die Hände über den Kopf, als könnten sie ihn beschützen. Rane drehte sich zu Harald um.

»Kein sehr würdiger Gegner, aber Sigvalds Kopf gehört dir, wenn du ihn haben willst.«

Harald blickte auf die Gestalt auf dem Boden. Der Häuptling hatte sich noch mehr zusammengekrümmt. Er winselte wie ein Hund. Harald sah Rane unschlüssig an.

»Ich verstehe dich gut«, sagte der Alte. »Aber du musst ihn zeichnen, damit er weiß, wem sein Kopf gehört.«

Rane legte seine Axt in Haralds Hand.

»Zieh ihm die Klinge über den Nacken.«

Harald tat, was Rane verlangte. Die schwere Schneide der Axt drang leicht in das Fleisch ein. Der Bønsnes-Häuptling heulte auf.

Rane sagte: »Harald lässt dir für diesmal den Kopf, den du Åsta und unserer Sippe schuldest. Er soll dir geliehen sein, solange du Åsta beistehst. Du wirst ihr bei allen Angelegenheiten helfen und deinen Sohn an der kurzen Leine halten. Tust du das nicht, kommt Harald oder Haralds Sohn oder vielleicht auch dessen Sohn und holt sich nicht nur deinen, sondern alle Köpfe deiner Sippe.«

Harald folgte Rane aus dem Langhaus. Als er gerade aufs Pferd steigen wollte, spürte er Ranes Hand auf der Schulter. Eine dünne, sehnige Hand, die kaum etwas zu wiegen schien. Rane zog sie schnell wieder zurück.

Dann stieg Rane Kongsfostre in seinem Wolfspelz aufs Pferd und ritt gemächlich davon. Schild und Speer hingen über seinen Rücken. Im Takt mit den Bewegungen des Pferdes stieß die Axt an seinen Schenkel.

Harald blickte ihm nach. Sein Herz schlug, doch nicht so, wie es schlug, wenn er rannte oder mit den Waffen übte. Auch nicht so wie damals, als er Ragnar und Gunnar mit geballter Faust entgegengetreten war.

Nein, es war etwas anderes. Harald glaubte zu wissen, was es war. Es hatte genau in dem Augenblick begonnen, als Rane ihm die Hand auf die Schulter gelegt hatte.

Harald stieg aufs Pferd und ritt dem Alten nach.

27

Der Wind trieb sie rasch über den Fjord und weiter ostwärts, vorbei an den großen Inseln. Die Sonne stand hoch am Himmel, als sie die Segel einholten und die Glomma flussabwärts nach Borg ruderten. Als Olav einst als König nach Norwegen gekommen war, hatte er dort einen Königshof bauen lassen, samt Landebrücke und Hafen für die Langschiffe. Es war eine Flussfestung, eine von vielen, die Olav hatte errichten lassen, um in feindlichen Gebieten überwintern zu können. Im Laufe der Zeit waren mehrere Häuser und ein Marktplatz hinzugekommen.

Rane stand am Heck des Schiffes und sah zu den drei anderen Langschiffen hinüber, die ihnen folgten. Sie waren jetzt weniger Männer als damals in Nesjar, als sie den Ladejarl besiegt hatten. Sogar in Grenland, wo Olavs Macht unangefochten war, hatten sich nur wenige Männer überreden lassen, dem Heer beizutreten. Viele, die versprochen hatten, zu kommen, waren letztlich daheim geblieben. Auch der Bauer Toke hatte sich mit den zwei Silbermünzen begnügt, die er von Rane bekommen hatte.

Vielleicht würden sie in Borg mehr Erfolg haben. Olav hatte dort ein paar Männer eingesetzt, die den Königshof für ihn unterhielten und auf der Ostseite des Fjords Steuern für ihn eintrieben. Doch viele waren es nicht.

Sie ruderten durch eine sich lang hinziehende Flussbiegung. Es war nicht mehr weit bis zu dem breiten Wasserfall. Rane beabsichtigte, die Schiffe an der Landebrücke vor dem Wasserfall zu vertäuen und dann dort zu verlassen. Die Männer sollten keine Kräfte damit vergeuden, die Schiffe hinter den Wasserfall zu ziehen. Wenn es Olav gelänge, Norwegen zurückzuerobern, würde es niemand wagen, die Schiffe anzurühren, wo immer sie auch lagen. Und wenn sie den Kampf verlören, würden sie die Schiffe ohnehin nicht mehr brauchen.

Als sie die Flussbiegung durchrudert hatten, konnte Rane die Häuser und die Festung erkennen. Borg war noch einmal verstärkt worden, als Olav Astrid zur Königin genommen hatte. Damals waren auch neue Landebrücken und einige Häuser für die vielen Gäste errichtet worden, die zur Hochzeit gekommen waren.

Am Ufer warteten viele Menschen. Rane hatte einen Boten vorausgeschickt, damit bei ihrer Ankunft alles vorbereit wäre. Rane wollte in Borg bleiben und auf eine Botschaft Olavs warten, die ihnen sagte, wo in Schweden sie sich treffen würden.

Als Bjørn nach Russland gezogen war, hatten sie sich darüber geeinigt, dass das Heer bereitstehen müsste, noch bevor die Traubenkirsche schwarz würde. Das war die Beere, die in Norwegen als letzte reif wurde. Schafften sie es nicht, müssten sie ein ganzes Jahr warten, denn sonst könnte sich der Winter als ihr schlimmster Feind erweisen.

Rane war sich sicher, dass Olav zurückkommen würde. Schließlich war er der Sohn Harald Grenskes.

Als die Schiffe angelegt hatten, gab Rane Harald ein Zeichen, Waffen und Gepäck an Land zu tragen.

In Borg erfuhren sie, dass der König sich dort aufgehalten hatte, bevor er weiter nach Schweden und dann zu Jaroslaw nach Holmgard gereist war. Viele Männer vom Königshof und von den umliegenden Dörfern hatten sich ihm angeschlossen.

Nachdem Rane und seine Männer fünf Nächte in Borg geschlafen hatten, kam ein Bote. Es war mitten in der Nacht. Rane lag in einem Haus innerhalb der Flussfestung. Er hatte nur Harald und zwei weitere Männer mitgenommen. Die anderen schliefen auf den Schiffen beim Wasserfall oder in Zelten, die auf der Landebrücke errichtet worden waren.

Rane konnte sich nicht erinnern, den Boten schon einmal gesehen zu haben. Der Mann sagte, er heiße Einar und wolle etwas zu essen haben, denn er sei den weiten Weg von Trøndelag hierhergeritten, um sie zu finden. Er sei einer von Finn Arnessons Männern, habe sich aber zu dessen Bruder Kalv begeben, der auf dem Lehnsmannshof in Egge lebte. Finn selbst habe ihn darum gebeten, sodass er erfahren könne, was Kalv zu tun gedenke, wenn Olav zurückkäme.

»Und was hast du erfahren?«, fragte Rane.

»Kalv denkt nach«, erwiderte der Mann.

Rane genügte die Antwort nicht. Er wollte mehr wissen, doch der Mann wich ihm aus.

»Aber ich habe noch andere Nachrichten«, fügte der Bote schnell hinzu. »Kalv hatte einem Mann befohlen, Olav zu folgen. Der kam vor ein paar Tagen nach Egge und berichtete, Olav sei über die Ostsee gefahren und befinde sich bei König Anund Jakob in Åros. Ich bin dann weitergezogen, weil ich befürchtete, in Holmgard Aufmerksamkeit zu erregen. Ich weiß daher nur, dass Kalv den Boten zu anderen Häuptlingen in Trøndelag weitergeschickt hat und zu seinen Schwagern Tore und Hårek im Norden.«

»Und dein Namensvetter, Einar Tambarskjelve?«

»Es heißt, er sei nach Jerusalem gefahren.«

»Und König Knut? Steht einer seiner Söhne in Trøndelag? Einer seiner Jarls?«

»Nein. Kalv ist dort oben jetzt der Stärkste.«

Rane drehte sich zu Harald um. »Geh und hol etwas zu essen und zu trinken für Einar. Und dann lass uns allein. Er und ich haben viel miteinander zu besprechen.«

Sie berieten sich, bis die Sonne aufging. Es war nicht leicht vorherzusagen, wie Kalv Arnesson reagieren würde, wenn Olav nach Trøndelag käme. Würde er seinem König zur Seite stehen, wie er es müsste, dann wäre die halbe Schlacht um Norwegen bereits gewonnen.

Rane allerdings war dessen nicht so sicher, wie Olav es möglicherweise sein würde. Denn er wusste, dass Kalv Arnesson mehr an Kalv Arnesson interessiert war als an seinem König oder irgendjemandem sonst.

28

Sie hatten Borg verlassen und waren nach Schweden hineingeritten, als ihnen die ersten von Olavs Männern begegneten. Die Pferde mussten ausruhen, und das Lager wurde an einem großen See aufgeschlagen.

Harald erkannte einen der Reiter wieder. Er hieß Finn Arnesson und war zusammen mit Olav auf Hof Stein gewesen. Der Mann hatte auch ihn wiedererkannt, denn er zügelte sein Pferd und schickte sich an, Harald zu begrüßen.

Da aber kam Rane. Der Alte warf ihm einen scharfen Blick zu, und Harald fuhr fort, das Sattelzeug mit Fett einzureiben. Finn und Rane begrüßten einander.

Finn wies auf Harald. »Ist das nicht der jüngste Bruder von Olav? Der seinen Spaß mit dem König trieb, als wir auf Stein waren?«, fragte er.

Harald wollte selbst antworten, aber Rane kam ihm zuvor: »Über den Jungen reden wir später. Erst will ich wissen, wo wir uns dem König anschließen können. Er hat uns aufgefordert, so schnell wie möglich zu kommen.«

Finn lachte auf: »Du hast den Bruder des Königs zu deinem Burschen gemacht!«

Er schüttelte amüsiert den Kopf, und Harald war froh, als die beiden Männer weitergingen. Die anderen aus der Reiterschar schlossen sich ihnen an. Sie liefen hinüber zum Lagerplatz und entfernten sich vom grasbewachsenen Seeufer, an dem Harald stand.

Harald konnte Olav vor sich sehen und spürte wieder den Griff, der seine Hand zu zermalmen drohte. Sein Bruder, der König. Harald hatte ein seltsames Gefühl im Bauch, als hätte er zu viel Hafergrütze in sich hineingestopft.

In den Tagen, nachdem sie von Digernes fortgeritten waren, um Männer für das Heer zu vereinen, hatte Harald Freude und Stolz verspürt. Und als Rane ihm die Hand auf die Schulter gelegt hatte, waren die Gefühle noch stärker geworden. Er war jetzt einer der Männer von Rane Kongsfostre.

Nun sollte er Olav wiedersehen. In einigen Tagen würde er wieder der Königsbruder sein. Bald würde Olav wissen, dass er zu ihm kam. Diese Nachricht würde er von Finn Arnesson erhalten, der sich jetzt bestimmt schon auf dem Rückweg befand.

Später an diesem Tag stand Harald im Wasser und wusch Ranes Pferde. Plötzlich tauchte Gunnar am Ufer auf. Als der Hofverwalter von Digernes ihn ansprach, wandte Harald sich um.

»Du kannst dich auch um mein Pferd kümmern.«

Keine anderen Menschen waren in der Nähe des Sees zu sehen. Harald wusste sofort: Die Zeit war gekommen. Es würde genau hier und jetzt geschehen, und so sagte er mit lauter Stimme: »Heute hole ich mir den Dolch zurück, den du mir gestohlen hast.«

Gunnar sah ihn nur verächtlich an.

Harald ließ sich nicht beirren: »Du nanntest mich einen Dieb, als du den Dolch gestohlen hast. Wenn du ihn mir wiedergibst und die Worte zurücknimmst, lasse ich dich am Leben.«

Jetzt grinste Gunnar breit. »Hast du vergessen, wie viel Prügel du beim letzten Mal bezogen hast?«

»Ja, du hast wohl nicht hart genug zugeschlagen.«

Gunnar kam ins Wasser. »Dann wollen wir mal sehen, ob wir das nicht ändern können«, sagte er mit fester Stimme.

Harald ließ die Zügel fallen. Die Pferde trotteten zum Ufer. Er trat einen Schritt zurück. Gunnar war jetzt fast bei ihm. Harald wich noch einen Schritt zurück und spürte, wie das Wasser seine Knie umspülte. Er hatte sein Hemd ausgezogen und den Gürtel mit dem Schildbuckel abgelegt, bevor er mit den Pferden ins Wasser gegangen war. Gunnar kam mit zusammengebissenen Zähnen auf ihn zu. Seine Augen waren schwarz.

»Ich hätte Rane die beiden Silbermünzen geben sollen«, fauchte er.

Haralds Atem ging schneller. Gunnar stand jetzt direkt vor ihm, aber Harald wollte ihn zuerst zuschlagen lassen. Wollte, dass er seine Kräfte verbrauchte.

Der Schlag kam überraschend und traf Harald direkt ins Gesicht. Er stürzte nach hinten und tauchte unter. Als er sich wieder aufrappelte, schlug Gunnar erneut zu. Genauso hart wie beim ersten Mal, aber er traf schlechter. Harald spürte warmes Blut aus der Nase über seine Lippen tropfen.

Harald wich abermals zurück, sodass Gunnar bis zu den Schenkeln im Wasser stand. Jetzt galt es alles oder nichts.

»Der Dolch, den du gestohlen hast, gehörte einst Olav Haraldsson, dem König von Norwegen«, sagte er mit so fester Stimme wie möglich. »Glaubst du etwa, ich ließe dich die Waffe behalten, die mir am teuersten ist?«

Gunnar gab keine Antwort. Er atmete bereits schwer. Dann kam ein neuer Angriff. Doch der Hofverwalter verfehlte sein Ziel und konnte gerade noch das Gleichgewicht bewahren. Er versuchte, dichter an Harald heranzukommen. Harald ahnte, dass Gunnar ihn an Land zerren wollte, und wich erneut einen Schritt zurück. Jetzt waren sie so tief in den See gekommen, dass ihnen das Wasser bis zur Hüfte reichte.

Harald sah, dass ein paar Menschen am Ufer zusammengekommen waren. War Rane irgendwo? Er konnte ihn nicht sehen.

Gunnar atmete jetzt noch schwerer. Auch Haralds Herz hämmerte, und seine Atemzüge beschleunigten sich. Ein eigenartiges Gefühl hatte sich in ihm ausgebreitet. Rane hatte gesagt, er müsse seine Wut zügeln, bevor er sich dem Zorn anderer Männer aussetzte. Jetzt wusste er, wie sich dieser Zustand anfühlte.

»Du wirst heute sterben, Gunnar, weil du den Dolch gestohlen hast, den ich von meinem Bruder, König Olav, bekam.«

War es Irrsinn oder Todesangst, die er in Gunnars Augen sah?

Er verweilte einen Augenblick zu lang bei diesem Gedanken und sah erst zu spät, dass etwas im Wasser vor ihm plötzlich aufblitzte. Aber er wusste genau, was es war, noch bevor der Dolch die Oberfläche durchbrach.

Harald ließ sich nach hinten fallen und spürte einen Schmerz in der Seite. Er presste die Hand auf die Wunde. Warmes Blut und kühles Wasser. Dann sank er hinab.

Es war dunkel. Harald dachte, er müsste seinen Kopf so schnell wie möglich aus dem Wasser bekommen. Der Schatten über ihm näherte sich noch einen Schritt. Gunnar musste jetzt bis zur Brust im Wasser stehen. Die Klinge des Dolchs glitzerte wie ein Fisch.

Harald stieß sich vom Untergrund ab, schoss vorwärts und umklammerte Gunnars Beine. Obwohl er einen neuen Schmerz verspürte, dieses Mal in der Schulter, ließ er nicht los. Er stieß sich erneut ab und riss Gunnar unter Wasser. Der Hofverwalter von Digernes strampelte mit den Beinen und versuchte, sich loszureißen.

Der Stiefel traf Haralds Brust, aber der Schmerz, den er verspürte, war ein anderer. Er kam aus seinem Inneren. Aus seiner leeren Lunge. Er brauchte Luft.

Harald wollte Gunnars Beine loslassen und sich aufrichten, als er plötzlich Gunnars Gesicht sah. Seine Augen schienen aus den Höhlen quellen zu wollen. Die Bläschen, die aus seinem Mund strömten, zeugten von schwindender Lebenskraft. Er hielt immer noch den Dolch in der Hand, doch die tödliche Kraft war aus der Waffe gewichen.

Das Wasser war nicht tief. Beide hätten sich leicht aufrichten können. Alles in Harald schrie nach Luft, aber er setzte den stummen Kampf unter Wasser fort. Er dachte an die glitzernden Fische, die er und Jomar aus dem Netz geholt hatten. Wie sie sich gewunden hatten, als sie auf dem Boden des Boots lagen und zappelten und sich ans Leben klammerten in einem nutzlosen Kampf.

Dann entwich Gunnars Atem in einem Strom aus Blasen. Harald ließ los. Alles um ihn herum war schwarz. Dann sah er etwas aufblitzen. Etwas Glänzendes, das durch das Wasser trieb. Er streckte sich danach, packte es und durchstieß schließlich die leuchtende Wasseroberfläche.

Die Schmerzen in der Brust verstärkten sich, als er die Luft einsog. Er legte sich auf den Rücken, ließ sich treiben und versuchte, seine Atmung zu beruhigen. Nach einer Weile strich er sich die Haare aus dem Gesicht. Das Licht blendete ihn. Er kniff die Augen zusammen.

Die Männer am Strand waren immer noch da. Harald sah sie als schattenhafte Umrisse. Es war eine größere Gruppe. Er versuchte, sich aufzurichten, hatte aber noch nicht genügend Kräfte gesammelt, um an Land zu gehen.

Neben ihm trieb Gunnars Leiche im Wasser. Er schnallte ihm den Gürtel ab und löste die Messerscheide. Mit der Scheide in der einen und dem Dolch in der anderen Hand watete er ans Ufer.

Die Gruppe am Ufer stand regungslos da. In ihrer

Mitte entdeckte er Rane. Der Alte kam einen Schritt auf ihn zu und sagte, er solle seine Hose ausziehen. Harald wusste nicht, ob ihm dies gelingen würde. Es kostete ihn schon genügend Anstrengung, sich auf den Beinen zu halten.

»Zieh deine Sachen aus«, wiederholte Rane. »Du bist nicht mehr mein Bursche.«

Harald verstand nicht. Was meinte Rane damit?

»Du hast länger gebraucht, als ich erwartet hatte, um dir die königliche Gabe zurückzuholen. Jetzt bist du nicht mehr mein Bursche. Zieh die Sklavenkleider aus.«

Harald löste den Strick um seine Hüfte und ließ die Hose fallen. Nur ein einfacher Stofffetzen bedeckte jetzt noch seine Blöße.

»Alles!«, sagte Rane und reichte ihm dann ein Bündel. Es waren die Kleider, die er getragen hatte, als sie von Stein aufgebrochen waren.

»Zieh endlich die Hose an«, knurrte Rane. »Es ziemt sich nicht für einen Königsbruder, nackt vor seinen Männern zu stehen.«

29

Das Tauwerk aus Walrosshaut sah kräftig aus. Ragnar trug es an Bord des Schiffes, das schwer am Anleger des Handelplatzes Tunsberg lag.

Sie hatten alle Wolle und alles Trockenfleisch aus den Vorräten verkauft oder gegen Eisen und Taue getauscht. In Stein und in Bønsnes sollten Waffen geschmiedet werden, und die Taue waren für das neue Schiff vorgesehen, das gerüstet werden sollte. Nur Seile aus Walrosshaut taugten als Stage für den Mast.

Am nächsten Tag wollten sie nach Norden segeln, hinein nach Hurumland und zum Ende des langen Fjordarms, der zu den Höhen von Lier führte. Dort hatte Ragnar einen Hof mit einem Bootshaus am Fjord.

Da wurde das neue Schiff gebaut. Mast, Kiel und Spanten waren bereits vorhanden, und mit jedem Tag wuchsen die Schiffswände. Ragnar freute sich darauf, zu sehen, wie weit die Männer schon gekommen waren. Er hatte dem Schiffbauer gesagt, dass alles noch vor Mittsommer fertig sein müsse.

Das Eisen würden sie auf dem Landweg zum Tyrifjord bringen und von dort aus weiter zu den Schmieden auf den heimischen Höfen. Sie brauchten Äxte, Speerspitzen, Pfeilspitzen.

Viele aus Ringerike waren fortgeritten, um sich Olav in Schweden anzuschließen. Zwei Hofburschen von Stein waren verschwunden. Ragnar zweifelte nicht daran, dass Olav zurückkommen würde. Er hatte gehört, dass Rane Kongsfostre und Harald mit vier Langschiffen nach Borg gesegelt waren. Ragnar hatte ein paar Männern befohlen, ihnen zu folgen, sodass er alle Neuigkeiten erfahren könnte.

Vielleicht kam Olav ja nach Ringerike und würde versuchen, Norwegen von dort aus zurückzuerobern? Käme er irgendwo anders ins Land, würde Ragnar dort hingehen und warten.

Wo immer sie ihm auch begegnen würden, sollten sie nicht ohne Waffen dastehen.

Harald würde vermutlich bei ihm sein, wenn Olav zurückkäme. Er hatte Sigvald zum Krüppel gemacht. Der Alte hatte kein vernünftiges Wort mehr von sich gegeben, seit Harald ihm fast den Kopf abgeschnitten hatte. Würde es so weitergehen, müsste er seinen Vater töten, bevor er noch mehr Schande über die Sippe brachte.

Auf dem Anleger drängten sich viele Menschen. Sie schlenderten zwischen Fässern und übereinandergestapelten Kisten umher, standen herum, gafften. Es wurde gerufen und gefeilscht.

Jetzt im Frühsommer war der Markt noch geschäftiger als im Herbst. Dennoch hatte Ragnar einen guten Platz für sein Schiff gefunden. Die Menschen wussten inzwischen, wer er war. Die dicken Wollballen, die fetten Schinken und die Silbermünzen, die er großzügig verteilte, sprachen für sich.

Ragnar entgingen nicht die Blicke, die ihm auf den Landebrücken oder an den Marktständen zugeworfen wurden, und sie gefielen ihm. Er konnte die Gedanken der Menschen in ihren Augen lesen: Dort geht Ragnar Sigvaldsson, der reichste und mächtigste Mann in Ringerike.

Bevor er aufbrach, wollte er dafür sorgen, dass schon bald noch viel mehr über Ragnar Sigvaldsson gesprochen würde.

Er nahm seine Männer mit zur Bierschenke. Nur die Sklaven und ein paar Männer, die die Ladung bewachen sollten, blieben auf dem Schiff zurück. Die Schenke war gut gefüllt, als sie eintrafen. Ragnar stellte sich in die Mitte des Raumes und erhob seine Stimme, um die Aufmerksamkeit aller zu erregen.

»Viele von euch wissen sicher, wer ich bin«, begann er und ließ den Blick durch den Schankraum schweifen.

Einer rief, er ähnele dem Widder auf dem Hof zu Hause. Vielleicht hatte seine dumme Mutter ja den Widder geritten? Oder hatte der Widder sie geritten? Viele lachten.

Ragnar überhörte die Zwischenrufe.

»Ich bin Ragnar Sigvaldsson, und ich werde alles Bier zahlen, das ihr heute Abend trinkt.«

Er löste einen Lederbeutel von seinem Gürtel und füllte seine Hand mit Münzen. Dann warf er sie mit großem Schwung über Tische und Bänke. Die Männer in der Schenke krochen umher, um die Münzen an sich zu raffen.

Ragnar lachte und fuhr fort: »Wer keine Münzen abbekommen hat, kriegt später welche. Es heißt nämlich, dass Olav Haraldsson zurückkommt, und ich will ihm mit so vielen Männern wie möglich entgegentreten.«

Er nahm eine weitere Handvoll Münzen aus dem Beutel und hielt sie hoch.

»Ich komme nach Mittsommer hierher zurück, und alle, die dann zu mir kommen, sollen Silber erhalten.«

Ein Mann irgendwo im Halbdunkel rief: »Willst du die Münzen nicht werfen, damit wir endlich in Ruhe trinken können?«

Ragnar entgegnete: »Wir trinken gleich. Ihr seid meine Gäste. Und es gibt noch mehr Silber für alle, die sich mir anschließen, um Olav Haraldsson zu töten.«

»Es ist doch gut, wenn Olav zurückkommt. Die Dänen plündern noch das ganze Land aus«, rief der Mann von eben. Jetzt stand er auf und hob seinen Becher. »Wenn Olav kommt, gehe ich zu ihm und kämpfe für ihn.«

Ragnar hatte ebenfalls nach einem Becher gegriffen und hob ihn jetzt dem Mann entgegen.

»Dann sehen wir uns in der Schlacht wieder. Ich freue mich schon darauf, meine Axt in deinen leeren Schädel zu rammen.«

Der Mann lachte. »Eher wird die Sonne vom Himmel fallen. Wie ich gehört habe, hast du dir die großen Höfe in Ringerike unter den Nagel gerissen. Aber dort wirst du nicht bleiben, wenn Olav zurückkommt. Er wird dich in hohem Bogen zur Tür hinauswerfen, und zwar so weit, dass dein Bart schon grau geworden ist, bevor du wieder auf die Erde fällst. Ich kenne Olav. Der Mann strotzt nur so vor Kraft.«

Ragnar spürte Zorn in sich aufsteigen. »Ich werde sowohl ihn als auch seinen Bruder töten. Das wird der beste Tag meines Lebens.«

Der Mann, der gesprochen hatte, trat weiter vor. Er schien keine Angst vor Ragnar zu haben.

»Du kannst gern gleich deine Axt zücken, dann sehen wir ja, aus welchem Holz du geschnitzt bist. Und wie ich sehe, trägst du auch ein Schwert. Greif ruhig zu, wenn du glaubst, dass es dir hilft«, sagte der Mann.

Ragnar wurde unruhig. Die Männer, die er bei sich hatte, waren keine Krieger. Sie hatten sich jetzt zurückgezogen, und der Mann vor ihm wusste bestimmt mit der Axt umzugehen.

»Warum so ungeduldig?«, sagte Ragnar und versuchte, amüsiert zu klingen. »Hast du nicht selbst gesagt, dass du in Frieden trinken willst? Warten wir ab, ob Olav kommt. Wenn er es tut, sehen wir uns in der Schlacht.«

Der Mann kam immer näher und blieb schließlich dicht vor Ragnar stehen. Er war groß und breit gebaut.

»Dann hörst du besser auf, schlecht von Olav Haraldsson zu reden. Er ist der trefflichste König, den wir je hatten.«

Ragnar hob seinen Becher. »Ich bin mit seiner Schwester verheiratet und trinke gern auf ihre Sippe.«

Der Mann musterte ihn für einen Moment und lächelte dann. »Anscheinend weißt du besser mit Worten als mit dem Schwert umzugehen. Aber wenn du dich gegen Olav wendest, sehen wir uns wieder.«

Damit drehte er sich um und ging zu seinem Platz zurück.

Ragnar setzte sich zu seinen Männern. Sie ließen die besten Speisen kommen, die angeboten wurden. Doch Ragnar aß nur wenig.

Als sie zurück zur Landebrücke kamen, befahl Ragnar den Männern, sofort die Abreise vorzubereiten. Noch am selben Abend würden sie den Handelsplatz verlassen. Alles sollte vorbereitet sein, damit sie abfahren könnten, sobald er sein letztes Geschäft erledigt hätte, sagte er.

Dann ging Ragnar zurück zur Bierschenke.

Gleich nebenan befand sich ein Stall mit einem Misthaufen darin. Die Männer kamen dorthin, um zu pissen. Ragnar stellte sich in einiger Entfernung unter einen Dachvorsprung, wo es dunkel war. Von dort waren es nur wenige Schritte bis zu dem Abtritt.

Zwei Männer kamen heraus. Ragnar sah sie im schwachen Licht, das aus der Türöffnung fiel. Der Mann, der vorhin das große Wort geführt hatte, war nicht dabei.

Mehrere Männer kamen und gingen. Manche zu zweit, andere allein. Ragnar dachte, dass er auch mit zweien fertig werden würde. Alle in der Schenke waren jetzt betrunken. Dafür hatte er selbst gesorgt. Er hatte dem Wirt viel Silber gegeben. Und keiner kam mit seinen Waffen heraus, wenn er pissen wollte.

Ragnar wartete im Dunkeln, aber der Mann kam nicht. Vielleicht war er schon gegangen oder in der Schenke eingeschlafen? Die Sterne warfen ein bleiches Licht über die Häuser. Es war kalt geworden, aber Ragnar beschloss, noch eine Weile zu warten.

Dann kam er. Ragnar erkannte seine wuchtige Gestalt. Er schwankte und schien es nicht bis zur Pissstelle zu schaffen, sondern trat direkt an die Hauswand, wo Ragnar stand. Unter dem Dachvorsprung war es dunkel, der Mann blieb nur wenige Schritte entfernt stehen. Er stützte sich mit einer Hand an der Hauswand ab und fing an zu pissen. Da trat Ragnar vor.

Der Mann entdeckte ihn. Er sagte: »Du! Der Phrasendrescher von Stein!«

Ragnar stieß dem Mann sein Messer in die Seite. Der blickte verwundert auf die Waffe. Ragnar stieß noch einmal zu. Der Mann trat einen Schritt zur Seite und hieb mit der Faust nach Ragnar. Er traf nur Ragnars Schulter, aber Sigvalds Sohn schwankte.

»Stehst hier im Schatten und wartest mit einem Messer auf mich? War ja nicht anders zu erwarten. Elender Feigling…«

Ragnar stürzte sich auf ihn und rammte ihm das Messer bis zum Schaft in den Bauch. Der Mann fiel nach hinten und schlug mit dem Kopf gegen die Hauswand. Ragnar war sofort bei ihm und stach abermals zu. Der Mann versuchte, sich zu wehren, aber seine Bewegungen waren jetzt schwerfälliger. Ragnar fiel es leicht, ihm das Messer noch einmal in den Leib zu stoßen. Und ein weiteres Mal.

Der Mann war auf die Knie gesunken. Ragnar trat hinter ihn und schnitt ihm die Kehle durch. Er fiel vornüber. Ragnar spürte das warme Blut auf seiner Hand.

Die Tür der Schenke öffnete sich. Ragnar zog sich in den Schatten zurück und schlich an der Hauswand entlang. Die beiden Männer, die zum Pissen herausgekommen waren, stolperten beinahe über den Toten. Einer von ihnen rief: »Das ist Olve! Jemand hat Olve ermordet!«

Ragnar lief um die Hausecke und rannte schließlich zur Landebrücke hinunter.

Er hörte, dass gerufen wurde. Vermutlich die Männer aus der Schenke. Aber keiner hatte ihn gesehen, und er blieb erst stehen, als er den Hafen erreicht hatte. Als er an Bord kletterte, blickte ihn der Hofverwalter von Bønsnes verwundert an.

»Du hast Blut im Gesicht.«

»Halt's Maul und setz die Männer an die Riemen.«

Ragnar half selbst mit, das Schiff vom Ufer abzustoßen. Kurze Zeit später ruderten sie auf den Sund zu, der vom Handelsplatz Tunsberg in den breiten Fjord hinausführte.

Er spürte, wie ihn die Wärme durchströmte. Man legte sich eben nicht ungestraft mit Ragnar Sigvaldsson an, dachte er.

30

Vier Tage liefen sie am Ufer des großen Sees entlang. Einige Männer meinten, dass sie jetzt zu dem Meer gekommen waren, das Ostsee genannt wurde, denn auf der anderen Seite war kein Land zu erkennen. Es gab auch viele Seevögel, Möwen und Seeschwalben. Aber das Wasser war nicht salzig.

Rane sagte, der See werde von den Menschen, die dort wohnten, Vänern genannt. Sie glaubten, es sei der größte See, der sich überhaupt nur finden ließe, aber Rane sagte, er habe einen See gesehen, der noch größer war. In Russland, dem Land, das noch weiter im Osten lag.

Harald war zu Pferd. Rane sagte, dass Harald nun ein Häuptling sei und die Männer es gern sähen, wenn der Häuptling auf einem Pferderücken saß. Das Heer kam nur langsam voran. Die meisten mussten laufen. Die Pferde trugen Zelte, Vorräte und Waffen. Harald bekam Muskelkater vom tagelangen Reiten und lief größere Strecken zu Fuß, wie die anderen.

Am fünften Tag kamen sie wieder in einen Wald. Sie gingen in Richtung Osten, der See war nun nicht mehr in Sichtweite.

Rane sagte, es gebe ganz in der Nähe einen anderen See. Der sei fast genauso groß wie der, an dem sie entlanggelaufen waren. Aber dorthin würden sie nicht gehen. Stattdessen würden sie nach Norden gehen, zu einem weiteren großen See, der Siljan hieß.

Finn Arnesson hatte berichtet, dass Olav sie auf einem Hof namens Närke erwarten würde. Der dortige Häuptling hieß Sigtrygg. Sollte Olav nicht dort sein, wäre er bei seinem Schwager Anund Jakob, dem König von Schweden.

Am sechsten Tag sahen sie viele Menschen, die am Wegesrand ihre Lager aufgeschlagen hatten. Von den offenen Feuern duftete es nach gebratenem Fisch. Auch Frauen waren zu sehen, und ein paar Kinder blickten Harald nach. Zuerst fragte er sich, wonach sie Ausschau hielten, begriff schließlich aber, dass es der rote Umhang war, den er trug. Nur Edelleute trugen solche Umhänge. Dachten die Kinder vielleicht, er sei ein König?

Auf einer Wiese kämpften zwei Männer mit bloßen Fäusten. Viele standen dabei und sahen zu.

Harald dachte an Gunnar. Jomar und zwei andere Männer hatten seine Leiche aus dem Wasser gezogen. Jomar hatte zu Harald herübergesehen, aber Harald hatte nichts in seinem Blick gesehen. Weder Zorn noch Erleichterung.

Am Nachmittag kamen sie zu einem weiteren See. Rane sagte zu Harald, er solle die Männer die Lager aufbauen lassen, denn jetzt seien sie ganz in der Nähe von Närke. Allerdings würden sie dort wohl nicht wohnen können, da sicher schon viele andere Menschen auf dem Hof eingetroffen seien.

Harald räusperte sich. »Was soll ich zu meinem Bruder sagen, wenn wir uns begegnen?«

Rane sah ihn überrascht an. »Was du zu deinem Bruder sagen willst, musst du dir selbst überlegen.«

Der Alte hockte auf einem Baumstumpf. Die Erschöpfung war ihm deutlich anzusehen, aber er lächelte.

»Nach dem, was Finn Arnesson erzählt hat, solltest du vermeiden, deinen Bruder erneut zu reizen«, sagte er. »Sonst reißt er dir nämlich die Hand ab. Und dann stehst du nicht besser da als ich.«

Ranes Vermutung bewahrheitete sich. Je näher sie dem Hof von Sigtrygg kamen, desto mehr Menschen begegneten ihnen. Harald glaubte, es müssten noch viel mehr sein, als er und Rane mitgebracht hatten. Nie zuvor hatte er so viele Menschen an einem Ort gesehen.

Ungeachtet dessen wurde ihnen Platz gemacht, als sie auf den Hofplatz ritten. Ein Mann kam und hielt Haralds Pferd. Rane deutete auf das Langhaus und ging voraus. Harald folgte ihm.

Die ersten bekannten Gesichter, die sie entdeckten, waren Bjørn Stallare und Finn Arnesson. Doch Rane ging auf einen alten Mann mit langem weißem Bart zu. Es musste sich um Häuptling Sigtrygg handeln. Neben ihm saß Olav.

Harald trat zu ihnen. Olav lächelte. Harald spürte, dass seine Anspannung nachließ, und lächelte ebenfalls. Olav nahm seine Hände und schüttelte sie freundlich.

»Sei willkommen, Harald«, sagte er. »Finn berichtet, ihr seid mit vielen Männern von Ringerike gekommen.

Reich auch Sigtrygg die Hand, denn er ist es, der uns bewirtet und Unterkunft bietet.«

Harald nahm die Hand des Alten und war erstaunt darüber, wie kräftig sie war.

Der Bruder musterte ihn eingehend. Harald spürte, dass er rot wurde.

»Ich habe dir gesagt, dass du wieder zu mir kommen kannst, wenn du dich als Bursche für Rane Kongsfostre bewährt hast«, sagte Olav. »Jetzt sehe ich, dass dir die Zeit bei ihm gut bekommen ist.«

Harald war immer noch verlegen. Er musste sich zwingen, zu antworten.

»Er hat mich in den letzten Tagen voranreiten lassen.«

Olav nickte und sagte: »Daran sehe ich, dass aus dir ein Häuptling geworden ist. Für Rane können wir nur entweder Bursche oder Häuptling sein.«

Harald sah zu Rane, doch der Alte beachtete ihn nicht.

»Er hat mir vieles beigebracht«, sagte Harald an Olav gewandt. »Vom deinem besten Mann habe ich gelernt, mit Axt und Speer umzugehen. Ich bin bereit, in die Schlacht zu ziehen.«

Finn Arnesson und Bjørn Stallare waren zu ihnen getreten. Olav nickte.

»Finn und Bjørn werden wohl zustimmen, dass Rane einer meiner Besten war und noch immer ist. Rane selbst würde allerdings wohl sagen, dass Torkjell Høge, der Häuptling der Jomswikinger, und auch mein Vater, dessen Namen du trägst, ihn an Fähigkeiten noch übertroffen haben.«

Harald stutzte. Weshalb musste sein Bruder ihm jedes Wort im Mund umdrehen?

»Ich habe auch einen Mann getötet. Rane hat es gesehen.«

Olavs Blick verdüsterte sich.

»Das ist nichts, dessen du dich rühmen solltest. Es ist ehrenvoller, ein Leben zu schonen. Morde geschehen jeden Tag. Aber nicht oft hat ein Mann Gelegenheit, seinen Feind zu verschonen.«

Harald platzte heraus: »Er stahl den Dolch, den du mir gegeben hast!«

Bjørn, der Truchsess von Digernes, wandte sich mit einem Lächeln an Olav: »Ich sagte schon zu Rane, dass der Junge dir ähnelt. Er ist so, wie du in deiner Jugend warst. Er fiel mir gleich auf, als ich ihn zum ersten Mal sah. Aber Rane erzählte mir erst, wer sein angeblicher Bursche wirklich ist, als ich nach Holmgard ging, um dich zu holen.«

Olav hatte mit unbewegter Miene zugehört. Bjørn verstand, welche Frage Olav auf der Seele lag.

»Gunnar war ein guter Hofverwalter«, sagte er daher, »aber kein guter Mensch und gewiss kein Christ. Du solltest ihm keine Tränen nachweinen.«

Olav seufzte. »Dennoch war es ein unnötiger Mord. Und wenn ich meinen Bruder anschaue, dann sehe ich noch immer einen Jungen vor mir, obwohl seine Stimme erwachsen klingt. Nehme ich ihn in mein Heer auf, wird er als einer der Ersten sterben, wenn es zur Schlacht kommt.« Olav sah Harald an. »Er zählt dreizehn Winter, ist aber noch kein erwachsener Mann.«

Harald spürte den alten Zorn gegen seinen Bruder in sich aufsteigen. Er hatte eigentlich gedacht, diese Gefühle überwunden zu haben, aber nun waren seine Worte nicht mehr aufzuhalten.

»Kannst du nicht mehr zählen? Ich bin *fünfzehn* Winter alt und schon längst erwachsen.«

Olav lächelte matt und sah zu Rane, der sich bei der Tür mit dem alten Sigtrygg unterhielt.

»Du hältst Rane für den trefflichsten Krieger meiner Schar und sagst, er habe dich gut darauf vorbereitet, in die Schlacht zu ziehen. Aber Rane weiß genau, warum ich dich nicht in mein Heer aufnehmen kann. Nicht wahr, Rane?«

Olav hatte die Stimme erhoben, um die Aufmerksamkeit des Alten zu erregen.

Harald starrte Rane an, der noch immer neben dem alten Sigtrygg saß. Rane gab keinen Ton von sich.

Schließlich sagte Olav: »Er sagt nichts, aber er soll nicken, wenn er versteht, was ich meine.«

Der Wolfsschädel auf Ranes Kopf bewegte sich. Er nickte zweimal. Wieso? Wieso glaubte Rane, dass er nicht bereit war, dem Heer beizutreten? Harald verstand überhaupt nichts.

Rane hatte ihm auf die Schulter geklopft. Rane hatte ihm seine Kleider wiedergegeben. Rane hatte gesagt, er solle voranreiten, denn jetzt sei er der Häuptling der Männer, die aus Ringerike kamen.

Olavs Stimme riss ihn aus seinen Gedanken.

»Da siehst du es. Für den Krieg bist du noch nicht bereit.«

31

Der Schildwall bewegte sich über den Acker. Die Männer gingen so dicht nebeneinander her, dass jeder die Hälfte des Mannes neben ihm mit seinem Schild abdeckte.

Rane dachte, dass die Formation langsam die richtige Gestalt annahm, nachdem sie nun seit ihrer Ankunft in Närke vor fast drei Wochen jeden Tag geübt hatten. Außer an Sonntagen. Olav hatte gesagt, dass an diesen Tagen die Arbeit ruhen solle, denn die Sonntage waren dem Herrn geweiht, denn so hatte es Jesus Christus gelehrt.

Die Männer aus Ringerike und den umliegenden Ortschaften, die Rane für Olav ausgewählt hatte, waren jetzt in Gruppen eingeteilt. Sie wussten nun genau, wo sich ihr Platz im Schildwall befand und wie sie die Männer ersetzen sollten, die fallen würden oder ausruhen müssten.

Alle hatten zeigen müssen, wie sie mit Axt und Speer umgehen konnten, und Rane hatte diejenigen ausgewählt, die in der ersten Reihe gehen würden.

Jetzt wurden die Männer von Bjørn Stallare und Finn Arnesson angeführt. Rane war mit Harald im Schildwall gegangen, um zu sehen, wie er sich machte. Unabhängig davon, ob Olav ihn mit in die Schlacht nähme oder nicht, musste der Junge lernen, sich in einem Schildwall zu bewegen. Rane hatte Harald gezeigt, wie er den Schild halten und den Speer einsetzen musste. Harald würde es sicher besser verstehen, wenn er inmitten von brüllenden Kriegern stand.

Doch Ranes Kräfte hatten schnell nachgelassen. Er begnügte sich daher damit, von einem großen Findling herab die übenden Männer zu beobachten und Finn Arnesson als Berater zur Seite zu stehen.

Es war wichtig, dass die Männer lange und gut übten. Rane hatte oft genug erlebt, dass die erste Reihe in einem Heer die Schlacht entschieden hatte. Männer, die sich rückwärtsbewegten, waren immer schwächer als diejenigen, die vorwärtsschritten. Deshalb gewann meist auch das Heer, das über den stärksten Schildwall verfügte. Wenn der zusammenhielt und alle Männer fleißig die Speere einsetzten, konnten die Krieger in den Reihen dahinter über den eigenen Schildwall hinweg Pfeile abschießen, Speere schleudern oder Steine werfen. Wichen die Gegner dann zurück, konnten die weniger erschöpften Männer aus den hinteren Reihen nach vorn kommen und den Feind weiter in die Flucht schlagen.

Ein Schildwall konnte ein Heer auch gegen eine große Übermacht verteidigen. Das hatte Rane einmal in Irland miterlebt. Ein dortiger Stamm – die Krieger nannten sich Pikten – hatte sie überraschend aufgerieben. Sie selbst waren nicht mehr als eine Schiffsmannschaft gewesen, und die Pikten waren überall, soweit das Auge reichte. Aber dann hatten sie einen runden

Schildwall gebildet. Die Hälfte der Männer bewegte sich in der Formation, während die andere Hälfte im Inneren des Kreises beschützt war. Den ganzen Tag hatten sie dann einander abgewechselt und einen Pikten nach dem anderen getötet. Als die Dämmerung einsetzte, waren die überlebenden Pikten mit ihren Kräften am Ende.

Als die Nordmänner zu ihrem Schiff zurückgeschlichen waren, hatten sie zwei Gefallene und vier Verwundete mitschleppen müssen. Aber alle waren auf das Schiff zurückgekommen. Auch Olav hatte am Kampf teilgenommen. Rane hatte ihn stets in seiner Nähe gehalten. Er hatte damals fünfzehn Winter gezählt und sich gut geschlagen.

Rane wusste, dass mehrere Männer, die jetzt vor ihm den Schildwall bildeten, auch an dem Kampf gegen die Pikten teilgenommen hatten. Es waren Männer, die schon viele Schlachten geschlagen, den Geruch von Blut gerochen und die Schreie der Sterbenden gehört hatten. Diese Männer würden die erste Reihe in Olavs Heer bilden.

Rane nahm einen Schluck Wasser aus dem Schlauch, der in seinem Schoß lag. Seit einigen Tagen hatte er Mühe, das Essen bei sich zu behalten. Kaum hatte er etwas im Bauch, kam es ihm schon wieder hoch. Um so größer war der Durst. Er trank und schwitzte und fühlte sich matt und kraftlos. Sein eiserner Wille, der ihn sein ganzes Leben lang begleitet hatte, hatte sich in irgendeine Ecke verkrochen. Dort lag er wie ein geprügelter Hund.

Rane blickte auf. Die Männer auf dem Feld kamen jetzt näher. Es sah gar nicht so schlecht aus. Auch hinter der ersten Reihe mussten geübte Männer stehen. Sie mussten vortreten, wenn einer in der Reihe vor ihnen fiel oder verletzt wurde. Solch ein Wechsel wurde gerade geübt. Fünf Männer traten zurück, und fünf neue nahmen deren Position ein. Aber wieso hielten sie nicht die Speere vor sich? Mit den Speeren sollten schließlich die Gegner zurückgedrängt werden. Ohne erhobene und nach vorn gerichtete Speere war der Schildwall geschwächt. Dann konnte der Feind direkt in die Formation eindringen, seine eigenen Speere zum Einsatz bringen oder mit den Äxten die Schilde in Stücke hauen.

Rane sprang auf und wollte Finn darauf aufmerksam machen. Aber im selben Moment versagten die Beine ihm den Dienst. Er sackte zurück auf den Stein. Er versuchte aufzustehen, doch er konnte sich nicht einmal auf die Seite drehen. Jemand kam angelaufen, ergriff seinen gesunden Arm und half ihm, sich aufzurichten. Es war Harald. Rane sah, dass auch Finn gekommen war. Der Junge sah aus, als blicke er direkt in die Unterwelt.

»Du bist krank, Rane«, sagte Finn. »Geh ins Langhaus und leg dich hin. Harald, du hilfst ihm.«

»Lass mich. Es geht gleich besser.«

Harald nahm Ranes gesunden Arm. Der Alte versuchte, sich seinem Griff zu entziehen, aber Harald hielt ihn fest. Er stützte ihn und wollte ihn zum Haus führen.

»Hörst du nicht? Lass mich auf dem Stein sitzen.«

Harald hielt inne. »Du selbst hast gesagt, dass ich dein Häuptling bin. Nun wirst du tun, was ich dir sage.«

Rane wollte etwas erwidern, doch dann musste er denken, dass es nichts Jämmerlicher gab als leere Drohungen. Er blickte Harald an.

»Aber wenn du mich ins Haus gebracht hast, gehst du sofort wieder zurück«, sagte er. »Finn ist oft in einem Schildwall gegangen. Er kann dir zeigen, wie ...«

Dann stützte er sich auf den Jungen und ließ sich zum Haus führen.

Hatte er geträumt oder hatte das Fieber seine Sinne verwirrt?

Er wusste es nicht, aber alles schien wahr. Er war mit Åsta zu der großen Eiche auf der Landzunge von Digernes gegangen. Er hatte ihre Hand in seine genommen, und sie hatte sie nicht zurückgezogen.

Åsta hatte über seine Worte gelacht. Auch jetzt hörte er sie lachen. Es klang wie ein Frühlingsbach, der lustig über die Felsen schäumte. So kraftvoll, so unbekümmert und fröhlich. Rane versuchte, sich andere Frauen vorzustellen, Frauen, die er in seinem Leben gehabt hatte. Aber sie verblassten. Nur Åsta saß mit ihm zusammen unter der großen Eiche ...

Rane öffnete die Augen. In der kleinen Stube war es dunkel.

Harald beugte sich über ihn. »Du hast gerufen.«

Er hatte sich neben Ranes Bett auf den Fußboden

gelegt. Rane hatte gesagt, er solle dort nicht liegen. Er sei der Bruder des Königs und könne im Langhaus sein eigenes Bett bekommen. Aber der Junge hatte nicht auf ihn gehört.

Rane schluckte. Das Sprechen fiel ihm schwer.

»Wasser.«

Harald hob den Krug vom Boden auf. Er hielt ihn fest, während Rane begierig trank. Ein Schwall Wasser lief auf seine Brust. Das kalte Wasser fühlte sich gut an auf der heißen Haut.

»Jetzt geh und hol deinen Bruder.«

Harald blickte den Alten erschrocken an.

Rane hob die Stimme: »Hol ihn!«

Der Junge ging. Rane lehnte sich zurück und schloss die Augen. Åsta saß immer noch unter der Eiche. Sie lächelte, als er sich zu ihr setzte. Er erzählte, wie ihr Vater, Gudbrand, einmal in die Mistgrube gefallen war. Åsta lachte, bis ihr die Tränen kamen. Er hatte sie getrocknet, und auch danach war sie bei ihm sitzen geblieben…

Jemand kam zur Tür herein. Rane öffnete die Augen. Zwei der Söhne Åstas standen an seinem Bett. Olav beugte sich über ihn. Rane dachte, dass Olav wohl verstand. Aber dennoch wollte der König seinen Armstumpf sehen. Als ob das etwas nützen würde.

Doch Rane hatte keine Kraft, sich Olavs Bitte zu widersetzen. Er hielt ihm den Arm hin, und Olav löste das feine Tuch, das Åsta ihm mitgegeben hatte, von der Wunde. Es war beinahe festgewachsen, doch Rane spürte keinen Schmerz, als Olav den letzten Fetzen abriss.

Man sah den Knochen im gelblich verfärbten Fleisch. An den Rändern war die Wunde schon ganz schwarz. Rane roch den Gestank des Todes. Er blickte Olav an. Ihm musste klar sein, wie es um ihn stand.

Doch Olav sagte, auf dem Hof gebe es eine gute Heilerin. Die wolle er rufen lassen.

Rane schüttelte den Kopf. »Lass lieber den Skalden Tormod zu mir kommen. Ich möchte das Lied hören, das Sigvat nach der Schlacht von Nesjar schrieb.«

Olav überlegte eine Weile. Dann nickte er.

Rane fuhr fort: »Und dann sag deinem kleinen Bruder da, dass er noch viel schlimmere Dinge sehen wird, wenn du ihn erst einmal in die Schlacht schickst. Er sieht ja aus, als hätte er direkt in den Schlund des Fenriswolfs geblickt.«

Olav drehte sich zu Harald um. »Lauf zu Finn. Er soll Tormod und die Heilerin herschicken.«

Rane lächelte matt. So schnell hatte er den Jungen noch nie davonstürmen gesehen.

Olav gab ihm einen Schluck Wasser zu trinken. Der stärkte ihn ein wenig. Rane wollte die Gelegenheit nutzen, um Olav ein paar letzte Ratschläge zu geben.

»Wir waren in Nesjar in der Unterzahl, hatten aber die besten Männer dabei. Auch jetzt musst du so denken.«

Olav sah ihn mit ernster Miene an. »Ich hätte Svein Ladejarl schon dort töten können, wenn Einar Tambarskjelve nicht seinen Anker auf das Schiff des Jarls geworfen und es aus dem Kampf gezogen hätte«, sagte er.

»Du weißt, dass Odin mein Gott ist«, erwiderte Rane. »Wäre Jesus Christus so mächtig, wie du sagst, hätte er nicht zugelassen, dass Knut dich aus Norwegen verjagt. Dennoch ist es gut, ihn auf See bei sich zu haben. Da gebe ich dir recht. Jesus Christus stand in Nesjar auf unserer Seite.«

»Zu einer Seeschlacht wird es kaum kommen«, sagte Olav. »Ich hoffe darauf, Norwegen zurückzugewinnen, ohne das Schwert erheben zu müssen. Es heißt, dass Einar Tambarskjelve in Jerusalem ist, und du selbst hast gesagt, Kalv Arnesson steht in Trøndelag allein. Wenn wir Kalv auf unsere Seite ziehen können, ist Norwegen schon halb gewonnen.«

»Du vergisst, dass Kalv Arnesson nur seine eigenen Interessen im Kopf hat. So ist es immer gewesen. Dass du Kalv als Lehnsmann für das nördliche Trøndelag eingesetzt hast, ändert nichts daran.«

»Ich verstehe deine Bedenken«, gab Olav zurück. »Aber ich muss ohnehin nach Trøndelag gehen. Dort konzentriert sich alle Macht. Ohne einen Sieg in Trøndelag kann ich Norwegen niemals zurückgewinnen.«

Einen Moment herrschte Schweigen. Dann ergriff Rane noch einmal das Wort.

»Wenn du denkst, dass ich dir gute Dienste geleistet habe, möchte ich dich um einen letzten Gefallen bitten.«

Olav nickte.

»Du hast mir besser als jeder andere Mann gedient. Zweimal hast du mir das Leben gerettet.«

»Ein paar andere taten das wohl auch.«

»Sag, was ich für dich tun kann«, sagte Olav leise.

»Ich möchte zurück nach Norwegen. Ich will nicht in schwedischer Erde liegen.«

Olav wollte etwas einwenden, aber Rane unterbrach ihn: »Sag nichts Dummes. Du hast meinen Arm gesehen. Erling hat mich erledigt. Es hat nur etwas länger gedauert.«

»Ich bringe dich nach Norwegen, tot oder lebendig.«

Rane hob den Kopf. »Begrab mich unter der großen Eiche in Digernes.«

Olav sah ihn verwundert an. »Wieso willst du dort liegen? Bjørn wird sicher einen Grabhügel anlegen lassen. Wie es einem berühmten Mann gebührt.«

»Ich will unter der Eiche liegen. Und du musst dir abgewöhnen, dich um Dinge zu kümmern, die dich nichts angehen. In all den Jahren hast du viel zu viel gegrübelt. Das konnte ich dir niemals austreiben.«

Olav nickte. »Du sollst unter der Eiche liegen. Sobald ich Norwegen gewonnen habe, werde ich dich selbst dorthin begleiten.«

»Ich habe noch eine Bitte. Führ deinen Bruder in diese Schlacht«, fuhr Rane fort.

»Ich glaube, ich kann Norwegen ohne Schwert …«

»Nur ein Dummkopf glaubt, dass die Dänen auf Norwegen verzichten werden. Es kommt zum Kampf. Trage nur Sorge dafür, dass ihr vorbereit seid, wenn es so weit ist.«

»Du weißt doch selbst, warum ich Harald nicht mit in die Schlacht nehmen kann«, erwiderte Olav.

»Falls du fällst und der kleine Magnus an einer

Krankheit stirbt, ist Harald der Letzte der Hårfagre. Der Einzige mit königlichem Blut in den Adern, abgesehen von Halvdan, der bei dem Priester in Holmgard hockt. Ja, ich weiß. Das Land braucht einen Thronfolger. Aber dennoch täuschst du dich.«

Olav schüttelte den Kopf. »Er ist ungestüm und verliert schnell den Kopf«, sagte er. »Er wird einer der Ersten sein, die getötet werden und …«

Rane ließ ihn nicht aussprechen. »Erinnerst du dich, wie Torkjell Høge dich am Hosenbund packte und durch eine ganze Schlacht zog, damit du uns ja keine Schande bereitest? Harald ist auch nicht hitzköpfiger, als du es warst.«

Olav wandte den Blick ab.

Rane fuhr fort: »Noch nie hatte Norwegen einen König, der nicht auch in eine Schlacht gegangen wäre. Könige und Thronanwärter, die keine Schlacht bestehen können, sterben schnell. Ihr Geschlecht stirbt aus. Alle Kunde über sie verstummt. Deshalb musst du den Jungen mit dir nehmen. Wenn er die Schlacht nicht überlebt, wird er ohnehin nie König.«

32

Harald glaubte schon, dass Rane tot sei. Die Augen waren geschlossen, die tiefen Falten waren aus seinem Gesicht verschwunden.

Als jedoch Finn, Tormod und die heilkundige Frau die kleine Stube betraten, öffnete Rane die Augen. Gleich darauf kam Bischof Grimkjell mit einem seiner Priester.

Die Heilerin hatte Fett, Wasser und ein paar Stofflappen bei sich. Doch als sie die Wunde sehen wollte, schüttelte Rane den Kopf.

»Da ist nichts mehr zu retten. Das sieht doch jeder.«

Die Heilerin nickte und erwiderte: »Lass sie mich trotzdem verbinden. Das erspart uns anderen den hässlichen Anblick und den fauligen Gestank.«

Rane machte eine resignierte Miene und hielt ihr den Armstumpf hin. Als Grimkjell jedoch den Todgeweihten salben und für ihn beten wollte, weigerte Rane sich. Er sagte, der Bischof könne warten, bis er tot sei, denn jetzt wolle er hören, wie Tormod Kolbrunarskald das Nesjarlied vortrug, bevor es dafür zu spät wäre.

Harald erschrak, als Rane ihn ansah.

»Hol den Wolfspelz, Harald. Ich will ihn umlegen, wenn ich das Lied zum letzten Mal höre.«

Harald holte den Reisesack und nahm den Wolfspelz daraus hervor. Er half Rane, sich das Fell über die Schultern zu legen. Dann sank Rane wieder zurück auf sein Lager, und der Skalde Tormod zog einen Schemel an das Bett heran und setzte sich.

Als Harald den Skalden das erste Mal sprechen gehört hatte, gleich nachdem sie in Närke eingetroffen waren, hatte er an einen Fichtenwald denken müssen. Einen Fichtenwald, durch den der Wind strich. Der Skalde sprach wie ein großer Wald.

»Schade, dass Sigvat nicht hier ist«, sagte Tormod.

Ranes Miene belebte sich. Er lachte leise.

»Nein, ist es nicht. Sigvat kann gewiss gute Verse schreiben, aber niemand trägt sie vor wie du, Tormod. Das sagt auch Sigvat.«

»Sigvat soll in Jerusalem sein. Auch er hat wohl ein paar Sünden auf sich geladen.«

Rane lächelte wieder. »Mindestens so viele, wie er Bastarde gezeugt hat.«

Harald sah, dass Finn sich das Grinsen nicht verkneifen konnte. Auch über Olavs Gesicht huschte ein Lächeln.

Dann begann Tormod, das Lied vorzutragen. Rane hatte Harald von der Schlacht bei Nesjar erzählt. Rane hatte gesagt, dies sei die grausamste Seeschlacht gewesen, seit sein Stammvater Harald Hårfagre im Hafrsfjord gesiegt und das Westland eingenommen hatte.

Alle Blicke waren auf Tormod gerichtet. Obwohl der Skalde mal sehr schnell und laut sprach, dann wieder langsam und leise, fast wie ein Flüstern, war jedes seiner Worte gut zu verstehen. Als Tormod den Vers vortrug, in dem beschrieben wurde, wie Olav seine Männer auf eines der Schiffe von Svein Ladejarl führte, konnte Harald sehen, wie sein Bruder voller Stolz nickte.

Nachdem Tormod geendet hatte, blieb es eine Weile still.

Mit der schwachen Stimme, die ihm noch geblieben war, sagte Rane schließlich: »Danke, Tormod. Ein sehr guter Vortrag. Und was Sigvat geschrieben hat, ist die reine Wahrheit. Odins Raben bekamen an jenem Tag reichlich von uns zu fressen.«

Tormod erhob sich und trat zurück. Olav bedankte sich mit einem Nicken bei ihm. Dann sagte Olav zu Rane: »Dein König will, dass Grimkjell dich salbt, auf dass dir deine Sünden vergeben werden.«

Rane hustete. Harald ging zu ihm und gab ihm Wasser.

»Dann lass den Bischof sein Werk verrichten«, sagte der Alte. »So, wie ich jetzt sterbe, komme ich ohnehin nicht zu Odin. Da kann ich genauso gut am Tisch von Jesus Christus sitzen, der im Himmel wohnt, wie ihr sagt. Und mit ihm kalte Grütze essen und Kuhmilch trinken.«

Olav lächelte. »Jesus Christus wird dir geben, wonach du verlangst. Aber du musst ihn in dir willkommen heißen.«

Rane gab keine Antwort und schloss die Augen.

Grimkjell zeichnete das Kreuz auf Ranes Stirn und betete in einer fremden Sprache. Es dauerte eine Weile, und Harald glaubte schon, dass Rane nun endgültig gestorben sei. Dann aber hob und senkte sich die Decke deutlich.

Als Grimkjell fertig war, öffnete Rane die Augen. Sein Blick fand Harald. Mit letzter Kraft sagte er: »Geh und hol meinen Speer und meine Axt.«

Beide Waffen lagen neben Harald. Er hob sie auf, sah den Alten fragend an.

»Olav soll meine Axt bekommen«, sagte Rane. »Und noch ein letzter Rat, den ich meinem König geben will. Er sollte in der Schlacht besser mit der Axt als mit dem Schwert kämpfen.« Er sah Olav an und fuhr dann fort: »Du wirst niemals ein großer Schwertkämpfer sein, Olav. Aber du verstehst es, mit der Axt umzugehen.«

Olav schien etwas erwidern zu wollen, doch Rane fuhr fort: »Harald ist kaum in der Lage, die Axt eines Mannes aufzuheben, deshalb soll er meinen Speer bekommen. Aus ihm kann ein guter Speerkämpfer werden. Das sollst du wissen, Olav. Eines Tages wird er in der ersten Reihe des Schildwalls gehen.«

Rane schloss die Augen. Harald starrte die reglose Gestalt an. Sie bewegte sich nicht mehr, und dennoch verspürte Harald Freude. Rane hatte gesagt, er könne mit dem Speer umgehen, und das hatte der Alte auch dem Bruder gesagt. Jetzt musste Olav ihn mit in die Schlacht nehmen.

Er wollte seine Gedanken in Worte fassen, sah aber, dass Olav sich neben dem Bett hinkniete. Die Decke des Alten rührte sich nicht mehr. Harald war ganz sicher. Plötzlich war es, als befände er sich wieder unter Wasser. Die Luft blieb weg. Ein Gefühl, als ob er erstickte.

Olav senkte den Kopf und faltete die Hände.

· III ·

Söhne des Nordwinds

Im Sommer 1030 zieht Olav Haraldsson von Jämtland über Kjølen bis hinunter nach Verdal. Der König hält an der Reichsgrenze und tauft die Heiden in seinem Gefolge. Er sagt zu seinen Männern, der Nordwind habe ihre Herzen gefrieren lassen. Doch nun würden sie sich Jesus Christus zuwenden, der das Eis in ihnen schmelzen lasse.

Am 29. Juli treffen Olavs Männer auf ein riesiges Bauernheer. In Stiklestad kommte es zur größten Schlacht, die Norwegen je erlebt hat.

33

Finn Arnesson wurde von einem Späher wachgerüttelt. Der Mann war noch ganz außer Atem.

»Da kommen Männer. Eine riesige Schar. Etwa vier Meilen nördlich von hier …«

»Weck Bjørn und berichte ihm. Er soll mit Olav reden. Ich gehe mit euch nach Norden.«

Der Späher verließ das Zelt. Finn trank Wasser aus einem Bottich. Er legte seine Waffe um und ging hinaus. Die Männer warteten schon mit den Pferden. Sie folgten dem Fluss, der zwischen dem Orsasee im Norden und dem Siljansee im Süden verlief.

In Orsa angekommen, ritt Finn auf einen Hügel, der Aussicht über den See bot. Der Späher hatte keineswegs übertrieben. Am Ufer und durch den Wald kam ein wahres Heer auf sie zu. Es war vielleicht nicht ganz so riesig wie das ihre, aber dennoch erschreckend groß.

Finn befahl zwei Spähern, in den Wald zu reiten und einen Mann gefangen zu nehmen. Es dauerte nicht lange, bis sie mit einem Jungen zurückkamen. Sie hatten ihn gefesselt, und er musste hinter den Pferden herlaufen. Als der Junge wieder zu Atem kam, sagte er, er gehöre zu Dag Ringssons Männern.

»Dag Ringsson?«

»Ja. Dag ist auf der Suche nach König Olav und will ihm nach Norwegen folgen.«

Finn hatte schon von Dag Ringsson gehört, war ihm aber nie begegnet.

Dag hatte Norwegen verlassen, bevor Olav König geworden war. Svein Ladejarl und dessen Bruder Eirik hatten Dag von seinen Höfen in Oppland vertrieben. Er war nach Schweden gegangen, hatte sich neue Höfe gekauft und war dort Häuptling geworden.

Finn sah zu dem Jungen hinab, der neben seinem Pferd stand.

»Geh zu deinem Häuptling und sage ihm, ihr sollt euer Lager am Ende des Orsasees aufschlagen. Wenn das erledigt ist, kann Dag Ringsson mit zehn Männern nach Närke kommen. Sag ihm, der norwegische König erwartet ihn dort.«

Wenig später ritt Finn zurück.

Närke war jetzt rundum von den Männern des Heers umgeben. Viele hatten Zelte aufgestellt. Einige hatten kleine einfache Hütten aus Fichtenzweigen errichtet. Die Männer mussten sich stärken und ruhen, und hier konnten sie nach Herzenslust fischen und jagen.

Immer mehr Männer kamen hinzu. Einige hatten auch Frauen und Kinder mitgebracht. Zum zweiten Mal infolge war die Ernte in Schweden schlecht ausgefallen, und überall waren die Lebensmittel knapp. Im königlichen Heer hingegen sollten alle Grütze und eingesalzenen Fisch bekommen. Auch Fleisch, sofern es welches gab.

Auch an den großen Seen verbreitete sich die Kunde von dem Heer. Es hieß, dass Olav nach altem Wikingerbrauch die Kriegsbeute unter seinen Männern verteilen würde. Alle, die nicht vom Hunger in das Heer getrieben wurden, kamen deshalb, weil es sie nach Beute dürstete.

Einige Schweden saßen vor einem Zelt. Sie hatten ein Feuer entzündet, um Fisch zu braten. Es waren Männer, die von Anund Jakob gekommen waren. Die Schweden waren zwar einfach zu verstehen, aber nur schwer im Zaum zu halten. Sie waren kaum bereit, sich von norwegischen Häuptlingen befehlen zu lassen.

Gleichwohl hatten sich die Schweden auf dem Weg nach Norden gut gehalten und ein hohes Marschtempo vorgelegt. Finn fragte sich allerdings, wie gut sie wohl zu führen wären, wenn es zur Schlacht käme. Und jetzt kam auch noch Dag Ringsson mit seinen Männern. Würden sie Olav wirklich folgen?

Kurz bevor Finn den Hofplatz erreichte, entdeckte er einen Mann auf dem Weg vor sich. Er hielt ein Bündel in den Armen. Finn zügelte das Pferd und ritt im Schritttempo an dem Mann vorbei. Da sah er, dass der Mann einen Säugling trug.

Der Mann sah auf und fragte Finn, ob er ihn zum König bringen könne. Er folge dem Heer, sagte der Mann, habe aber einen Hof in der Nähe. Dort habe ihm seine Frau vor drei Wochen einen Sohn geboren.

Finn erwiderte, er würde Olav fragen, ob er ihn empfangen wolle, und zusammen betraten sie den Hofplatz.

Olav und Bjørn Stallare saßen bei Sigtrygg, dem Herrn von Närke. Sie aßen gerade, als Finn hereinkam. Olav wirkte enttäuscht, als Finn von Dag Ringssons Männern berichtete.

»Ich hatte gehofft, dass Jakob Anund uns mehr Männer schicken würde. Am besten aus seiner eigenen Gefolgschaft, von denen viele kampferprobt sind.« Er hielt inne und fuhr dann fort: »Aber wir wollen Dag Ringsson willkommen heißen, wenn er kommt. Denn wir brauchen alle Männer, die wir bekommen können.«

Finn berichtete von dem Mann mit dem Kind. Olav zögerte, und Finn dachte, der König habe wohl keine Zeit. Dann aber bat Olav, den Mann kommen zu lassen. Wie Finn schon vermutet hatte, wollte der Mann, dass Olav dem Kind einen Namen gab. Olav nahm den Säugling auf den Schoß.

»Er soll Guttorm heißen und wird ein guter Bauer sein«, sagte er.

Es war nicht zu übersehen, dass der Mann unzufrieden war.

»Bauer?«, sagte er laut. »Ich bin Hauptmann in der Gefolgschaft Jakob Anunds und will, dass mein Sohn ein Krieger wird wie ich.«

Olav hob die Stimme: »Wenn alles so kommt, wie es mein Wille ist, brauchen wir in Norwegen und Schweden schon bald mehr Bauern als Krieger. Guttorm ist der beste Name, den ein Bauer haben kann, und du solltest froh sein, dass dein Sohn ein Bauer wird.«

Mit diesen Worten wandte sich Olav von dem Mann ab und aß weiter. Eine Weile stand der Mann ratlos da, bevor er schließlich mit dem kleinen Guttorm auf dem Arm wieder hinausging.

Die Sonne stand hoch am Himmel, als Dag Ringsson mit zehn Männern eintraf. Dag war ein großer, kräftiger Mann und war vielleicht zehn Winter älter als Olav. Sein Haar und sein Bart waren schwarz, mit vielen grauen Strähnen darin. Soweit Finn wusste, war auch Olav Dag Ringsson nie zuvor begegnet. Finn fand es daher eigenartig, dass Dag sich aufführte, als seien er und Olav alte Freunde und ebenbürtig.

Doch Olav hieß den nordschwedischen Häuptling herzlich willkommen. Sigtrygg bat Dag in die Stube und befahl den Hausburschen, Bier und Met zu bringen. Als alle etwas zu trinken hatten, bedankte sich der König bei Dag Ringsson dafür, dass er ihm nach Norwegen folgen wolle.

»Wenn ich mit den Häuptlingen in Trøndelag rede, werden sie erst meine Männer zählen, bevor sie antworten. Hab also Dank für jeden Einzelnen, den du uns mitgibst. Aber du wirst auch wohl für deine Hilfe etwas fordern.«

Dag Ringsson wischte sich den Bierschaum vom Bart und grinste zufrieden.

»Nicht mehr als die Höfe, die meiner Sippe seit Urzeiten gehörten.«

Olav nickte. »Wie viele Männer folgen dir?«

»So viele, dass man sie als Heer bezeichnen kann.«

Olav sah Finn an, und der sagte: »Am Seeufer und am Waldrand bei Orsa habe ich viele Männer gesehen.«

Olav schwieg eine Weile.

»Dann ist es wohl am besten, wenn wir getrennt voneinander nach Norwegen gehen«, sagte er schließlich. »Dann fallen wir den Höfen unterwegs viel weniger zur Last.«

Olav wandte sich mit fragendem Blick Bjørn zu, und der Truchsess von Digernes nickte.

Dag Ringsson war ebenfalls einverstanden: »Jetzt bewegen sich zwei große Heere auf Norwegen zu. Du, Olav, führst das eine, und ich das andere. Dann treffen wir uns, wenn es zur Schlacht kommt.«

Dem König gefiel nicht, was Dag Ringsson sagte. Das Missfallen war seinem Gesicht deutlich anzusehen.

Auch Bjørn Stallare war das nicht entgangen, denn er erwiderte barsch: »Es ist wohl am besten, wenn du mit deinen Leuten allein nach Norwegen gehst. Doch wenn wir uns beim nächsten Mal wiedersehen, gehen alle gemeinsam unter dem Banner des Königs, und nur Olavs Wort wird dann gelten. Kein anderes.«

Dag Ringsson hob seinen Becher: »Ich heiße Olav als unseren König willkommen. Die Dänen mit den Ladejarls an der Spitze sind Landesverräter, die Knuts Kisten mit Silber füllen.«

Alle prosteten einander zu. Dag Ringsson blieb, bis der Abend kam. Er aß und trank zusammen mit Olav. Sie kamen überein, sich in den Bergen zu treffen, die Kjølen genannt wurden, und von dort aus nach Norwegen hineinzugehen.

Dag und Olav trennten sich als Freunde. Dennoch konnte Finn sich nicht von dem Gedanken befreien, dass Dag Ringsson nur zu gern den Platz mit Olav tauschen würde, sofern sich die Möglichkeit dazu ergäbe.

Das Heer war drei Tage marschiert, als eine neue Kriegerschar zu ihm stieß. Es waren nur ein paar Männer, doch alle trugen kostbare Kleidung aus Fellen und Vadmal. Sie hatten gute Waffen, und einige Männer hatten Schwerter. Der Häuptling der Schar erklärte, er heiße Arnljot Gelline.

Arnljot Gelline ragte, wenn er stand, seinem Pferd bis über den Kopf. Er war der größte Mann, den Finn je gesehen hatte – abgesehen von Torkjell Høge, dem Häuptling der Jomswikinger, der so groß gewesen war wie ein Berg.

Am Abend saß Arnljot am Feuer des Königs. Finn sah, dass Olav den schwedischen Häuptling mochte. Vielleicht erinnerte er ihn an Torkjell?

Nachdem sie gegessen und getrunken hatten, fragte Olav, warum Arnljot ihm nach Norwegen folgen wolle.

»Ich bin gekommen, weil ich hörte, dass du ein Freund unseres Königs Anund Jakob bist.«

Olav nickte und erwiderte, er sei mit Astrid verheiratet, welche die Tochter Olof Skötkonungs war und somit Anund Jakobs Schwester.

»Es heißt, dass dein Schwager auf dich hört.«

Olav lächelte. »Würde er wirklich auf mich hören, dann hätte er mir noch viel mehr Männer mitgegeben… Aber manchmal hört er in der Tat auf das, was ich sage.«

»Dann sage deinem Schwager doch, dass Arnljot Gelline ihm gern seine Dienste anbieten will. Ich möchte die Höfe zurückhaben, die sein Vater mir abgenommen hat. Ich will ihm dienen, wie ich auch schon Olof Skötkonung, seinem Vater, diente, bevor er verrückt wurde und sich gegen seine engsten Vertrauten wandte.«

Bjørn Stallare, der ebenfalls am Feuer des Königs saß, lachte.

»Olof war ein Lügenbold. Und so bösartig, dass man nicht sagen kann, wie es geendet hätte, wenn er mitten im Winter in eine Bärenhöhle gekrochen wäre. Er versprach Olav eine seiner Töchter, als ich ihn beim Thing in Uppsala traf. Doch als ich sie abholen wollte, gab er mir stattdessen die andere Tochter.«

Olav stimmte in Bjørns Lachen ein. »Astrid ist eine tüchtige Frau, und ihr Bruder ist ein viel besserer König als sein Vater, obwohl er geizig mit seinen Männern ist.«

Der König reichte Arnljot Gelline einen Schlauch mit Bier und wartete, bis der schwedische Häuptling getrunken hatte. Dann sagte er: »Du hast gute Männer bei dir.«

»Die Besten, die man finden kann. Sie sind mir gefolgt, seit ich von meinem Hof vertrieben wurde. Ich vertraue ihnen blind.«

Olav nickte. »Das sah ich schon, als ihr gekommen seid.«

Arnljot gab Olav den Schlauch zurück. Der König trank.

»Willst du, dass mein Bischof Grimkjell dich und deine Männer tauft?«

Arnljot Gelline nickte. »Wir haben Jesus Christus schon als unseren Gott angenommen. Aber wenn du möchtest, dass dein Bischof uns tauft, damit du dich selbst davon überzeugen kannst, dann senken wir gern unseren Kopf noch einmal ins Wasser.«

Olav lächelte. »Die Taufe erhältst du nur einmal. Aber ich will doch sehen, ob du und deine Männer nicht das Wertvollste hüten könnt, das ich mit nach Norwegen nehme.«

Alle sahen den König fragend an. Auch Finn fragte sich, was der König meinen könnte.

Arnljot Gelline fragte, ob Olav ein großes Silberkreuz oder ein anderes Heiligtum mit sich führe.

Wieder lächelte Olav.

»Ein so großes Silberkreuz gibt es nicht, Arnljot«, erwiderte er.

Der König deutete auf ein paar Männer, die im Lichtschein des Feuers lagen und schliefen. Einer wandte ihnen den Rücken zu. Wie die meisten im königlichen Heer schlief er unter einem Schild, das mit Moos und Flechten bedeckt war. Sein langes Haar lag in Locken auf dem Boden.

Finn erkannte Harald. Auch Arnljot Gelline begriff, dass Olav den schlafenden jungen Mann gemeint hatte.

»Ist das dein Sohn?«, fragte er.

»Nicht mein Sohn, aber mein Bruder«, gab Olav zurück.

Der schwedische Häuptling nickte, und Olav fuhr

fort: »Ein Silberkreuz, das den Wert eines Thronanwärters aufwiegt, ist noch nicht gegossen worden. Nicht einmal der Kaiser in Konstantinopel hat solch ein Kreuz.«

»Das wissen wohl alle, Olav. Ich werde ihn mit meinem Leben verteidigen und meinen Männern befehlen, das Gleiche zu tun.«

König Olav reichte Arnljot Gelline erneut den Bierschlauch.

»Darauf trinken wir, Arnljot. Und wenn Anund Jakob so dumm ist und auf einen Mann wie dich verzichtet, dann werde ich dir einen großen Hof in Norwegen suchen. Zumindest sollst du ein Amt bekommen. Vielleicht ein Lehen.« Olav lachte. »Vielleicht willst du ja die Handelsplätze in Trøndelag für mich verwalten. Und wenn dann eines Tages Einar Tambarskjelve mit seinem fetten Schmerbauch aus Jerusalem zurückkommt, dann jagst du ihn sofort wieder nach Süden.«

34

Harald führte das Pferd über den Pfad. Die Männer hatten den Wald verlassen und gingen jetzt durch das Gebirge. Dort oben war es kühler, der Wind blies kräftiger. Dennoch hatte sich das Grün des Sommers auch in den Bergen ausgebreitet, in den Mooren wuchsen Torfbrombeeren dicht an dicht. Viele Männer pflückten die Beeren, obwohl sie noch lange nicht reif waren.

Rane lief neben ihm her, doch wenn Harald sich zu ihm umdrehte, war er verschwunden. Nur Moose, Weidenbüsche und Krüppelbirken säumten den Weg. Er musste die Augen schließen, um Rane erneut zu sehen. Seine Stimme konnte er sowohl mit geschlossenen als auch mit geöffneten Augen hören.

Eine seltsame Eingebung sagte ihm, dass es so sein würde, solange er lebte. Rane würde in seinem Kopf sein.

Harald dankte dem Alten dafür, dass er ihn begleitete. Etwas, das Rane gesagt hatte, war ausschlaggebend dafür gewesen, dass Olav ihn, Harald, schließlich doch mitgenommen hatte. Das war Harald klar gewesen, seit sie den Alten in den Erdkeller gelegt hatten.

Der alte Häuptling Sigtrygg hatte einem der Bauern auf Närke befohlen, Ranes Eingeweide zu entfernen und den Körper ausbluten zu lassen. Daraufhin hatte

Sigtrygg die Leiche mit einer dicken Fettschicht eingerieben, damit keine Luft herankommen könnte. Dann hatte er Rane in ein paar gute Felle eingewickelt und ihn in den kalten Erdkeller gelegt.

Da hatte Olav gesagt, dass Harald mit dem Heer gehen könne. Und auch ein anderer Wunsch des Alten solle erfüllt werden, hatte er hinzugefügt. Sie würden Rane unter der großen Eiche auf der Landzunge von Digernes bestatten. Dann hatte Olav seine Hand auf Haralds Schulter gelegt und gesagt, er solle sich bereit machen. Harald hatte gefragt, ob nun entschieden sei, dass er an der Schlacht teilnehmen würde. Da hatte Olav erwidert, er glaube, dass Kalv Arnesson ihm als Freund entgegenkommen werde und dass es noch lange dauern könne, bevor es zur Schlacht käme.

Der Bruder ritt ein gutes Stück vor ihm, ganz vorn im Heer. Bjørn war stets an Olavs Seite, und auch ein großer Schwede ritt jetzt zusammen mit ihnen. Harald hatte einmal mit ihm gesprochen. Der Riese war zu ihm gekommen und hatte gesagt, dass Olav ihn, Harald, sehr schätze. Das war alles.

Harald allerdings glaubte, der Bruder müsse noch mehr gesagt haben, denn ein paar Begleiter des großen Schweden hielten sich die ganze Zeit in seiner Nähe auf, egal ob er neben Olav ritt oder, wie jetzt, in den hinteren Reihen.

Harald trieb das Pferd weiter. Vor ihnen lag die Hochebene, und auf dem Boden aus festgetrampeltem Sand ließ sich gut reiten. In weiter Ferne glitzerte ein See. Der Weg schien genau dorthin zu führen.

Am Ende des Sees befand sich ein langer Sandstrand. Viele hatten dort bereits ihr Lager aufgeschlagen. Als Harald eintraf, sah er, dass sein Bruder in einer Gruppe von Männern stand und mit ihnen redete. Harald stieg ab und führte das Pferd am Zügel weiter. Als er näherkam, hörte er Finn Arnesson sagen, der See vor ihnen heiße Skalsee. Dann deutete er über das Wasser.

»Auf der anderen Seite der Berge dort drüben liegt dein Königreich«, sagte er zu Olav. »Dahinter führt der Weg steil hinunter, durch Felsspalten und Schluchten, aber dann breitet sich Verdal vor dir aus. Dort liegen Ackergründe, so fruchtbare wie sonst nirgendwo.«

Finn lächelte und fügte hinzu, er könne innerhalb eines Tages zu Kalvs Hof nach Egge reiten.

Olav schwieg für eine Weile, dann wandte er sich an Finn: »Ich habe einen Hof in Verdal«, sagte er.

Finn nickte. »Ja, Haug ist ein Königshof. Dort kannst du wohnen, wenn wir so weit gekommen sind.«

Wieder schwieg Olav. Er kaute auf einem Stück Dörrfleisch herum. Harald ahnte, dass Olav noch etwas sagen würde, und blieb mit dem Pferd in der Nähe stehen.

»Ich will nur Christen in meinem Heer, wenn wir nach Norwegen ziehen«, sagte er schließlich.

Harald richtete sich auf, als sein Bruder das Wort an ihn richtete: »Hol Grimkjell und die Priester. Wir wollen das Heer taufen lassen.«

Der Bischof und die drei Priester, die ihn begleiteten, waren nicht weit entfernt. Harald fand sie schnell. Als er mit ihnen zurück zum Seeufer kam, sah Harald, dass die Anführer ihre Männer in einer langen Reihe Aufstellung nehmen ließen.

Olav stand auf einem kleinen Hügel und sah zu. Grimkjell und die Priester traten dicht ans Ufer, und Harald folgte ihnen. Als alle versammelt waren, ergriff der König das Wort. Ringsum wurde es ganz still.

»Hier im Land des ewigen Schnees herrscht der unbarmherzige Nordwind. Der kalte Wind hat eure Herzen gefrieren lassen. So ist es seit Menschengedenken immer gewesen. Doch nun sollt ihr euch im Glauben wärmen. Und der Mariensohn wird eure Herzen auftauen lassen.«

Der König ließ den Blick über die Menge schweifen. Niemand sagte etwas.

»Alle Männer, die sich haben taufen lassen und die Jesus Christus als ihren Gott angenommen haben, können zu mir kommen und sich hinter mich stellen. Die anderen sollen am Ufer stehen bleiben.«

Die meisten Männer, die am Strand standen, kamen und stellten sich hinter den König.

Olav fuhr fort: »Nun will ich, dass alle anderen die Taufe empfangen. Doch der Mariensohn sagt, dass nur der getauft werden kann, der dies von Herzen will. Alle, die andere Götter haben, müssen das Heer verlassen.«

Unter den Männern am Strand wurde Gemurmel laut. Dann trat schließlich ein Mann vor. Er sagte, er heiße Torsten und wolle, dass Olav wieder König von Norwegen werde, dass es wieder sei wie früher, aber so wie seine ganze Sippe wolle er seine alten Götter nicht aufgeben.

Der König nickte und erwiderte: »Alle, die so denken wie du, können gehen. Aber ihr müsst dahin gehen, woher ihr gekommen seid. Sollte einer versuchen, nach Verdal zu gehen, so wird er vertrieben. Es gibt schon zu viele Heiden in Norwegen, und die meisten in Trøndelag.«

Olav fügte hinzu, dass sie sofort gehen und ihr Lager so weit vom See entfernt aufschlagen müssten, dass kein Feuerschein zu sehen wäre. Er fürchte nämlich, seine Meinung zu ändern und ihnen die Köpfe abzuschlagen, wenn er wüsste, wo sie sich aufhielten.

Nicht viele Männer gingen, aber einige verließen das Heer.

Kurz danach traten die Priester in den See hinaus, bis ihnen das Wasser bis zur Hüfte reichte. Dann folgten die Männer am Strand, einer nach dem anderen. Die Priester ließen sie ins Wasser tauchen. Bischof Grimkjell stand am Ufer und legte den Männern die Hand auf den Kopf, wenn sie wieder aus dem Wasser kamen. Es dauerte lange. Die Männer zogen sich aus, bevor sie in den See hineingingen. Sie wollten trockene Kleider haben, wenn sie wieder aus dem Wasser herauskamen.

Olav stand auf dem Hügel und beobachtete alles. Harald blieb bei ihm. Er glaubte, seinem Bruder würde es nicht gefallen, wenn er jetzt ginge.

Nachdem alle getauft waren, kamen die Priester wieder ans Ufer. Da sagte Olav, dass auch Harald die Taufe empfangen solle.

Harald war überrascht: »Sira Krake hat mich in der

Kirche auf Stein getauft, gleich nachdem ich geboren wurde. Das hat Mutter erzählt.«

»Das stimmt«, erwiderte Olav. »Ich kam im selben Sommer nach Stein, als du getauft wurdest. Mutter bat mich, dir einen Namen zu geben und dich als meinen Bruder anzuerkennen. Und so geschah es.«

Olav kam einen Schritt näher. Harald rührte sich nicht.

»Niemand kann zweimal getauft werden. Das sind Jesu Christi eigene Worte. Aber du als Königsbruder musst von einem Bischof gesegnet werden. Und die Männer im Heer müssen sehen, dass der Königsbruder dasselbe tut wie sie auch.«

Harald zögerte, aber Olav sah ihn streng an.

»Wenn du mit mir in die Schlacht ziehen willst, musst du dich von Grimkjell segnen lassen.«

»Das heißt also, dass ich an der Schlacht teilnehmen darf?«

»Wie ich schon sagte, ich weiß nicht, ob es überhaupt zu einer Schlacht kommt. Vielleicht gewinne ich Norwegen mit dem Wort allein. Ich bete jedenfalls dafür.«

Harald dachte, dass es nicht schlimm sei, sich segnen zu lassen.

»Du musst versprechen, dass ich dir folgen darf, wenn es zur Schlacht kommt.«

»Ich kann dir nur versprechen, dass du mich niemals in irgendeine Schlacht begleiten wirst, wenn du jetzt nicht ins Wasser gehst und dich von Grimkjell segnen lässt.«

Olav deutete auf den Strand, und Harald lief hinunter zu Grimkjell. Er zog sich aus, aber Olav sagte, er solle seine Hose anbehalten, denn es schicke sich nicht für einen Königsbruder, nackt vor den Männern zu stehen. Harald fiel ein, dass auch Rane das gesagt hatte.

Olav, der ihm gefolgt war, machte es vor und Harald tat es ihm nach. Er zog die Stiefel aus und legte alle Kleider ab, bis auf die Hose.

Zusammen mit Grimkjell gingen sie ins Wasser. Olav legte seine Hand auf Haralds Kopf und tauchte ihn unter.

Er hielt ihn lange unter Wasser, und Harald musste an den Kampf im Viehbrunnen denken. An Ragnars rotes Gesicht. Harald hatte das Gefühl, ihm müsste bald der Kopf platzen. Wie lange musste er noch unter Wasser bleiben? Da ließ Olav ihn los. Harald erhob sich ruckartig und schnappte nach Luft.

Grimkjell zeichnete das Kreuz auf seine Stirn und trat dann wieder ans Ufer.

Olav hielt Harald fest. »Grimkjell hat deine Taufe erneuert und dir deine Sünden vergeben. Auch die, die du noch nicht begangen hast. Aber für uns, durch deren Adern königliches Blut fließt, ist es am wichtigsten, dass Jesus Christus uns Macht verleiht. Ganz oben sitzt er selbst mit seinem Vater, der das Himmelreich regiert, und mit seiner Mutter, Maria. Aber gleich darunter stehen die Könige, die von Jesus Christus dazu bestimmt wurden, in ihrem jeweiligen Land hier auf der Erde zu herrschen. Alle, die ihren Kopf vor Jesus Christus beugen, müssen ihn auch vor dem König beugen.«

Olav ließ Harald los, ohne den Blick von ihm abzuwenden.

»Verstehst du das? Falls du eines Tages König wirst, dann nur, weil unser Herr dich dazu macht.«

Harald nickte. Er wollte an Land.

Die Sonne schien bis in die späten Abendstunden, doch sie wärmte nicht. Harald lag am Feuer, als sich ein Späher beim König meldete. Er sagte, er habe Menschen im Gebirge gesehen. Als Olav fragte, ob es Krieger wären, erwiderte der Späher, das glaube er nicht. Soweit er habe erkennen können, hatten die Menschen nur zwei oder drei Pferde bei sich, und es befänden sich viele Frauen und Kinder in der Schar.

Der König fragte Arnljot Gelline, ob er wisse, wer das sein könne. Der Schwede entgegnete, dass sich viele arme Leute, Landstreicher und Vagabunden in den schwedischen Wäldern umhertrieben. Sie lebten von dem, was sie finden oder stehlen konnten, und die Wildesten von ihnen überfielen auch Höfe, wenn sie Hunger litten. Nach den Missernten in Schweden habe ihre Zahl stetig zugenommen.

Noch bevor es schließlich dämmerte, kam die Schar hinunter zu dem großen Lager am Skalsee. Sie ließen sich auf einem Abhang nieder, und zwei Männer bahnten sich den Weg durch das Heidekraut zu dem Feuer, an dem Olav saß. Ihre Gesichter waren hinter buschigen Bärten verborgen. Ihre Kleider waren kaum mehr als Fetzen. Die Männer rochen streng. So streng, dass sogar Harald es merkte, obwohl er nicht an dem Feuer saß, in dem Wacholderzweige lustig knackten.

Einer von ihnen fragte, ob es hier einen König gebe. Arnljot Gelline erhob sich. Er war einen Kopf größer als die beiden Männer und legte die Hand auf den Schwertgriff. Die beiden wichen jedoch nicht zurück und fragten erneut, ob ein König am Feuer sitze.

Arnljot Gelline fragte streng, wer dies wissen wolle.

Einer der beiden sagte, er heiße Avrafaste, und der andere sei sein Bruder, Gaukatore.

Olav stand auf.

»Ich bin der König, von dem ihr gehört habt«, sagte er.

Der Mann, der sich Avrafaste nannte, nickte, beugte aber den Kopf nicht so tief vor Olav, wie es alle anderen im Heer für gewöhnlich taten.

»Wir wollen mit dir nach Norwegen gehen«, sagte er.

»Wenn ihr euch taufen lasst, dürft ihr mitkommen«, entgegnete Olav.

Avrafaste sah seinen Bruder an. Der schüttelte den Kopf, und Avrafaste sagte: »Das wollen wir nicht.«

Olavs Wangen röteten sich. Er fragte, ob Avrafaste und sein Bruder einfältige Heiden seien, die immer noch zu den alten Göttern beteten.

Dieses Mal sah Avrafaste nicht zu seinem Bruder, bevor er antwortete: »Wir haben keine Götter. Weder alte noch neue Götter taugen für Menschen wie uns.«

Olav überlegt einen Moment und sagte dann: »Geht und schlagt euer Lager irgendwo auf, wo ich euer Feuer nicht sehen kann. Versucht ihr, dem Heer zu folgen, wenn wir nach Norwegen gehen, lasse ich euch verfolgen und die Köpfe abschlagen.«

Der Mann mit Namen Avrafaste rührte sich nicht vom Fleck und hielt Olavs Blick stand.

»Du wirst uns in der Schlacht gebrauchen können«, sagte er. »Wenn die vorüber ist, gehen wir zurück nach Schweden. Und wir nehmen nicht mehr, als wir auf dem Schlachtfeld finden können. Dir bleibt ein ganzes Land, das dir reiche Ernte bringt.«

In Olavs Gesicht trat Zornesröte, und seine Stimme klang schneidend scharf: »Ihr tut, was ich sage! Geht jetzt, sonst schlage ich selbst euch den Kopf ab.«

Arnljot Gelline tat einen Schritt auf die beiden zu. Aber weder Avrafaste noch Gaukatore rührten sich.

»Du hast Arnljot Gelline bei dir, und darüber solltest du sehr froh sein«, sagte Avrafaste. Er sah sich um, und sein Blick blieb auf Harald liegen, als er fortfuhr: »Aber in deinem Heer sind viele Bauern und auch halbe Kinder. Ein gefundenes Fressen für die Raben. Die werden in deinem Land bald groß und fett werden.«

Harald sah, dass Olav kurz davor war, sein Schwert zu ziehen. Auch Bjørn war aufgestanden und stand jetzt neben Arnljot Gelline. Die beiden Brüder verharrten noch für einen Augenblick, bevor sie sich plötzlich umdrehten und denselben Weg zurückgingen, den sie gekommen waren.

Olav und die anderen am Feuer waren sehr schweigsam nach diesem Vorfall. Als es dunkler wurde, sah

Harald ein Feuer im Wald auf der anderen Seite des Sees.

Avrafaste und Gaukatore hatten ihr Lager dort aufgeschlagen. Offenbar hatten sie mit Bedacht einen Platz gewählt, wo ihr Feuer besonders gut sichtbar war.

Die beiden Brüder waren eigenartige Strolche, dachte Harald.

Aber Mut hatten sie.

35

Ragnar sah die Schiffe, als sie in den Trondheimsfjord hineinsegelten. Drei große Langschiffe. Als der Fjord breiter wurde und sich nach Norden wandte, waren sie schon näher gekommen. Ihm war klar, dass die Schiffe ihn einholen würden, dennoch dachte er, es müsse sich um Freunde handeln, die auf demselben Weg waren wie er.

Er stand auf dem erhöhten Achterdeck und dachte an seinen Vater. Der Alte hatte das Neugeborene gehalten, und Ragnar hatte gesagt, der Sohn solle Sigvald heißen wie sein Großvater. Aber Ragnar wusste nicht, ob sein Vater es verstanden hatte.

Später am selben Tag hatte er allen befohlen, das Langhaus zu verlassen. Dann hatte er eine Decke über das Gesicht des Vaters gelegt und zugedrückt. Der Vater würde ihm sicher dafür gedankt haben.

Ingerid hingegen zeigte ihm deutlich, wie entsetzt sie über die Tat war. Sie hatte kein Wort geäußert, aber ihre Blicke sagten alles. Ragnar wies sie nicht nur einmal darauf hin, dass der Vater schon an dem Tag gestorben sei, an dem Rane und ihr Bruder ihn mit der Axt gezeichnet hatten.

Sie hatten an der Tafel auf Hof Stein gesessen, und Ragnar hatte hinzugefügt, dass er die Untat rächen werde. Er werde nach Trøndelag reisen und sich denen anschließen, die Olav mit der Waffe in der Hand erwarteten, wenn er zurück nach Norwegen käme. Ragnar hatte Boten in alle vier Himmelsrichtungen schicken lassen, damit alle erfahren sollten, was er plante.

Ingerid hatte erwidert, sie habe es vielleicht bis jetzt nicht gewusst, aber nun sei es ihr klar geworden. Ragnar habe sie nur zur Frau genommen, um die Herrschaft über Ringerike zu erlangen. Harald habe recht gehabt.

Er hatte sie ausgelacht und entgegnet, sie dürfe nicht vergessen, dass sie sich ihm geschenkt habe, um ihren jämmerlichen Bruder zu retten. Harald könne sich bei ihr dafür bedanken, dass sein Kopf noch immer auf dem Hals sitze.

Ingerid hatte nie viel für ihn empfunden, doch nachdem Guttorm getötet worden war, ließ sie es ihn auch deutlich spüren. Aber das nützte ihr nichts. Sie hatten jetzt einen Sohn. Ein Kind, das sie zusammenband. Auch die alte Hexe Åsta, seine Schwiegermutter, war von dem kleinen Sigvald verzaubert worden. Ragnar hatte es gesehen, als sie ihr Enkelkind zum ersten Mal gehalten hatte. Je mehr Kinder er mit Ingerid zeugen würde, desto enger würde das Band werden, das sie zusammenhielt.

Doch jetzt musste er sich um andere Dinge kümmern. Bei Frosta wurden sie von den anderen Schiffen eingeholt. Ragnar ließ die Männer die Segel raffen und die Schiffe zusammenhaken. Das größte der drei Langschiffe legte seitlich an. Ein Mann mit einer Mütze aus weißem Robbenfell kam zur Reling und fragte, wer sie seien. Ragnar sagte es ihm. Da sagte der Mann, er heiße Tore und komme von Bjarkøy im Norden.

»Ich will zu Kalv Arnesson, der Männer für den Kampf gegen Olav versammelt.«

»Dann haben wir den gleichen Weg«, erwiderte Ragnar.

Tore erzählte, Kalv Arnesson sei mit Sigrid, seiner Schwester, verheiratet, und er selbst komme oft zu Kalvs Hof. Ragnar entgegnete, dann seien sie verwandt, denn Kalv sei der Vetter seines Vaters und sein Halbonkel.

Die beiden Männer standen eine Weile da, unterhielten sich und genossen das gute Wetter. Tore wollte wissen, was Olav gesagt habe, als Ragnar ihm auf Hof Stein begegnet war, und Ragnar berichtete.

Später fuhren Tores Langschiffe voraus und Ragnars Schiffe folgten. Sie segelten durch den Sund bei Inderøy und gelangten in den Beitstadfjord. Es war fast windstill geworden, sodass die Schiffe gerudert werden mussten.

Schon aus einiger Entfernung konnte Ragnar die Siedlung Egge erkennen. Die Häuser befanden sich auf einer Anhöhe oberhalb des Fjords. Ragnar schätzte, dass es mindestens so viele Häuser wie auf Hof Stein waren. Vielleicht mehr. In der Mitte befand sich ein Langhaus, das ungefähr zwei bis drei Schiffslängen maß und so hoch war wie der Mast des neuen Schiffes, das Ragnar hatte bauen lassen.

Auf dem Fjord unterhalb der Siedlung lagen mehr

Langschiffe, als Ragnar je an einem Ort gesehen hatte, mehr noch als während des Herbtsmarktes in Tunsberg. Die Schiffe lagen Seite an Seite an der Landebrücke und waren bis weit in den Fjord hinein vertäut. Die meisten waren prächtige Langschiffe, die wie seine eigenen zum Kampf gerüstet worden waren.

Als sie näher herankamen, sah Ragnar, dass Zelte an einem Fluss aufgebaut standen, der ganz in der Nähe der Siedlung in den Fjord mündete. Dort wohnten Männer, die gekommen waren, um sich dem Heer anzuschließen. Wie viele es insgesamt waren, konnte er vom Schiff aus nicht erkennen, zumal er vermutete, dass auch an anderen Stellen noch weitere Zelte standen. Überall wimmelte es von Menschen. Einige zogen Tiere hinter sich her und brachten sie zur Schlachtbank, andere trugen Ausrüstung von einem Ort zum anderen, und wieder andere saßen an den Feuern und aßen.

Ragnar und Tore mussten sich vorsichtig in das Wirrwarr aus Schiffen hineinmanövrieren, darunter auch Ruderboote, die Menschen und Ausrüstung von den Langschiffen zur Landebrücke transportierten.

Tore von Bjarkøy half Ragnar dabei, einen Platz für seine beiden Schiffe zu finden. Eines wurde vor Anker gelegt. Das andere, auf dem Ragnar sich befand, wurde an Tores Schiff vertäut, sodass Ragnar und seine Männer über es hinwegsteigen konnten, um zur Landebrücke zu gelangen.

Ragnar beschloss, an Bord zu übernachten. Dazu wurde ein großes Fell auf dem Achterdeck aufgespannt, unter dem er liegen konnte. Einige seiner Männer mussten indes auch an Land schlafen, und Tore hatte Ragnar gezeigt, wo die Männer ihre Zelte aufschlagen konnten. Ragnar hatte auch Schafe und Schweine dabei, die versorgt werden mussten, bis es an der Zeit war, sie zu schlachten. Auch dabei hatte Tore ihm geholfen. Die Tiere waren in einem Wäldchen nahe der Siedlung an einen Pflock gebunden worden.

Nachdem alles erledigt war, was die Schiffe, Zelte und Tiere betraf, ging Ragnar mit ein paar Männern nach Egge hinauf, um sich mit der Siedlung vertraut zu machen. Es war ein lauer Sommerabend, und überall entlang des Strandes sowie am Flussufer und auf dem Hof brannten Feuer. Auch auf den Schiffen an den Landungsstegen leuchtete die Glut aus großen Eisentöpfen, über denen die Mannschaften ihr Essen zubereiteten.

Wie viele Männer es insgesamt sein mochten, wusste wohl niemand genau, aber Ragnar würde Olav keineswegs allein entgegentreten.

Ragnar hatte gerade seine Mahlzeit verzehrt, als ein Bote zu ihm kam. Es war einer von Tores Männern, und er lud Ragnar ein, mit ihm zu kommen.

Als er in das Langhaus trat, schlug ihm der Lärm der vielen Menschen an der Tafel entgegen. Ragnar erkannte gleich, welcher von ihnen Kalv war. Er saß am oberen Tischende zusammen mit Tore. Ragnar trat zu ihnen. Kalv blickte ihn an.

»Viel Ähnlichkeit hast du mit deinem Vater nicht. Aber darüber solltest du dich nicht grämen.« Er lächelte und fuhr fort: »Wir beide haben König Knut in England gedient, und wir waren auch in Nesjar dabei, als Olav Norwegen von der Herrschaft der Ladejarls befreite.«

»Sigvald ist tot«, entgegnete Ragnar.

Kalv hob den Becher zum Mund. »Dann wollen wir auf meinen Vetter trinken.«

Ragnar blickte umher. Aber es stand kein Becher für ihn bereit. Nachdem Kalv getrunken hatte, sagte Ragnar: »Es waren Rane Kongsfostre und einer von Olavs Brüdern, die ihn getötet haben.«

»Deshalb bist du also hergekommen.«

»Der Tag, an dem ich mein Schwert in Olav ramme, wird der beste meines Lebens sein«, erwiderte Ragnar.

Tore von Bjarkøy lachte.

»Da musst du dich hinten anstellen, denn du bist nicht der Einzige, der Olav Haraldsson nach dem Leben trachtet. Er hat Feinde überall in Norwegen, und viele von ihnen sind hierher nach Egge gekommen.«

»Falls sich zu viele um Olav drängen sollten, begnüge ich mich gern mit seinem Bruder Harald. Es mag vielleicht nicht so ehrenvoll sein, wie den König zu töten, aber für mich wäre es eine ebenso große Freude.«

Kalv Arnesson breitete die Arme aus, was Ragnar als Einladung deutete, am Tisch Platz zu nehmen. Die Männer rückten auf der Bank enger zusammen, damit Ragnar neben Kalv und Tore sitzen konnte. Auf dem Tisch stand ein großes Methorn. Ragnar ergriff es und prostete Kalv zu. Der Häuptling von Egge sah ihn mit ernstem Blick an.

»Ich und alle anderen, die Olav haben kämpfen sehen, freuen uns nicht darauf, ihm mit der Waffe entgegenzutreten. Wenn Olav auf dich zukommt, musst du dich in Acht nehmen, sofern du überleben willst. Auch seine Männer führt keiner so geschickt in den Kampf wie er.«

Kalv Arnesson nahm einen Schluck aus seinem Becher und wischte sich mit dem Handrücken über den Mund.

»Am besten wäre es, wenn wir Olav zur Umkehr bewegen könnten. Ich werde ihn darum bitten, wenn wir uns treffen.«

Ein älterer Mann neben Kalv schüttelte den Kopf und sagte: »Olav Haraldsson zur Umkehr bewegen? Genauso gut kannst du deine Felder im Winter bestellen. Olav kommt, um sich Norwegen zurückzuholen, und auf diesem Feldzug wird er Bæsing gegen alle erheben, die ihm im Weg stehen. Nur ein Narr würde etwas anderes glauben.«

Der ältere Mann wandte sich wieder seinem Becher zu.

Dann ergriff Tore das Wort.

»Meine beiden Schwager sind kluge Männer, aber hier muss ich Hårek recht geben. Olav ist gegen uns gerüstet, und viele werden fallen, wenn wir ihm im Kampf begegnen. Und da keiner von uns auf dem Schlachtfeld zurückbleiben will, müssen wir so viele Männer und so viele Waffen herbeischaffen wie möglich.«

»Ich fahre nur ungern nach Hause, ohne mit dem

König oder seinem Bruder gekämpft zu haben«, warf Ragnar ein.

Kalv sah ihn an. »Dein Wunsch wird sich wohl leider erfüllen.«

Alle tranken, dann fragte Kalv, wie viele Männer Ragnar mit sich führe. Sie seien mit zwei Schiffen gekommen, erwiderte Ragnar. Kalv schien mit der Antwort zufrieden zu sein.

»Dann seid ihr hundert Mann, das reicht wohl«, gab er zurück. Er wandte sich an den älteren Mann, den Tore als seinen Schwager bezeichnet hatte. »Was sagst du, Hårek? Wollen wir sie in unser Heer aufnehmen?«

Der Alte wischte sich über den Mund und stellte das Methorn zurück auf den Tisch.

»Sind es denn taugliche Krieger? Denn wir müssen das stärkste Heer unter unserem Banner versammeln. Olav wird mit seinen besten Männern kommen.«

Ragnar wollte etwas erwidern, aber Kalv hielt ihn mit einer Handbewegung zurück.

»Sigvald Sigvaldsson war mein Vetter«, sagte er.

Hårek nickte und erwiderte, dass Ragnar mit seinen Leuten zu ihm kommen solle. Dann würde er sich ihre Waffen ansehen und entscheiden, wo die Männer im Heer untergebracht werden könnten.

»Ich habe mit Olav in Nesjar gekämpft, als er das Land gewann, und in Bokn, als er es wieder verlor«, sagte Kalv. »Dieses Mal kann ich ihm nicht folgen. Aber Olav wird einen Rat von mir bekommen. Folgt er dem nicht, soll der Herr über unser Wohl und Wehe entscheiden.«

36

Die Männer, die unterhalb von Hof Stav in der Sonne lagen, hatten ihr Hemd ausgezogen. Ein paar von ihnen schliefen, doch als Olav mit seinem Gefolge erschien, wurden sie wach.

Olav stieg vom Pferd, und die Männer auf der Anhöhe scharten sich um ihn. Der König kannte einige von ihnen und nannte sie beim Namen. Harald, der seinem Bruder gefolgt war, dachte, dass es den Männern gefiel, wenn der König wusste, wer sie waren. Sogar den Namen des Hofes, von dem zwei der Männer stammten, kannte Olav.

Eine Weile streifte Olav mit seinen Begleitern durch das Lager. Überall erhoben sich Männer, wenn der König erschien, oder näherten sich ehrfürchtig. Viele sprachen ihn an, fragten, wann die Schlacht stattfinden würde und mit welchen Gegnern sie es zu tun bekämen.

Olav scherzte und erwiderte, dass es an diesem Tag wohl nicht zur Schlacht kommen werde, denn dafür sei es viel zu heiß.

Ein paar Männer hatten ein Fass Bier bei sich und wollten gern, dass Olav davon trank. Als sie hinzufügten, das Bier sei bezahlt, kam der König ihrer Bitte nach.

Niemand im Heer sollte Menschen oder Vieh oder den Früchten des Feldes unterwegs Schaden zufügen. Keinem war gestattet, heimlich eine Kuh oder ein Schaf zu schlachten und das Fleisch einzusalzen. Die Männer des königlichen Heeres durften von den Bauernhöfen nur das mitnehmen, wofür sie bezahlt, was sie gegen andere Dinge getauscht oder was sie von den Bauern geschenkt bekommen hatten. Olav hatte harte Strafen für alle angekündigt, die sich diesem Gebot widersetzten. Trotzdem hatten es einige getan, denn im Heer gab es viele Geächtete und Räuber, die sich nicht an Gesetze hielten. An den abendlichen Lagerfeuern herrschte jedenfalls kein Mangel an Nahrung.

Der König trank noch von dem Bier, als Harald sah, dass Finn Arnesson auf das Gefolge zugeritten kam. Auch Olav war dies nicht entgangen. Jetzt kommt der trefflichste der Söhne Arnes, sagte der König zu seinen Männern.

Als Finn zu ihnen kam, berichtete er, man habe einen Mann gefangen genommen, mit dem der König vermutlich reden wolle. Er befinde sich auf Vuku, dem Nachbarhof von Stav. Unterwegs erzählte Finn, er sei draußen im Moor auf den Mann gestoßen. Er habe wegrennen wollen, als Finn ihn wiedererkannt habe. Der Mann sei früher viel in Egge gewesen, bei Kalv. Finn vermutete, dass es sich um einen Späher handelte, den sein Bruder ausgesandt hatte.

Als sie nach Vuku kamen, lag der Mann auf dem Hofplatz am Boden. Mehrere Männer umstanden ihn. Harald musterte den Fremden. Wo sein rechtes Auge sein sollte, war nur noch eine blutige Höhle. Sein ganzes Gesicht war blutverschmiert.

Olav sprach den Mann an. »Siehst du, wer vor dir steht?«

Der Mann stützte sich auf den Ellbogen und schirmte mit der anderen Hand das Gesicht vor der Sonne ab.

»Du bist Olav Haraldsson.«

»Dein König, ganz recht. Und wer bist du?«

»Ich heiße Vebjørn.«

»Es heißt, du seist ein Späher von Kalv Arnesson und in Richtung Egge davongelaufen, als man dich fasste.«

»Ich gehöre zur Gefolgschaft von Hårek aus Tjøtta.«

Finn Arnesson sagte, er glaube dem Mann. Der Einäugige nickte und fügte hinzu, dass Hårek sich in Egge befinde, zusammen mit Tore und Kalv.

Harald sah, dass Olav erschrak.

»Tore Hund?«

»Ja, so wird er genannt. Er und Hårek sind mit vielen Männern gekommen.«

»Und sie wollen uns im Kampf entgegentreten?«

Der Einäugige hatte sich wieder auf den Rücken gelegt. Seine Stimme war schwach, doch er erwiderte, dass viele Männer in Egge versammelt seien. Olav fragte, wie viele.

»Mehr als du bei dir hast«, sagte der Einäugige, fügte aber hinzu, dass es überwiegend Bauern mit schlechten Waffen seien.

Als Olav sagte, er habe gehört, dass König Knut tausend Langäxte nach Norwegen geschickt hätte, behauptete der Mann, nichts davon zu wissen.

Olav wandte sich an Finn Arnesson. »Ich hatte gehofft, dass Kalv mir beisteht, so wie du und euer Bruder Torberg.«

Finn nickte. »Erinnerst du dich daran, was er nach Bokn sagte?«

»Ja. Er sagte, ich hätte Einfluss auf alle guten Männer in Norwegen, und dass diese mit mir gehen würden, wenn ich zurückkäme.«

»Ganz recht, aber er sagte auch, dass ein König, der seinem Land den Rücken kehrt, nicht darauf vertrauen kann, dass seine Freunde tatenlos auf ihren Höfen sitzen und abwarten, bis er seine Rückkehr für sicher hält.«

Olav biss sich auf die Unterlippe. Dann wandte er sich wieder an den Einäugigen.

Der Mann presste die Hand auf seine leere Augenhöhle. Blut rann zwischen seinen Fingern hindurch.

»Hat Kalv zum Waffendienst gerufen?«

Der Mann auf dem Boden nickte. Harald sah, dass sein Bruder wütend wurde, als er dies hörte. Seine Stimme klang hart.

»Kalv ist kein König. Nicht einmal ein Jarl. Ich habe ihn als Lehnsmann eingesetzt, aber er hat kein Recht, das Kriegsaufgebot zu bestellen.«

»Kalv ist bei Knut in England gewesen. Er kam mit der Erlaubnis zurück, ein Heer aufzustellen, falls du zurückkommen solltest.«

Olav schwieg.

Der Späher Vebjørn fuhr fort: »Viele der Bauern sind nicht erpicht auf Kämpfe, aber ihnen wird mit Strafe gedroht. Das Gesetz von Frostathing besagt, dass …«

Er wurde vom König unterbrochen, der das Gesetz auswendig kannte: »Kein Mann soll einen anderen überfallen, weder König noch sonst jemanden. Und wenn es der König tut, dann soll man den Pfeil schneiden und ihn durch alle Fylke tragen und gegen ihn ziehen und ihn töten, wenn man kann. Und wenn er entkommt, dann soll er niemals wieder in das Land zurückkommen. Und wer nicht gegen ihn zieht, soll drei Silbermark zahlen, und ebenso viel der, bei dem der Pfeil liegen bleibt.«

Olav verstummte.

Finn wandte ein, dass dieses Gesetz nicht gelten könne. Olav habe schließlich niemanden überfallen. Knut der Große habe sie überfallen und den rechtmäßigen König Norwegens aus dem Land gejagt.

Der König beugte sich zu dem Einäugigen hinunter und fragte ihn, ob er sich taufen lassen wolle. Vebjørn nickte. Olav erhob sich wieder.

»Ihr sollt Vebjørn leben lassen«, sagte er zu Finn. »Grimkjell und die Priester taufen ihn, aber die Männer sollen ihm auch das andere Auge nehmen, damit er nicht sehen kann, wohin wir gehen.«

Olav trat auf das Langhaus von Vuku zu. Harald blieb stehen. Einer von Finns Männern ging zu dem Späher und fragte, ob sie ihn festhalten müssten, wenn ihm auch das andere Auge herausgeschnitten würde.

Der Mann schüttelte den Kopf. Als ihm jedoch das Messer vors Gesicht gehalten wurde, schlug Vebjørn um sich und rief, man solle ihm das letzte Auge lassen. Ein Mann ohne Augen wäre so gut wie tot.

Finn aber wiederholte, was der König befohlen hatte. Der Mann auf dem Boden wurde festgehalten, und das letzte Auge wurde ihm genommen. Er blutete stark und schrie laut, als das Auge herausgeschnitten wurde. Gleich darauf verstummte er. Als Grimkjell und die Priester kamen, um ihn zu taufen, war Vebjørn nicht mehr am Leben. Der Bischof segnete den Toten und sprach ein Gebet.

Am Abend ließ Hogne, der Bauer von Vuku, die besten Speisen und Getränke auftischen. Viele Menschen drängten sich im Langhaus zusammen, denn auch von anderen Höfen in Verdal waren Bauern nach Vuku gekommen.

Einer von ihnen hieß Torgeir Flekk. Ein paar Nächte zuvor hatte das Heer in der Nähe seines Hofes, Sul, gelagert. Torgeir erzählte, Kalv Arnesson habe seinen Bruder getötet, und er wolle sich nun in der Schlacht an Kalv rächen. Olav erwiderte, es sei besser, wenn er Kalv vergeben und seinen Frieden mit ihm machen könne. Torgeir allerdings wollte nicht nachgeben. Gelänge es ihm nicht, Kalv zu töten, dann müsse es einer seiner Söhne tun. Als Olav sagte, dass Finn Kalvs Bruder sei, erwiderte Torgeir, er werde auch Finn den Kopf abschlagen, wenn er sich vor seinen Bruder stelle.

Am Tisch wurde lautstark über Torgeirs Vorhaben

gesprochen, aber Harald wurde klar, dass Olav den Bauer trotzdem gut leiden konnte. Am nächsten Tag folgte Torgeir daher dem Heer mit seinen beiden Söhnen und allen Hofburschen in das Tal hinunter.

Jetzt saß er mit Olav, dem Vuku-Bauern Hogne, Bjørn Stallare und den beiden Brüder Torberg und Finn Arnesson zusammen. Etwas entfernt am Tisch saßen Harald und Arnljot Gelline. Harald störte es inzwischen kaum noch, ständig bewacht zu werden. Er mochte Arnljot. Auch der Skalde Tormod saß in Haralds Nähe.

Den Worten seines Bruders entnahm Harald, dass Olav noch immer glaubte, sich mit Kalv Arnesson einigen zu können.

Da sagte Torgeir Flekk: »Dieses Mal kommst du nicht als Gast nach Egge, mein König. Der Späher, den ihr entdeckt habt, ist nur einer von vielen. Kalv Arnesson weiß, wie viele wir sind, und er geht davon aus, dass er genügend Männer hat, um uns entgegentreten zu können.« Der Bauer von Sul blickte über den Tisch. »Und Kalv hat vermutlich recht in seiner Annahme. Ich hörte die Menschen sagen, er habe zehntausend Männer in Egge. Wir bringen es gerade mal auf dreitausend.«

»Aber Kalvs Brüder folgen mir«, entgegnete Olav. »Morgen nach Sonnenaufgang reiten Torberg und Finn nach Egge. Dann soll Kalv erfahren, dass ich ihn zum Jarl ernenne und ihn ganz Trøndelag für mich regieren lasse.«

Finn Arnesson hob den Becher und prostete Olav zu.

»Torberg und ich reiten gern mit einer Botschaft von unserem König«, sagte er. »Aber kriechen werde ich vor meinem Bruder nicht. Wenn er den bewaffneten Kampf will, soll er ihn bekommen.«

Unterdessen hatte Harald das eigenartige Gefühl, beobachtet zu werden. Er lehnte sich zurück und versuchte festzustellen, wer um den Tisch herumstand. Da waren Bedienstete, aber auch andere Leute. Eine junge Magd sah ihn an. Sie musste erst eben hereingekommen sein. Harald kannte sie nicht.

Die Magd hatte weißblondes Haar. Sie erinnerte ihn an Baura, doch als er sie näher in Augenschein nahm, sah er, dass sie trotz ihrer Jugend Runzeln im Gesicht hatte, und ihre rot geränderten Augen tränten. Sie starrte ihn an. Harald spürte, dass ihm heiß wurde. Er wollte aufstehen, als sie auf ihn zukam. Die Magd blieb direkt vor ihm stehen und starrte ihn an. Dann umfasste sie unvermittelt seine Wangen. Die Berührung war so federleicht, dass Harald sie fast nicht gespürt hätte. Dann sagte sie mit kindlicher, aber lauter Stimme: »Ich kann in deine Seele blicken.«

Die Gespräche am Tisch verstummten. Alle sahen die zarte Magd an.

Harald schlug ihre Hände fort. Die Magd zuckte verängstigt zusammen.

Tormod stieß ihn mit der Schulter an. Harald begriff, dass der Skalde meinte, er solle die Magd anhören.

Auf Tormods Zeichen trat sie wieder zu ihm und legte erneut die Hände auf seine Wangen. Harald wehrte sich nicht. Auch ihrem Blick wich er nicht aus.

Eine ältere Frau kam näher. Sie umfasste die Schultern der jungen Magd und wollte sie wegführen. Doch die Magd blieb wie erstarrt vor Harald stehen.

»Du wirst nicht hier sterben«, sagte sie schließlich.

Dann zog sie ihre Hände zurück und entfernte sich langsam. Als sie in der Mitte des Raums stand, sagte sie: »Du stirbst in einem fremden Land.«

Harald starrte sie an. Dann wandte sich die Magd ab und wurde von der Alten aus dem Langhaus geführt.

Harald dachte, dass alle sterben würden. Spielte es eine Rolle, wenn er in einem fremden Land starb? Rane war in einem fremden Land gestorben. Sie hatten versprochen, ihn nach Hause zu bringen, damit er unter der Eiche in Digernes liegen konnte.

»Wenn du nicht in die Schlacht gehst, wirst du hier nicht sterben«, sagte Olav.

Der Bauer Hogne sah erst den König und dann Harald an.

»Sie stand plötzlich an einem Frühlingstag auf dem Hof. Niemand hat sie kommen gesehen. Wir wissen nicht, ob sie jemand hierhergebracht hat oder ob sie allein kam. Mein Frau hat sie aufgenommen und ihr den Namen Alvdis gegeben.«

Olav fragte, ob die Magd wirklich die Zukunft vorhersagen könne. »Manche Menschen sehen, was noch nicht geschehen ist«, fügte er hinzu. »Einigen Auserwählten hat Jesus Christus diese Gabe verliehen.«

Der Bauer erwiderte, es werde sich zeigen, ob Alvdis'

Gabe von Jesus Christus stamme oder nicht. Denn als sie im Frühjahr gesät hätten, sei die junge Magd aufs Feld gekommen und habe gesagt, dass alle, die jetzt dort standen, tot sein und in derselben Erde liegen würden, noch ehe das Korn geschnitten wäre.

37

Die beiden Männer kamen über den Weg, der am Fjord entlang und hinauf nach Egge führte. Ragnar sah, dass viele Menschen, die am Wegesrand lagerten, aufstanden und den beiden nachblickten. Er befand sich auf dem Weg zum Langhaus, als die beiden Männer an ihm vorbei und auf den Hofplatz ritten. Da sah er die Schilde, die an ihrem Rücken hingen. Weiße Kreuze prangten darauf. Nur die Männer in Olavs Heer trugen solche Schilde.

Ragnar trat auf das Langhaus zu. Auf dem Hofplatz herrschte reger Betrieb. Die alte Bäuerin von Egge stand mit den beiden Männern zusammen. Ragnar sah, dass sie die Hände der Männer küsste und sich bekreuzigte. Kurz danach trat Kalv gemeinsam mit Tore aus dem Haus. Auch Hårek kam auf den Hofplatz hinaus, setzte sich aber auf einen Hackklotz, der neben der Tür zum Langhaus stand.

Ragnar dachte, dass die beiden Männer aus Olavs Heer Kalvs Brüder sein mussten. Er hatte Finn einmal auf Hof Stein gesehen. Da war er zusammen mit Olav gewesen, kurz bevor dieser aus dem Land geflohen war.

Kalv begrüßte den einen seiner Brüder, doch als er auf Finn zutrat, verweigerte der ihm den Gruß. Dann sagte Finn, dass er gekommen sei, um Kalv an sein Versprechen zu erinnern. Kalv fragte, welches dies sei, und sein Bruder erwiderte, jenes Versprechen, das er Olav nach der Schlacht bei Bokn gegeben habe.

»Ich kann mich nicht erinnern, ein Versprechen gegeben zu haben«, entgegnete Kalv. »Ich sagte zu Olav, er könne nicht erwarten, dass die in Norwegen zurückgebliebenen Männer auf ihren Höfen sitzen und auf seine Rückkehr warten würden.«

»Du hast versprochen, ihm beizustehen!«

Kalv trat näher und versuchte, seine Hand auf die Schulter des Bruders zu legen, doch Finn entzog sich ihm.

»Knut der Große ist Herrscher über Norwegen, und ihm habe ich Treue gelobt«, fuhr Kalv fort. »Ich bin nach England gefahren und habe mit ihm gesprochen. Er hat mir die Jarlswürde versprochen, wenn ich das Land für ihn und gegen Olav zusammenhalte. Da die Ladejarls nicht mehr sind, braucht der König einen neuen Jarl, der in seinem Namen regiert.«

»Olav machte dich zum Lehnsmann in Trøndelag. Und jetzt verrätst du ihn, um Knuts Jarl zu werden? Du verrätst den König, Kalv!«

»Hör mir zu, Finn! Für uns Söhne Arnes gibt es keinen anderen Weg. Wir müssen uns so verhalten, dass unsere Macht und unser Reichtum wächst. Tun wir das nicht, gibt es andere, die nur allzu gern die Jarlswürde von Knut annehmen werden.«

»Jesus Christus wurde von Judas verraten.«

»Was Olav in Jesu Namen tat, möchte niemand noch einmal erleben. Nach dem Winteropfer kam er nach Mære. Wen er nicht tötete, dem ließ er Hände und Füße abhacken. Viele wurden aus dem Land vertrieben, und der König übernahm ihre Höfe. Auch wenn du es vergessen haben solltest, erinnern sich doch Menschen im ganzen Land noch an Mære. Sie haben Angst, dass Olav mit derselben Grausamkeit regieren wird, wenn er zurückkommt.«

Viele Menschen hatten sich inzwischen um die beiden Brüder geschart, und auch Ragnar trat näher heran.

»Ich war noch jung, erinnere mich aber noch gut an Mære«, sagte Finn. »Olav tötete damals Olve – Olve Grjotgardsson, der Lehnsmann in Trøndelag war und hier in Egge lebte. Du hattest nichts dagegen, als Olav dir Hab und Gut und Ehren von Olve vermachte, das Amt des Lehnsmanns und auch den Hof.«

Kalvs Bruder richtete den Blick auf die Bäuerin von Egge, die Tores Schwester war, wie Finn sich erinnerte.

»Du hast auch Sigrid von Olve übernommen, als Olav sie dir anbot.«

Noch bevor Kalv darauf reagieren konnte, sagte seine Frau: »Es war nicht der Mariensohn, der Olav als König von Norwegen einsetzte. Es war der Teufel! Olav regierte das Land auf Geheiß des Bösen.«

Kalv nahm Sigrid in den Arm und versuchte, sie zu beruhigen, doch sie riss sich von ihm los.

»Olav tötete in Mære nicht nur Olve«, sagte sie verbittert. »Er tötete auch meine Söhne, Grjotgard und Tore.«

Wieder versuchte Kalv, auf seine Frau einzuwirken,

aber sie ließ sich nicht beirren: »Mein einziger Trost ist, dass Olav bald am Boden liegt. Dann kann er hinab zu seinem Herrn in die Unterwelt fahren. Er und Satan werden sich viel zu erzählen haben.«

Kalv packte den Arm seiner Frau und zog sie zu sich. Sie beruhigte sich.

»Du weißt so gut wie ich, dass Olav ein grausamer Mann ist, Finn. Du hast gesehen, wozu er imstande ist, wenn er seinen Willen nicht durchsetzen kann. Norwegen braucht einen König, der das Land weise regiert und nicht alle um sich herum erschlägt«, sagte Kalv.

»Und dieser Mann bist du? *Jarl* Kalv Arnesson?« Finn spuckte vor seinem Bruder aus. »Und um Knuts Schwert zu küssen, damit er dich zum Jarl macht, dafür willst du Olav töten?«

»Nein, er kann das Leben wählen, für sich selbst und für seine Männer. Sag ihm das, wenn du ihn siehst. Olav kann nach Schweden gehen. Wir werden ihn nicht verfolgen.« Kalv breitete die Arme aus. »Du siehst die Schiffe auf dem Fjord. Du siehst die Zelte in der Siedlung. Du siehst die Lager der vielen Männer. Heute Abend kannst du ihre Feuer zählen. Ich weiß, wie viele Männer Olav folgen. Hier warten vier, ja vielleicht fünf auf jeden Einzelnen, der in Olavs Diensten steht.«

»Die meisten, die dir folgen, Kalv, sind Bauern, die vielleicht Garben bündeln, aber keine Waffen führen können«, sagte Finn. »In unseren Reihen aber sind Männer aus Holmgard und aus dem Gefolge Jakob Anunds. Männer, die ihren Lebensunterhalt mit dem Gebrauch von Waffen verdienen.«

Finn schüttelte den Kopf. »Nach Bokn hast du versprochen, dem König beizustehen. Tust du es nicht, werden nicht viele Bauern übrig bleiben, über die du hier im Innern Trøndelags herrschen kannst.« Seine Stimme war laut geworden.

Ragnar glaubte, dass Kalv nun ebenso die Stimme erheben würde, doch Kalv blieb ruhig.

»Dann wünsche ich dir und Torberg viel Glück in der Schlacht. Soweit es in meiner Macht steht, werde ich dafür sorgen, dass ihr verschont bleibt.«

»Tu, was du für richtig hältst, Kalv. Ich kann dir nicht dasselbe versprechen, denn für Olav töte ich so viele wie ich kann.«

Bei diesen Worten wurde es ganz still. Da kam die alte Bäuerin von Egge und nahm Finns Hand. Er ließ es geschehen und schien sich wieder zu beruhigen.

Jetzt ergriff der andere Bruder das Wort, den Kalv Torberg genannt hatte: »Kalv hat recht, Finn. Wir beide folgen Olav, wie wir es ihm gelobt haben. Aber begegne ich meinem Bruder auf dem Schlachtfeld, werde ich die Waffe nicht gegen ihn erheben.«

Tore hatte während der Unterhaltung der Brüder neben Kalv gestanden. Nun sagte er: »Dass Kalv Finn nicht im Kampf begegnen möchte, ist verständlich. Aber das braucht er auch gar nicht. Ich werde es für ihn tun.« Er trat einen Schritt vor. »Kommt es zur Schlacht, Finn, so halte Ausschau nach mir und komm mir entgegen. Ich schätze alle Söhne Arnes, abgesehen von dir. Denn schon lange gelüstet es mich danach, dich zu töten.«

Kalv hielt Tore mit einer Handbewegung zurück.

Finn trat ebenfalls einen Schritt vor und erwiderte: »Nun haben alle gehört, worüber wir einig sind, Tore Hund und ich. Dass wir einander mit erhobenen Waffen begegnen werden. Und ich verspreche, dass ich nicht eher vom Schlachtfeld gehe, bis ich auf Tores Leiche gespuckt habe.«

Ragnar betrachtete Kalvs Bruder. Finn Arnesson starrte weiterhin Tore Hund an.

Da rief Ragnar so laut, dass alle auf dem Hof sich zu ihm drehten: »Ich hoffe, Olavs jüngerer Bruder kämpft mit euch!«

Finns Kopf fuhr herum. Ragnar grinste ihn höhnisch an.

»Ich hoffe, Olavs jüngerer Bruder kämpft mit euch, denn dann weiß ich, wo ich ihn suchen muss.«

Finn Arnesson gab keine Antwort. Er stieg auf sein Pferd und ritt mit Torberg davon. Ragnar blickte ihnen nach, aber keiner von beiden drehte sich noch einmal um.

38

Harald aß Grütze aus einer großen Schale. Er saß zusammen mit seinem Bruder und ein paar anderen Männern auf einer Anhöhe, die Aussicht über das weite Tal bot. Abgesehen von den Wäldern und ein paar größeren Grabhügeln gab es weithin nur Ackerland zu sehen. Überwiegend Roggen und Hafer, soweit Harald erkennen konnte. Doch er hatte auch gesehen, dass Kohl, Zwiebeln und Rüben auf den Feldern wuchsen. Er dachte, dass Verdal ein reiches Land war. Auch die Haustiere schienen gut genährt.

Während sie auf dem Hügel saßen und aßen, erzählte Hogne, der Bauer von Vuku, dass es in Verdal mehr Grabhügel als irgendwo sonst in Norwegen gebe. Alle sahen, dass ihn dies mit nicht geringem Stolz erfüllte. Olav aß schweigend weiter, doch als er fertig war, wandte er sich an Hogne.

»Du hast völlig recht, Hogne. In diesem Tal gibt es mehr Grabhügel von Häuptlingen als an jedem anderen Ort. Große Kriegerstämme wuchsen in diesem Land heran.«

Harald richtete sich auf, als sein Bruder ihn ansah.

»Mein Bruder und ich haben auch solche Vorväter. Auf dem Hof, wo wir aufwuchsen, liegt der Grabhügel von Halvdan Svarte, dem Vater des ersten Königs, der gleichzeitig über Ostland und Westland herrschte.« Olav bekreuzigte sich. »Doch all die alten Häuptlinge liegen für immer in ihren Gräbern, wo sich die Würmer an ihnen sattfressen können. Aber du, Hogne, und neben dir Torgeir von Sul sowie auch Bjørn, mein Bruder Harald, Arnljot und alle anderen hier, die sich haben taufen lassen, ihr werdet nicht in einem Grabhügel liegen und verfaulen. Ihr alle kommt in den Himmel und werdet ewig leben.«

Hogne erwiderte, er freue sich auf die Begegnung mit Jesus Christus. Viele andere stimmten ihm zu. Harald hingegen hörte dem Gespräch nicht länger zu. Er stand auf und sah ins Tal hinunter. Überall waren Menschen. Einige streiften allein umher, die meisten jedoch in Gruppen. Harald sah auch, dass viele Lager im Tal errichtet worden waren. Die Menschen ruhten sich aus, genau wie sie selbst es taten.

Als sie wieder aufbrachen, fragte Harald seinen Bruder, ob alle Menschen, die sie vom Hügel aus sehen konnten, zu ihnen gehörten. Olav antwortete, sie alle seien Männer des Königs, und Harald wollte wissen, wie viele Männer das königliche Heer zählte. Olav sah ihn eine Weile an und erwiderte:

»Ich glaube, dass Jesus uns genügend Männer gegeben hat.«

Der König nahm die Zügel des Pferds und ging den Hügel hinunter. Harald musste sich beeilen, um neben seinem Bruder gehen zu können, denn stets war Olav von vielen Menschen umgeben, die gern neben dem König hergehen wollten.

Am Nachmittag begab sich das Heer nach Haug, Olavs Königshof in Verdal. Dort wollte er einen Gottesdienst abhalten lassen. Grimkjell las die Messe auf dem Hofplatz.

Nach und nach erschienen immer mehr Menschen. Harald sah, dass auch die beiden Räuber gekommen waren, die sich im Gebirge nicht hatten taufen lassen wollen. Der eine von ihnen trat zu Arnljot Gelline und sprach mit ihm.

Nach einer Weile tauchte die ganze Räuberbande auf. Sie ließen sich nieder, und die Frauen holten die Vorräte hervor. Zwei halbwüchsige Jungen neckten einen Hofhund und machten dabei so viel Lärm, dass nur noch wenige hören konnten, was der Bischof sagte. Aber niemand schien sich daran zu stören, denn er sprach in seiner Priestersprache.

Als Grimkjell geendet hatte, kam Arnljot zu Olav und sagte, die beiden Räuberhäuptlinge wollten getauft werden. Der eine, der Avrafaste genannt wurde, ergriff das Wort und sagte, sein Bruder, Gaukatore, wolle dem königlichen Heer beitreten.

»Als du uns nicht haben wolltest, hab ich zu Gaukatore gesagt, dass wir dem anderen Heer beitreten könnten. Da käme es vielleicht auf die Schärfe der Äxte an und nicht darauf, wer unter Wasser getaucht wurde, hab ich gesagt. Aber Gaukatore wollte dahin, wo die wenigsten Männer sind, denn da könnte er sich am besten nützlich machen. Und Gaukatore meint, den größten Nutzen an uns hättest wohl du.«

Avrafaste sprach mit großem Ernst, und sein Bruder Gaukatore blickte starr vor sich hin. Er erinnerte Harald an ein altes Schnitzwerk, das er einmal gesehen hatte. Ein Schnitzwerk, das Odin darstellte.

»Und dann sagte Gaukatore, wenn wir schon einen Gott annehmen müssen, dann kann das genauso gut dieser Jesus sein«, fügte Avrafaste hinzu.

Zu Haralds Überraschung legte Olav eine Hand auf Avrafastes Schulter.

»Es ist gut, dass ihr euch taufen lasst«, sagte er. »Auch eure Streitäxte können von Nutzen sein. Haltet euch an Arnljot Gelline. Er geht unter meinem Banner.«

Olav forderte Avrafaste auf, zum Fluss hinunterzugehen, der sich unterhalb von Haug durch die Landschaft zog. Dort sollte er warten, bis die Priester bereit wären, ihn zu taufen. Dann betrat Olav mit Bjørn und einigen der Bauern in seinem Gefolge das Langhaus.

Harald ging mit Arnljot zum Fluss hinunter, wo Avrafaste mit ein paar Männern aus seiner Bande sprach. Sein Bruder, Gaukatore, stand am Ufer. Harald dachte, dass alles für die Taufe bereit sei.

Als Grimkjell kam, bat Avrafaste, der Bischof möge zuerst Gaukatore taufen. Grimkjell schickte zwei Priester ins Wasser, und Gaukatore folgte ihnen. Nachdem sie tief genug ins Wasser hineingegangen waren, wollten die Priester Gaukatore untertauchen, wie sie es im Skalsee mit den Männern im Heer getan hatten. Da aber stieß Gaukatore den einen Priester weg, der der Länge nach im Wasser landete. Die Priester unternahmen einen neuen Versuch, doch der Räuber jagte die Geistlichen ans Ufer zurück.

Er selbst allerdings blieb im Wasser stehen. Reglos wie ein Felsbrocken.

Arnljot lachte, als die triefnassen Priester an Land krochen, und schlug vor, dass er und der Bischof ins Wasser gehen und den Räuber taufen sollten. Harald konnte Grimkjell ansehen, dass er nur wenig Lust dazu verspürte. Der Bischof trug sein prächtigstes Gewand, und der Fluss war schlammig. Offensichtlich fürchtete er sich davor, von Gaukatore ins Wasser gestoßen zu werden.

Doch der Bischof willigte ein, als Arnljot sagte, dass sich wohl auch die anderen ohne zu murren taufen ließen, wenn Gaukatore erst einmal ins Wasser getaucht worden wäre. Er würde schon aufpassen, dass alles so verlief, wie es sich schickte, sagte Arnljot.

Und so geschah es. Arnljot tauchte Gaukatore unter Wasser. Nachdem das getan war, legte Grimkjell die Hand auf den Kopf des Räubers und segnete ihn.

Als Gaukatore an Land gewatet kam, trat einer nach dem anderen in den Fluss, auch die Frauen und Kinder aus der Räuberbande, und ließen sich untertauchen und von Grimkjell segnen.

Es war Abend geworden, als Finn und Torberg nach Haug zurückkamen. Harald gefiel der Gedanke, dass er und Finn demselben Heer, Olavs Heer, angehörten. Nachdem Rane gestorben war, hatte er nie so viel an einen anderen Menschen gedacht wie an Finn.

Nun jedoch sah Finn bedrückt aus, wie ein Mann, der niedergeschlagen wird und begreift, dass er es nicht schafft, wieder aufzustehen.

Harald wunderte sich auch über Olav. Als Finn erzählte, was Kalv über Mære gesagt hatte, konnte Harald den Blick nicht vom König abwenden. Hatte er wirklich Menschen die Hände und Füße abhacken lassen, weil sie ein Winteropfer abgehalten hatten?

Auch Olav gefiel nicht, was er zu hören bekam. Sein Gesicht verriet dies deutlich. Nachdem Finn geendet hatte, blieb der König eine Weile schweigend am Tisch sitzen. Er trank aus dem Methorn, das vor ihm stand. Keiner sprach ein Wort. Harald sah in die Runde. Alle Blicke waren auf den König gerichtet.

»Kalv hat recht«, sagte Olav schließlich. »Was ich in Mære tat, war unchristlich. Ich tötete auch viele Christen und ließ sie martern. Daran allerdings denke ich nicht so viel, denn ich habe sie als Märtyrer in den Himmel geschickt. Jetzt sitzen sie neben dem Mariensohn und seinem Vater. Schlimmer steht es um die Heiden, die ich in Mære und anderswo erschlug, denn sie habe ich zu Satan geschickt.« Olav sah einen Moment zum Himmel empor und fuhr fort: »Aber ich bin jetzt ein anderer Mensch. Ich habe begriffen, dass Vergebung edler ist als Rache.«

Harald dachte, dass sein Bruder die Wahrheit sprach. Olav würde jetzt niemandem mehr Hände und Füße abschlagen lassen.

Mehrere Männer am Tisch nickten. Torgeir, der Bauer von Sul, sagte, dass Olav sich nicht zu sehr darüber grämen dürfe, was in Mære geschehen war.

»In Trøndelag gab es schon Häuptlinge, die den Menschen Gliedmaßen abschlagen ließen, obwohl sie weit weniger getan hatten, als sich gegen den König aufzulehnen. Auch Menschen wurden getötet. Kalv tötete meinen Bruder wegen eines Ackerstreifens.«

Hogne, der Bauer von Vuku, und einige andere sagten, dass Kalv ein Frevler sei, der Olav verraten habe. Wenn es ihnen gelänge, würden sie ihm die Hände und Füße abschlagen. Und ihm das Haus über dem Kopf anzünden, sofern er sich auf dem Hof verstecke.

»Es ist ein jämmerliches Leben, der Gnade des Dänenkönigs ausgesetzt zu sein. Das haben wir schon einmal versucht, und keiner von uns wird Kalv erlauben, die Dänenkönige wieder an die Macht zu lassen«, sagte Hogne.

Harald dachte, dass auch er sich äußern könne, da er nun schon einmal mit seinem Bruder zusammen am Tisch saß.

»Jesus Christus zeigt auf denjenigen, der König eines Landes sein soll. Und dann ist der Wille des Königs wohl auch der Wille unseres Herrn.«

Olav blickte ihn überrascht an. Harald spürte, dass seine Wangen rot wurden. Aber Olav lächelte.

»Mein Bruder hat recht«, sagte er. »Und eins ist sicher. Kalv wird niemals Jarl. Kalv wird niemals über Trøndelag herrschen. Nicht einmal über Egge wird er herrschen, wenn Knut es nicht zulässt. Ich kenne König Knut besser als jeder andere hier im Land. Mit solchen Versprechen lässt er Männer zu Verrätern werden. Und wenn Versprechen nicht ausreichen, öffnet er die Silberkisten vor deinen Augen, sodass du denkst, du wärst im Paradies.«

Die Männer am Tisch hoben die Becher. Auch Harald. Sein Bruder hatte ihm recht gegeben.

»Knut versprach mir Frieden in Norwegen«, fuhr Olav fort. »Er selbst wollte, dass ich das Land übernehme. Jetzt will er mir mein Erbe verwehren. Ist es wirklich das, was Kalv sich wünscht? Der Gnade des Dänenkönigs ausgesetzt zu sein und so lange zu herrschen, bis sie ihm wieder entzogen wird?«

Finn Arnesson nahm das Methorn und prostete Olav zu. Harald dachte, wenn Finn in der Schlacht so aussähe wie jetzt, wäre ihnen der Sieg sicher.

»Wenn Knut kommt, werfen wir ihn aus dem Land!«, rief Finn. »Von nun an soll Norwegen von norwegischen Häuptlingen regiert werden, und der König soll Olav heißen. Sollte sich mein Bruder dem in den Weg stellen, erschlage ich ihn.«

Olav prostete Finn zu. Mehrere Männer riefen, dass Finn recht habe. Auch sie würden ihre Brüder töten, falls sie im Dienste König Knuts stünden.

Als es wieder ruhiger wurde, sagte Olav: »Wir sind hier, um dieses Land für Jesus Christus zu gewinnen. Das würden wir lieber tun, ohne zur Waffe greifen zu müssen. Aber unsere Feinde wollen eine Schlacht. Und die sollen sie bekommen. Mag sein, dass ihr Heer größer als unseres ist. Mag sein, dass Knut tausend Langäxte schicken ließ. Wir aber haben den Mariensohn auf unserer Seite, und einen besseren Streiter als ihn gibt es nicht.«

Alle brachen in Hochrufe aus, und Harald zog seinen Schildbuckel aus dem Gürtel und schlug damit auf den Tisch. Dann hob Olav die Hand, und es wurde wieder still.

»Vorwärts, vorwärts, Männer Christi, Männer des Kreuzes, Männer des Königs! Das soll unser Schlachtruf sein.«

Nun erhob sich ein wahres Getöse im Langhaus. Viele nahmen ihre Schwerter und schlugen sie gegen die Schilde.

Harald hob den Schildbuckel und schlug mit dem Dolch dagegen.

Die Männer am Tisch riefen, sie würden mit Freuden für Olav sterben wollen, solange sie nur ihre Speere in Kalv Arnesson, Tore Hund und all die anderen Heiden rammen könnten, die ihnen auf dem Schlachtfeld begegnen würden.

Harald sah zu Olav hinüber und hob Schildbuckel und Dolch in die Höhe, damit Olav sie sehen konnte.

Der König erwiderte Haralds Blick und grinste breit.

39

Finn Arnesson trat aus dem Zelt. In der Nacht hatte es geregnet, das Gras war feucht. Finns Hose wurde nass bis über die Knie, als er ein wenig umherlief. Aber sie würde schnell trocknen. Die Sonne stieg höher und wärmte bereits gut.

Er blickte nach Haug hinüber und sah Menschen und Pferde auf dem Weg, der zum Hof hinaufführte. Der Heerzug war zum Stehen gekommen. Bauern mit Karren, Krieger, die zu Fuß unterwegs waren, und ein paar Reiter weiter vorn.

Entgegen der Abmachung hatten sie Dag Ringsson in Kjølen nicht angetroffen. Er war nicht gekommen. Eine Weile hatte Finn geglaubt, Dag sei umgekehrt, und hatte sich nicht weiter damit beschäftigt. Dann aber war Dag Ringsson mit seiner Armee nach Verdal heruntergekommen.

Ein paar Bauern waren zu Olav gegangen und hatten sich darüber beschwert, dass Dag ihre Tiere nicht in Frieden ließ und dass das Getreide niedergetrampelt wurde. Olav hatte versprochen, mit Dag darüber zu reden, sobald sie sich treffen würden.

Als Finn den Hofplatz erreichte, war Olav bereits aus dem Haus gekommen. Dag war vom Pferd gestiegen. Die beiden begrüßten sich.

Der Bursche, der Ringssons Pferd am Zügel hielt, hatte Spuren von Schlägen im Gesicht. Sein linkes Auge war zugeschwollen. Auch andere Männer in Ringssons Gefolge waren von Schlägen gezeichnet.

Finn dachte, dass die Männer sich Ringsson wohl nicht freiwillig angeschlossen hatten.

Olav sprach so laut, dass alle ihn hören konnten: »Dag Ringsson ist gekommen, um gemeinsam mit uns in die Schlacht zu ziehen. Ich heiße ihn als Freund willkommen. Ich grüße auch seinen Vater, Ring. Er ist der Vetter meines Vaters.«

Finn folgte Olavs Blick zu einem alten Mann, der noch auf seinem Pferd saß. Der hob die Hand zum Gruß.

Dag Ringsson grinste angesichts der feierlichen Worte.

»Den ganzen Sommer lang haben wir Äxte und Speere geschliffen. Und du hast auch bei unserer letzten Begegnung viel geredet. Jetzt aber wollen wir dem Feind gegenübertreten. Lasst uns ein paar Köpfe abschlagen!«

Finn entging nicht, dass der König unangenehm berührt war von den Worten Dags. Aber Olav blieb ruhig.

»Du wirst deine Axt noch früh genug schwingen können. Aber zuerst solltest du die Bauern nach Hause schicken, die du da mit dir führst. Du bist jetzt hier, um zu kämpfen, und nicht, um einfache Bauern zu versklaven.«

Dag Ringsson wirkte überrascht. Sein alter Vater

hatte ihm dazu geraten, die Bauern mitzunehmen, gegen ihren Willen. Sie sollten Vorräte und Ausrüstung schleppen, damit Dags Truppen vor dem Kampf ihre Kräfte schonen konnten.

Dag drehte sich zu seinem Vater und fauchte: »Da hörst du es. Du und deine Bauerntrampel.«

Mehrere Männer in Dags Begleitung lachten.

Finn fürchtete, der Könige könnte ungehalten werden, aber Olav blieb ruhig, als er Dag Ringsson antwortete.

»Die Bauern gehen noch heute nach Hause. Es ist niemandem damit gedient, unwillige Männer in eine Schlacht zu schicken. Auf uns wartet ein mächtiger Feind. Kalv Arnesson hat viele Männer um sich geschart. Wir müssen unsere Waffen und unseren Verstand klug einsetzen, wenn wir sein Bauernheer besiegen wollen.«

»Ich kann noch heute Abend nach Egge reiten, Kalv töten und seinen Hof anzünden«, rief Dag. »Und während die Männer in Trøndelag hocken und sich vor der Schlacht den Bauch vollschlagen, können wir uns auf diese Weise einen nach dem anderen vornehmen.« Er geriet in Fahrt. Mit lauter Stimme fügte er hinzu: »Wir lassen die Trønder in der Glut ihrer brennenden Höfe schmoren, damit sie einen Vorgeschmack auf das bekommen, was sie in der Hölle erwartet.«

Finn Arnesson konnte nicht länger an sich halten. »Bist du jetzt von allen guten Geistern verlassen, Dag Ringsson? Wenn wir die Höfe in Trøndelag anzünden und wehrlose Männer erschlagen, ist unser Sieg nicht mehr wert als ein feuchter Furz von dir. Dann dauert es nicht lange, bis sich alle anderen gegen uns wenden. Willst du dafür sorgen, dass Kalv ganz Norwegen gegen uns vereint? Dann nur zu, zünde Höfe an und verwüste Felder.«

Dag Ringsson starrte ihn an. Finn dachte, dass Dag ihn wohl zu gern auf der Stelle erschlagen wollte, und bereute, sich keine Waffe umgelegt zu haben, als er zum Hof hinaufgegangen war.

Olav trat einen Schritt vor, stellte sich zwischen Finn und Dag Ringsson und sagte: »Wir wollen als gute Christen kämpfen. Gute Christen überfallen keine Dörfer und töten und brandschatzen auch nicht. Wenn wir wollen, dass der größte Streiter von allen uns in der Schlacht beisteht, dann müssen wir uns wie Christen aufführen.«

Dag Ringsson nickte ernst. Er holte tief Luft, dann sagte er: »Es heißt, Kalv habe zehntausend …«

Olav ließ ihn nicht ausreden. »Es stimmt, dass Kalvs Bauernarmee größer ist als unser eigenes Heer. Aber wir sind stärker als sie, denn unsere Waffe ist Gerechtigkeit. Auch unser Panzer ist stärker, denn das ist unser Glaube.«

Dag Ringsson blickte zu Boden, und Olav fuhr fort.

»Harald, mein Bruder, fragte mich neulich, wie viele wir seien. Und ich erwiderte, dass Jesus Christus uns genügend Männer zugeführt hat.« Olav sah seinen jüngeren Bruder an und fügte hinzu: »Wir sind genug Männer, denn wenn wir fallen, verliert die Sache des Christentums in Norwegen nicht mehr Männer als nötig, und wenn wir gewinnen, müssen sich nicht zu viele die Ehre des Sieges teilen.«

Dag Ringsson sah den König an und lächelte verschmitzt. »Und die Höfe und das Silber.« Dann brüllte er über den ganzen Hof: »Lasst uns die Speere in die gefrorenen Herzen unserer Feinde stoßen. Dann werden wir sehen, ob sie bluten.«

Viele von Dags Männern hoben die Waffen. Finn sah, dass auch Olav erfreut war. Er legte die Hand auf Dags Schulter und ging zusammen mit ihm in das Langhaus.

Später ritt Olav mit einem großen Gefolge zu einem Ort, der nach Meinung von Torgeir Flekk, dem Bauern von Sul, gut als Schlachtfeld geeignet war. Der Ort war nicht weit von Haug entfernt und hieß Stiklestad.

Torgeir Flekk führte die Männer zu einem Höhenzug, der zunächst nur leicht anstieg, doch weiter oben steiler wurde. Jenseits der Anhöhe lag eine weite Ebene, die von einem Bach in zwei Teile geteilt wurde. Der Bauer von Sul berichtete, der Name des Ortes stamme aus uralten Zeiten. Damals hätten sich die Wege von Norden und Osten an diesem Ort gekreuzt, da es hier eine Furt gegeben habe. Mittlerweile führte ein breiter Steg über den Bach.

Finn Arnesson war zuvor bereits an diesem Ort gewesen und konnte Torgeir Flekk beipflichten. Das Bauernheer würde das Tal heraufkommen und sich in der Ebene zur Schlacht formieren. Sie selbst hingegen könnten mit allen Männern auf dem Höhenzug stehen.

Auf der einen Seite der Anhöhe befand sich ein Hügelkamm. Dort könnten sie ihre Späher postieren. Kalv würde demnach nicht um sie herumgehen können, ohne dass die Späher davon erführen. Auf der anderen Seite des Höhenzugs lag offenes Gebiet, das bis an den großen Verdalsfluss heranreichte, der Verdal durchquerte.

Da die Ebene zwischen Fluss und Höhenzug lag, würde es eine Weile dauern, bis Kalv alle Männer in die Schlacht führen könnte, und die Ersten, die dann angriffen, müssten die Steigung bewältigen.

Olav stieg vom Pferd und blickte zufrieden umher. An dieser Stelle würden sie auf Kalvs Bauernheer treffen. Alle engen Vertrauten sowie Harald umringten jetzt den König. Olav blieb stehen und sah über die Ebene hinweg. Dann ergriff er das Wort.

»Vielleicht kommt Jesus Christus schon bald zu mir, um mich zu sich in den Himmel zu rufen«, sagte er mit ruhiger Stimme. »Wenn er es tut, soll Bjørn das Heer führen. Und falls Bjørn fällt, sollt ihr Finns Befehlen folgen.«

Finn Arnesson wusste bereits, dass der König dies sagen würde. Am Abend zuvor hatte Olav mit ihm und Bjørn gesprochen. Beide sollten ihre Truppen für den König in die Schlacht führen. Außerdem hatten sie sich darauf geeinigt, dass Dag Ringsson seine eigenen Männer anführen sollte. Es gab keine andere Möglichkeit.

Dag war nicht dabei gewesen, als sie über alles gesprochen hatten, und Finn sah, dass ihm die Übereinkunft ganz und gar nicht gefiel. Er trat einen Schritt auf Olav zu. Alle konnten hören, dass seine Stimme vor lauter Wut ganz heiser klang.

»Es würde sich wohl eher ziemen, wenn *ich* das Heer als dein Nachfolger anführte. Ich bin mit mehr Männern zu dir gekommen als jeder andere deiner Heerführer.«

Olav sah Dag an und sagte mit fester Stimme: »Du führst dich auf, als seist du König in deinem eigenen kleinen Reich. Dann soll es in der Schlacht nicht anders sein. Du gehst an der Spitze deiner eigenen Truppe und sollst niemand anderem gehorchen als mir, deinem König.«

»Mein kleines Reich könnte die Schlacht entscheiden.«

Jetzt war es an Olav, einen Schritt vorzutreten.

»Wir müssen jetzt zusammenstehen, Dag, und das tun, worauf wir uns geeinigt haben. Es wird drei Verbände geben. Alle Norweger sowie Arnljot Gelline und seine Männer gehen unter meinem Banner. Bjørn wird den Verband gemeinsam mit mir befehligen. Finn führt den Verband an, der auf der Seite geht, wo der Fluss liegt. Er wird die Schweden mitnehmen und die wenigen Russen, die mit uns aus Holmgard gekommen sind. Und du, Dag, führst deine Männer auf die Seite, wo der Hügelkamm liegt.«

Dag Ringsson blickte in die Richtung. »Kalv könnte uns vom Hügelkamm her in die Seite fallen.«

»Postiere deine Männer entsprechend und sorge dafür, dass das nicht geschieht.«

»Und falls du stirbst und auch Bjørn fällt, dann soll ich zum Fluss hinunterlaufen und Finn fragen, was ich tun soll?«

Olav sah ihn an. »Du bist schon früher in die Schlacht gezogen und weißt, was zu tun ist. Falls Bjørn und ich fallen und sich die Reihen um uns lichten, dann müsst ihr eure Männer umso mehr anfeuern und für uns Tote kämpfen.«

Dag Ringsson wandte sich um und stieg auf sein Pferd. Aber Olav machte Zeichen, dass er noch etwas sagen wollte, also ritt Dag nicht los.

Olav winkte Harald zu sich. Finn konnte sehen, wie stolz Harald war, nun neben dem König zu stehen, und dachte, wie gut es doch war, dass die Brüder jetzt zusammenhielten. Dann sagte Olav:

»Wie ihr wisst, zählt mein Sohn Magnus erst fünf Winter. Dennoch will ich, dass ihr nach Holmgard fahrt und ihn holt, falls ich hier in Stiklestad sterben sollte.« Olav legte die Hand auf Haralds Schulter. »Und dann soll Harald, der in der Thronfolge hinter Magnus steht, zusammen mit euch allen, meinen trefflichsten Gefährten, meinen Sohn beschützen und ihm dabei helfen, das Land zu regieren.«

40

Harald erwachte von einem Geräusch irgendwo in der Dunkelheit. Er war erst spät eingeschlafen. Zu viele Gedanken waren in seinem Kopf umhergeschwirrt.

Was würde Rane wohl tun, wenn er noch da wäre? Würde der Alte mit ihnen in die Schlacht ziehen? Harald drehte sich um und wollte weiterschlafen. Der Sack, in dem er den Wolfspelz verwahrte, lag neben ihm. Sollte er ihn während des Kampfes tragen? Er hatte weder ein Kettenhemd noch einen richtigen Schild. Nur Ranes Speer. Den trug er die ganze Zeit mit sich herum. Rane hatte gesagt, er dürfe den Speer niemals aus der Hand legen, wenn eine Schlacht bevorstehe. Denn niemand könne wissen, wann der Feind angreife. Er hatte noch den Schildbuckel und den Dolch, den er von seinem Bruder bekommen hatte. Aber was könnten die ihm in der Schlacht schon helfen?

Zwei Tage waren vergangen, seit sie auf der Anhöhe gestanden und auf die Ebene mit dem Bach hinuntergeschaut hatten. Der größte Teil des Heeres befand sich jetzt auf dem Höhenzug. Bevor Harald sich schlafen gelegt hatte, war sein Blick auf die leuchtenden Lagerfeuer bei Stiklestad gefallen. Der Schein der Flammen hatte sich wie ein weißer Arm gen Himmel gereckt. Ein Gruß an höhere Mächte mit der Bitte um Kriegsglück.

Kurz bevor es dunkel geworden war, war der Orkneyjarl Ragnvald nach Vuku gekommen, wohin sich jetzt Olav und seine Getreuen zurückgezogen hatten. Bjørn Stallare war der Ansicht, dass der Königshof Haug zu dicht am Aufmarschgebiet von Kalvs Bauernheer lag, als dass der König dort sicher wäre.

Ragnvald war nicht mit Olav durch Schweden marschiert, sondern zurück nach Ostland gesegelt, um herauszufinden, ob dort Dänen standen, die gegen sie vorrücken würden.

Harald erinnerte sich an den Orkneyjarl mit seinem buschigen Bart und dem langen aschgrauen Haar. Viele Männer in seinem Gefolge hatten ihn schon begleitet, als er nach Digernes gekommen war, wo er berichtet hatte, dass Håkon Ladejarl ertrunken sei.

Nun aber hatte Ragnvald Orknøyjarl andere Nachrichten. Er erzählte, dass ein neuer dänischer König nach Norwegen gekommen sei. Ein Sohn Knuts des Großen mit Namen Svein. Ragnvald sagte, dass Svein noch ein halbes Kind sei. Alfiva, seine Mutter und Knuts Kebsfrau, regiere für ihn. Gleichwohl hätten sich viele wichtige Häuptlinge im Süden und Westen um ihn geschart.

Ragnvald berichtete weiter, dass auch die Söhne Erling Skjalgssons darunter seien. Harald musste an Guttorm denken, der von Lodin Erlingsson getötet worden war. Er würde seinen Bruder rächen, wenn er in die Schlacht zog. Aber auch wenn Lodin Erlingsson nicht in Stiklestad wäre, wusste Harald doch, dass Ragnar kommen würde. Finn hatte erzählt, dass er Sigvald Sigvaldssons Sohn in Egge gesehen habe. Harald würde Ragnar finden und ihn töten.

All diese Gedanken wühlten ihn so sehr auf, dass es eine Weile dauerte, bis er wieder einschlief.

Als Harald erwachte, stand Arnljot Gelline neben ihm und sagte, der Tag sei gekommen. Daraufhin ging Harald zur großen Tafel, wo viele Männer saßen und aßen. Auch Olav. Der Bruder wirkte fröhlich. Seine Stimme klang ungewöhnlich heiter.

»Die Bauern stehen wohl schon bereit und warten auf uns. Aber zunächst wollen wir essen. Ich konnte es noch nie leiden, mit leerem Magen zu kämpfen.«

Harald dachte, er könnte seinen Bruder vielleicht fragen, was er in der Schlacht tun sollte. Hatte Olav vielleicht einen Schild für ihn? Aber er wollte auch nicht, dass Olav glaubte, er habe Angst.

Die Männer saßen noch immer im Langhaus, als Finn Arnesson hereinkam. Olav wollte, dass Finn sich setzte und mit ihnen aß, denn er hatte die ganze Nacht draußen auf dem Höhenzug verbracht. Doch Finn lehnte dankend ab und sagte, dass Olav nun kommen müsse. Das Bauernheer sei dabei, sich zu formieren.

»Essen ist wichtig. Ein Bauernheer von zehntausend Mann zu bekämpfen, ist harte Arbeit«, erwiderte Olav unbekümmert.

Finn ging. Harald fand es eigenartig, dass sein Bruder so gelassen war. Er hatte doch selbst gesagt, dass er in der Schlacht sterben könnte.

Als sie schließlich zu der Anhöhe zogen, standen die Anführer des Heeres schon bereit und warteten. Auch Dag Ringsson.

Harald blickte auf die Ebene hinaus. Dort standen so viele Männer dicht an dicht, dass man nirgendwo den Boden sehen konnte. Es war wie ein Meer aus Menschen. Noch plätscherte es ruhig vor sich hin, kräuselte sich kaum. Doch schon bald würde es vorwärtsströmen und eine brausende Woge aus Männern und Waffen bilden.

Harald drehte sich zu seinem Bruder um. Olav wirkte jetzt ernster. Mit einem Kopfnicken deutete er auf die Ebene hinunter.

»Es wird noch eine Weile dauern, bis sie bereit sind«, sagte er. »Bei so vielen geht es nicht so schnell.«

Harald folgte Olavs Blick und verstand, was der König meinte. Die Männer wurden in kleinen und ein paar größeren Gruppen auf dem Schlachtfeld verteilt.

»Auch wir sollten die Zeit nutzen«, sagte Olav. »Ihr müsst die Männer ermahnen, den Schildwall geschlossen zu halten. In den hinteren Reihen sollen alle die Schilde über sich halten.«

Finn Arnesson nickte.

»Es gibt viele Jäger unter den Bauern. Sie verstehen sich auf Pfeil und Bogen«, sagte Finn. »Vermutlich wird Kalv die Pfeile eine ganze Weile auf uns herabregnen lassen und versuchen, uns in unserem eigenen Blut zu ertränken.«

Harald fiel ein, was Rane über den Schildwall gesagt

hatte: *Wenn wir im Schildwall gehen, müssen wir wie ein Mann denken und auch wie ein Mann kämpfen.*

Wieder richtete Harald den Blick auf die Ebene. Noch standen alle tatenlos herum.

»Der Abstand bis zu uns hinauf ist ziemlich groß, und Kalv muss die Bogenschützen vor sein Heer platzieren«, sagte Olav. »Wir werden unsere weiter hinten lassen und abwarten, bis die Bauern ihre Pfeile verschossen haben. Dann rücken wir vor und lassen unsere Bogenschützen zum Einsatz kommen. Und die werden großen Schaden anrichten.«

Viele Männer in Olavs Gefolge hatten inzwischen ihren Helm aufgesetzt. Olav hatte noch nicht einmal alle seine Waffen angelegt. Er trug nur das Schwert im Gürtel. Harald sah, dass Finn Arnesson und Dag Ringsson fortreiten wollten, um letzte Vorbereitungen zu treffen. Aber Olav richtete noch einmal das Wort an sie.

»Hier auf dem Höhenzug stehen wir gut. Wenn wir unsere Pfeile verschossen haben, warten wir ab, bis die Bauern die Anhöhe hinaufkommen und uns direkt angreifen. Lasst euch nicht dazu verleiten, in die Ebene hinunterzugehen.«

Olav wandte sich an Dag Ringsson. »Hast du genügend Männer auf dem Hügelkamm postiert?«

Dag nickte. Harald fand, dass er ängstlich wirkte. Er knirschte mit den Zähnen und fuhr sich unentwegt mit der Hand über den Mund. Sein höhnisches Grinsen war auf jeden Fall verschwunden.

Olav wandte sich an Finn: »Und du, Finn? Bist du sicher, dass keine Boote über den Fluss kommen?«

»Wenn dem so wäre, würden sie eine Überraschung erleben. Wir haben den Fluss mit Steinen abgesperrt. Setzen die Boote dort auf, bekommen sie es mit unseren Pfeilen und Speeren zu tun.«

Olav gab Bjørn ein Zeichen und sagte: »Dann können wir jetzt unsere Kettenhemden anlegen.«

Finn Arnesson und Dag Ringsson schickten sich an, zu ihren Männern zu reiten, aber Olav hielt sie erneut zurück.

»Wartet noch. Kalv ist klug genug, um Frieden zu schließen, wenn er es kann. Wahrscheinlich kommt er und will mit uns reden, bevor die Schlacht beginnt. Und dann möchte ich, dass alle hören, was er sagt.«

Harald sah zu seinem Bruder. Noch immer wusste er nicht, wie er sich verhalten sollte. Er griff nach dem Sack, holte den Wolfspelz hervor und zog ihn sich über die Schultern. Der Pelz war ihm zu klein, als dass er ihn auf der Brust festbinden konnte, und der Wolfsschädel hing ihm im Nacken.

Olav schüttelte den Kopf, als er ihn sah, doch ein Lächeln umspielte seine Lippen. Auch Finn Arnesson und Bjørn Stallare konnten sich ein Grinsen nicht verkneifen.

»Ich habe dir erlaubt, an der Schlacht teilzunehmen, aber ein Wolfskrieger bist du nicht«, sagte Olav und lachte. »Und auch kein Rane. Den gab es nur einmal.«

Olav winkte einen der Hofburschen von Haug heran. Er führte ein mit Ausrüstung beladenes Packpferd am Zügel.

»Nimm das hier.«

Olav reichte Harald ein Kettenhemd mit kurzen Ärmeln und einen Helm. Harald zog das Kettenhemd über und probierte den Helm. Er war schwer. Olav sagte, er solle auch einen Schild bekommen. Harald dachte, dass Olav es geplant haben musste, denn der Hofbursche hatte zwei gleiche Schilde dabei. Sie waren länglich mit einem großen weißen Kreuz darauf. Olav musterte Harald in seiner Montur und lächelte.

»Der Dolch, den ich dir gab, wirkt jetzt viel kleiner an deinem Gürtel. Du bist erwachsen geworden.«

Harald hoffte, antworten zu können, ohne kindlich grinsen zu müssen, aber es misslang ihm.

»Rane sagte, es sei schändlich, eine Gabe des Königs zu verschmähen. Ich habe stets darauf geachtet, dass er scharf bleibt. Der Dolch und der Schildbuckel haben mir schon einmal das Leben gerettet.«

Olav sah ihn fragend an.

»Ragnar Sigvaldsson hätte mich wohl getötet, wenn ich den Dolch nicht gehabt und damit zugestoßen hätte.«

Der Bruder unterbrach ihn. »Wenn ich sicher wäre, dass es dir helfen würde, dann würde ich dir ein Schwert geben. Und Ranes Axt. Die sollst du auch bekommen, aber heute ist es besser, wenn sie an meinem Gürtel hängt. Sie ist zu schwer und würde dich nur behindern.«

»Ich bekomme Ranes Axt?«

»Ganz recht, aber erst, wenn du älter und stärker geworden bist. Ich vertraue auf mein Schwert. Bæsing hat mir viele Jahre treu gedient. Es ist aus Damaszenerstahl gefertigt. Aber heute kann es wohl nicht schaden, auch eine Axt dabei zu haben. Ich werde bestimmt nicht einsam auf dem Schlachtfeld stehen.«

Arnljot Gelline stand neben Harald. Den ganzen Tag lang war der Riese nicht von seiner Seite gewichen.

»Halte dich stets in Arnljots Nähe auf«, sagte Olav streng.

»Ich brauche schon keinen Aufpasser.«

Der König trat dicht vor seinen Bruder. Haralds Körper spannte sich.

»In einer Schlacht sind alle verpflichtet, einander zu helfen. Weicht nur ein Mann aus dem Schildwall aus, sterben womöglich viele andere. Du bleibst in Arnljots Nähe oder ich schicke dich zurück nach Vuku.«

»Ein Blick hinunter in die Ebene, und du weißt, dass heute viel Arbeit vor dir liegt«, fügte Arnljot Gelline hinzu.

Harald bereute, was er gesagt hatte. »Rane sagte auch, dass in der Schlacht alle zusammenstehen müssen und dass einige mutiger seien als ihre Nebenmänner.«

Olav nickte. »Gut, dass du noch weißt, was Rane gesagt hat. Wenn wir einander Mut machen können, siegen wir.«

»Ich möchte gern mit dir in die Schlacht gegen, Olav. Arnljot und seine Männer könnten hinter uns gehen.«

»Du hältst dich so weit wie möglich von mir entfernt. Die kühnsten Männer des Bauernheers werden dorthin drängen, wo ich und Bjørn mit dem königlichen Banner stehen. Und an ihrer Spitze wird Tore Hund gehen. Hüte dich besonders vor ihm.«

Arnljot Gelline fügte hinzu, dass für das Bauernheer die Schlacht so gut wie gewonnen sei, wenn Olav fallen sollte. Der König nickte.

»Und genauso denken wir. Wenn wir Kalv und Tore töten können, werden viele der Bauern umkehren und nach Hause zu ihren Höfen rennen.«

Mit diesen Worten wandte sich Olav von den Männern ab. Harald sah zu, wie er sich das Kettenhemd überzog. Einer der Hofburschen musste ihm dabei helfen. Das Hemd saß stramm über seinem dicken Bauch. Dann setzte sich der König den Helm auf, hängte sich den Schild um und schnallte den Gürtel enger.

Sie standen lange auf der Anhöhe, ohne dass etwas passierte. Unten auf der Ebene wurden die Männer weiterhin verteilt und positioniert. Dann aber brachen plötzlich ein paar Reiter aus dem menschlichen Meer aus und kamen auf sie zu.

Als die Reiter die Anhöhe heraufgeschossen kamen, sah Harald den Heerführer und dachte, er müsse Finns Bruder sein. Kalv Arnesson war älter und hatte einen grauen Bart, aber die Ähnlichkeit war nicht zu verkennen. Die kräftigen dunklen Augenbrauen hatten auch Finn und Torberg.

Olav hob die Hand zum Gruß. »Nachdem ich dir so viel Gutes getan habe, Kalv, hätte ich niemals erwartet, dich einmal auf dem Schlachtfeld als Gegner zu treffen.«

Kalv hatte eine sanfte Stimme und sprach ebenso freundlich und ruhig wie Olav: »Das brauchst du auch nicht.«

Harald sah, wie Kalv seinem Bruder einen Blick zuwarf.

»Ich bat Finn, dir zu sagen, dass ihr nach Schweden zurückgehen könnt. Noch ist dies möglich.«

»Wie kommt es nur, dass du gegen deine eigenen Brüder kämpfen willst, Kalv? Wo doch Finn und Torberg zu meinen besten Männern gehören.«

Kalv Arnesson lächelte. »Es gibt Schlimmeres. Und wie die Schlacht auch ausgeht, einer der Söhne Arnes wird den Sieg davontragen.«

»So siegesgewiss bist du also nicht? Obwohl es heißt, du hättest zehntausend Mann.«

»Wir haben in vielen Schlachten gekämpft, du und ich. Wir beide wissen, dass es nicht auf die Anzahl der Männer ankommt, sondern auf die Männer.« Kalv Arnesson schaute sich um. »Und euer Platz hier oben ist gut.«

»Du wirst kein Jarl, Kalv. Knut hat Svein geschickt, seinen Sohn. Erinnerst du dich an den Bastard, den er mit Alfiva zeugte? Er hat englische Ritter und dänische Häuptlinge mitgebracht. Unter seiner Herrschaft ist kein Platz für einen norwegischen Jarl.«

»Woher weißt du …«

»Von Ragnvald.«

Olav deutete auf den Jarl von Orkney.

»Du kennst Ragnvald und weißt, dass auf sein Wort Verlass ist. Knuts Sohn steht im Süden. Erlings Söhne und viele der Dänenfreunde haben sich ihm angeschlossen. Aber es wird ihnen nicht helfen, sich einzuschmeicheln. Dänen und Engländer werden für Knut regieren. Das weißt du so gut wie ich.«

Als Kalv Arnesson schwieg, fuhr Olav fort: »Deshalb sollst du die Jarlswürde entgegennehmen, die du von mir bekommst. Schließt du dich mir an, dann ernenne ich dich zum Jarl. Und das nicht nur über Trøndelag, sondern über das ganze Land. Du wirst niemand anderem Rechenschaft schulden als mir.«

Jetzt sprach Kalv Arnesson, und seine Stimme war so ruhig wie zuvor: »Diese Jarlswürde würde ich wohl nur kurz genießen. Wenn Knut mit seiner Flotte kommt, können wir ihm nichts entgegensetzen.«

Olav lächelte. »Es ist nicht Knut, der die Geschicke lenkt, Kalv. Es ist Jesus Christus, der uns leitet, ob wir nun Sklaven, Knechte, Bauern, Lehnsmänner, Jarls oder Könige sind.«

Kalv nickte.

Olav fuhr fort: »Wenn ich falle und du siegst, dann hoffe ich doch, dass du das Christentum in Norwegen stärkst.«

Kalv Arnesson lächelte. »Dein Christentum will niemand haben, Olav. Die Bauern sollen die Götter anbeten, die sie anbeten wollen, ohne dass ihnen deshalb Hände und Füße abgeschlagen werden. Und auch das Korn kann dann wachsen, ohne von Heerscharen zertrampelt zu werden.«

Bevor Olav etwas darauf erwidern konnte, rief Dag Ringsson: »Das Korn steht gut dort unten in der Ebene.

Trocken und kräftig sieht es aus. Ich freue mich schon darauf, hinunterzugehen und die Sense zu schwingen.«

Kalv Arnesson sah ihn an, sagte aber nichts. Da ergriff einer der Männer in seinem Gefolge das Wort.

»Nimm ruhig deine Sense und komm zu mir, Dag Ringsson. Dann werden wir ja sehen, wer von uns beiden sie besser schwingt. Du und dein Vater, ihr wart schon immer große Maulhelden. Es wird Zeit, dass ich dir das Maul ein für allemal stopfe.«

Der Mann erinnerte Harald an Rane. Er war hager und hatte tiefe Falten im Gesicht. Er trug auch kein Kettenhemd wie die anderen, sondern hatte sich ein Rentierfell über die Schultern gelegt. Aber er war größer und kräftiger, als Rane es gewesen war. Obwohl er auf dem Pferd saß, war das unverkennbar.

Olav lächelte. »Nun, Tore, du hast den Mund auch immer recht voll genommen. Und daran hat sich offenbar nichts geändert.«

Kalv Arnesson bekam das letzte Wort. »Diese Schlacht wird nicht mit Worten ausgefochten. Der Tag ist nicht mehr jung. Wir reiten zurück. Wenn wir das nächste Mal kommen, kommen wir nicht zum Reden.«

Daraufhin ritt Kalv Arnesson mit seinem Gefolge den Hang hinunter. Harald sah, dass Kalv sich zu dem Mann hinüberbeugte, den der König Tore genannt hatte, und etwas zu ihm sagte. Tore lachte so laut, dass es bis zu ihnen auf der Anhöhe zu hören war.

Als Harald sich wieder umwandte, sah er, dass Dag Ringsson einen Bogen gespannt hatte. Er wollte auf die Männer am Fuße der Anhöhe schießen.

Olav bemerkte es und rief: »Wenn du Kalv erschießt, schlage ich dir den Kopf ab!«

Dag Ringsson ließ den Bogen sinken. Er schien verwirrt zu sein.

»Ich wollte Tore Hund erledigen. Es wird kein Vergnügen sein, in der Schlacht auf ihn zu treffen. Es heißt, er habe stets zwölf Männer bei sich, und alle trügen Rentierfelle aus Finnmark, die von einer Hexe stammten. Die Felle sollen sie unverwundbar machen. Weder Speer noch Schwert oder Axt können ihnen etwas anhaben.«

Olav schüttelte den Kopf. »Unser Stahl kann ihnen etwas anhaben, Dag. Das verspreche ich dir. Und wir wollen nicht, dass man uns als ehrlose Feiglinge in Erinnerung behält, die ihren Feinden in den Rücken schießen, nachdem sie gekommen sind, um zu verhandeln.«

Dag blickte Olav mit festem Blick an. »Tore hätte sicher nicht gezögert, dir in den Rücken zu schießen.«

»Sei dir da nicht so sicher. Tore besitzt Ehre und auch ein Herz. Es ist nur nicht besonders groß.«

Olav blickte umher. Harald fiel auf, dass der Bruder jetzt ernster wirkte. Auch das Kettenhemd saß jetzt besser als vorher. Außerdem war irgendetwas mit seinen Augen geschehen. Harald erinnerte sich an den Abend auf Hof Stein, als Olav fast seine Hand zerquetscht hätte. Die Augen des Königs sahen jetzt genauso aus.

41

Einer der ersten Pfeile, die auf das königliche Heer abgeschossen wurden, traf Finn Arnesson. Die lange schlanke Pfeilspitze drang durch seinen Schild, durch die feinen Ringe des Kettenhemds und tief in seine linke Schulter.

Der Schmerz schien ihn zu überwältigen, und er sank auf die Knie.

Die Pfeile prasselten auf sie wie Hagelkörner, die auch im Sommer ganze Kornfelder zerstören konnten. Pfeile von halber Mannslänge schlugen in die Schilde ein. Die meisten wurden aufgehalten, bevor sie die Männer hinter den Schilden trafen, aber es gab Ausnahmen. Gleich neben Finn ging ein Mann mit einem Pfeil im Auge zu Boden.

Schon oft waren Schlachten durch gute Pfeile und geschickte Bogenschützen entschieden worden. Und in Trøndelag hatte es neben Einar Tambarskjelve immer schon viele andere Männer gegeben, die einen Bogen spannen konnten. Da Finn auf den Knien lag, konnte er nicht viel sehen. Dennoch wusste er, dass unten in der Ebene Bauern mit Bögen aus Eibenholz standen, die größer waren als sie selbst. Mit solch einem Bogen konnte ein guter Schütze aus zweihundert Schritt Entfernung einen Pfeil auf einen Elch abschießen und ihn töten.

Finn gelang es, wieder aufzustehen. Er hielt den Schild über sich.

Die Position des Heeres oben auf der Anhöhe war gut gewählt, und der Beschuss endete früher, als Finn befürchtet hatte. Vielleicht hatte Kalv gar nicht so viele Schützen, die er vorausschicken konnte. Oder sparte er sich die Pfeile für einen späteren Zeitpunkt auf?

Ragnvald, der Orkneyjarl, fragte Finn, ob er nach Haug reiten und die Wunde versorgen lassen wolle. Finn verspürte einen glühenden Schmerz, aber die Wunde blutete kaum. Noch immer konnte er den Schwertarm nutzen, und den Schild zu halten, würde ihm wohl auch gelingen. Er wollte um jeden Preis kämpfen, aber zuerst musste der Pfeil heraus. Deshalb bat er Ragnvald um Hilfe. Der Orkneyjarl rief einen seiner Männer herbei. Es war einer der beiden Zwillinge, die Ragnar stets folgten, der Riese. Er zerbrach den Pfeil wie einen trockenen Zweig.

Ein Schlauch mit Bier wurde gebracht, und Finn trank davon. Dann trat er vor den Schildwall, um nachzusehen, wo der Rest des Heeres stand. Olav stand vor seinem Verband. Finn entdeckte auch Bjørn sowie Tord Foleson, der das Banner des Königs trug. Etwas weiter entfernt, unterhalb des Waldrandes auf dem Hügelkamm, stand Dag Ringsson.

Finn hielt seinen Schild vor sich. Noch immer landete der eine oder andere Pfeil zwischen den Männern, aber der Beschuss verlegte sich langsam in die andere Richtung. Ihre eigenen Bogenschützen waren jetzt im Einsatz. Wie ein dichter Vogelschwarm füllten die

Pfeile den Himmel und fielen schwer auf die Männer in der Ebene hinunter.

Der Vorrat an Pfeilen war groß. Viele von denen, die das Bauernheer auf sie abgeschossen hatte, waren noch intakt und wurden jetzt auf diesem Weg zurückgeschickt.

Die meisten, die getroffen wurden, waren Bogenschützen in der ersten Reihe des Bauernheeres. Ob einige von ihnen wohl von einem Pfeil getötet wurden, den sie selbst geschnitzt hatten?

Die Wunde in der Schulter begann stärker zu schmerzen, aber Finn kümmerte sich nicht darum. Die Schlacht hatte für das Königsheer gut begonnen. Ihre Pfeile richteten großen Schaden an, und noch immer standen sie sicher auf dem Höhenzug. Finn drehte sich zu Ragnvald um und sagte, dass sie nun warten müssten, bis das Bauernheer die Anhöhe heraufkäme.

Der Orkneyjarl deutete auf den Hügelkamm, wo Dag Ringssons Verband stand, und erwiderte, dass Dag als Erster mit dem Feind in Berührung kommen werde. Finn nickte. Ein großer Bauerntrupp erklomm in diesem Moment den Hügelkamm und stürzte auf Dags Männer zu. Finn glaubte, zu erkennen, dass Tore Hund den Angriff leitete, war sich aber auf die große Distanz nicht sicher.

Finn wandte sich an Ragnvald: »Es sind zu wenige, um Dag zu überwältigen. Er muss nur den Schildwall dicht …«

Noch bevor er seinen Satz beendet hatte, regneten

Pfeile auf Dag Ringssons Verband nieder. Kalv hatte Männer um den Felskamm herum und durch den Wald geschickt. Jetzt standen sie am Waldrand und schossen Pfeile auf Dags Männer hinunter. Das erklärte, warum der Pfeilregen zu Beginn so kurz ausgefallen war. Kalv hatte die Hälfte seiner Bogenschützen zum Angriff auf Dag Ringsson abkommandiert.

Finn konnte jetzt Tore erkennen. Er trug seinen langen Speer, der Selshefnir genannt wurde. Tore und seine Männer waren unerbittlich. Der Schildwall brach auf. Aber dennoch würden sie zurückgetrieben werden. Die Männer in Tore Hunds Schar waren zwar einige der tapfersten Krieger, die Finn je gesehen hatte, aber es waren viel zu wenige.

»Tore wird versuchen, sie fortzulocken«, sagte Finn.

Auch Ragnvald hatte diese Befürchtung. Er zeigte auf Dag Ringsson. Er erhob seine Stimme, als könne der ihn hören: »Benutz deinen Verstand, Junge! Rühr dich nicht vom Fleck!«

Finn dachte gerade, dass es mit dem Verstand von Dag Ringsson nicht weit her war, als das Unvermeidliche geschah. Tore und seine Männer wichen zurück, und Dag Ringssons Verband setzte ihnen nach.

Männer, die sich im Krieg befinden, sind nicht sie selbst. Die Leidenschaft regiert, wenn heißes Blut durch die Adern gepumpt wird. Auch Männer mit größerem Verstand als Dag Ringsson hatten sich schon hinreißen lassen und waren sehenden Auges in ihr Verderben gerannt.

Olav stand mit Bjørn und dem Bannerträger Tord

Foleson zusammen. Finn trat zu ihnen, um sich mit ihnen zu beratschlagen. Dag Ringsson und seine Männer waren bereits ein gutes Stück ins Tal vorgerückt. Nichts deutete darauf hin, dass sie vorhatten, ihre strategisch wichtige Position auf der Anhöhe wieder einzunehmen, solange sie es noch konnten.

Finn sagte, er und Ragnvald seien der Ansicht, dass das Königsheer unbedingt ausharren solle.

Olav blickte ihn ernst an und deutete in Dag Ringssons Richtung. »Und dann jeden dritten Mann verlieren, über den wir verfügen?«

Bjørn Stallare nickte. »Wir würden es hier oben auf dem Höhenzug mit sehr vielen Gegnern zu tun bekommen.«

Olav sah auf die Ebene hinaus. Ringssons Verband kämpfte tapfer, und viele Gegner fielen. Finn folgte Olavs Blick. Tore und seine Männer waren nicht mehr zu sehen. Finn vermutete, dass sie sich hinter die Angriffslinie zurückgezogen hatten, um auszuruhen. Dags Männer hatten jetzt wenig kampferprobte Bauern vor sich. Das hatte Kalv anscheinend geplant, denn Ringssons Übermut schien nur noch größer zu werden.

Auch Olav bemerkte dies, blieb aber bei seiner Meinung, dass sie jetzt vorrücken mussten. Die Schlacht sei im Gang. Sie dürften keine Zeit verlieren. Er wandte sich an den Bannerträger.

»Halt das Banner so hoch es geht, Tord«, sagte er. »Alle müssen es sehen können. Wir müssen den anderen jetzt so schnell wie möglich folgen. Wenn wir entschlossen genug angreifen, werden viele der Bauern umkehren und weglaufen. Vielleicht werden wir nicht viel zu tun bekommen.«

Dann drehte er sich zu Finn um.

»Du musst ebenfalls mit deinem Verband folgen, Finn.«

Jetzt erst sah der König, dass eine Pfeilspitze in Finns Schulter steckte.

»Wie ich sehe, hast du ihr Eisen schon schmecken können. Das ist gut, denn dann kämpfst du noch verbissener, um den Schmerz zu vergessen.«

Sie waren fast unten in der Ebene angelangt, als Finn sah, dass Tore Hund und seine Männer wieder in die vorderen Reihen des Bauernheers traten. Wieder richteten sie ihren Angriff auf Dag Ringsson. Und jetzt waren es viel mehr, die Tore Hund folgten.

Finn fragte sich, wieso Kalv seine besten Männer gegen den Verband von Dag Ringsson kämpfen ließ, wenn jetzt auch Olav in das Geschehen eingriff.

Schon im nächsten Moment klärte sich das Rätsel.

Ringsson und seine Männer zogen sich langsam zurück. Ein paar von ihnen wurden von Panik ergriffen und rannten wieder den Hang hinauf.

Finn sah es mit Erschrecken. Jetzt, da das restliche Heer in die Ebene hinuntergekommen war, floh Dag Ringsson vor der Schlacht? Er spürte Zorn in sich aufsteigen. Sein Bruder Kalv war ein gerissener Gegner, und Dag Ringsson eine leichte Beute. Sollte Dags feiges Verhalten etwa alles zunichtemachen?

42

Es war, als stünde er noch immer auf der Anhöhe und sähe sich selbst auf das große Heer in der Ebene zugehen.

Das Ziehen in der Brust, der Druck auf dem Magen, der ungewohnt schwer wirkende Körper – das alles war kein Zeichen von Furcht. Es war auch kein Hass oder Zorn. Es war das Gefühl, das alle Männer in der Schlacht ergriff, hatte Rane gesagt. Es gab kein Wort dafür. Man musste selbst dabei gewesen sein.

Rane hatte auch gesagt, dass Harald sich an vieles, das er ihm beigebracht hatte, erinnern würde, wenn er von brüllenden Männern umgeben wäre. Und deshalb hatten sie auch immer wieder das Gleiche getan. Bewegungen und Speerstöße eingeübt, die ihm das Leben retten könnten.

In einem Kampf Mann gegen Mann dachte niemand nach. Die Gedanken standen den Handlungen im Weg. Und wer überleben wollte, musste handeln.

Harald fragte sich, ob sein Bruder wohl das Gleiche empfand. Aber vielleicht spürte er auch nichts. Nach all den Schlachten, die er bereits geschlagen hatte.

Er sah, dass Olav mit langen Schritten die Anhöhe hinunterlief. Bjørn war an seiner Seite. Nur ein paar kriegserprobte Männer liefen ihnen voraus. Olav würde einer der Ersten sein, die sich ins Kampfgetümmel stürzten. Hinter ihm folgte ein ganzes Heer.

Das Bauernheer vor ihnen stand still, die Schilde dicht an dicht. Jetzt war es an ihnen, die Reihen aufzubrechen und den Kampf zu beginnen.

Harald war dicht von Arnljot Gelline und seinen Männern umgeben. Denoch konnte er über die meisten hinwegblicken.

Finn Arnesson führte die Schweden in einer Keilformation den Hang hinunter. Harald sah ihr rotes Banner. An der Spitze der Formation gingen die besten Kämpfer. Am Fuße der Anhöhe rannten sie plötzlich los. Der Keil aus Männern drang mit voller Wucht in das Bauernheer ein. Der Schildwall brach auf. Harald konnte Finn nicht mehr sehen. Die Männer kämpften und schlugen aufeinander ein. Einige lagen bereits am Boden.

Harald hörte, dass in Olavs Nähe Rufe erschallten: »Vorwärts, vorwärts, Männer Christi, Männer des Kreuzes, Männer des Königs!«

Der Ruf setzte sich bis in die hinteren Reihen fort. Der Bruder hob das Schwert und zeigte damit auf den Feind.

Jetzt waren sie inmitten der Schlacht. Doch Harald kam nicht zum Zuge. Arnljot Gelline trat noch dichter an ihn heran. Gaukatore und Avrafaste, die beiden Räuberhäuptlinge, gingen mit ihren Getreuen voraus.

Harald drehte sich zu Arnljot um und rief: »Du hast versprochen, dass ich meine Waffe einsetzen kann.«

»Wir wollen versuchen, die Bauern zu erschrecken und sie in die Flucht zu schlagen«, entgegnete Arnljot.

»Lass mich helfen, die Bauern zu verjagen.«

Arnljot schüttelte den Kopf. »Vergiss nicht, was du deinem Bruder versprochen hast.«

Harald sah Olav ein Stück entfernt. Der Bruder zog das rechte Bein nach. Er war verletzt. Und von vielen Männern umgeben. Harald konnte nicht erkennen, welche zum königlichen Heer und welche zum Bauernheer gehörten, rund um den großen Findling, vor dem Olav jetzt Stellung bezogen hatten.

»Wir müssen zu dem Stein!«

Niemand hörte, was er rief. Alle kämpften. Schulter an Schulter, Schild neben Schild. Harald schien inmitten der Schlacht plötzlich in einen kleinen Schildwall geraten zu sein. Er kam nicht vorbei.

Arnljot Gelline ergriff seinen Arm. Harald sah, dass der Mann, der Tore Hund genannt wurde, jetzt auf den Bruder zuging. Mehrere Männer folgten ihm. Alle hatten Rentierfelle über den Schultern liegen.

Die Felle machten sie unverwundbar, hatte Dag Ringsson gesagt. Ob er recht hatte? Um sie herum fielen viele Männer. Die Krieger mit den Fellen bahnten sich ihren Weg durch den Kreis um Olav und schlugen wild um sich. Und kein Pfeil und kein Schwerthieb traf sie.

Einer der Männer im Schildwall wurde von einer Axt getroffen und stürzte auf Harald. Harald versuchte auszuweichen, wurde aber zu Boden gerissen. Arnljot Gelline zog ihn auf die Füße, und der Schildwall um Harald schloss sich wieder. Aber die Reihen waren durchlässig. Viele waren bereits gefallen. Harald und seine Beschützer mussten um kleine Haufen toter Männer herumgehen, um vorwärtszukommen.

Harald sah zu dem großen Stein hinüber, konnte seinen Bruder jedoch nicht entdecken. Aber er sah Finn Arnesson. Der kämpfte gegen einen Mann, der eine riesige Axt schwang.

Die ganze Schlacht schien sich jetzt um den großen Stein herum abzuspielen. Harald erinnerte sich. Der Bruder hatte gesagt, Kalv würde Tore und seine tapfersten Männer dorthin schicken, wo das Königsbanner wehte.

Die beiden schwedischen Räuber waren noch immer vor ihm. Auch die Reihen ihrer Gefolgsleute hatten sich gelichtet. Harald blickte Avrafaste an und rief: »Rette den König, dann bekommst du den reichsten Hof in ganz Norwegen!«

Harald suchte mit Blicken Olav. Jetzt sah er den Bruder bei dem Stein. Er war nicht vorwärtsgekommen, hatte aber auch nicht zurückweichen müssen. Bjørn kämpfte gegen Tore Hund. Gerade als Harald sich wieder zu Avrafaste umdrehen wollte, sah er, wie Bjørn fiel. Tore Hund hatte seinen Speer in ihn gerammt.

Harald schrie so laut er konnte: »Wir müssen meinen Bruder retten!«

Gaukatore nickte und bewegte sich in Olavs Richtung. Harald wollte ihm folgen, wurde aber von Arnljot Gelline zurückgehalten.

Mit der Räuberbande vor sich und Arnljots Männern als Nachhut bahnten sie sich den Weg zu dem

Stein. Es ging nur langsam voran. Ein wahrer Strom aus Männern stürzte ihnen entgegen. Einer davon stach mit seinem Speer in Haralds Richtung. Ihre Blicke trafen sich für einen winzigen Moment. Dann stieß Harald seinen Speer vor, wie Rane es ihn gelehrt hatte. Erst ein kurzer Ausfall. Der Mann wich zur Seite. Dann rückte Harald vor und stach erneut zu, diesmal um zu töten. Der Feind fiel. Ob er tot war, wusste Harald nicht.

Endlich näherten sie sich seinem Bruder. Das Banner stand immer noch aufrecht bei dem Stein. Aber der Bannerträger, Tord Foleson, war nicht zu sehen.

Harald verharrte und sah zu dem Stein. Er bemerkte zu spät, dass ein Mann mit erhobener Axt auf ihn zukam. Er konnte den Speer nicht mehr in Stellung bringen. Er konnte gerade noch den Schild heben. Der Mann schlug mit aller Kraft zu, und die Axt saß fest. Harald riss den Schild zurück. Dann stach er mit dem Speer zu. Der Mann fiel nach hinten, hielt dabei den Speerschaft aber fest, sodass er Harald aus der Hand gerissen wurde. Der Mann lebte noch und schrie ein letztes Mal, als Harald nachfasste und den Speer aus ihm herauszog.

Sofort kam ein neuer Angreifer, aber Arnljot Gelline erschlug ihn.

Harald sah wieder zu dem Findling und entdeckte seinen Bruder. Doch jetzt war da noch ein anderes bekanntes Gesicht: Ragnar Sigvaldsson. Ragnar hatte Harald ebenfalls gesehen. Er versuchte, zu der Stelle zu gelangen, wo Harald stand. Doch es befanden sich zu viele Männer zwischen ihnen. Harald trat einen Schritt vor.

Arnljot Gelline bahnte sich mit seinem langen Schwert einen Weg durch die Menschenmasse. Viele wichen bei seinem Anblick zurück, viele wurden von ihm getötet.

Harald war jetzt näher an den Stein herangekommen. Olav stand auf einem Bein und stützte sich an dem Stein ab. Er hielt noch immer das Schwert in der Hand, schwang es aber nicht mehr. Ein paar Männer standen schützend um den König herum. Harald sah, dass er eine Verletzung an der Wange hatte, aus der das Blut rann.

Die Reihen um Olav hatten sich weiter gelichtet. Tore Hund kämpfte sich vor. Das Rentierfell hatte sich von seiner Schultern gelöst und hing herab. Er griff Olav an, aber der König hieb mit dem Schwert nach ihm. Er hatte auf den Kopf gezielt, aber die Schulter von Tore getroffen. Tore fiel nach hinten und war plötzlich außer Sichtweite.

Harald spürte Freude durch seinen Körper jagen. Er rief Olavs Namen. Der Bruder hatte Tore Hund getötet. Das Rentierfell machte ihn also doch nicht unverwundbar.

Jetzt würde Harald Ragnar Sigvaldsson töten.

Er stand nicht mehr weit von ihm entfernt. Ragnar hatte dicht neben Tore Hund gestanden. Harald stürmte mit erhobenem Speer vorwärts. Ihm war so leicht ums Herz. Als liefe er nicht über ein Schlachtfeld, sondern durch einen hellen Birkenwald.

Plötzlich sah er die Spitze des längsten Speers in der ganzen Schlacht. Finn hatte gesagt, der gehöre Tore Hund und werde Selshefnir genannt.

Der Bruder hatte Tore Hund nicht tödlich getroffen. Das Rentierfell hatte ihn beschützt. Der große Mann mit dem langen Speer war aufgestanden und stürzte sich auf Olav.

Harald wollte den Namen seines Bruders hinausschreien. Aber er brachte keinen Ton hervor.

Der König lehnte an dem Stein. Tore stach zu.

Olav ließ das Schwert fallen und sank nach hinten.

Tore Hund riss den Speer zurück und hielt ihn hoch, sodass alle das Blut sehen konnten, das davon herabtropfte.

Wie von Sinnen schrie er: »Olav ist tot! Olav ist tot!«

Ein schwerer Regentropfen traf Haralds Wange. Er sah sich um. Es schien, als hätte die Schlacht plötzlich aufgehört. Alle standen wie erstarrt da, nachdem Olav gefallen war. Harald hörte laut sein Herz schlagen. Dann traf ihn ein weiterer Regentropfen. Der Himmel war jetzt grau. Harald hätte sich am liebsten irgendwo verkrochen. Es gab nichts mehr, worum noch gekämpft werden konnte.

Plötzlich erschallte ein Ruf, der Harald aus seiner Betäubung riss.

»Tod dem Königsmörder! Tore Hund soll sterben!«

Es war Dag Ringsson. Er kam mit seinen Männern zurück auf das Schlachtfeld.

Tore Hund und seine Begleiter zogen sich zurück.

Dag rief seinen Männern zu: »Folgt mir, Männer! Schon bald werdet ihr reichlich belohnt!«

Harald setzte sich in Bewegung. Er wollte Dag Ringsson folgen und den Bruder rächen. Das Bauernheer wich langsam zurück. Dag und seine Männer kämpften sich in das menschliche Meer hinein.

Als Harald näher an den Stein herankam, sah er, wie der Orkneyjarl sich über den König beugte. Für einen Augenblick dachte er, er sollte zu seinem toten Bruder gehen, stürmte stattdessen aber weiter vor. Erst würde er Ragnar töten und die Gegner zurücktreiben. Danach würde er zu dem Stein gehen, vor dem Olav lag.

Er lief weiter und sah, dass Ragnar mit einem von Dag Ringssons Männern kämpfte. Harald versuchte, näher heranzukommen, aber immer noch versperrten ihm viele Männer den Weg.

Plötzlich fiel Gaukatore. Ein Speer ragte aus seinem Rücken heraus. Avrafaste beugte sich über seinen Bruder. Er versuchte, den toten Körper wegzuziehen, als ob es ihm auf diese Weise möglich wäre, den Bruder zu retten.

Harald konnte ihm nicht helfen. Aus dem Augenwinkel musste er mit ansehen, wie einer von Tore Hunds Gefolgsleuten seine Axt in Avrafastes Kopf rammte. Der Räuberhäuptling fiel schwer auf seinen toten Bruder und blieb reglos liegen.

Arnljot Gellines glänzender Helm ragte weiterhin aus dem Meer der kämpfenden Leiber hervor. Mehr als den Helm konnte Harald allerdings nicht sehen, denn Arnljot war rundum von Feinden umgeben. Es sah aus, als ob er von einem Mahlstrom in die Tiefen gesogen werden sollte. Schließlich war auch sein Helm nicht mehr zu sehen.

Auch Ragnar war jetzt außer Sichtweite. Harald hoffte, dass er nicht bereits tot wäre.

Einer der Männer mit den Rentierfellen kam auf Harald zu. Harald hielt den Schild vor sich und verstärkte den Griff um den Speer. Der Zorn hielt ihn auf den Beinen, als der Mann die Axt auf seinen Schild schlug.

Der Schild zerbarst, und Harald ließ ihn los. Erneut holte der Mann zum Schlag aus. Harald warf sich zur Seite und stieß mit einem anderen Mann zusammen. Die Kämpfenden um ihn herum standen so dicht beieinander, dass er nicht erkennen konnte, wer von ihnen Freund, wer Feind war. Alle Männer hatten denselben wutverzerrten Gesichtsausdruck. Aufgerissene Augen. Der Ruf des einen übertönte die Schreie des anderen.

»Töte ihn! Erschlag ihn! Stich zu!«

Der Mann mit dem Rentierfell kämpfte jetzt gegen einen anderen. War es einer aus Dag Ringssons Verband? Harald sprang auf. Er hatte noch immer den Speer. Wo war nur der glänzende Helm, der aus dem Meer herausgeragt hatte? Arnljot war nicht mehr zu sehen.

Da hörte er jemanden rufen: »Tod den Männern des Königs!«

Viele hoben jubelnd die Waffen über die Köpfe.

Harald ging zielstrebig auf die Gegner zu. So, wie Ranes es ihn gelehrt hatte, schwang er den Speer in einem weiten Bogen und führte ihn wie eine Sense gegen die feindlichen Krieger in seiner Nähe. So arbeitete Harald sich langsam vor, bis ihn ein Schlag auf den Helm innehalten ließ. Er wollte sich umdrehen, aber es war zu spät. Ein weiterer Schlag folgte. Harald sank auf die Knie, verharrte einen Augenblick lang reglos und fiel dann nach vorn. Er landete auf seinem Speer.

Der Boden war schlammig und rutschig. Es roch nach Pisse und Blut. Die Ebene war zu einer Schlachtbank geworden.

Harald musste aufstehen, musste sehen, wer sein Gegner war. Er wollte die Hände unter den Körper ziehen und sich dann aufstützen. Aber seine Arme und Beine gehorchten ihm nicht. Er schloss die Augen, Schwindel ergriff ihn. Dann verlor er das Bewusstsein.

Als er die Augen wieder öffnete, sah er nichts. Alles war dunkel. In seiner Nähe hörte er Männer, die ächzten und stöhnten. Irgendwo sprach jemand ein Gebet.

Jemand zupfte an seinem Arm. Hatten Tore Hund und Ragnar Sigvaldsson ihn gefunden?

Er hob den Kopf. Plötzlich rann Wasser über sein Gesicht und in seinen Mund. Gierig schluckte er. Jemand hob ihn auf. Harald versuchte, sich loszureißen.

»Gorm trägt dich. So kommen wir schneller von hier weg.«

Harald wurde klar, dass die Sonne längst untergegangen sein musste. In der Finsterniss erkannte er jetzt, wer da zu ihm sprach. Er sah das lange graue Haar und den buschigen Bart. Wieder versuchte Harald, sich loszureißen, spürte aber, wie kraftlos er war.

Aber es waren mehrere Männer. Jemand führte ein paar Pferde am Zügel. Sie gingen ganz ruhig. In der Ferne hörte er lärmende Stimmen. Jemand lachte laut.

Eine raue Stimme fragte, wer sie seien.

Ragnvald Orkneyjarl erwiderte: »Wir bergen die Verletzten und Toten.«

»Männer des Königs?«

»Ja, Kalv Arnesson hat es gestattet.«

Weitere Männer kamen zu ihnen. Harald sah brennende Fackeln. Die Männer traten aus der Dunkelheit und stellten sich in einem Kreis um Ragnvald und Gorm. Hatten sie den Rest des Gefolges nicht gesehen?

»Wer ist das?«

Harald wurde klar, dass die fremde Stimme ihn meinte. Der Orkneyjarl erwiderte, dass er es ihm zwar sagen könne, dass dies dem Mann aber nichts nutzen würde.

Der Fremde trat vor und leuchtete ihm mit der Fackel ins Gesicht. Harald kniff die Augen zusammen.

»Tore Hund will, dass wir nach dem Bruder des Königs suchen.«

Ragnvald gab keine Antwort.

»Bist du der Orkneyjarl?«, fuhr der Mann fort.

Dann schien er die anderen zu entdecken, die in der Dunkelheit hinter Ragnvald standen.

»Ihr könnt gehen«, sagte er. »Es stimmt. Kalv Arnesson hat allen Gnade gewährt.«

»Allen mit Ausnahme des Königsbruders und der

Häuptlinge«, entgegnete Ragnvald. »Der Junge, den du hier siehst, ist der Bruder des Königs. Und was du sagtest, stimmt. Ich bin Ragnvald Brusason, der Jarl von Orkney. Das hast du doch sicher verstanden.«

»Ihr könnt trotzdem gehen.«

Ragnvald antwortete mit dem Schwert. Der Mann mit der Fackel fiel. Noch zwei weitere wurden getötet, und die anderen flohen in die dunkle Nacht. Harald hörte die Fackeln auf dem feuchten Boden zischen. Ihr Qualm erfüllte die Luft.

Nachdem sie ein weiteres Stück gegangen waren, legte Ragnvald die Hand auf Haralds Stirn und fragte, ob er sehr durstig sei. Harald vermochte nicht, den Mund zu öffnen.

Der Orknøyjarl fuhr fort: »Du hast viel Blut verloren, aber wir müssen weg von hier. Kalv Arnesson und Tore Hund werden bald erfahren, dass du noch lebst. Wir müssen nach Vuku und Vorräte holen, danach gehen wir weiter ins Tal rein.«

Harald leckte sich die trockenen Lippen.

»Mein Bruder. Wo ist mein Bruder?«

Ragnvald Orknøyjarl bekreuzigte sich.

»Sie werden den König nicht finden. Er ist gut versteckt.«

»Wir müssen ihn mitnehmen.«

Ragnvald schüttelte den Kopf. »Wäre Olav hier, würde er sagen, dass wir erst dich retten müssen und dann seinen Leichnam holen.«

Harald war anderer Meinung, hatte aber keine Kraft, dem Orkneyjarl zu widersprechen.

43

Ragnar erwachte. Er war nass bis auf die Haut. Sein Schwertarm schmerzte, aber die Wunde, die er sich zugezogen hatte, blutete nicht mehr.

Er hatte Olav fallen gesehen. Auch Harald war da gewesen, in dem Gewimmel aus Männern. Aber nachdem Olav gefallen war, hatte Ragnar sich in die eigenen Reihen zurückgezogen. Als Tore seinen Speer in Olav gerammt hatte, war Hof Stein für immer gewonnen. Jetzt gab es nichts mehr, wofür es sich lohnte, das Leben aufs Spiel zu setzen. Um Harald würde er sich später kümmern.

Er wäre am liebsten auf dem durchweichten Boden liegen geblieben und hätte sich ausgeruht, hätte gern bis zum nächsten Morgen geschlafen, aber Hunger und Durst trieben ihn fort.

Er ging auf ein Feuer zu, das nicht weit entfernt brannte. Dort saßen Freunde von ihm, da war Ragnar sich sicher. Vielleicht sogar ein paar der Männer von den Höfen aus Ringerike. Eine Zeit lang war er vor ihnen hergegangen, doch nachdem die Schlacht in Gang gekommen war, hatten alle genug mit sich selbst zu tun. Ragnar hatte sich die ganze Zeit in der Nähe von Tore Hund aufgehalten und war ihm nicht von der Seite gewichen.

Als er näher an das Feuer kam, konnte er keinen von seinen Männern entdecken, er war jedoch sicher, dass es Angehörige des Bauernheers waren. Die Feinde, die nicht auf dem Schlachtfeld zurückgeblieben waren, hatten sich weit ins Tal zurückgezogen. Kalvs Männer hatten den Angriff zurückgeschlagen, der nach Olavs Tod erfolgt war. Mit vielen Männern, die bis dahin noch nicht am Geschehen teilgenommen hatten, hatte Kalv abgewartet. Es waren ausgeruhte Männer mit frisch geschliffenen Waffen gewesen. Als Kalv mit ihnen vorwärtsstürmte, waren viele Männer des Königs gefallen. Nachdem die übrig gebliebenen die Flucht ergriffen hatten, war Kalv mit seinem Trupp auf dem Schlachtfeld umhergegangen und hatte alle getötet, die keine Kraft mehr hatten, zu fliehen. Nur wenige wurden verschont, und das waren solche, die Freunde oder Verwandte im Bauernheer hatten.

Dag Ringsson lebte. Vor dem Beginn der Schlacht hatte Ragnar gehört, dass Kalv und Tore darüber sprachen, wie sie den törichten Ringsson vom Hügelkamm herunterlocken könnten. Gegen Ende der Schlacht war er mit den Letzten seiner Männer geflohen.

Ragnar hatte auch Kalvs Brüder gesehen. Finn lag auf einer Trage, und Torberg war auf ein Pferd gesetzt worden. Kalv hatte befohlen, sie beide nach Egge bringen zu lassen.

Das Schlachtfeld war mit Leichen übersät. Auch mit Verletzten, ihr Stöhnen war nicht zu überhören. Nur wenige waren geborgen worden. Lag Harald vielleicht irgendwo da draußen? Dann würden sie ihn finden, wenn die Sonne aufging. Oder war er geflohen? Auch dann würde er ihn finden.

Die Männer am Feuer gehörten zu Tore Hund. Ragnar hatte einige von ihnen in Egge gesehen. Sie sprachen darüber, wie Tore den König getötet hatte. Und nicht nur ihn. Die Männer sagten, Tore habe mehr Männer in der Schlacht getötet als sonst irgendjemand, Tore von Bjarkøy, der Håløyg-Häuptling, sei der trefflichste aller Edelleute in Norwegen.

Tores Männer aßen getrocknetes Elchfleisch und warme Gerstengrütze. Ragnar wollte zum Bach gehen, um Wasser zu holen, erfuhr aber, dort lägen so viele Tote, dass das Wasser ungenießbar sei. Konnte er die Leichen denn nicht riechen? War er noch nie in einer Schlacht gewesen? Ragnar erwiderte, es sei seine erste Schlacht. Und die würde für immer die beste sein, denn er hatte Olav Haraldsson sterben gesehen.

Daraufhin boten ihm die Männer am Feuer ein leichtes Bier an, das nach Art der Trønder gebraut war.

Nachdem sie eine Weile gegessen und getrunken hatten, war plötzlich Hufgetrappel zu hören. Reiter mit Fackeln näherten sich dem Lagerplatz. Tore Hund führte sie an. Er trug seinen Speer. Ihnen folgte ein Bauer mit einem großen Karren.

Ragnar stand auf und ging zu Tore.

Mehrere Leichen lagen auf dem Karren. Offenbar bargen sie die toten Edelleute, um sie vorzuzeigen, sodass alle erfuhren, wer gefallen war.

Bjørn Stallare lag auf dem Karren. Außerdem ein Häuptling aus dem königlichen Heer, Tord Foleson.

Während der Schlacht war darüber gesprochen worden, dass Tord das königliche Banner so fest in den Boden gerammt hatte, dass es auch lange nach seinem Tod noch fest stehen würde. Ragnar sah auch die Leiche des Riesen mit dem glänzenden Helm. Er war Harald nicht von der Seite gewichen.

Tore Hund ging ans Feuer und aß Gerstengrütze direkt mit der Schöpfkelle aus dem Kessel. Ragnar sagte, er wolle sich gern beteiligen, wenn sie noch weiter nach Edelleuten suchen sollten.

»Wir werden Olav finden«, erwiderte Tore. »Diesen Stein, an dem ich ihn getötet habe, werde ich niemals vergessen.«

Dann legte er die Schöpfkelle zurück in den Topf und ging. Seine Männer folgten ihm. Sie hatten sich nicht einmal hingesetzt, um auszuruhen, während ihr Häuptling aß. Ragnar schloss sich ihnen an. Zuletzt folgte der Bauer mit dem Karren.

Die Männer führten die Pferde am Zügel und leuchteten umher. Tore blieb mehrmals stehen, senkte die Fackel und besah sich einen Toten. Ein paarmal befahl er, eine Leiche umzudrehen oder einem der Gefallenen den Helm abzunehmen. Dann sagte er einen Namen und ging weiter. Es wurden keine weiteren Toten auf den Karren gelegt.

Als sie schließlich zu dem großen Stein kamen, ging Tore um ihn herum und leuchtete die Gegend mit der Fackel ab. Überall lagen Tote. Tore blieb stehen und betrachte eine Weile den Stein, der von getrocknetem Blut bedeckt war.

»Als ich den Speer in ihn rammte, war nicht viel zu sehen von dem neuen Gott, von dem Olav ständig redet«, sagte er und lachte. »Odins Macht ist größer.«

Wieder leuchtete er die Umgebung ab.

»Wir finden ihn, wenn es hell wird. Wenn er versteckt wurde, reden die Bauern früher oder später darüber. Ich reite herum und zeige ihnen Selshefnir.«

Ragnar trat näher zu Tore und sagte: »Ich sah seinen Bruder in der Schlacht.«

Tore blickte ihn an. »Dann stimmt es also, was Kalv sagte? Er glaubte, jemanden gesehen zu haben, der Olavs Bruder sein könnte.«

Ragnar reckte das Kinn. »Es standen zu viele zwischen uns. Sonst hätte ich ihn getötet. Er war ganz in der Nähe, als du deinen Speer in Olav gerammt hast.«

Er deutete auf den Riesen auf dem Heukarren.

»Olavs Bruder war die ganze Zeit mit dem da zusammen.«

»Arnljot Gelline?« Tore dachte nach. »Dann hat Olav also Arnljot befohlen, auf seinen Bruder aufzupassen«, sagte er. »Jetzt verstehe ich, wieso ich ihn nie in der Nähe des Königs sah.«

Ragnar holte Luft und sagte mit lauter Stimme: »Harald Sigurdsson versteckt sich gern hinter anderen. Aber falls du nach ihm suchst, ich kenne ihn gut.«

»So ein feiger Wurm kann schnell zu einer giftigen Schlange werden«, sagte Tore Hund.

Ragnar grinste. »Harald Sigurdsson ist schon eine giftige Schlange.«

Tore Hund legte ihm die Hand auf die Schulter.

»Dann lass uns den Kopf dieser Schlange abschlagen.«

44

Harald lag mit den übrigen Verwundeten auf dem Hofplatz von Vuku. Das Gras war feucht. In der Nacht war es kalt geworden. Der Schein eines großen Feuers erhellte rastlos flackernd den Platz, als halte er nach dem nächsten Sterbenden Ausschau.

Es waren viele Männer. Einige stöhnten vor Schmerz. Andere riefen nach Wasser. Die meisten jedoch waren ruhig. Harald dachte, dass viele von ihnen wohl bereits tot waren, und die anderen ihre Schmerzen nur nicht zeigten.

Tormod Kolbrunarskald war solch ein Mann. Er lag neben Harald. Ein Pfeil ragte aus seiner Brust. Dennoch sprach Tormod mit derselben festen Stimme, mit der er Rane das Nesjar-Lied vorgetragen hatte.

»Wären wir nicht so versessen auf Bier und Fleisch gewesen, dann hätten wir die Schlacht gewiss gewonnen. Der König hat uns zu sehr gemästet«, sagte er und versuchte, zu lachen. »Ich bin einfach zu fett geworden, um noch für eine Schlacht zu taugen. Und das gilt auch für deinen Bruder.«

Ein Husten unterbrach ihn.

»Noch vor zehn Wintern hätten wir spielend gewonnen«, fuhr er schließlich fort.

Harald schlang die Arme um den Körper. Er fror.

»Warum tragen sie uns nicht ins Langhaus?«, fragte er.

»Ich finde es schön, hier zu liegen. So sehe ich nämlich den Weg, den ich bald gehen werde«, erwiderte Tormod.

Harald fragte, ob er weiter ins Tal fliehen wolle?

Tormod deutete mit einem Kopfnicken in den Nachthimmel und sagte: »Die ganze Nacht schon zieht der Leichenzug dort hinauf. Jesus Christus vereint die Toten an seinem Tisch, und ganz oben sitzt dein Bruder und lacht. Ich freue mich darauf, diesen Weg zu gehen und ihn wiederzusehen.«

Harald erwiderte nichts darauf. Er lag ganz still und sah ebenfalls in den Himmel. Wenigstens regnete es nicht mehr. Die Wolken waren aufgerissen. Schwach leuchteten die Sterne.

Tormod lag reglos auf dem Rücken da.

»Das Meer, welches das Reich des Mariensohns umgibt, ist heute Abend schön und still«, sagte er. »Von hier aus sehen sie aus wie Wolken, aber es sind die Felsen an der Küste des Paradieses, die du da oben siehst. Und gleich hinter der Küste liegt das gelobte Land, wo das Gras immer grün ist, der Tisch immer gedeckt und wo Dienstmägde Bier und Met in großen Bechern bringen.«

Seine Stimme klang schwächer, und als er geendet hatte, glaubte Harald, dass Tormod gestorben wäre. Aber dann sprach er weiter, mit seiner Stimme, die alle anderen zum Schweigen brachte.

»Hinter der Küste finde ich meine Heimat Kolbruna wieder. Ich glaube fest daran. Denn Kolbruna war selbst wie das Paradies.«

Tormod atmete schwer.

Leichenzug, hatte er gesagt. Harald dachte, dass er selbst vielleicht den Weg in den Himmel gehen würde.

Harald musste irgendwann eingeschlafen sein. Als er die Augen wieder aufschlug, war eine der Frauen von Vuku bei ihm und gab ihm Wasser. Es gab auch warme Grütze, aber Harald konnte sie nicht hinunterbringen. Die Frau ging, und dann war es wieder ganz still. Auch Tormod schwieg. Harald drehte sich zu ihm um. Der Skalde sah immer noch zu den Sternen empor, zu Jesus Christus und Olav.

Wieder eine Weile später kam ein Mann auf den Hofplatz. Es war der Orkneyjarl. Er wurde von Gorm begleitet, der Harald von Stiklestad ganz bis nach Vuku getragen hatte. Sein Bruder war auch dabei. Er zog ein Pferd hinter sich her. Sie kamen, um ihn zu holen.

Harald versuchte, sich aufzusetzen, schaffte es aber nur, auf die Ellbogen hochzukommen. Gorm zog ihn auf die Füße und half ihm aufs Pferd. Nur mit Mühe konnte er sich im Sattel halten.

Er wollte Ragnvald nach dem Bruder fragen. Was war mit seinem Leichnam geschehen? Aber der Orkneyjarl war schon weitergegangen. Er hielt auf ein Waldstück zu. Harald folgt ihm.

Von der anderen Seite näherten sich in diesem Moment Reiter mit Fackeln. Harald trieb das Pferd an, um schneller zu Ragnvald aufzuschließen. Auf dem Weg über den Hofplatz glaubte Harald, Jomar den Fischer zu erkennen. Ein blutiges Gesicht. Weit aufgerissene, tote Augen. Aber er war sich nicht sicher. Es lagen so viele auf dem Boden, mit Blut besudelt und schlammverschmiert.

Sie erreichten das Waldstück im selben Moment, da die Reiter auf den Hofplatz kamen. Harald und die anderen versteckten sich zwischen den Bäumen und verhielten sich ruhig. Im Schein der Fackeln waren die Gesichter der Reiter zu erkennen. Einer war der Mann, den der König Tore Hund genannt hatte. Er trug noch immer das Rentierfell über den Schultern und hatte einen langen Speer bei sich.

Jetzt stiegen die Männer von den Pferden. Harald glaubte, einen von ihnen zu erkennen, auch wenn der Mann nur mit dem Rücken zu ihm stand. Es musste Ragnar sein.

In diesem Moment drehte Sigvalds Sohn sich zu dem Wald um. Obwohl es unmöglich schien, dass jemand auf dem Hofplatz etwas in der Dunkelheit zwischen den Bäumen sehen konnte, hatte Harald das Gefühl, dass sich ihre Blicke trafen.

Ragnar wich Tore Hund nicht von der Seite. Mit ihren Fackeln leuchteten sie in die Gesichter der Männer auf dem Boden.

Sie suchten nach ihm!

Harald konnte sehen, dass sie neben Tormod stehen blieben. Tore Hund sprach ihn an. Ragnar und ein paar andere lachten schallend. Dann gingen sie weiter.

Da sagte Ragnvald: »Wir gehen leise durch den Wald

zum Fluss und folgen seinem Lauf. Sie werden bald die Umgebung des Hofes nach uns absuchen.«

Kaum hatte er zu Ende gesprochen, als auch schon ein Reiter auf das Waldstück zukam. Er ritt bis an die ersten Bäume heran und leuchtete mit der Fackel in das Gehölz.

Harald blieb ganz ruhig im Sattel sitzen. Er glaubte nicht, dass der Mann ihn sehen könnte. Wenn nur die Pferde nicht anfingen zu schnauben. Oder …

Bevor ihn jemand aufhalten konnte, trat Gorm zwischen den Bäumen hervor. Er schleuderte seinen Speer mit solcher Kraft, dass der Reiter aus dem Sattel gerissen wurde. Das Pferd bäumte sich auf und lief zum Hof zurück. Der Riese Gorm trat seelenruhig aus dem Wald, hob seinen Speer auf und drohte damit den Männern, die jetzt auf sie zukamen.

Ragnvald hatte sein Pferd gewendet.

»Wir hätten diesem Stier schon längst einen Nasenring anlegen sollen«, sagte er wütend. »Warum hast du nicht besser auf ihn aufgepasst, Grim?«

Der Orkneyjarl trieb sein Pferd tiefer in den Wald hinein. Harald und die anderen folgten ihm.

Unten am Fluss gab es eine große Sandbank. Sie folgten ihr flussaufwärts. Doch schon bald hörten sie die Männer, die ihnen folgten. Der Orkneyjarl machte seinen Leuten Zeichen, wieder in den Wald zu reiten. Die Bäume boten Schutz, und tatsächlich ließen ihre Verfolger sich täuschen. Tore Hund ritt mit seinem Gefolge an ihnen vorbei.

In der Dunkelheit hörte Harald den Riesen Gorm

schwerfällig keuchen. Grim schimpfte ihn aus. Er fragte seinen Bruder, wieso er so töricht gewesen sei und den Speer geworfen habe.

»In der Schlacht konnte ich nicht genug erledigen«, erklärte Gorm. »Ich hab doch gesagt, dass wir nicht so weit hinten gehen sollten. Jetzt hab ich jedenfalls einen gekriegt, und wenn sie uns finden, werden es vielleicht noch mehr.«

Harald dachte, dass Gorms laute Stimme sogar über dem Rauschen des Flusses zu hören sein musste.

»Um ein Haar hättest du uns damit ins Verderben gestürzt. Es ist doch immer dasselbe mit dir«, sagte Grim.

Ragnvald fuhr sie mit zischender Stimme an. »Seid beide still! Tore Hund kommt bald zurück. Er hat sicher schon begriffen, dass er an uns vorbeigelaufen ist.«

Er winkte einen dünnen Mann heran, der in der Nähe stand.

»Setz dich auf mein Pferd, Odd.«

Der Mann zögerte.

»Setz dich auf das Pferd!«

Der Mann folgte dem Befehl. Ragnvald wandte sich wieder an Grim: »Wenn Tore Hund zurückkommt, nimmst du das Pferd am Zügel und läufst mit Odd von uns weg. Ihr anderen folgt mir. Wir warten eine Weile und reiten dann mit dem Bruder des Königs weiter. Wir treffen uns am Ende des Tals.«

Grim nahm die Zügel von Ragnvalds Pferd.

»Wir werden den Köter von Bjarkøy hinters Licht führen«, sagte er und lächelte.

»Kann ich mitkommen, Bruder?« Gorm sah seinen Bruder und den Jarl flehentlich an.

»Du bist ein Kindskopf, der nichts als Scherereien macht«, erwiderte Grim und fügte leise hinzu: »Aber da unsere Mutter uns zur selben Stunde geboren hat, ist es wohl mein Schicksal, dich durchs Leben zu schleppen.«

Gorm lächelte seinen Bruder dankbar an.

»Aber diesmal hörst du auf mich!«, fuhr Grim fort. »Sonst verpasse ich dir eine Ohrfeige, dass du glaubst, dir fielen die Steine von Brodgar auf den Schädel.«

Gorm hob vergnügt seinen Speer in die Luft.

Es dauerte eine ganze Weile, bis Tore Hund und seine Männer zurückkamen. Sie ritten jetzt langsamer und suchten nach Spuren. Als sie die Flussbiegung erreichten, blickte Ragnvald zu Grim und nickte. Mit dem Pferd und Gorm im Schlepptau trat der Riese aus dem Wald. Der Mann, den der Jarl Odd genannt hatte, hielt sich mühsam am Sattelknauf fest.

Am Flussufer blieb Gorm stehen und fing an, Steine nach der Reiterschar zu werfen, die ihm entgegenkam. Grim stapfte mit dem Pferd durch den Fluss und verschwand im Wald auf der anderen Seite. Harald glaubte, dass Gorm am Flussufer sterben würde, denn obwohl die Verfolger immer näher kamen, wich er nicht zurück. Als sie auf Speerwurflänge herangerückt waren, nahm Gorm einen großen Stein und warf ihn auf Tore Hund.

Er traf das Pferd. Es stürzte, und Tore Hund landete

im Wasser. Nun lief Gorm weg. Die Verfolger schleuderten Speere nach ihm, einer schoss einen Pfeil ab. Aber sie verfehlten ihr Ziel. Erst nachdem Tore Hund wieder auf die Beine gekommen war und das Pferd beruhigt hatte, setzten die Feinde über den Fluss.

Keiner von ihnen hatte in die andere Richtung geblickt.

Kurze Zeit später setzte sich Ragnvalds kleiner Trupp wieder in Bewegung.

Harald konnte nur wenige Schritte gehen, bevor er sich auf einen Stein setzen musste. Er spürte etwas Feuchtes im Nacken. Er fühlte nach der Stelle. Unterhalb des Helms war sein Haar zu einem Klumpen verklebt. Er betrachtete die Hand und sah frisches Blut.

Harald glitt vom Stein auf den Boden. Er legte den Kopf auf die Erde. Im nächsten Moment umfing ihn ein traumloser Schlaf.

Harald erwachte unsanft, als sein Kopf auf den felsigen Boden aufschlug. Jemand hatte ihn auf eine Trage gelegt, auf der man ihn eine Anhöhe hinaufbringen wollte. Aber der Hang war steil, und es gab keine Möglichkeit, ihn festzubinden. Als er wieder auf das primitive Gestell aus jungen Fichtenstämmen gelegt wurde, sah er den Orkneyjarl, der hoch zu Pferd nach einem möglichen Weg Ausschau hielt.

Nachdem sie die Steigung überwunden hatten, gingen sie in einen dichten Wald hinein. Nirgendwo war ein Pfad zu erkennen.

Harald schloss die Augen. Er glaubte, dann besser

hören zu können. Auf allen Seiten war er von Männern umgeben. Das ganze Gefolge von Ragnvald Orkneyjarl und viele andere, die auf der Flucht waren und sich dem Trupp unterwegs angeschlossen hatten.

Als Harald wieder die Augen öffnete, war es bereits hell. Sie waren zu einem Hofplatz gekommen. Nicht so groß wie der von Stein, wo man um die Wette reiten konnte. Er war so klein, dass er nicht einmal Raum für alle Männer bot, und das Haus war kaum größer als eine der heimatlichen Scheunen.

Jetzt trat ein alter Mann vor die Tür. Der Mann war von so kleinem Wuchs, dass man ihn für ein Kind gehalten hätte, wäre da nicht der schüttere Bart gewesen. Hinter ihm kam eine weitere Gestalt zum Vorschein, ein großer und kräftiger Junge. Harald dachte, dass irgendetwas nicht mit ihm stimmte, denn er stand mit offenem Mund da und glotzte die Männer auf dem Vorplatz dümmlich an.

Der Orkneyjarl begrüßte den Mann so höflich, als ob er ein Edelmann sei. Er sagte, er wolle dem Bauern reichlich Silber schenken, wenn er bereit wäre, den Jungen, den sie mit sich führten, zu verstecken und seine Wunden zu versorgen.

Der Bauer trat ein paar Schritte vor. Harald blickte in sein Gesicht. Die Augen waren klein wie Schweinsaugen, und auch die Stimme erinnerte Harald an das Quieken eines Schweins.

»Silber für diesen Knochenhaufen da? Ist er Silber wert?«

Ragnvald zog einen Beutel hervor.

»Davon kannst du ein Pferd kaufen oder zwei Kühe.«

Der kleine Mann musterte Harald weiterhin. »Dann ist er ein Edelmann, ja? Einer, der von Feinden verfolgt wird?« Er sah auf und fügte hinzu: »Wir haben von der Schlacht gehört.«

Ragnvald erwiderte: »Du kannst ihn ans andere Talende schicken, wenn er wieder gesund ist.«

Der Bauer schwieg.

»Ist das dein Sohn, da hinter dir?«, fragte der Orkneyjarl.

Der Bauer lachte. »Meine Frau behauptet es, aber es fällt mir schwer, es zu glauben.«

Jetzt lachte auch Ragnvald. »Das Silber, das du von mir bekommst, ist nur wenig im Vergleich zu dem, was du später bekommst, wenn es der hier lebend nach Schweden schafft. Deshalb sollst du deinen Sohn mit ihm über das Gebirge schicken. Dann wirst du immerhin froh sein, dass er so groß und stark ist.«

»Wer ist er denn? Wie sollen wir ihn nennen?«

»Du brauchst nur zu wissen, dass sein Leben das Silber wert ist, das du erhältst. Und dass ich es erfahren werde, wenn du ihn sterben lässt.«

Der Bauer gab keine Antwort.

Ragnvald fuhr fort: »Und wenn ich dann zurückkomme, bekommst du mein Eisen zu spüren.«

Der kleine Mann zupfte an seinem Bart. Eine Weile war es still, dann sagte er: »Meine Frau versteht sich auf die Behandlung von Wunden. Wenn es hell wird, kann sie dem Jungen den Helm abnehmen.«

Der Bauer wandte sich zum Langhaus um. Jetzt stand da auch eine Frau – auch sie ein kindlich kleines Geschöpf.

Harald erwiderte Ragnvalds Blick, als dieser sich zu ihm hinunterbeugte und leise sagte: »Ich hätte dich mitgenommen, wenn ich hoffen könnte, dass du es schaffst. Aber so stark, wie du blutest, ist es unmöglich.«

Harald hatte nicht die Kraft, etwas zu erwidern.

»Wir gehen nach Närke zu Sigtrygg«, fuhr der Orkneyjarl fort. »Wenn du es nicht dahin schaffst, bevor die ersten Blätter von den Bäumen fallen, komme ich zurück und suche nach dir.« Er richtete sich auf. »Du und dein Bruder, ihr seid jetzt gut versteckt.«

»Und mein Speer?«

»Auf dem hast du gelegen, als wir dich fanden. Aber einer von uns musste ihn benutzen, nachdem wir das Schlachtfeld verließen. Und der hat ihn noch.«

Harald dachte an den Speer, den Gorm in den Mann gerammt hatte, als sie das Schlachtfeld verlassen hatten. Der Speer, mit dem er den Reiter in Vuku getötet und den er drohend gegen Tore Hund erhoben hatte.

Es war Ranes Speer. Der Speer, den er Harald vermacht hatte. Jetzt trug ihn der Riese Gorm. Harald spürte plötzlich das Gewicht einer Axt, die Ragnvald ihm auf die Brust legte. Das Gewicht dieser Axt versprach Sicherheit. Die Axt, die Olav in der Schlacht hätte benutzen sollen.

Auf ein Zeichen des Orkneyjarls hin hoben der kleine Bauer und sein Sohn die Trage an. Der Orkneyjarl wandte sich ab und ging zurück in die Dunkelheit. Seine Männer folgten ihm, und schon bald waren sie verschwunden.

Der Bauer und sein Sohn trugen ihn unterdessen nicht in das Langhaus, sondern daran vorbei. Harald dachte schon, dass sie ihn irgendwo am Hang in einer Mulde ablegen und sterben lassen wollten. Es wäre vielleicht sogar das Beste, wenn er sich dem Leichenzug in den Himmel anschlösse, mit Ranes Axt in der Hand. Wenn er dort oben ankäme, würde er am Tisch des Herrn sitzen können. Neben seinem Bruder.

Der Bauer riss ihn aus seinen Gedanken, als er ihn ansprach.

»Du bleibst hier in der Feldscheune, bis es hell wird.«

Sie trugen ihn durch eine schmale Öffnung. Harald roch, dass trockenes Heu in der Scheune lag.

Dann schloss er die Augen und dachte, dass es noch besser wäre, an Jesu Tisch zu sitzen, wenn auch Rane dort wäre.

· IV ·

Ehre des Geschlechts

Im Spätsommer 1030 kommt der erst vierzehnjährige Svein, der Sohn Knuts des Großen, nach Norwegen und übernimmt die Herrschaft. Kalv Arnesson und alle anderen norwegischen Häuptlinge müssen sich einem dänischen König unterwerfen. König Svein erweist sich als wenig geeignet. Alfiva, seine Mutter, übernimmt die Regentschaft für ihren unfähigen Sohn.

Nach Olavs Tod in Stiklestad brechen gefährliche Zeiten für alle an, die auf der Seite des alten norwegischen Königsgeschlechts gestanden haben.

45

Harald erwachte von dem Duft trockenen Heus. Tastend fuhr er mit der Hand über den Boden. Kein Schlamm, kein Blut. Überall nur trockene Grashalme. Harald öffnete vorsichtig die Augen. Er sah den Bauern und seinen Sohn schemenhaft vor sich. Grelles Licht fiel durch die Öffnung der Scheune. Er versuchte, den Kopf zu heben, und spürte das Gewicht des Helms. Er führte die Hand in den Nacken. Der Helm saß auf seinem Kopf fest. Der verklebte Haarklumpen war jetzt trocken. Sein Kopf blutete nicht mehr.

Harald legte sich zurück auf seine provisorische Bettstatt. Die Augen fielen ihm wieder zu.

Der Orkneyjarl hatte gesagt, sie seien jetzt in Sicherheit, er und sein Bruder. Aber er lebte, und Olav war tot. Tore Hund hatte seinen Speer in den Bruder gerammt. Die Leiche lag nun irgendwo bei Stiklestad in einem Versteck.

Hatten sie Blut und Eingeweide aus Olav entfernt, so, wie sie es mit Rane getan hatten? Lag er jetzt auch in einer kleinen Feldscheune? Vor seinem inneren Auge sah Harald erneut, wie Tore Hund den Speer in Olav rammte und ihn tötete.

Ein stechender Schmerz durchfuhr seine Schulter, als er sich auf die Seite drehte. So musste es sich anfühlen, wenn man einen Dolch in sich stecken hatte, dachte er. Aber er zwang sich auf den Bauch und blieb so liegen.

Als er die Augen wieder öffnete, waren Vater und Sohn verschwunden. Die Feldscheune war so klein, dass die Öffnung zum Greifen nah schien. Olav stemmte sich hoch. Auf allen vieren schleppte er sich in Richtung des grellen Lichts. Er streckte den Kopf hinaus. Der Geruch von feuchtem Fichtenwald. Harald füllte die Lungen. Er merkte, wie durstig er war. Dann zwängte er sich durch die schmale Öffnung und kroch aus der Scheune. Eine Weile blieb er davor liegen. Wenn er sich ausruhte, kämen die Kräfte vielleicht zurück.

Als er wieder erwachte, blickte er in ein runzliges Gesicht. Der Bauer grinste ihn an und fragte, ob er etwa glaube, sie würden ihn tragen.

Der große Junge stand hinter ihm. Auch er grinste. Nicht böse, aber auch nicht freundlich, dachte Harald. Er schien ganz in seine eigene Welt versunken zu sein.

Der Bauer sagte: »Das Silber, das wir bekommen haben, um auf dich aufzupassen, ist nichts wert, wenn deine Feinde kommen und uns töten. Wir haben schon verstanden, dass du in der Schlacht warst und weggelaufen bist.«

Harald fehlte die Kraft für eine Entgegnung. Ein schrecklicher Durst quälte ihn.

Der Bauer wandte sich zu seinem Sohn um und versetzte ihm einen Schlag auf den Hinterkopf.

»Glotz nicht so blöd! Hilf dem Krüppel auf die Beine und schaff ihn zum Hof.«

Der Junge zog ihn auf die Füße. Der Bauer eilte davon, doch der Junge nahm sich die Zeit, die Harald brauchte, um zum Bauernhof hinunterzugehen.

Als sie den Hof erreichten, wollte Harald um Wasser bitten, vermochte es aber nicht. Die Stimme versagte ihm. Der Junge half ihm, sich auf den Boden zu legen, und ging weg.

Als er zurückkam, hatte er zwei große Eimer Wasser dabei. Harald konnte noch immer nicht sprechen. Der Junge stellte die Eimer ab und ging wieder ins Haus.

Nach kurzer Zeit kam er mit seinen Eltern zurück. Die alte Frau ging neben Harald in die Hocke, umfasste sein Handgelenk und hielt es eine Weile fest.

Der Bauer stand neben ihr und schaute zu. Mehrmals fragte er, ob sie ihm nicht den Helm abnehmen wolle. Harald hörte die Frau nicht antworten, aber sie hatte vielleicht genickt, denn gleich darauf fing der Bauer an, an seinem Helm zu zerren. Der war fest verklebt auf den blutdurchtränkten Haaren, woraufhin der Bauer Wasser über Haralds Kopf goss. Harald schnappte erschrocken nach Luft.

Der Bauer zerrte wieder und ruckelte so lange, bis der Helm schließlich von Haralds Kopf flog.

Der Bauer betrachtete den Helm und die tiefe Delle, die ihn zierte. »Eine sehr gute Schmiedearbeit. Wie es scheint, hat dieser Helm dir das Leben gerettet.«

Der kleine Mann wies Harald an, sich umzudrehen. Harald legte sich auf den Bauch. Wie kleine Pfeilspitzen machte sich der Schmerz in seinem Hinterkopf bemerkbar. Er biss die Zähne zusammen. Als die

Frau seine Verletzung berührte, tat es so weh, dass er schreien musste. Seine Lippen platzten auf, und Harald schmeckte Blut.

Vorsichtig wusch die Bäuerin die Wunde aus. Das kühle Wasser linderte den Schmerz. Die Bäuerin trocknete die Wunde und rieb sie mit Fett ein. Dann legte sie sauberes Leinentuch darauf und zog Harald eine dünne Lederkappe über.

Als der Bauer begann, ihm die Kleider vom Leib zu reißen, wehrte Harald sich.

Der alte Zwerg lachte. »Viel Kraft steckt nicht in dir. Jetzt bist du wohl kein großer Krieger mehr.«

Der Bauer zog ihm die Hose herunter und lachte wieder. »Du brauchst dich nicht zu schämen. Mein Weib hat schon andere Männer gesehen.«

Harald schloss die Augen. Die Frau wusch seine Wunden am Leib. Eine war so groß, dass die Bäuerin sagte, sie müsse genäht werden. Ein tiefer Riss in seiner Schulter.

Der Bauer sagte, dass es nicht schlimm sei, eine Wunde zu nähen, und gab ihm ein Holzstück, auf das er beißen konnte. Harald biss zu und schloss die Augen.

Als die Frau fertig war, zog der Bauer ihm trockene Kleider an. Das grobe Vadmaltuch kratzte auf der Haut, roch aber sauber.

Dann half ihm der Junge wieder auf die Füße und führte ihn in die kleine Stube im Haus. Harald setzte sich auf eine Bank und lehnte sich an die Wand. Der Junge lächelte ihn wieder mit seinem sonderbaren Lächeln an. Vielleicht war es ja doch ein freundliches Lächeln?

Die Frau stellte eine große Schüssel Gerstenbrei auf den Tisch. Jeder bekam einen Löffel. Harald schaffte es kaum, zwei Happen zu ergattern, bevor der Bauer und sein Sohn alles aufgegessen hatten.

Der Bauer schlief auf seinem viel zu großen Klotzstuhl schnell ein. Der Kopf sank ihm auf die Schultern, und im nächsten Moment erfüllte sein Schnarchen die kleine Stube.

Auch Harald war müde. Sein Körper schmerzte noch, und er war völlig erschöpft. Er sah sich nach einer Schlafmöglichkeit um. Die kleine Bäuerin hatte seine Blicke bemerkt, und sie wies ihren Sohn an, den Fremden zur Scheune zu bringen.

»Mach dich drauf gefasst, dass es noch sehr jucken wird, wenn die Wunden heilen«, sagte sie zu Harald. »Und du wirst merken, wann es an der Zeit ist, den Faden zu ziehen, mit dem ich die Wunde vernäht habe.«

Er erwiderte ihren Blick. Ihre Augen lächelten.

Harald wollte etwas erwidern, aber er brachte nur ein einziges Wort hervor: »Durst!«

Die Frau half ihm beim Trinken. Danach führte ihn der Junge in den Wald zu der Scheune und hielt ihn sogar fest, als er sich hinhocken musste, um zu scheißen.

Als sie die Scheune erreichten, setzte sich Harald hin und lehnte sich mit dem Rücken an die Wand. Es war noch hell, das Wetter war gut. Als der Junge gehen wollte, fragte Harald, wie er heiße.

Der Junge sah ihn an und lächelte, gab aber keine Antwort. Harald glaubte, dass er vielleicht nicht verstanden habe und sagte: »Hat dir dein Vater einen Namen gegeben?«

Der Junge antwortete immer noch nicht, und Harald fügte hinzu: »Wenn du keinen Namen hast, dann nenne ich dich ›Junge‹.«

Er bekam das gleiche Lächeln zur Antwort. Harald zeigte auf seinen Mund. »Durst. Wasser.«

Wieder nur das Lächeln.

»Junge soll Wasser holen«, sagte Harald.

Jetzt stand der Bauernsohn auf und ging weg. Harald blieb an die Scheune gelehnt sitzen. Er schloss die Augen und döste vor sich hin, bis er schließlich Schritte hörte.

Es war Junge. Er brachte einen Eimer Wasser.

Sein Magen war ein einziger Knoten. Harald erwachte von den Schmerzen, krümmte sich zusammen und erbrach sich. Flüssigkeit lief aus Mund und Nase. Es roch nach saurem Haferbrei.

Er hatte von dem Mädchen geträumt, das in seine Seele blicken konnte. Im Traum war sie mit einem Speer zu ihm gekommen. Harald begriff jetzt, dass es Tore Hunds Speer war, den er im Traum gesehen hatte. Der Speer, der seinen Bruder getötet hatte.

Das Mädchen hatte recht behalten. Er war nicht in der Schlacht gefallen. Sie hatte gesagt, er würde in einem anderen Land sterben. Schweden war ein anderes Land, dachte Harald. Aber er glaubte nicht, dass das Mädchen Schweden gemeint hatte, auch wenn Rane in Schweden gestorben war und noch immer dort lag.

Er hustete und drehte sich zur Seite, um auszuspucken. Sein Speichel schmeckte bitter. Sein Kopf dröhnte. Der Schmied schlug hart auf das glühende Eisen dort drinnen. Harald kniff die Augen zusammen und sah einen Funkenregen.

Er lehnte sich zurück und hoffte, er würde einschlafen und von Baura träumen.

46

In den Tagen nach der Schlacht kamen viele einflussreiche Bauern zu Kalv. Sie lobten ihn für die Klugheit und das Geschick, das er in der Schlacht bewiesen hatte. Und für die List, mit der er das Heer gegen den König geführt hatte. Viele sagten, Olav Haraldsson sei der schlechteste König gewesen, den Norwegen je hatte, und verliehen ihrer Hoffnung Ausdruck, dass Kalv zum Jarl ernannt werden würde.

Viele kamen mit ihren Sorgen und Nöten zu Kalv, mit alten Rechtsstreitigkeiten und Händeln. Kalv fällte kluge Entscheidungen, und wo es nötig war, nahm er Silber aus seiner eigenen Kiste, um den Streit zu schlichten.

Das Gleiche wollte Ragnar zu Hause in Ringerike tun. Sich einen Namen machen, damit die Bauern ihn fortan wie den trefflichsten aller Häuptlinge behandelten. Vielleicht würde er selbst eines Tages ein Jarl sein? Nachdem Olav tot war, konnte Ragnar sich sicher sein, dass Hof Stein ihm allein gehören würde. Dennoch würde er zunächst noch in Trøndelag bleiben und versuchen, Harald zu finden. Am liebsten lebend …

Doch so weit war es noch nicht. Ragnar trieb das Pferd am Flussufer entlang. Der breite Rücken des Tieres schwankte hin und her. Seit zwei Wochen folgte Ragnar nun Tore Hund. Sie hatten fast alle Höfe in

Verdal aufgesucht. Tore würde Olavs Leiche finden. Er würde sie schänden, verbrennen und die Reste in den Beitstadfjord werfen.

Ragnar bewunderte Tore. Er war der einzige Häuptling in Kalv Arnessons Nähe, der es wagte, diesem zu widersprechen. Tore wich vor niemandem zurück. Das war nur ein einziges Mal geschehen. Ragnar hatte davon in der Nacht nach der Schlacht gehört. Tores Männer hatten die Geschichte erzählt. Tore hatte demnach einen Edelmann getötet und ihm einen großen Halsreif aus Gold abgenommen. Daraufhin hatte Olav Finn Arnesson nach Bjarkøy zu Tore gesandt. Finn sagte zu Tore, dass Olav ihn am Leben lassen wolle, obwohl er den Mord an dem Edelmann verabscheue. Tore solle auch weiterhin Olavs Lehnsmann im Norden bleiben, müsse aber den Halsreif abgeben. Viele Männer waren anwesend, als Finn Tore aufforderte, den Halsreif abzulegen. Alle konnten sehen, dass Tore der Aufforderung nicht folgen wollte. Aber dennoch beugte er sich, weil Finn mit seinen Männern in der Überzahl war.

Nachdem die Geschichte erzählt worden war, hatten seine Männer gesagt, dass Tore sich rächen würde, wenn der Tag käme. Doch wenn Tore Hund und Finn Arnesson gegeneinander kämpften, sei nicht sicher, wer von ihnen am Ende siegen würde – das müssten sie einräumen. Dennoch hatten die meisten vermutet, dass Tore wohl in der Lage wäre, Finn zu töten, dass er allerdings mit größerem Widerstand zu rechnen habe, als ihm lieb sei.

Am Ufer kam ihnen ein Mann entgegen und riss

Ragnar aus seinen Gedanken. Es war einer von den Spähern. Er führte sein Pferd am Zügel. Tore blieb stehen, und der Späher sagte, es gebe einen kleinen Hof, nördlich des Flusses. Es müsse der letzte Hof im Tal sein, sagte der Mann, denn gleich dahinter begann der Weg, der über Kjølen nach Schweden führte.

Als sie zu dem Hof kamen, dachte Ragnar, dass Ringerike vielleicht doch reicher als Trøndelag wäre, denn so einen kleinen Hof hatte er noch nie zuvor gesehen.

Als der Bauer vor die Tür trat, musste Ragnar lachen. So einen kleinen Bauern hatte er ebenfalls noch nie zuvor gesehen. Der Zwerg hielt sich schützend die Hand über die Augen, denn Tore Hund achtete stets darauf, die Sonne im Rücken zu haben.

Tore hielt seinen Speer in die Höhe und sagte, was er auch schon allen anderen Bauern im Tal gesagt hatte: »Erst töte ich dich mit dem Selshefnir. Dann alle anderen, die hier leben, Mensch und Tier, und danach brenne ich deinen Hof nieder. Wenn du das nicht willst, sag mir, wo du die Leiche von Olav Haraldsson versteckt hast.«

Der kleine Mann riss erschrocken die Augen auf. »Die Leiche von …?«

Tore richtete den Speer auf ihn. »Olav! Der sich König nannte.«

Der Bauer gab ein nervöses Lachen von sich. »Wozu sollte ich einen Toten verstecken? Tote haben doch keinen Nutzen, auch wenn sie Könige waren.«

»Schweig, alter Mann. Hast du Männer des Königs gesehen, ja oder nein?«

»Die habe ich wohl gesehen. Vielleicht an die hundert. Sie liefen durch das Tal nach Schweden. So schnell, als wäre der Fenriswolf hinter ihnen her.«

Der Bauer kratzte sich den schütteren Bart und sah Tore Hund an. »Was wollt ihr denn …?«

Tore schnitt ihm das Wort ab. »Hast du die Leiche von Olav versteckt?« Er hob seinen Speer und fügte hinzu: »Olav ist durch diesen Speer gefallen. Ich will seine Leiche verbrennen, damit er für alle Zeiten aus dem Gedächtnis der Menschen getilgt wird.«

Tore drehte sich zu Ragnar und den anderen um. »Es wäre wirklich zu dumm, wenn ich ihm in Walhall gegenübersitzen müsste. Ich würde sein Gerede über diesen Jesus Christus nicht länger ertragen.«

Die Männer lachten. Ragnar beugte sich zu dem Bauern vor.

»Wir sollten dich töten und deinen Hof anzünden. Du bist ohnehin zu nichts nutze«, rief er und fügte hinzu: »Lasst uns weiterziehen und nach dem Königsbruder suchen.«

Der Bauer machte erneut große Augen. »Königsbruder?«

»Ein großes, dürres Knochengestell. Er wurde in Stiklestad verwundet. Weit kann er nicht gekommen sein.«

»Groß und dürr, ja …«

Ragnar sah den Bauern durchdringend an. »Wenn du etwas weißt, gebe ich dir Silber.«

Wieder fuhr der Bauer mit den Fingern durch den Bart.

»Das Silber nehme ich gern. Aber einen Königsbruder hab ich nicht gesehen.«

Ragnar nickte. »Das hab ich mir schon gedacht. Du hast keinen Nutzen für uns, da können wir dir gleich den Kopf abschlagen.«

Ragnar zog das Schwert. Er wollte schon sein Pferd antreiben, als er Tores scharfe Stimme vernahm.

»Du solltest dir deine Gegner etwas sorgfältiger aussuchen, Ragnar Sigvaldsson. Dein Ruf wird leiden, wenn du jedem Dahergelaufenen den Kopf abschlägst.« Er drehte sein Pferd und fügte hinzu: »Ich jedenfalls töte nur bewaffnete Männer, die ich auf ehrenvolle Weise nach Walhall schicken kann.«

47

Harald hatte Tore Hund und Ragnar gesehen. Junge war gekommen und hatte ihn geweckt. Sie hatten auf einem Hügel oberhalb des Bauernhofes gelegen und alles beobachtet.

Tore Hund hielt seinen langen Speer in die Höhe. Neben ihm war Ragnar auf seinem Pferd. Es war eigenartig, aber Harald wollte lieber Tore Hund umbringen und damit seinen Bruder rächen, als seinen ärgsten Feind töten.

Junge und er hatten sich auf dem Hügel versteckt, bis Tore Hund, Ragnar und die anderen wieder weggeritten waren. Als sie zum Hof hinunterkamen, sagte der Bauer, Harald müsse sofort nach Schweden gehen, ob er wolle oder nicht.

»Du kannst meinen Sohn mitnehmen. Du glaubst vielleicht, er hat keinen Verstand, aber er wird dich sicher führen.«

Harald gab keine Antwort. Noch immer dachte er daran, nach Stiklestad zurückzukehren und seinen Bruder zu suchen, wenngleich er wusste, dass das unmöglich war.

Der Bauer wurde ungeduldig. »Du kannst froh sein, dass du nicht gehört hast, was eben gesagt wurde. Sie haben mir Silber für den Kopf des Königsbruders angeboten. Und dieser Königsbruder, das bist doch wohl du, oder?«

Harald erwiderte den Blick des Mannes.

»Warum hast du das Silber nicht genommen?«, fragte er.

Der Bauer machte eine resignierte Geste.

»Ja, da wäre ich schön dumm gewesen. Hätte ich Tore Hund und diesem anderen Kerl verraten, dass ich dich verstecke, dann wäre nicht glänzendes Silber, sondern scharfes Eisen mein Lohn gewesen.« Der kleine Mann blickte Harald mit wachen Augen an. »Aber hier im Tal wohnen viele Menschen, und alle sind gierig auf das Silber, das sie für einen Königsbruder bekommen können.« Der Bauer wies mit einem Nicken auf seinen Sohn. »Entweder du gehst mit meinem Sohn über die Berge oder ich sage ihm, er soll dich zu einem Sumpfloch tragen und dort ertränken. Aber fort musst du.«

Wieder sah Harald seinen Bruder vor sich. An den großen Stein gelehnt, mit Tore Hunds Speer in der Brust. Es war leicht, sich vorzustellen, was Olav gesagt hätte. Ein Lächeln erschien auf Haralds trockenen Lippen.

Harald spürte die Blicke des Bauern auf sich. Dachte der Zwerg vielleicht, er habe den Verstand verloren? Doch das Gegenteil war der Fall. Es war völlig klar, was er jetzt für seinen Bruder tun musste. Er hatte nur bis jetzt nicht daran gedacht. Nun aber wusste er es.

»Mein Bruder, der König, möchte, dass ich ihm einen letzten Dienst erweise«, sagte er stolz. »Junge und ich gehen noch heute Nacht in die Berge.«

48

Harald sah das gelbe Blatt auf dem Boden. Dann blickte er zu den Bäumen empor. Das Laub war noch immer dicht und grün. Der Herbst würde erst später kommen. Nur ein einzelnes gelbes Blatt war auf den Boden heruntergefallen.

Harald lief voran. Mit dem störrischen Packpferd im Schlepptau folgte ihm Junge über den Pfad. Drei Wochen waren sie nun schon unterwegs.

Die Wanderung verlieh Harald neue Kräfte. Zum Glück musste er nichts tragen. Junge kümmerte sich um das Essen und das Nachtlager. Er kochte Grütze und schnitt Streifen von dem salzigsten Schinken ab, den Harald je gekostet hatte. Irgendwo unterwegs hatte er einen ganzen Tag Rast gemacht, um zu angeln.

An den Abenden hatte Harald ihm von seinem Bruder erzählt, der schon König geworden war, als er nur zwanzig Winter zählte. Und von dem trefflichsten aller norwegischen Wikinger überhaupt, Rane Kongsfostre. Harald hatte Junge auch von dem Dienst erzählt, den er Olav und Rane erweisen wollte.

Junge hörte zu und verstand vielleicht auch, was Harald sagte, äußerte aber selbst kein Wort. Junge lächelte bloß.

Harald bog einen Zweig zur Seite, der über den Weg

ragte. Sie näherten sich jetzt dem höchsten Punkt des Berges. Harald trat aus dem Wald und nahm das letzte Stück in Angriff.

Oben angekommen, blickten sie in das jenseitige Tal hinunter. Dort lagen zwei Seen. Ein kleinerer und ein viel größerer etwas weiter südlich. In Kürze würden sie Sigtryggs Hof in Närke erreichen. Als sie beim letzten Mal hier gewesen waren, auf dem Weg nach Norwegen, hatte Rane erzählt, die Seen hießen Orsasee und Siljan.

Vielleicht würden sie schon heute Abend ankommen.

Harald drehte sich um. Mit dem Packpferd hinter sich kam Junge das letzte Stück herauf.

Harald zeigte auf die Seen. Seine Stimme verriet die Aufregung: »Wir sind da, Junge. Schweden! Heute Abend können wir so viel warme Grütze essen und soviel Milch trinken, wie wir wollen.«

Junge antwortete wie gewöhnlich mit einem breiten Grinsen.

Harald machte sich auf den Weg. Er war schon ein gutes Stück bergabwärts gegangen, als er bemerkte, dass Junge ihm nicht folgte. Harald wandte sich um. Wo war er nur? Er rief nach ihm, doch ihm war klar, dass er keine Antwort erhalten würde. Also ging er zurück. Junge stand immer noch da und blickte auf die Seen hinunter.

»Wir gehen weiter. Der Hof liegt gleich dort unten. Dort finden wir Freunde aus dem Königsheer.«

Harald umfasste den Arm des Jungen und versuchte,

ihn mit sich zu ziehen, doch er blieb wie angewurzelt stehen.

»Ausruhen können wir heute Abend. Es ist nicht mehr weit.«

Junge lächelte und deutete auf den Pfad, den sie gekommen waren. Er wollte umkehren und nach Hause gehen. Harald vermutete, dass so sein Auftrag gelautet hatte.

Harald nahm den Gürtel ab und löste den Dolch mit der Scheide. Den Schildbuckel ließ er an seinem Platz.

»Der Dolch gehörte dem König, von dem ich dir erzählt habe. Ich finde, der Dolch meines Bruders kann in Norwegen bleiben, dann habe ich etwas, für das ich zurückkommen kann. Pass gut für mich auf ihn auf.«

Harald erschrak, als Junge auf ihn zukam und die Arme um ihn legte. Doch dann erwiderte er die herzliche Geste.

Als Junge wieder losließ, sagte er: »*Junge.*« Er trat einen Schritt von Harald weg. Er zeigte auf seine Brust und sagte erneut: »*Junge.*« Er nickte.

Harald hob die Hand zum Abschied. Er wartete, bis Junge mit dem Packpferd zwischen den Bäumen verschwunden war.

Harald wusste, dass er den kräftigen Jungen mit dem arglosen Grinsen vermissen würde. Jemanden zu vermissen, war ein eigenartiges Gefühl, da es auch mit Freude verbunden war. Es war etwas völlig anderes, was er für seinen Bruder und für Rane empfand. Dieses Gefühl war dunkler. Beinahe schwarz, denn er wusste, dass die beiden niemals wiederkommen würden. Er legte sich den Gürtel wieder um und richtete den Schildbuckel.

Ranes Axt hatte auf dem Packpferd gelegen. Als er sie jetzt in der Hand hielt, spürte er, wie schwer sie war.

Die Dämmerung war angebrochen, als er den geräumigen Platz vor Sigtryggs Langhaus betrat. Harald setzte sich auf eine Bank und lehnte sich an die Wand. Plötzlich kam ihm der Gedanke, dass er vom Hof gejagt werden könnte, wie ein lästiger Bettler, ein Landstreicher oder Räuber.

Gleich darauf kam eine vertraute Gestalt über den Hofplatz gewankt – der Riese, der Ragnvald Orkneyjarl in Stiklestad nicht von der Seite gewichen war. Gleich hinter ihm kam sein Bruder, der nicht ganz so groß war. Harald erinnerte sich, dass die beiden Grim und Gorm hießen, und er wusste mittlerweile, dass Gorm der Größere war.

Es wunderte ihn nicht, dass die beiden noch lebten. Ihm fiel wieder ein, dass Gorm einen so großen Stein nach Tore Hund geworfen hatte, dass dessen Pferd gestürzt war. Und dass er Ranes Speer getragen hatte. Sollte er ihn nach dem Speer fragen? Aber die beiden Brüder hatten ihm das Leben gerettet. Daher verdienten sie es, den Speer zu behalten.

Grim trat zu ihm. Harald stand auf. Der Hüne grinste.

»Dann hast du den Helm also runterbekommen, ohne dass dein Kopf abgefallen ist?«

Harald erwiderte das Lächeln. »Auf dem Weg von

Stiklestad hierher hab ich mich wieder gesund gelaufen.«

»Das wird den Orkneyjarl freuen. Komm, wir bringen dich zu ihm.«

Er folgte den beiden Brüdern in das Langhaus. Dort saß Ragnvald zusammen mit dem alten Sigtrygg. Harald sah auch den langen Kerl, der anstelle von Ragnar auf dem Pferd gesessen hatte, um Tore Hund zu täuschen.

Grim schob Harald vor sich her und sagte: »Seht mal, was wir draußen gefunden haben. Einen quicklebendigen Königsbruder.«

Der Orkneyjarl blickte auf. »Harald, bist du das? Hast du dir einen Bart zugelegt?«

Harald fuhr sich mit der Hand übers Kinn. Einen Bart würde er das nicht nennen, was da in den letzten Wochen gewachsen war.

»Ich will meinem Bruder einen Dienst erweisen«, sagte er und versuchte dabei, wie ein erwachsener Mann zu klingen.

Ragnvald sah ihn verwundert an.

»Einen Dienst für Olav? Wir haben Nachricht aus Norwegen bekommen. Grimkjell hat die Leiche des Königs in Trondheim versteckt, dem größten Handelsplatz in Trøndelag. Nicht weit entfernt von der dortigen Kirche. Sobald es geht, will der Bischof den König in der Kirche bestatten. Danach will Grimkjell nach Rom fahren und dem Papst berichten, dass Olav als Märtyrer für den Glauben gestorben ist.«

Harald spürte, wie ihm heiß wurde. Es war also richtig gewesen, zu tun, was die Stimme des Bruders ihm gesagt hatte.

»Es freut mich zu hören, dass mein Bruder in Sicherheit ist.«

»Viele sind erfreut darüber, dass Olav ein christliches Grab erhält. Und wir freuen uns darauf, es zu besuchen und für ihn zu beten«, erwiderte der Orkneyjarl und fuhr durch seinen buschigen Bart.

»Erzähl, welchen Dienst du deinem Bruder erweisen möchtest.«

Harald reckte das Kinn. »Ich will Rane Kongsfostre nach Digernes bringen und ihn dort auf der Landzunge begraben. Olav hat es ihm versprochen. Aber da er nun tot ist, will ich dieses Versprechen einlösen.«

Das schien dem Orkneyjarl nicht zu gefallen. Eine Weile musterte er Harald, dann sagte er, laut und deutlich, damit alle es hören konnten: »Dag Ringsson sagt, er will ein neues Heer zusammentreiben und Norwegen erobern. Aber keiner von uns hier glaubt an seine Worte. Ringsson ist schuld an unserer Niederlage. Er hat wenig Verstand und noch weniger Königsblut in seinen Adern. Wenn er noch einmal gegen Trøndelag zieht, wird er getötet.« Der Orkneyjarl beugte sich vor und sah Harald mit freundlichen Augen an. »Wenn die Häuptlinge in Norwegen die dänische Herrschaft leid geworden sind, gibt es nur zwei, die Olav auf den Thron folgen können. Und das sind du und dein Neffe Magnus. Wie du weißt, wollte Olav, dass wir Magnus hierherbringen und auf den Thron setzen. Aber wenn das nicht geht, bist du derjenige, der König wird. Dein

Bruder Halvdan ist zwar älter als du, ist jedoch nach Jerusalem gezogen. Männer aus Holmgard waren hier und haben es berichtet.«

Harald brachte kein Wort über die Lippen. Der Orkneyjarl richtete sich hoch auf.

»Verstehst du das, Harald? Du bist nicht nur für dich selbst, sondern für uns alle verantwortlich. Du und Magnus, ihr seid die letzten aus dem Geschlecht der Hårfagre. Wir können dich nicht an unsere Feinde verlieren.«

Jetzt ergriff Harald das Wort: »Bevor wir nach Stiklestad gingen, sagte Rane, dass keiner in Norwegen König wurde, der nicht in einer Schlacht gestanden habe. Deswegen war meinem Bruder klar, dass er mich mit in die Schlacht nehmen musste. Olav hat es selbst gesagt. Wäre Rane jetzt hier, würde er sagen, dass niemand König wird, der nicht sein Versprechen einhält.«

Ragnvald nickte bedächtig. »Dann lass mich mit dir gehen«, sagte er schließlich. »Ich habe immer noch dieselben Männer bei mir, die dich nach Verdal brachten.«

Harald fühlte sich ein wenig überrumpelt. Aber er widersprach nicht. Er war auch viel zu müde und wollte nur noch schlafen.

Der alte Sigtrygg wollte mitkommen, als Harald am nächsten Morgen darum bat, Rane sehen zu dürfen. Harald hatte lange geschlafen und dann mit Sigtrygg und Ragnvald gegessen. Jetzt betraten sie den Erdkeller, in dem es kalt war wie im Winter.

»Hier kann er noch lange liegen, ohne dass sein Körper sich verändert«, sagte Sigtrygg, der eine Fackel trug.

Harald sagte, er wolle Rane hinaustragen.

Sigtrygg sah Harald ins Gesicht, wie um sich zu vergewissern, dass es ihm ernst war. Dann trat er zur Seite.

Harald ging in die Knie und schob die Hände unter den toten Körper. Dann hob er Rane hoch. Der in Felle eingewickelte Körper war leicht.

Draußen im Tageslicht legte er Rane auf die Erde. Er bat den alten Sigtrygg um ein Pferd, sagte, er habe kein Silber bei sich, und fügte hinzu, dass er jedoch gut bezahlt werden würde, wenn sie einander wiedersähen.

Der Häuptling von Närke schüttelte den Kopf. »Dein Bruder hat mir von Jesus Christus erzählt, und ich habe mich vom Bischof taufen lassen. Ich werde also das ewige Leben haben. Nimm dir nur, was du brauchst. Das alles ist nichts im Vergleich zu dem, was ich von Olav bekommen habe.«

Harald konnte Rane nicht wie von ihm beabsichtigt auf den Pferderücken legen. Der Körper war steif wie der Schaft eines Speers. Deshalb baute einer der Hofburschen eine Bahre für Rane. Wie ein Schlitten konnte sie mit einer Deichsel am Pferd befestigt werden. Sigtrygg sagte, dies sei die übliche Art, um Leichen zu transportieren.

Dann legten sie Rane auf die Bahre. Um ihn vor dem Wetter zu schützen, hatte Harald ihn in ein weiteres Fell gewickelt. Die Axt lag festgezurrt auf Ranes Brust.

Sigtrygg gab Harald einen guten Spaten. Den werde

er brauchen, wenn er Rane in die Erde bringen wolle, sagte der Häuptling. Danach kamen die Burschen mit Decken und Vorräten, und schließlich überreichte der Alte Harald einen schweren Geldgürtel. Sigtrygg fügte hinzu, er solle den Gürtel unter der Kleidung tragen, damit unterwegs niemand in Versuchung geriete.

Es ging bereits auf den Abend zu, als alles erledigt war, aber Harald wollte trotzdem noch am selben Tag aufbrechen.

Als er auf sein Pferd stieg, kam Ragnvald.

Der Orkneyjarl blickte auf Rane hinunter und sagte: »Wie ich sehe, ist Rane in sicheren Händen.«

Harald nickte. »Das ist er.«

»Pass auch gut auf dich selbst auf.«

»Das werde ich. Erkennen wird mich so leicht niemand. Ich trage die Kleider eines Sklaven und werde sagen, dass ich meinen Herrn nach Hause bringe. Und wenn ich es recht bedenke, dann stimmt es ja auch.«

Der Orkneyjarl wollte etwas erwidern, aber da kam Gorm zu ihnen. Er trug einen Speer in der Hand, den Harald sofort erkannte.

»Jetzt bekommst du ihn zurück, und zwar mit vier Sorten Blut darauf«, sagte der Hüne voller Stolz.

Harald nahm den Speer entgegen.

»Zum Dank solltest du ihn eigentlich behalten.«

Gorm grinste und sagte: »Jetzt bist du bereit, ihn selbst zu tragen.«

Harald nickte. »Ich hoffe, ich kann dir später einmal gebührend dafür danken.«

Ragnvald reichte ihm einen Schild. Es war der Schild

mit dem weißen Kreuz. Der Orkneyjarl hielt ihm auch einen schweren Lederbeutel entgegen.

»Der Schild gehörte deinem Bruder. Dein eigener ist ja zerborsten. Nimm auch das Kettenhemd, das wir dir ausgezogen haben, als du fast verblutet wärst. Vermutlich wirst du es eines Tages wieder tragen müssen. Ich habe auch einen neuen Helm für dich.«

Harald band den schweren Beutel und den Helm an den Sattel und spannte sich Schild und Speer auf den Rücken, wie Rane es ihn gelehrt hatte.

»Wir werden uns wiedersehen«, sagte er.

»Das hoffe ich«, erwiderte der Orkneyjarl. »Ich hoffe, es ist klug, dass du allein weiterziehst …«

Harald deutete mit dem Kopf auf die Bahre. »Rane und ich sind schon zuvor allein geritten. Und jetzt weiß ich, dass das die beste Zeit war, die ich je hatte.«

49

Finn Arnesson blickte den beiden Schiffen nach, die bald hinter der Landspitze von Inderøy verschwunden sein würden. Torberg, sein Bruder, fuhr heim nach Giske. Finn hatte lange daran gedacht, den Bruder zu begleiten. Er war nach der Schlacht wieder gesund, fühlte sich aber in Egge nicht wohl.

Kalv war schweigsam geworden. Er sah ein, dass Olav recht gehabt hatte. Solange die Dänen herrschten, würde er niemals Jarl werden. König Svein, Knuts Sohn, hatte im ganzen Land Männer eingesetzt, die für ihn regieren sollten. Das Heer war aufgelöst. Die Bauern waren zu ihren Höfen zurückgekehrt, die Heuernte stand bevor.

Finn war ein paar Tage zuvor nach Stiklestad geritten. Auch die Felder in Verdal waren zur Ernte bereit. Doch in der Ebene, wo die Schlacht stattgefunden hatte, wollte nichts wachsen. Obwohl seit der Schlacht schon ein Monat vergangen war, lagen noch überall Leichen herum. Menschen, die niemand kannte. Zumeist Russen und Schweden, die im königlichen Heer gedient hatten. Sie lagen nackt im Gras, von Regen und Sommerhitze aufgedunsen. Vögel und Füchse hatten sich an ihnen gütlich getan. Die Sonne hatte heiß am Himmel gebrannt, und der Gestank der Leichen war schier unerträglich gewesen. Auch Pferde lagen mit aufgerissenen Leibern da.

Finn musste erneut an den schrecklichen Moment denken, als Kalv ihn vom Schlachtfeld hatte wegtragen lassen. Die Toten lagen zu diesem Zeitpunkt in wahren Haufen herum. Abgehackte Arme und Beine überall, der Boden ein Brei aus Blut und Schlamm.

Unter den Leichenhaufen waren auch Verwundete gewesen. Sie hatten geschrien und um Hilfe gerufen. Wer es schaffte, hatte sich freigekämpft. Hier und da sah es aus, als ob die Leichenhaufen lebten.

Finn hatte schon vieles gesehen, aber noch nie so viele Tote in einer einzigen Schlacht. Die meisten Gefallenen waren zwar Bauern, doch im Vergleich zur Größe der Heere war der Verlust im königlichen Heer größer gewesen. Mehr als die Hälfte des königlichen Heeres war in der Schlacht verwundet worden, viele hatte man anschließend getötet. Auf der Flucht oder noch während sie verletzt am Boden lagen, waren sie niedergestreckt worden. Es war einfacher, einen toten Mann auszuplündern, als einen verwundeten. Ein Verwundeter konnte wieder aufstehen und eines Tages wiederkommen, um das zurückzufordern, was ihm genommen worden war.

Finn hatte ein paar Männer nach Stiklestad mitgenommen und alle getöteten Getreuen in die Erde gelegt. Der Priester von Egge war dabei gewesen und hatte für die Toten gebetet. Finn hatte Kalv nicht um Erlaubnis gefragt. Es kümmerte ihn nicht, was sein Bruder davon hielt.

Finn sah jetzt wieder zum Fjord hinüber. Torbergs Schiffe waren nur noch ein unscheinbarer Farbtupfer. Nur Tore Hund hielt sich nun noch in Egge auf. Aber auch er machte seine Schiffe klar. Er hatte es aufgegeben, nach Olavs Leiche zu suchen, und wollte heim nach Bjarkøy.

Finn wandte sich ab, lief zum Hof hinunter und betrat das Langhaus. Kalv und Tore saßen schweigend am Tisch und aßen. Finn setzte sich zu ihnen.

Als sie zu Ende gegessen hatten, fragte Finn, ob Tore noch immer Odin für den mächtigsten Gott halte. Tore blickte von seiner Schale auf.

»Du hast doch selbst gesehen, dass Jesus Christus Olav in Stiklestad nicht viel genützt hat.«

Finn hatte mit dieser Antwort gerechnet und fuhr fort: »Dann würde es dir also nichts ausmachen, durch eine Waffe zu sterben?«

Tore war der Unterton nicht entgangen. Er blickte Finn direkt an. »Nein, aber es will mir einfach nicht gelingen.«

Finn erwiderte nichts darauf. Er verstand, was Tore meinte.

Tore Hund war im Kampf einfach nicht zu besiegen. Mehrere Männer am Tisch lachten. Tore stimmte in das Gelächter ein.

Am Abend ging Finn an den Strand hinunter, wo Tore Hunds Männer ein großes Feuer entzündet hatten. Sie brieten Fisch und tranken Bier, mit dem Kalv sie gut versorgt hatte. Es war der Dank dafür, dass sie in der Schlacht so tapfer gekämpft hatten.

Finn setzte sich etwas abseits in den Schutz eines kleinen Wäldchens. Mit dem Schwert im Schoß wartete er. Tore musste das Wäldchen durchqueren, wenn er zum Langhaus in Egge hinaufgehen wollte, und Finn war sicher, dass Tore dort die letzte Nacht verbringen würde.

Es dauerte nicht lange, bis Tore erschien. Finn stand auf. Als Tore ihn erblickte, fasste er nach einem Messer in seinem Gürtel.

Finn hob die Hände.

»Ich erschlage dich nicht, wenn du ohne Waffe bist«, sagte er. »Das würde dir mehr Ehre bereiten als mir.«

Tore gab keine Antwort und hielt das Messer vor sich.

Finn fuhr fort: »Wir beide wissen, dass es keinen Frieden gibt, bevor wir nicht miteinander abgerechnet haben. Du willst Rache für den Goldreif, den ich dir abgenommen habe, und ich will Rache für den besten König, den Norwegen je hatte.«

Im schwächer werdenden Abendlicht sah Finn, wie Tore anerkennend lächelte.

»Du wagst es also, mir entgegenzutreten, ohne dass dein Bruder seine schützende Hand über dich hält?«, fragte er.

»Ich will, dass du deinen Speer holst und zum Moor westlich des Hofes kommst. Wir einigen uns darauf, dass der Überlebende den anderen begräbt, damit unsere Sippen der Blutrache entgehen. Für meinen Bruder und deine Schwester Sigrid wäre das wohl das Beste.«

Tores Miene war ernst geworden. Er trat einem Schritt auf Finn zu. »Es wäre eine ziemliche Mühe, dich mitten in der Nacht zu verscharren. Es reicht mir völlig, dich da draußen im Moor in Stücke zu hauen.«

»Dann kommst du also?«, fragte Finn.

Tore Hund antwortete nicht, sondern wandte sich ab. Er ging weiter und war bald nicht mehr zu sehen.

Nebel lag in weißen Schwaden über dem Moor. Zum zweiten Mal an diesem Abend wartete Finn auf Tore Hund. Er stand am Rande des Wegs, der von Egge heraufführte. Der Wald endete hier und das Moor begann.

Finn horchte in die Dunkelheit. Er glaubte nicht, dass Tore jemanden mitbringen würde, war sich allerdings nicht sicher, weshalb er das Schwert bereits in der Hand hielt.

Er dachte zurück an den Tag, als sie in Stiklestad die Toten begraben hatten. Ein Bauer war zu ihm gekommen. Er hatte gesagt, er habe Olav in der Nacht nach der Schlacht bei dem Stein gefunden. Der Orkneyjarl habe ihm Silber dafür gegeben, die Leiche zu Bischof Grimkjell zu bringen, der sich noch immer in Trondheim aufhielt. Der Bauer hatte auch ein Schwert und wollte wissen, ob Finn es wiedererkenne.

Finn hatte ihm viel Silber für das Schwert gegeben, und Finn hatte es mit nach Egge genommen. Dieses Schwert lag jetzt in seiner Hand. Es war aus feinstem Damaszenerstahl in Toledo geschmiedet worden. Schild und Helm waren Finns Eigentum. Das Kettenhemd allerdings hatte er nicht angezogen. Kein Kettenhemd auf der Welt wäre in der Lage, Selshefnir aufzuhalten. Wenn Tore ihn mit dem Speer träfe, wäre der Kampf zu Ende.

Finn sah sich um. Tore kam den Weg herauf. Offensichtlich war er allein. Finn trat in die Mitte des Wegs, damit Tore ihn sehen konnte.

Tore näherte sich bis auf zehn Schritte, dann blieb er stehen.

»Hast du keine Angst, dass dein Schwert zu kurz ist im Kampf gegen Selshefnir?«, fragte er mit einem spöttischen Lachen.

»Der Mann, der es in Stiklestad trug, war der Ansicht, Bæsing sei das beste Schwert im ganzen Land.«

»Olav hat nie verstanden, mit dem Schwert umzugehen.«

»Du ebenso wenig, Tore. Deswegen fuchtelst du auch immer mit deinem langen Speer herum.«

»Den sollst du zu spüren bekommen, genauso wie Olav.«

»Rechnest du es dir etwa zur Ehre an, einen verwundeten Mann ermordet zu haben? Wäre Olav nicht verletzt gewesen, hätte er dich getötet.«

Tore kam einen weiteren Schritt auf ihn zu, aber Finn blieb stehen. Er hatte Tore Hund schon in vielen Kämpfen gesehen und wusste daher, dass er einen großen Schritt vortreten, zustoßen und dann blitzschnell zurückweichen würde.

Der Speer kam dennoch schneller als erwartet und streifte seine lederne Tunika. Finn musste einen Schritt zur Seite tun, um das Gleichgewicht wiederzuerlangen, bevor Tore zu einem neuen Stoß ansetzen konnte. Nach jedem Stoß zog sich Tore ein wenig zurück. Er wollte seinen Speer aus der Reichweite von Finns Schwert bringen.

Eine Weile umkreisten sie einander. Im Mondschein glänzte Bæsing hell auf. Finn hoffte, dass die Kreisbewegung Tore dazu verleiten würde, einen Stoß von der Seite zu unternehmen. Finn beschloss, alles auf diese eine Karte zu setzen und im Übrigen auf Jesus Christus zu vertrauen.

Wie vorausgesehen, kam der Stoß. Finn wich aus, und Tores nächster Angriff stieß ins Leere. In diesem Moment sauste Bæsing hinunter und teilte Selshefnir in zwei Hälften. Der Schlag war so heftig, dass Tore zu Boden ging.

Es war verlockend, dem Mörder Olavs jetzt das Schwert in den Rücken zu stoßen. Aber Finn wusste, dass ihn solche Niedertracht sein Leben lang verfolgen würde.

Tore kam wieder auf die Beine. Sein Gesicht war dreckverschmiert. Er sah Finn voller Zorn an.

»Speere können auch zu lang sein, Tore.«

»Für einen neuen Schaft wird mein Silber schon reichen«, erwiderte Tore. »Und heute Nacht begnüge ich mich mit der Axt.«

»Dann beeil dich, ich fange langsam an zu frieren.«

Tore löste die Axt von seinem Gürtel. Sie hatte einen langen, dünnen Schaft und eine Klinge aus feinem Stahl. Dadurch war sie leicht und ebenso gut zu handhaben wie ein Schwert.

Finn dachte, dass der Kampf nach dem ersten Schlagabtausch entschieden sein würde, und begriff, dass Tore das Gleiche dachte. Keiner würde zuerst zuschlagen und sich so der Gefahr des Gegenschlags aussetzen wollen. Was dazu führte, dass beide einander mit erhobenen Schilden umkreisten.

Als Tore schließlich mit dem Rücken zum Wald stand, nahm Finn hinter ihm etwas wahr.

Eine gedrungene Gestalt. Zwei Augen.

Hatte Tore etwa doch Verstärkung mitgebracht?

Nein. Es war ein Tier. Jetzt kam es aus dem Schutz der Bäume hervor und trat in den Mondschein. Ein Elchkalb. Bereit zur Flucht blickte es die beiden an.

Finn begriff zu spät, dass er den Blick zu lange von Tore abgewendet hatte. Er konnte nur noch den Schild vor sich halten, als er die Axt hinuntersausen sah. Der Schlag würde gewaltig ausfallen. Tore legte sein ganzes Körpergewicht in die Bewegung.

Der Schild zersplitterte. Tore riss ihm die Reste aus der Hand. Dann traf die Axt das Schwert. Die Erschütterung war gewaltig. Sein ganzer Körper schien zu erbeben. Aber er durfte das Schwert nicht loslassen. Er musste es festhalten und dem Drall des Schlages zur Seite hin folgen.

Als er das Gleichgewicht wiedererlangte, war Tore bereit zum nächsten Schlag. Er hatte die Waffe hoch über den Kopf gehoben. Mit weit aufgerissenen Augen war er bereit, Finn den Todesstoß zu versetzen.

Da brüllte das Elchkalb.

Tore drehte sich zu dem Geräusch um.

Finn nutzte den Moment und stieß zu. Das Schwert schnitt durch das Rentierfell und tief in Tores Leib. Finn spürte die Wärme in Tores Atem.

Würde er einen letzten Hieb führen können?

Warmes Blut rann über seine Hände. Tore starrte ihn noch immer mit weit aufgerissenen Augen an.

Finn presste die Hand auf Tores Schulter und zog das Schwert heraus. Blut schoss aus der Wunde. Die Axt fiel zu Boden.

Für einen Augenblick blieb Tore noch stehen, dann fiel er hintenüber. Kein Laut entrang sich seiner Brust. Tore Hund war sofort tot.

Finn sank auf die Knie und rang nach Atem. Er wandte den Kopf zur Seite. Das Elchkalb stand immer noch da. Seine großen schwarzen Augen leuchteten in der mondhellen Nacht.

Dann, mit einer plötzlichen Bewegung, drehte sich das Kalb um und lief in den Wald zurück.

Finn stand auf und spuckte auf Tore Hunds Leiche.

50

Von Närke folgte Harald der untergehenden Sonne nach Westen. Er ritt nachts und schlief tagsüber, genauso, wie Rane es ihn gelehrt hatte.

Zweimal machte er unterwegs auf Höfen Rast, um Vorräte zu kaufen und das Pferd zu füttern. Es waren kleine und abseits liegende Höfe, die an schmalen Pfaden lagen. Höfe, die von Armut gezeichnet waren.

Er trug den Speer so, dass alle ihn sehen konnten, und er hatte ein paar Silbermünzen in der Hand. Die Bauern nahmen das Silber bereitwillig an. Einer folgte ihm ein Stück des Wegs und wies ihn in die richtige Richtung.

Kurz nachdem er die Grenze nach Norwegen passiert hatte, entdeckte er eine Räuberbande. Lärmend kamen sie des Wegs entlang und achteten nicht auf ihre Umgebung. Harald verließ den Pfad und ritt durch dichten Wald, bis er sicher war, sie hinter sich gelassen zu haben.

Irgendwo in den Tälern von Asker bekam Harald Fieber. Es kam ganz plötzlich, und er wusste, wodurch es verursacht worden war. Die Wunde an seiner Schulter schmerzte, und als er sie berührte, spürte er, dass sie wieder feucht war.

Kurze Zeit später stieß er auf eine Scheune. Sie lag

an einem kleinen See. Harald wusch sich in dem kalten Wasser. Der Faden, mit dem die Bäuerin seine Wunde an der Schulter genäht hatte, schien sich aufgelöst zu haben. War sie vielleicht verfault? Er war nicht sicher, ob es Schorf, Haare oder doch Überreste des Fadens waren, was er fühlte. Er reinigte die Wunde, so gut er konnte, und kleidete sich dann wieder an.

Harald ließ das Pferd unten am Wasser grasen und zog die Bahre mit sich in die Feldscheune. Dann legte er sich schlafen. Olav erschien ihm im Traum. Er sah auch Rane, aber es war Olavs Stimme, die er hörte.

Der Bruder sagte, keine Nacht sei so lang oder dunkel, dass der Mensch die Hoffnung verlieren müsse. Denn der Mensch hoffe immer, sogar im Angesicht des Todes. Die Hoffnung liege im Herzen des Menschen. Die Hoffnung sei ein Zeichen dafür, dass der Mensch lebe, und im Morgengrauen liege immer Hoffnung.

Als Harald das Ufer des Numedalslågen erreichte, fragte er sich, wie lange es her war, dass er ihn das erste Mal überquert hatte. Es kam ihm wie eine Ewigkeit vor. Damals hatte er Rane über den Fluss helfen müssen, und so war es auch jetzt. Doch damals war es Winter gewesen. Diesmal würde es leichter gehen. Obwohl der Herbst schon weit fortgeschritten war, herrschte mildes Wetter. Das Wasser glitzerte silbrig im Mondlicht.

Das Pferd folgte willig. Ranes Bahre trieb sicher im brausenden Wasser, doch als Harald die andere Uferseite erreichte, waren die Felle durchnässt.

Harald schlug das Lager an derselben Stelle auf, wo sie damals gelegen hatten. In der kleinen Senke, nicht weit vom Ufer entfernt. Nachdem er ein Feuer entzündet hatte, hob er Rane von der Bahre und legte ihn in die Wärme.

Die Felle, in die Rane eingewickelt war, fingen an zu dampfen. Harald musste lächeln. Er erinnerte sich daran, wie er sich an jenem Abend abgemüht hatte, die Kleider zu trocknen und die Pferde aufzuwärmen. Auch damals hatte Rane am Feuer gelegen. Und auch da hatten seine Kleider gedampft.

An jenem Tag und in der folgenden Nacht war etwas geschehen. Er dachte daran zurück, was Rane gesagt hatte – dass Harald sein eigenes Leben gerettet habe, indem er mit den Pferden zurückgekommen sei.

Rane hatte es wohl genauso gemeint, wie er es gesagt hatte. Wer Rane verriet, musste damit rechnen, mit dem Leben zu büßen. Doch wem Rane vertraute, der bekam den besten Freund, den man sich vorstellen konnte. Eines Tages, so hoffte Harald, sollte das Gleiche über ihn gesagt werden. Er wollte die Gefolgschaft treuer Männer, und er würde nur dem Rat von Häuptlingen folgen, denen er vertrauen konnte.

Vielleicht hatte Rane aber auch noch etwas anderes gemeint: Wenn Harald nicht auf Rane gehört hätte, wäre er nicht lange am Leben geblieben. Er war in ein Geschlecht von Kriegern hineingeboren worden und musste wissen, wie er die Waffe führen und wie er sich in einer Schlacht verhalten sollte.

Harald sank auf die Decke. Er streckte die Glieder

und verspürte Freude angesichts dieses letzten Dienstes, den er Rane Kongsfostre leistete.

Als Harald sich Digernes näherte, schlug das Wetter um. Als stürze der ganze Norsjø auf ihn herab. Es regnete so stark, dass er nur ein kleines Stück des Wegs vor sich erkennen konnte. Doch er zog unverdrossen weiter, denn es gab nirgendwo einen Ort, an dem er sich vor dem Regen schützen konnte.

Als er schließlich die Landzunge erreichte, goss es noch immer. Er traf daher auf keinen Menschen, als er zu der Eiche ging, und das war ihm nur recht. Der alte knorrige Baum erinnerte an einen König, der über den See und die Bäume ringsum regierte. Obwohl auch die Eiche gegen den Herbst kämpfte und schon Blätter verloren hatte, fand Harald unter ihr ein wenig Schutz vor dem Regen.

Harald löste die Bahre vom Pferd und fing sogleich an, zu graben. Der Boden zwischen der Eiche und dem Seeufer war eben und unbewachsen. Harald ließ das Pferd im Regenwetter grasen, während er arbeitete.

Mit dem Spatenblatt hackte er eine Wurzel des Baums durch und löste mit den Händen einen schweren Stein aus dem Erdreich. Dann war das Loch groß genug, und er legte Rane in das Grab.

Es sah ziemlich armselig aus.

Rane hätte ein Grabhügel zugestanden, wie der auf Hof Stein, in dem Halvdan Svarte lag. Wäre Olav da gewesen, hätte er Bischof Grimkjell einen Gottesdienst abhalten lassen.

Harald lächelte, als er daran dachte, wie wenig Rane es geschätzt hätte, dass ein Bischof für ihn betete. Auch in einem Grabhügel zu liegen, hätte ihm wohl nicht gefallen.

Doch der Wolfskrieger Rane Kongsfostre würde ohnehin als der trefflichste aller Wikinger gelten, solange Menschen in Norwegen lebten.

Harald richtete die Leiche und schnitt dann die Felle auf, damit er Rane ein letztes Mal sehen könnte. Er erschrak, als er sah, wie wenig Rane sich verändert hatte. Schon früher war sein Gesicht so weiß wie jetzt gewesen, mit tiefen Furchen wie in einem Acker. Obwohl seine Augen geschlossen waren, schien es Harald, als könne er Ranes Blick sehen.

Er schnitt die Felle noch weiter auf, sodass Ranes Hände sichtbar wurden. Sie ließen sich zwar nicht öffnen, aber Harald legte die Axt so hin, dass Rane sie gleich ergreifen könnte, wenn er denn ein neues Leben in Walhall führen würde.

Bis kurz vor Sonnenuntergang blieb Harald bei Rane. Dann legte er Steine auf den Leichnam und schaufelte die Erde wieder ins Grab. Bald würde alles mit Schnee bedeckt sein. Im Frühling würde Gras auf dem Grab wachsen. Rane konnte in Frieden ruhen.

Es gab nur noch eine letzte Sache, die Harald in Digernes tun würde. Er wollte Baura wiedersehen.

Er versteckte die Bahre in einem Gebüsch und führte das Pferd zu dem Wäldchen am Bauernhof. Es regnete noch immer. Harald sah niemanden, als er das letzte Stück hinüber zum Stall lief.

Im Innern war es warm und trocken. Harald hockte sich in die hintere Ecke beim Heu. Er schlief augenblicklich ein.

Harald erwachte vom Geräusch der sich öffnenden Stalltür. Eine Frau trat in den Mittelgang. Harald erkannte sie nicht gleich, denn sie trug ein Kind auf dem Arm. Doch dann wurde ihm klar, dass es Baura war.

Sie erschrak, als sie die Gestalt sah, die sich jetzt erhob, und drückte das Kind an sich. Dann aber erhellte sich ihr Gesicht.

»Harald? Bist du das? Du bist ja kaum wiederzuerkennen. Der Bart ...« Sie kam auf ihn zu. »Wie geht es dir?«

Er sah auf das Kind, wandte den Blick aber schnell wieder ab. Er fand keine Worte.

»Du lebst«, fuhr Baura fort. »Wir haben von der großen Schlacht gehört. Und von Bjørn. Aber keiner ist zurückgekommen.«

»Auch Jomar nicht?«

»Nein. Und Gunnar auch nicht. Hast du ihn gesehen?«

Harald schüttelte den Kopf. Er sah wieder Gunnars Rücken, der im Wasser vor ihm trieb.

»Nein.«

Baura trat dichter an ihn heran, und Harald sah, dass das Kind schlief.

»Er ist der Vater des Kleinen. Er hat versprochen, ich würde in die Freiheit entlassen, wenn das Kind kommt. Ob er mich vielleicht zur Frau nehmen will?

Ich habe zu Jesus Christus gebetet, dass er lebt und bald nach Hause kommt.«

Harald wich einen Schritt zurück. Seine Kleider waren noch ganz nass. Ihm war kalt.

»Ich wusste nicht …«

Baura blickte ihn an. »Nein, das konntest du ja nicht wissen. Ich hab es nur Gunnar gesagt, bevor ihr gegangen seid.«

Sie schwiegen. Harald wollte am liebsten gehen, aber er konnte sich nicht von der Stelle rühren.

Baura hielt ihm das Kind entgegen. »Siehst du, dass er Gunnar ähnelt?«

Harald zwang sich, das Kind anzublicken. Doch er sah nur ein rotes, runzliges Gesicht.

»Bleibst du eine Weile hier?«, fuhr Baura fort.

Er sah sie an. Sie lächelte. Große Traurigkeit erfasste ihn. Die Frau war immer noch Baura. Die Baura, die er gekannt hatte. Doch jetzt hatte sie einen Sohn und schien den Vater des Kindes aufrichtig zu vermissen.

»Nein, ich muss weiter.«

»Bjørns Bruder ist jetzt der Herr hier. Er ist nicht so wie Bjørn. Aber vielleicht kannst du hierbleiben und dich ein bisschen ausruhen. Ich könnte mit ihm reden.«

»Nein, ich bin nur gekommen, um …«

Baura lächelte immer noch. »Um mich zu sehen?«

Harald wandte den Blick ab und hoffte, dass sie nicht sah, wie rot seine Wangen unter dem Bart geworden waren.

»Ja, das auch.«

»Wenn du wartest, kann ich dir etwas zu essen holen. Und dann kannst du dich aufwärmen und wieder zu Kräften kommen. Du siehst erschöpft aus.«

Harald wusste nicht, was er sagen sollte. Sobald Baura verschwunden war, trat er hinaus in den Regen. Er war froh, dass er jetzt ein Pferd hatte. Er wollte so schnell wie möglich fort von Digernes.

Im Laufe des nächsten Tages unterbrach er den Ritt nur, wenn das Pferd ausruhen musste. Der Regen ließ nach. Es wurde wieder trocken und wärmer. Kam das Tageslicht, zog er sich in den Wald zurück und legte sich etwas abseits des Wegs hin. Doch er schlief nicht viel.

Wenn er die Augen schloss, sah er das rote, unfertige Gesicht des Säuglings vor sich. Baura lächelte ihn die ganze Zeit an. Wie eine Erinnerung daran, dass auch er eines Tages sterben würde.

Irgendwo in einem anderen Land, wie die verrückte junge Magd in Vuku prophezeit hatte. Alvdis, die behauptet hatte, in seine Seele blicken zu können.

In der Nacht, bevor er Stein erreichte, trat die Mutter in seine Gedanken. Wusste sie, dass Olav gefallen war? Dass Rane tot war? Was würde sie wohl sagen, wenn sie ihn, Harald, sähe?

Als die Landschaft so vertraut wurde, dass er sie auch im Schlaf hätte durchreiten können, stellte er sich Ingerid vor. Ingerid, wie sie ihren Mann umarmte. Wie sie Ragnar anlächelte. Den Sieger von Stiklestad.

Lange hatte er den Gedanken genährt, dass er Ragnar töten würde. Er hatte ihm zeigen wollen, dass man einen Verrat an Harald Sigurdsson mit Blut bezahlte.

Jetzt war er sich nicht mehr sicher. Vielleicht trug die Schwester auch ein Kind auf dem Arm, so wie Baura? Vielleicht würde auch sie fragen, ob er ihren Mann in Stiklestad gesehen habe? Ob er lebe? Hatte sie ebenfalls für ihren Mann zu Jesus Christus gebetet?

Es war mitten in der Nacht, als er Stein erreichte. Er trieb das Pferd über die Felder und hinunter zum Wäldchen am Bootshaus. Dort wollte er warten, bis es hell würde. Vielleicht kam seine Schwester ja dorthin, um Fisch zu holen.

Wenn Ragnar in Stein wäre, würde er es sehen, bevor er den Hofplatz betrat. Und am besten war es, wenn er zunächst mit Ingerid allein reden konnte.

51

Åsta hatte zusammen mit dem Hofpriester, Sira Krake, für ihren Sohn gebetet. Seit die Nachricht gekommen war, tat sie dies fünfmal täglich.

Åsta verspürte eine tiefe Bitterkeit angesichts ihres Verlusts. Wie sehr hatte sie darauf gehofft, dass ihr Sohn als König nach Norwegen zurückkehren würde. Seit Harald Hårfagre, dem Stammvater des Geschlechts, hatte das Land keinen würdigeren König gehabt.

Olav hatte dem Christentum zum Sieg verholfen. Er hatte geschafft, was Olav Tryggvason nicht zu tun vermocht hatte: Norwegen unter der Herrschaft Jesu Christi zu vereinen.

Mit seinem Tod in Stiklestad war alles verloren.

Immerhin freute sie sich über ihr Enkelkind. Ingerid hatte Anfang des Jahres einen Sohn geboren. Der Junge saß mit seiner Amme nicht weit von Åsta entfernt. Sie hoffte, der Kleine würde die Züge seiner Onkel tragen und nicht die seines Vaters. Wie anders es doch hätte sein können. Wie viel größer wäre die Freude gewesen, wenn Olav gesiegt hätte und sie wieder Königsmutter wäre.

Åsta faltete die Hände. Sie betete zu Maria und flehte sie an, dass ihr Sohn den König in seinem Reich aufnehmen möge.

In diesem Moment ging die Tür. Åsta wandte sich um. Dort stand eine Gestalt im Türrahmen.

Åsta stand auf. Ging mit ausgestreckten Händen auf die Gestalt zu.

»Harald! Komm und begrüße deine Mutter.«

Er trat zu ihr, und sie nahm ihn in die Arme.

»Wir haben uns solche Sorgen gemacht«, sagte sie. »Jedes Mal, wenn Reisende kamen, haben wir gefragt, ob jemand etwas über Harald Sigurdsson weiß. Wir haben gehört, dass du mit Olav in Stiklestad warst.«

Harald löste sich aus der Umarmung. »Dann darf ich also zum Hof meines Vaters zurückkommen?«

Åsta sah ihn an. Seine Stimme klang tiefer, männlicher. Der Bart machte ihn älter.

»Du warst die ganze Zeit hier. In meinem Herzen.«

Sah sie da ein Lächeln? Er war so verändert.

»Wie ich sehe, ist Ragnar Sigvaldsson nicht da?«

Åsta schüttelte den Kopf. »Er lebt. Es waren Leute aus Trøndelag hier. Sie haben ihn gesehen. Vielleicht ist er hierher unterwegs. Wir haben ihn nicht vermisst.«

Harald nickte.

»Und du?«, fragte sie. »Kommst du aus Stiklestad?«

»Ich komme aus Digernes. Rane wollte dorthin.«

»Ist Rane in Digernes?«

»Er liegt auf der Landzunge unter der Eiche. Darum hat er gebeten, bevor er starb.«

Åsta erinnerte sich an den Tag, an dem sie zusammen unter der Eiche gesessen hatten. Sie sah Rane vor sich. Hörte die lebhafte Stimme. Wie sehr sie an dem Tag doch gelacht hatte.

»Ist er in Stiklestad gefallen?«

»Er ist auf dem Weg dorthin gestorben. An der Verletzung.«

»Aber du warst da? Hast du für deinen Bruder gekämpft?«

Harald richtete sich auf und hob kaum merklich die Stimme.

»Olav war nicht weit von mir entfernt, als er starb.«

Åsta wagte nicht zu fragen, aber Harald fuhr bereits fort.

»Von allen Seiten stürmten Feinde auf ihn zu. Mein Bruder kämpfte unerschrocken. Tore Hund hat sich mit ein paar seiner Männer auf Olav gestürzt.«

Åsta wusste, dass Tore Hund ihren Sohn getötet hatte. Es schmerzte sie, dass er von einem seiner alten Freunde ermordet worden war. Noch immer konnte sie Tore und Olav vor sich sehen, vor langer Zeit, als sie noch Jungen gewesen waren.

Åsta freute sich, dass Harald so voller Wärme von seinem Bruder sprach.

»Offenbar siehst du deinen Bruder jetzt anders als damals, als er zuletzt auf dem Hof war«, sagte sie.

Harald wurde rot. »Olav hat das Heer klug angeführt und schritt als einer der Ersten voran. Wenn alle auf ihn gehört hätten, dann hätten wir die Schlacht gewonnen.«

Åsta setzte sich auf die Bank. Haralds Worte, aber auch die Art, wie er sich aufführte, erfreuten sie. Als er sich ebenfalls setzte, hätte sie gern die Hand auf seine gelegt. Aber sie wusste, dass ihm das nicht gefallen würde.

»Ich bin so froh, dass du lebst. Dann habe ich also doch noch einen Sohn.«

»Du hast zwei. Auch Halvdan lebt. Olav hat erzählt, er sei Mönch in Holmgard geworden. Auf dem Weg hierher erfuhr ich, dass Halvdan nach Jerusalem gereist ist.«

Åsta nickte. Halvdan lebte, aber nicht er war es, der dir Königsmacht in Norwegen für ihr Geschlecht zurückerobern würde. Nur ihr anderer Sohn könnte das tun.

»Lass uns hoffen, dass er für uns betet. Jesus Christus hört auf heilige Männer.«

Åsta sah zu der Amme, die weiter vorne mit dem Kind saß. Sie nickte zu dem Kind hin. »Du bist der Onkel des Jungen«, sagte sie an Harald gewandt.

Harald sah sie an. Erst ungläubig, aber dann lächelte er. »Ingerid?«

»Er heißt Sigvald Ragnarsson.«

»Sigvald?«

Åsta konnte ein Lächeln nicht unterdrücken.

»Der Name schadet niemandem, wie deine Großmutter immer sagte. Den Namen bekommen wir, um ihm Ehre zu machen.«

Harald stand auf und ging zu dem Kind. Åsta folgte ihm. Der Junge saugte gierig an der milchschweren Brust. Die Amme schien verlegen. Sie hatte noch ein anderes Kind auf dem Schoß. Ihr eigenes, vermutlich. Harald wandte sich rasch ab.

»Wo ist Ingerid?«

Åsta hatte sich vor der Frage gefürchtet, wusste aber

auch, dass sie die Wahrheit nicht vor Harald verbergen konnte.

»Seit das Kind geboren wurde, geht es ihr schlecht.«

»Ich muss mit ihr reden.«

»Jetzt nicht. Sie schläft. Ich kann sie später wecken. Du solltest auch erst etwas essen. Ich kann dir die Badestube bereiten lassen, du solltest zumindest wie ein Mensch aussehen, wenn du mit deiner Schwester sprichst.«

Åsta blieb bei ihrem Sohn, bis das Essen gebracht wurde. Das Wichtigste war noch nicht gesagt worden. Åsta dachte, dass es keinen Sinn hätte, noch länger zu warten.

»Bleibst du hier, bis Ragnar zurückkommt?«

Harald aß begierig von der warmen Grütze. Åsta merkte, dass ihr Sohn nachdachte. Sie musste abwarten, bis er bereit wäre.

»Der Kleine ist der Vater meines Neffen ... Ich habe viel an Ingerid gedacht.«

»Ragnar wird dich töten, wenn er kann.«

»Ich weiß. Er war nach der Schlacht mit Tore Hund zusammen und hat nach mir gesucht. Er hätte mich getötet, wenn er mich gefunden hätte. Ich hätte ihm nichts entgegensetzen können, ich war schwer verletzt.«

»Aber jetzt wirkst du gesund und kräftig.«

»Freunde haben mich nach Schweden gebracht, damit ich Rane holen konnte.«

Åsta nickte bekümmert. »Ragnar ist für niemanden von Nutzen«, sagte sie mit leiser Stimme. »Nicht für deine Schwester und auch nicht für ihren Sohn. Viele wären dir dankbar, wenn du Ragnar Sigvaldsson umbrächtest.«

Harald sah betreten vor sich.

Als Åsta fortfuhr, klang ihre Stimme entschlossener: »Bist du Manns genug, ihm entgegenzutreten?«

Der Sohn starrte sie an.

»Ich habe Rane Kongsfostres Speer«, sagte er schließlich. »Er hat mir beigebracht, wie man mit ihm umgeht. Sollte ich von Ragnar getötet werden, kann ich es jedenfalls Rane nicht zum Vorwurf machen.«

Åstas Augen funkelten. »Dann sollest du Ranes Speer so tief in Ragnar hineinbohren, wie du es nur vermagst.«

Harald gab keine Antwort. Er aß auf und ging zur Badestube, wo heißes Wasser für ihn bereitet worden war.

Åsta weckte Ingerid und erzählte ihr, dass Harald gekommen sei. Ingerids blasses Gesicht nahm Farbe an. Das hatte Åsta seit Langem nicht mehr gesehen, denn bei der Geburt hatte die Tochter viel Blut verloren. Auch ihre Stimme klang kräftiger, als sie jetzt Harald begrüßte.

»Harald, du bist wohlauf. Wie froh ich bin«, sagte Ingerid.

Harald nahm ihre Hand. Es war wie früher, als sie noch klein waren. Da hatte er auch immer ihre Hand gehalten.

»Und ich bleibe, bis du wieder gesund bist.«

Auf Ingerids Stirn erschien eine tiefe Sorgenfalte.

»Nein, Harald. Du musst gehen, bevor Ragnar zurückkommt. Versprich mir das.«

Åsta wollte etwas sagen, aber Harald hielt sie mit einer Handbewegung davon ab.

»Das kann ich dir nicht versprechen«, erwiderte er. »Ich wäre ein ehrloser Mann, wenn ich nicht um das Erbe meines Vaters kämpfen würde. Stein gehört unserer Sippe.«

Åsta blickte ihren Sohn an und sagte, sie wolle für Rane beten.

Nach einer Weile sagte Ingerid: »Willst du hierbleiben und Bauer sein?«

Harald lächelte. »So lange werde ich dann doch nicht bleiben. Aber Sigvald Ragnarsson wird einmal der Bauer hier sein und das Erbe seines Großvaters Sigurd Syr und seines Onkels Guttorm Sigurdsson antreten. Olaf hat oft davon gesprochen, dass Norwegen bald mehr gute Bauern braucht als gute Krieger.«

Ingerid sah ihn flehentlich an. »Du verstehst nicht.« Sie sah das Unverständnis in Haralds Gesicht und fuhr fort: »Ich fürchte mich nicht davor, dass du Ragnar tötest. Ich habe Angst, dass er *dich* tötet.«

Sie sah zu Åsta.

»Das versteht ihr doch wohl?«, fragte Ingerid.

Dann sah sie wieder ihren Bruder an.

»Es hilft nichts, wenn du Ragnar besiegst. Er wird mit vielen Männern kommen und er ist völlig ehrlos.«

52

Im Laufe der folgenden Tage saß Harald viel an Ingerids Bett. Wenn sie wach war, erzählte sie ihm von den Zeiten, als er noch klein war und sie ihn auf dem Hof herumgeführt hatte.

»Du hast so viele Fragen gestellt, Harald. Du wolltest wissen, warum die Sonne im Osten auf- und im Westen untergeht. Warum die Kühe und nicht die Stiere Kälber bekommen.« Sie lächelte schwach. »Was hätte ich darauf antworten können? Und selbst wenn ich eine Antwort gehabt hätte, wärst du mit zwei neuen Fragen gekommen.«

Er blieb an ihrem Bett, bis sie eingeschlafen war, dann ging er zu Kårstein und half ihm mit den Pferden. Es war beruhigend, ihren Geruch wahrzunehmen und die großen Tiere zu versorgen. Der schwarze Hengst stand ebenfalls im Stall. Kårstein sagte, dass Ragnar ihn von Bønsnes mitgebracht habe, ihn aber nur selten reite.

Harald führte das Tier ins Freie. Steinsvarten war immer noch so lauffreudig wie früher. Harald ritt zu einer Anhöhe und schaute über die weite Hügellandschaft hinweg auf den Tyrifjord.

Er erinnerte sich noch an den Tag, an dem er mit Ragnar um die Wette geritten war und ihn zu dem

Viehbrunnen auf dem Eis gelockt hatte. Olav hatte gesagt, dies sei keine große Tat gewesen. Harald lächelte. Damit hatte der Bruder wohl recht gehabt.

Als er zum Stall zurückkam, bedankte er sich bei Kårstein für die gute Pflege des Pferdes und gab ihm eine Silbermünze. Der alte Stallknecht erwiderte, die Pferde seien nun einmal sein Leben, und dafür wolle er keinen Lohn. Harald sagte, dass Kårstein die Münze trotzdem bekommen solle, und der Alte nahm sie entgegen.

Harald war seit fast zwei Wochen auf dem Hof, als er eines Morgens den Reitertrupp entdeckte. Es waren etwa ein Dutzend Männer. Ein paar von ihnen waren anscheinend Hofburschen von Bønsnes, die Ragnar und seinem Vater, Sigvald, schon seit vielen Jahren dienten. Andere stammten von Hof Stein. Männer, die vielleicht ihr ganzes Leben auf dem Hof verbracht hatten. Wem würden sie gehorchen? Ihm oder Ragnar?

Er ging ins Langhaus. Åsta saß am Tisch. Sie beobachtete ihn, als er zu seiner Bettstatt ging, wo Ranes Speer lag. Er konnte ihr ansehen, dass sie verstand.

Er betrachtete den Speer. Die Klinge war scharf. Den Schaft hatte er nicht verändert, wenngleich er für seinen Geschmack etwas länger hätte sein können. Auch an dem Schild, den er von seinem Bruder übernommen hatte, sowie an den Helm, den Ragnvald Orkneyjarl ihm bei seiner Abreise in Schweden gegeben hatte, waren keine Veränderungen vorgenommen worden.

In Stiklestad hatten Finn Arnesson, Bjørn Stallare

und Olav gelacht, als er sich Ranes Wolfspelz über die Schultern legen wollte. Aber das änderte nichts. Jetzt wollte er ihn erst recht tragen. Wenn er fiel, würde er wie Rane sterben, und wenn er siegte, verdiente Rane einen Teil der Ehre.

Die Mutter trat zu ihm. Er sah sie an.

»Du wirst siegen, Harald. Dein Bruder und unser ganzes Geschlecht stehen hinter dir.«

Als er wieder auf den Hofplatz trat, war der Trupp so nahe gekommen, dass die Männer ihn wohl bald entdecken würden. Doch es dauerte noch eine Weile, bis Ragnar angeritten kam. Sigvalds Sohn brachte das Pferd zum Stehen und musterte Harald einen Augenblick, bevor er schließlich fragte, was für ein Fell er denn da auf dem Rücken trage. Es war ihm deutlich anzusehen, dass er Haralds Anblick offenbar komisch fand.

Harald ließ sich nichts anmerken und erwiderte mit ruhiger Stimme: »Das Fell gehörte Rane Kongsfostre. Der Speer auch.«

Ragnar stieg vom Pferd.

»Ich nehme den Hof meines Vaters wieder in Besitz«, fuhr Harald fort. »Du kannst nach Bønsnes reiten und dort bleiben, solange du willst. Und da du der Vater eines Jungen bist, der unserem Geschlecht entstammt, hätte mein Bruder wohl dasselbe gesagt. Aber er hätte wohl auch hinzugefügt, dass du dich hier nicht allzu oft blicken lassen solltest.«

Ragnar nahm einen Lederbeutel vom Pferd und zog sein Kettenhemd daraus hervor. Er sah Harald grimmig an und erwiderte: »Gut, dass du gekommen bist. Da wir uns in Stiklestad nicht begegnet sind, töte ich dich eben hier. Tore und ich haben überall nach dir gesucht, aber vermutlich hast du dich in irgendeinem Schweinestall versteckt.«

Einige Männer in Ragnars Begleitung lachten. Einer von ihnen spannte einen Bogen.

»Ich kann ihn mit einem Pfeil erledigen. Dann ist es getan, und wir können uns hinsetzen und essen«, sagte er.

Ragnar hob die Hand. »Du musst dich etwas gedulden, ich habe mich schon lange auf diesen Tag gefreut.«

Dann setzte sich Ragnar den Helm auf und blickte Harald an.

»Das ist Rane Kongsfostres Speer, sagst du? Ich zeige dir einen besseren. Während ich in Egge war, habe ich mir einen neuen Speer gebaut, nach Vorbild von Selshefnir. Bevor wir in die Schlacht gingen, hat Tore mir gezeigt, wie man damit umgeht.«

Ragnar zückte den Speer, den er auf dem Rücken trug. Er hatte einen langen Schaft. Harald erinnerte sich an den Speer, mit dem Tore Hund seinen Bruder getötet hatte.

Harald senkte seinen eigenen Speer und hielt ihn etwas von sich weg. Ragnar kam auf ihn zugestürzt, den Speer über den Kopf erhoben. Einen Augenblick lang dachte Harald, dass Ragnar ihn werfen wollte, aber er kam direkt auf ihn zugerannt. Ihre Schilde stießen hart gegeneinander. Harald musste einen Schritt zurückweichen, um nicht hinzufallen.

Ragnar lachte. »Der Wolf wird gleich seinen Schwanz einziehen und davonlaufen«, rief er.

Plötzlich hörte Harald die Stimme Ranes in seinem Kopf.

Bewegung. Schnell. Niemals die gleiche Richtung. Beobachte die Bewegungen deines Gegners. Lies in seinen Augen. Wenn Ragnar jetzt auf dich zukommt, wird er auf deine Brust zielen.

Doch Ragnar kam nicht auf ihn zu, sondern umkreiste Harald. Harald konnte sehen, dass Schweißperlen auf Ragnars Stirn standen. Harald stieß den Speer zweimal nach vorn, und Ragnar musste ausweichen. Der Schwager grinste immer noch, merkte aber anscheinend, dass das Kettenhemd im Kampf Mann gegen Mann nicht unbedingt von Vorteil war. Ragnars Bewegungen wirkten schwerfällig.

Harald sah zu dem Bogenschützen. Er hielt die Waffe schussbereit vor der Brust. Er versuchte, nicht daran zu denken. Dann stürzte er auf Ragnar zu und schmetterte seinen Schild gegen den seinen. Jetzt musste Ragnar einen Schritt zurückweichen. Harald wusste, dass er nun seine langen Beine ausnutzen und mit voller Kraft zuschlagen konnte.

Erst ein kurzer Stoß, dann ein weiterer. Dann zwei weitere schnelle Stöße und eine Bewegung zur Seite. Noch ein Vorstoß. Ragnars Schild riss, aber er ließ ihn nicht los.

Ragnars Gesicht war jetzt feuerrot. Sein Blick wurde unstet. Harald erinnerte sich daran, wie Ragnar beim Kampf im Viehbrunnen ausgesehen hatte. Er wagte zwei weitere Stöße. Erst kurz, dann mit einem großen Ausfallschritt. Der letzte Stoß traf Ragnar an der Schulter, durchdrang jedoch nicht das Kettenhemd.

»Erschieß das Schwein!«, brüllte Ragnar.

Erneut stieß Harald mit dem Speer zu und traf Ragnars Schenkel. Ragnar ging zu Boden. Harald wollte noch einmal zustoßen, doch in diesem Moment traf ihn der Pfeil in der Schulter. Er sackte auf die Knie. Als der Mann mit dem Bogen einen neuen Pfeil an die Sehne legte, riss Harald instinktiv den Schild hoch und hielt ihn vor sich. Der Pfeil durchbohrte das Holz und traf ihn in die Brust. Doch es war nicht viel Kraft in ihm gewesen. Harald warf den Schild weg und wollte auf den Bogenschützen zustürzen. Wollte den Speer in ihn bohren, solange Ragnar noch am Boden lag.

Doch noch bevor er bei dem Schützen war, fiel der Mann um. Hinter ihm stand Kårstein. Er hielt eine blutige Spaltaxt in der Hand.

Harald sah sich rasch um. Von den anderen Männern schien keine Gefahr auszugehen. Sie hatten dem Kampfgeschehen atemlos zugesehen und wussten jetzt offensichtlich nicht, was sie tun sollten.

Harald wandte sich zu Ragnar um. Der hatte sich mittlerweile auf die Knie erhoben. Die Wunde an seinem Schenkel blutete stark. Als Harald auf ihn zuging, blickte Ragnar auf, machte aber keine Anstalten, sich zu erheben oder nach dem Speer zu greifen, der neben ihm lag.

»Ja, du weißt mit dem Speer umzugehen, Harald«, sagte er. »Aber du wirst doch wohl nicht den Vater deines Neffen töten? Ich reite zurück nach Bønsnes. Und wenn Ingerid mit unserem Sohn hier auf Stein bleiben will, werde ich keine Einwände dagegen erheben.«

Harald wollte gerade etwas erwidern, als er seine Mutter und seine Schwester aus dem Haus kommen sah. Sie gingen langsam, Åsta stützte ihre Tochter. Mit dem Kind auf dem Arm folgte die Amme ihnen.

Auch Ragnar hatte sie entdeckt. Er lächelte. Als sie näher herantraten, streckte er die Arme nach den Frauen aus. Er versuchte aufzustehen, doch Harald drückte ihn zurück auf die Knie.

Ingerid trat zu ihm. Åsta blieb mit der Amme bei den Männern. Inzwischen hatte sich auch viel Gesinde eingefunden. Alle sahen Ingerid an. Wie zum Gebet, hob Ragnar ihr die Hände entgegen.

Ingerid sah auf Ragnar hinunter und sagte: »Ich hatte gehofft, du würdest in Stiklestad fallen, sodass ich dich nie wieder sehen müsste.«

Harald hätte nie gedacht, dass die Stimme seiner Schwester so kalt klingen könnte.

Ragnar lächelte gequält und sagte: »Sag der Amme, sie soll mir das Kind zeigen.«

»Er trägt deinen Namen und den deines Vaters, und du sollst ihn ein letztes Mal sehen.«

Ragnar blickte sie flehend an. Die Amme zeigte ihm das Kind.

Ragnar warf einen kurzen Blick auf seinen Sohn und sah dann zu Harald auf.

»Ich bin auf deiner Seite, Harald… als dein Getreuer… du kennst meine Sippe…«

»Ich weiß nur zu gut, was du tun würdest, wenn du an meiner Stelle wärst, Ragnar.«

Ragnar sah ihn mit leerem Blick an.

Ingerid wandte sich um und ging Arm in Arm mit der Mutter zum Langhaus.

Harald wartete, bis die Frauen im Haus waren.

Dann tötete er Ragnar Sigvaldsson.

Ingerid lebte noch zwei Tage. Es war früh am Tag, als sie sie zu Grabe trugen. Das graue Morgenlicht kündigte einen weiteren kalten Herbsttag an.

Åsta hatte die Tochter gewaschen und ihr die besten Kleider angelegt. So, wie Ingerid es selbst gemocht hatte, hatte sie ihr Haar geflochten und im Nacken zu einem Knoten gebunden. Den bestickten Schal, den sie selbst einst von ihrer Mutter geerbt hatte, hatte sie mit einer Silberspange zusammengehakt.

Die Nacht vor dem Begräbnis hatten sie bei ihr gewacht. Harald dachte, dass sie noch immer die schönste Frau war, die er je gesehen hatte.

Als sie an das Grab traten, legte Harald seine Schwester behutsam hinein. Sie würde unter dem Fundament der neuen Kirche liegen, die Åsta errichten lassen wollte. Das frisch gefällte Holz für den Bau lag schon fein säuberlich aufgeschichtet bereit.

Sira Krake sagte etwas in seiner Priestersprache und schlug das Kreuzzeichen.

Åsta hielt den kleinen Sigvald auf dem Arm. Sie war sehr blass, und Harald dachte, dass sie von einem Tag auf den anderen wirklich alt geworden war.

»Das ist nicht recht«, sagte sie jetzt mit Trauer in der Stimme. »Ich sollte die Erste sein, die unter der neuen Kirche liegt. Ingerid sollte hier mit dem Kind stehen.«

Schweigend verharrten sie eine Weile am Grab. Der Priester bedeckte das Grab mit Erde. Harald dachte an Rane, der Ingerid immer zum Lachen gebracht hatte.

Als sie wieder zum Hofplatz kamen, hatte sich das ganze Gesinde versammelt, Erwachsene und auch Kinder. Kårstein hielt den schwarzen Hengst am Zügel. Das Pferd musste nicht viel Gepäck tragen. Einen Speer, einen Schild und einen Wolfspelz. Das Kettenhemd hatte Harald für den kleinen Sigvald dagelassen, sodass er ein Erbstück von Olav, seinem Onkel hätte, der einst König von Norwegen gewesen war.

Harald griff nach den Zügeln und wollte sich aufs Pferd schwingen, als Åsta seine Hand nahm.

»Warte noch einen Augenblick«, sagte sie. »Eine letzte Sache.«

Sie wandte sich an Kårstein und sagte: »Hol den Sack, den wir im Stall versteckt haben.«

Harald sah seine Mutter fragend an, doch sie hielt den Blick auf den Jungen in ihrem Arm gerichtet.

Kårstein kam mit einem groben Jutesack zurück. Die Mutter zog daraus das Silberkreuz hervor, das auf dem Altar gestanden hatte, seit Rane krank in der Kirche gelegen hatte.

Åsta reichte Harald das Kreuz, und er nahm es entgegen. Dann sagte sie, so laut, dass alle es hören konnten: »Du bist Olavs Erbe, und wenn du wieder norwegischen Boden betrittst, dann als unser neuer König .«

Sie sah Harald durchdringend an.

Harald wich ihrem Blick aus. Er wusste, dass dies zu ihren Lebzeiten nicht geschehen würde. Das Pferd wurde ungeduldig und warf den Kopf zurück. Er steckte das Silberkreuz wieder in den Sack und befestigte ihn am Sattelknauf. Dann saß er auf. Er warf seiner Mutter einen letzten Blick zu. Schließlich stieß er Steinsvarten die Stiefel in die Flanken und ritt los. Die Sonne war gerade über den Waldrand getreten und schickte erste Strahlen in den grauen Morgen.

Er würde auf die Sonne zureiten. Nach Osten.

Nachwort

Dieser Roman basiert auf der Lebensgeschichte des historischen Harald Sigurdsson, der später den Beinamen »der Harte« bekommen sollte.

Natürlich gibt es in der Biografie einer Person, die vor tausend Jahren gelebt hat, große Lücken. Da Harald aber ein Bruder Olavs des Heiligen war und später selbst König wurde, ist die Quellenlage doch nicht ganz hoffnungslos. Die wichtigste Quelle stellt zweifellos Snorri Sturlusons *Heimskringla* dar, die um das Jahr 1220 verfasst wurde, außerdem einige später aufgezeichnete Sagas und Skaldendichtungen, neben weiteren russischen und byzantinischen Quellen. Ich habe diese Quellen sowie die einschlägigen zeitgenössischen Abhandlungen über die Epoche ausgewertet, um die Geschehnisse und die Personen um Harald in den dramatischen Jahren 1028 – 1030 zu rekonstruieren.

Mit Sicherheit wissen wir, dass Harald an der Schlacht von Stiklestad beteiligt war, dort schwer verletzt und anschließend versteckt wurde. Ebenso wissen wir, dass er später nach Schweden ging. 1035 taucht er in Russland auf und etwas später in Konstantinopel, der Hauptstadt des Byzantinischen Reichs, dem späteren Istanbul.

Auch zu Haralds Familie gibt es einige Quellen.

Noch immer gilt Olav als »Norwegens ewiger König«, über sein Leben und seine Entwicklung zum Nationalhelden gibt es zahlreiche Bücher und Untersuchungen. Haralds und Olavs Mutter, Åsta, ist eine der wenigen Frauen, die in der historischen Literatur Erwähnung finden. Einerseits, weil sie die Mutter zweier Könige war, und andererseits, weil sie als Witwe über einen der größten Gutshöfe in Norwegen herrschte. Sie ist in vielerlei Hinsicht eine bemerkenswerte Person, eine Art weiblicher Häuptling.

Eine weitere Hauptfigur, Rane Kongsfostre, sticht aus den Quellen hervor. Heute ist er eine Legende, war aber auch schon zu Lebzeiten weithin bekannt als der berühmteste Krieger unter den norwegischen Wikingern.

Dass Olav in Stiklestad von Tore Hund getötet wurde, gilt als sicher. Warum der Königsmörder kurz nach der Schlacht aus der Geschichte verschwindet, ist allerdings unklar. Nicht auszuschließen ist, dass er aus Rache umgebracht wurde.

Im Übrigen habe ich versucht, den historischen Abläufen so zu folgen, wie sie sich wahrscheinlich zugetragen haben. Ein Autor muss allerdings stets auch die Regeln beachten, die gelten, um eine lesenswerte Geschichte zu erschaffen.

Das hat dazu geführt, dass im Roman mehrere fiktive Personen vorkommen (siehe Register). Was die historischen Personen gesagt oder gedacht haben, weiß natürlich niemand. Hier musste ich meine Fantasie spielen lassen.

Insofern erzählt der Roman eine fiktive Geschichte. Dennoch hoffe ich, gleichzeitig einen Einblick in das Leben Harald Sigurdssons sowie in die dramatischen Ereignisse der Jahre 1028 – 1030 geben zu können, die zur größten Schlacht führten, welche je in Norwegen stattgefunden hat.

Die Schlacht von Stiklestad markierte den endgültigen Durchbruch des Christentums in Norwegen.

Personen- und Sachverzeichnis

Alfiva – Kebsfrau Knuts des Großen und Mutter seines Sohnes Svein Alfivason.

Alvdis – Junge Seherin, die sagt, dass Harald nicht in Stiklestad sterben wird. Fiktiv.

Alvhild – Olavs Kebsfrau.

Anund Jakob – Schwedischer König und Olavs Schwager.

Arnljot Gelline – Schwedischer Edelmann, der Olav in die Schlacht von Stiklestad folgt.

Aslak Fitjaskalle – Olavs Verbündeter in Westnorwegen (Westland). Tötet den wehrlosen Erling Skjalgsson und wird nach der Schlacht bei Bokn selbst getötet.

Åsta Gudbrandsdatter – Mutter von Harald und Olav. Einzige Frau in der Geschichte Norwegens, die Mutter zweier Könige war und diese mit verschiedenen Männern zeugte.

Astrid Olufsdotter – Olavs Gemahlin und Königin. Schwester von Anund Jakob.

Avrafaste und Gaukatore – Schwedische Räuberhauptmänner und Brüder, die Olav in die Schlacht von Stiklestad folgen.

Baura – Junge Sklavin auf dem Wikingerhof Digernes. Haralds erste Liebe. Fiktiv.

Bjørn Stallare – Angehöriger der Sippe um Åsta Gudbrandsdatter. Vermutlich Vetter von Olav. Führte mit Olav das königliche Heer an.

Bæsing – Olavs Schwert »Bæsing« wird im Zusammenhang mit verschiedenen Episoden in Snorri Sturlusons Saga über Olav den Heiligen erwähnt. Der Name bedeutet in etwa »Sohn einer ehrlosen Mutter«. Das Schwert soll ursprünglich einem Vorfahren Olavs, dem Wikingerfürsten Olav Geirstad-Alv, gehört haben. Nach Olavs Geburt soll Rane Kongsfostre das Schwert aus dem Grab des Fürsten geholt und gesagt haben, der Junge solle Olav heißen und das Schwert seines Namensgebers tragen.

Dag Ringsson – Norwegisch-schwedischer Edelmann, der Olav in Stiklestad unterstützte.

Edmund – Englischer Ritter, der als Vertreter Knuts des Großen nach Norwegen kommt. Historische Quellen belegen solch einen Vertreter, der Name Edmund und die Figur im Buch sind fiktiv.

Einar Tambarskjelve – Häuptling in Mittelnorwegen. War 1030 auf Pilgerfahrt und nahm nicht an der Schlacht von Stiklestad teil.

Erling Skjalgsson – Häuptling in Westnorwegen (Westland) und erbitterter Gegner Olavs. Wurde nach der Schlacht bei Bokn ermordet.

Finn Arnesson – Stammt aus dem Geschlecht der Arnessons, die lokale Häuptlinge in Mittelnorwegen waren. Einer von Olavs engsten Vertrauten.

Gorm und Grim – Zwillinge. Gefolgsmänner von Ragnvald Orkneyjarl. Fiktiv.

Grimkjell – Englischer Priester, der Olav nach Norwegen folgte. Schrieb das erste, die Kirche betreffende Gesetzeswerk Norwegens und war erster Bischof des Landes.

Grjotgard und Tore – Söhne von Sigrid und Olve Grjotgardsson. Beide von Olav ermordet.

Gunnar – Hofverwalter auf dem Gutshof Digernes. Haralds Rivale und Feind. Fiktiv.

Guttorm – Åstas ältester Sohn aus zweiter Ehe. Älterer Bruder von Harald und Olavs jüngerer Halbbruder.

Halvdan – Åstas zweitältester Sohn aus zweiter Ehe. Älterer Bruder von Harald und Olavs jüngerer Halbbruder.

Halvdan Svarte – Wikingerfürst und Vater von Harald Hårfagre.

Harald Grenske – Åstas erster Mann und Vater von Olav.

Harald Hårfagre – Gilt als erster norwegischer Reichskönig und Stammvater des Hårfagre-Geschlechts, das Norwegen bis Ende des 14. Jahrhunderts regierte.

Harald Sigurdsson – Jüngstes Kind von Åsta Gudbrandsdatter und Wikingerfürst Sigurd Syr. Jüngster Halbbruder von König Olav. Wird später unter dem Namen »Harald der Harte« König von Norwegen.

Hogne – Bauer auf dem Hof Vuku bei Stiklestad.

Håkon Ladejarl – Schwiegersohn Knuts des Großen. Regiert Norwegen nach Olavs Vertreibung 1028. Ertrinkt 1030.

Hårek von Tjøtta – Häuptling aus Nordnorwegen. Schwager von Kalv Arnesson.

Ingegerd – Gemahlin von Fürst Jaroslaw und Schwester der Gemahlin Olavs.

Ingerid – Åstas Tochter. Haralds ältere Schwester und Olavs jüngere Halbschwester.

Jaroslaw – Verheiratet mit Astrids älterer Schwester Ingegerd, Olavs Schwager. Mächtigster Fürst Westrusslands in der ersten Hälfte des 11. Jahrhunderts.

Jomar – Hofbursche auf Digernes und Haralds Freund. Fiktiv.

Junge – Namenloser Junge, der Harald dabei hilft, nach der Schlacht von Stiklestad nach Schweden zu fliehen. Die Person hat tatsächlich existiert, aber wir wissen nichts Genaueres über sie.

Kalv Arnesson – Bruder von Finn und Torberg. War ursprünglich engster Vertrauter Olavs nach Bjørn Stallare. Wechselte die Seiten und führte in der Schlacht von Stiklestad das gegen Olav kämpfende Heer an.

Knut der Große – Dänisch-britischer König Anfang des 11. Jahrhunderts. Regierte zeitweilig auch Norwegen.

Kårstein – Älterer Stallknecht auf Haralds Heimathof Stein. Fiktiv.

Lodin Erlingsson – Sohn von Erling Skjalgsson. Verfolgt Olav und seine Sippe, um den Mord an seinem Vater zu rächen.

Magnus – Sohn von Olav und Kebsfrau Alvhild. Später norwegischer König von 1035 bis 1045.

Olav Haraldsson – Haralds zwanzig Jahre älterer Halbbruder. König von 1015 bis 1028. Setzt das Christentum in Norwegen durch und wird später unter dem Namen Olav der Heilige zum Nationalhelden.

Oluf Skötkonung – Schwedischer König. Vater von König Anund Jakob sowie der Königinnen Astrid und Ingegerd.

Olve – Wirtshausbesucher, der von Ragnar Sigvaldsson in Tunsberg (Tønsberg) getötet wird. Fiktiv.

Olve Grjotgardsson – Sigrids erster Mann. Häuptling. Wird von Olav getötet.

Peter – Priester in Nowgorod, der Olav zum überzeugten Christen werden ließ. Fiktive Person nach historischem Vorbild.

Ragnar Sigvaldsson – Sohn von Sigvald Sigvaldsson. Lebt auf Steins Nachbarhof Bønsnes. Haralds erklärter Feind. Wirbt um Haralds Schwester Ingerid. Fiktiv.

Ragnvald Orkneyjarl – Olavs Jarl auf den Orkney-Inseln. Nahm an der Schlacht von Stiklestad teil und soll Harald vor dem Tod bewahrt haben.

Rane Kongsfostre – Bekannter Wikinger um das Jahr 1000. Erhielt den Beinamen Kongsfostre (königlicher Ziehvater), da er Olav auf Wikingfahrt begleitete und als sein Erzieher gilt. Vermutlich Vetter von Harald Grenske.

Ring – Norwegisch-schwedischer Edelmann und Vater von Dag Ringsson.

Schlacht bei Bokn – Seeschlacht, die vermutlich am 21. Dezember 1028 im südlichen Westnorwegen

(Westland) stattgefunden hat. Die Unzufriedenheit mit Olav als König, insbesondere im Hinblick auf sein unnachgiebiges Vorgehen bei der Einführung des Christentums, erreichte zu dieser Zeit ihren Höhepunkt. Norwegische Edelleute unter der Führung Erling Skjalgssons besiegen Olavs Truppen, und der König muss aus dem Land fliehen.

Schlacht bei Nesjar – Seeschlacht, die vermutlich am Palmsonntag, dem 25. März 1016, stattgefunden hat. Olav besiegt in dieser Schlacht die drei mächtigsten Männer Norwegens: den Ladejarl Svein Håkonsson, den westnorwegischen Häuptling Erling Skjalgsson und den Trøndelag-Häuptling Einar Tambarskjelve. Nach der Schlacht war Olavs Position als König über Norwegen gestärkt, und er gewann schrittweise die Kontrolle über das ganze Land.

Selshefnir – Der Speer wird in Snorri Sturlusons Saga über den heiligen Olav erwähnt. Er erhielt den Namen, nachdem ein enger Verwandter Tore Hunds getötet wurde. Dieser Verwandte hatte Sel, einen Vertrauten Olavs, ermordet. Der Name bedeutet Rächer für Sels »bane«. Tore Hund versprach, den heiligen Olav mit ebenjenem Speer zu töten.

Sigvat Skald – Einer der berühmtesten Skalden (Dichter) aus der Zeit der Wikinger.

Sigrid Storråde – Schwedische Königinwitwe, lässt Harald Grenske und mehrere Gefolgsmänner bei lebendigem Leib verbrennen.

Sigrid Toresdatter – Schwester von Tore Hund. In zweiter Ehe mit Kalv Arnesson verheiratet.

Sigtrygg – Schwedischer Bauer und Häuptling auf dem Hof Närke, wo Olav auf dem Weg nach Stiklestad sein Heer vereint.

Sigurd Syr – Åstas zweiter Mann. Bekam mit ihr fünf Kinder, von denen Harald (geb. 1015) das jüngste war.

Sigvald Sigvaldsson – Ragnars Vater. Betreibt im Namen Olavs den Königshof Bønsnes. Wendet sich schließlich gegen den König. Fiktiv.

Sira Krake – Hofpriester auf Stein. Fiktiv.

Svein Alfivason – Sohn Knuts des Großen und von 1030 bis 1035 König von Norwegen.

Svein Ladejarl – Reichsverweser bis 1015. Wird von Olav in der Schlacht bei Nesjar besiegt.

Toke – Bauer, der für Olavs Heer angeworben werden soll. Fiktiv.

Torberg Arnesson – Bruder von Kalv und Finn. Gefolgsmann Olavs.

Tord Foleson – Norwegischer Häuptling, der in Stiklestad das königliche Banner Olavs trägt.

Tore Hund – Häuptling aus Nordnorwegen. Schwager von Kalv Arnesson. Gilt als Mörder von Olav in der Schlacht bei Stiklestad.

Torgeir Flekk – Bauer auf Hof Sul bei Stiklestad.

Tormod Kolbrunarskald – Olavs Gefolgsmann und Skalde.

Torkjell Høge – Dänischer Wikinger. Häuptling der Jomswikinger.

Ulvhild – Tochter von Olav und Königin Astrid.

Vebjørn – Späher in Olavs Heer, dem das Augenlicht genommen wird. Fiktiv.

Simon Scarrow

Die große Rom-Serie

978-3-453-47177-1

Im Zeichen des Adlers (Band 1)
978-3-453-47145-0

Im Auftrag des Adlers (Band 2)
978-3-453-47146-7

Der Zorn des Adlers (Band 3)
978-3-453-47147-4

Die Brüder des Adlers (Band 4)
978-3-453-47148-1

Die Beute des Adlers (Band 5)
978-3-453-47118-4

Die Prophezeiung des Adlers (Band 6)
978-3-453-47119-1

Die Jagd des Adlers (Band 7)
978-3-453-47120-7

Centurio (Band 8)
978-3-453-43505-6

Gladiator (Band 9)
978-3-453-43506-3

Die Legion (Band 10)
978-3-453-43620-6

Die Garde (Band 11)
978-3-453-43621-3

Die Blutkrähen (Band 12)
978-3-453-47121-4

Blutsbrüder (Band 13)
978-3-453-47138-2

Britannia (Band 14)
978-3-453-47140-5

Invictus (Band 15)
978-3-453-43897-2

Imperator (Band 16)
978-3-453-47149-8

Das Blut Roms (Band 17)
978-3-453-47177-1

Leseproben unter **www.heyne.de**

HEYNE